0과 1의 계절

0과 1의 계절

최의택 장편소설

YODA FICTION 04

요다

Part 1

새 학기

*

또 한 번 부리의 절규가 터져 나온다. 움막을 에워싼 어른들이
움찔한다. 그 틈에 숨어 있는 봄도 몸을 떨고는 두 손을 맞잡고
기도한다. 족장님 어머니, 제발 부리 언니가 무사하게 해주세요.
물론 아기가 건강하게도요. 봄은 갈등 끝에 덧붙인다. 그래도 언
니가 먼저예요. 어른들에게 절대 들켜서는 안 되는 마음이 봄을
짓누른다.

얼마나 지났을까. 문득 부리의 소리가 멎은 것을 깨닫고 봄은
감았던 눈을 살며시 뜬다. 숨이 막힐 것만 같은 정적을 찢고 몽
유의 족장, 강희가 움막에서 나온다. 보자기 꾸러미를 안고서.

어른들이 강희에게서 물러서는 바람에 봄은 이리저리 치이다
가 발을 헛디뎌 질척한 눈밭을 구른다. 이러다 들키기라도 하면

무슨 경을 칠지 모른다. 부족민 전체가 사활을 건 출산에 감히 어린것이 낄 자리는 없다. 하물며 어른들은 물론 아이들도 꺼려 하는 봄이 신성한 출산 현장을 기웃거렸다는 사실이 드러난다 면…… 어휴, 상상만으로도 끔찍하다.

봄은 얼굴을 가린 채 서둘러 움막 뒤로 숨는다. 고개를 내밀고 살펴보니 족장이 인파를 헤치고 어디론가 가고 있다. 족장이 아 기를 데리고 가는 방향을 보고 사람들이 탄식한다. 강희는 지금 막 태어난 아기를 데리고 검은 움막으로 가고 있다. 그것이 뜻하 는 바에 힘이 빠져 봄은 땅바닥에 주저앉는다.

그러고 보니 아기가 우는 소리를 듣지 못했다. 그 대신 들리는 것은 부리의 흐느낌이다. 움막 안에서 말소리가 들린다.

"이제 어떻게 되는 거예요?"

부리가 울먹이며 묻는다. 원로 하나가 간결하게 답한다.

"지켜봐야지. 검은 움막에서."

"그래도 울지 않으면요?"

"몰라서 묻는 거냐?"

부리가 와락 울음을 터뜨린다. 그와 동시에 나팔 소리가 들려 봄은 반사적으로 뛰어간다. 얼마 전 자리 잡은 전진 기지의 중앙 에서 활활 타오르는 움막만 한 화톳불 주변에는 이미 몽유의 수 색대 아이들이 대열을 갖추고 서 있다. 봄까지 여섯이다. 봄이 마지막으로 대열의 왼쪽 끝에 서자 수색대장 서리가 냉담한 눈 초리로 봄을 노려본다.

"뭐? 왜?"

"머리가 안 좋은 건 알고 있었지만 설마 그 일을 잊은 건 아니겠지?"

봄은 얼굴이 확 달아올라 이를 악문다. 그걸 어떻게 잊겠어. 서리가 알았으면 빠지라는 듯 턱짓한다. 하지만 봄은 대열에서 꿈쩍도 하지 않는다. 서리도 얼음 장벽처럼 봄 앞에 버티고 서서 움직이지 않는다. 봄은 결국 항변한다.

"수색대원이야, 나도."

"수색대원이었지. 그 일이 있기 전까진."

"사고였어!"

"그래, 사고였어. 그래서 그 책임으로 금수를 압수당했고 말이야. 아니야?"

"그렇다고 수색대원이 아닌 건……."

"금수 없인, 수색대원도 뭣도 아니야. 좋게 말할 때 빠져. 안 그러면……."

족장이 모습을 드러낸다. 서리는 마지못해 대열의 맞은편 끝으로 간다. 일제히 시선을 앞으로 하고 자세를 바로 한다. 큰 키만큼 큼지막한 보폭으로 걸어와 화톳불을 등지고 선 족장은 방금 전 수년 만에 태어난 아기가 검은 움막으로 들어갔다는 사실이 꿈이 아닌가 싶을 만큼 아무렇지 않은 태도로 평소와 다름없이 짧게 명한다.

"수색."

그러자 서리가 앞으로 나가 족장에게 말한다.

"봄 언니는 이제 금수도 없는데요. 수색대원으로서 자격 미달이라고 생각합니다."

족장은 다만 봄을 돌아볼 뿐이다. 봄은 누군가 등을 떠밀기라도 한 것처럼 앞으로 나가 거의 소리치듯 말한다.

"할 수 있어요!"

족장이 무표정하게 묻는다.

"뭘?"

"수색이요! 금수처럼 빠르게는 못 달려도 천천히 꼼꼼하게 수색할 수 있어요. 믿어주세요."

그러자 서리가 코웃음친다.

"다른 사람도 아니고 천둥벌거숭이 같은 네가?"

족장이 서리를 쳐다보지만 그뿐이다. 다시 봄을 향해 말한다.

"일단 내가 내렸던 벌은 금수 압수다. 금수가 없으면 수색에 지장이 있지만 그거야말로 벌을 받는 사람이 감수해야 할 일이지."

이를 가는 서리를 보며 봄은 속으로 쾌재를 부르고는 얼른 대열로 돌아간다. 족장이 다시 수색을 명하고, 서리를 선두로 수색대원 아이들이 기지를 나선다. 봄은 걷다 말고 뒤를 돌아본다. 어쩐지 부리의 울음소리가 계속해서 들리는 듯하다.

"어!"

봄은 고개를 쳐들고 하늘을 올려다본다. 눈이 내린다. 거무죽

죽하고 끈적끈적한 눈이.

그것은 하늘의 소리 없는 울음이다. 하늘이 대신해서 울기라도 하는 듯하다. 울지 않는 부리의 아기를 대신해서.

*

눈길에 자꾸만 푹푹 꺼지는 오른쪽 다리 때문에 봄은 어느새 수색대 대열에서 이탈해 혼자가 된다. 이렇게 된 마당에 봄은 아예 숲에서 빠져나와 옛 시가지로 간다. 최근 들어 이렇게 탁 트인 곳은 눈이 곧잘 녹아 걷기 좋았다. 물론 그만큼 외부에 노출될 위험이 있기는 하지만.

어른들은 되도록 다른 무리의 사람들과 마주치는 것을 피하라고 가르치는데, 단순히 생존자 집단이라면 상관없지만, 만에 하나라도 사람에게 적대적인 기계 인간이나 식인종 무리라도 만나면 아이들의 안전을 보장할 수 없기 때문이다. 물론 그중 최악은 바로 악마의 하수인을 맞닥뜨리는 것이다. 악마의 하수인이라는 말을 떠올린 것만으로도 섬뜩해서 봄은 몸을 개처럼 떨고는 다시 한번 황폐하기 짝이 없는 옛 시가지를 경계의 눈초리로 둘러본다. 얼마 전 봄이 직접 수색한 곳이지만 조심해서 나쁠 건 없으니까.

그렇게 옛날 도로를 가로질러 집결지로 가니 다시 숲이 모습을 드러낸다. 어쩌면 가장 먼저 왔을지도 모른다는 기대도 잠시,

13

저 안쪽에서 익숙한 목소리가 들려온다. 수색대 막내 동백의 목소리다. 이상한데? 저렇게 소리를 내는 걸 서리나 다른 아이들이 가만둘 리가 없는데. 동백은 누군가를 찾고 있다.

"봄이 누나!"

봄은 손으로 얼굴을 덮는다. 저 녀석도 대열에서 이탈한 모양이다. 이제 막 열 살이 된 동백은 나이에 비해 왜소한 체구 때문에 수색대 참여를 두고 어른들의 고민이 많았다. 하지만 달리 대안이 없었다. 몽유 부족은 나날이 세력이 약해지고 있다. 어른들은 병들고 쇠약해져 제대로 된 활동을 할 수 없고 그들의 뒤를 이을 아이는 태어나지 않는다. 부리의 출산은 말하자면 기적이었다. 기적같이 태어난 아기도 결국에는 검은 움막에 들어가게 됐지만.

동백도 검은 움막에서 며칠을 머물러야 할 만큼 약했지만 어찌 됐든 어엿한 수색대원이 됐다. 하지만 아이들은 동백을 인정하지 않는다. 봄으로선 동지가 생긴 것 같아 좋지만, 저 작은 것을 따돌리는 꼬락서니를 보면 울화통이 터진다. 봄이 서둘러 동백이 있는 쪽으로 가서 녀석의 입을 막는다.

"그렇게 소리 지르면 어떡해?"

동백의 놀란 눈이 봄을 보고 안도한다. 동백이 봄의 손을 뿌리치고 퉤퉤 한다.

"왜 혼자야?"

"길 잃었어."

그런 말을 잘도 하는군.

"앞에 누나 형 들 따라갔어야지."

"그랬는데 뒤를 보니까 봄이 누나가 없잖아. 그래서 누나 찾다가 다른 누나 형 놓쳤어. 봄이 누나, 수색대원 맞아? 칠칠맞게 대열에서 이탈이나 하고 말이야."

봄은 쓴웃음을 지으며 동백의 조그만 머리통을 쓸어내린다.

"아, 지금 때리는 거 같은데."

"기특해서 쓰다듬는 거야."

"아닌 것 같은데. 아픈데."

"아니라니깐."

그때 수풀을 헤치고 서리가 나타난다. 서리는 아무 말도 하지 않는다. 그저 팔짱을 끼고 봄을 쳐다볼 뿐이다. 하지만 그것으로 충분하다. 동백이 봄의 뒤로 숨는다. 봄도 어딘가로 숨고 싶다. 서리는 봄보다 두 살이나 어리지만 족장 못지않은 위압감을 자랑한다. 어른들은 서리야말로 진정한 족장감이라고 말하며 반사적으로 봄을 쳐다보곤 하는데 그 뜻은 어렵지 않게 짐작할 수 있다. 어떻게 족장 배 속에서 저런 게 나왔나 싶은 것이다. 봄의 생각도 크게 다르진 않다. 서리를 따라온 나머지 수색대 아이들도 딱 그런 표정으로 봄을 쳐다본다. 빌어먹을 시선. 좀 평범하게 볼 수는 없는 거야? 봄은 참지 못하고 아무 말이나 지껄인다.

"부리 언니가 걱정돼서……."

서리가 대번에 받아친다.

"정말로 걱정이 됐다면 그렇게 쥐새끼처럼 숨어서 구경하지 말았어야지."

"야, 말이 심하잖아! 구경이라니?"

"아기가 또 검은 움막에 들어갔어! 얼마 만에 태어난 아긴데!"

서리가 그렇게 말하는 순간 마치 짜기라도 한 듯 아이들의 시선이 봄의 다리 쪽으로 향한다. 봄은 수치심에 홧홧해진 얼굴로 부러 큰소리를 친다.

"이겨낼 거야! 동백이가 그랬던 것처럼."

"아니면? 너 때문에 부정 타서 이겨내지 못하면?"

봄은 이를 악물며 결국 외투를 더 꽁꽁 싸맨다.

"지금 한가하게 이러고 있을 때 아니지 않아?"

"네가 할 소린 아니지. 우린 이미 수색 영역 설정 마쳤어."

서리가 잇새로 휘파람을 불자 땅을 통해 진동이 느껴진다. 곧 커다란 기계 짐승들이 모습을 드러낸다. 크기와 모양이 제각각인 그것들 위로 수색대 아이들이 올라탄다. 늑대의 형상을 한 기계 짐승 위에 올라탄 서리는 봄조차 인정할 수밖에 없는 위엄을 자랑한다.

"금수처럼 빠르게는 못 달려도 천천히 꼼꼼하게 수색할 수 있다고 했지? 어디 한번 해 봐. 우리가 수색을 마치고 돌아올 때쯤 네가 어디서 뭘 하고 있을지 궁금하네. 그리고 두 번 수색할 일이 있을지도."

서리가 박차를 가하자 기계 짐승이 위협적으로 봄을 지나쳐

간다. 다른 아이들도 그 뒤를 쫓아 자취를 감춘다. 봄은 그 애들이 완전히 산을 떠나서야 두 무릎을 손으로 짚고 숨을 쉰다. 눈앞이 어질어질하다. 옆에 있던 동백이 조심스럽게 묻는다.

"괜찮아?"

"가자. 너도 빨리 수색 가야지."

봄은 동백의 손을 잡고 이끈다. 머릿속에 기계 짐승이 들어앉은 것처럼 시끄럽다. 서리의 눈빛과 그 애가 했던 말들이 고장 난 기계에서 흘러나오듯 끊임없이 반복된다. 동백이 묻는다.

"누나, 정말 금수 없이 수색할 수 있어?"

"당연하지."

봄이 우뚝 멈춰 서서 동백을 내려다본다.

"그렇게 서리 말을 잘 듣는데 여기서 이러고 있어?"

동백은 딱 열 살짜리 애가 함 직한 얼굴로 심통을 부린다. 봄은 후, 한숨을 내쉬고는 다시 동백을 데리고 산의 능선을 따라 걷는다.

얼마나 걸었을까. 산허리의 우묵한 곳에 낯익은 모습이 보인다. 사슴처럼 목이 긴 동백의 금수다. 그것이 귀처럼 생긴 부위를 쫑긋 세우더니 바로 동백에게로 다가온다. 녀석, 그래도 연결은 잘한 모양이다. 금수에 올라탈 준비를 하던 동백이 자못 걱정스러운 얼굴로 봄을 올려다본다. 너까지 날 그런 눈으로 보진 말아줄래?

"됐으니까 먼저 가."

17

동백이 탄 금수가 폴짝폴짝 뛰어 순식간에 산을 내려가는 것을 보다가 봄은 그 자리에서 뒤로 벌러덩 눕는다. 외투 밖으로 전해져 오는 냉기가 온몸을 얼리지만 그냥 이대로 굳어버리고 싶다. 다른 사람들이 치를 떨 만큼 집요하게 수색대원이 되기는 했지만 사실 수색 자체에 관심이 있는 건 아니다. 아이들이 금수를 타고 하루 종일 허허벌판을 헤맨 끝에 발견하는 거라고는 다 무너져가는 옛날 건물과 고쳐 쓸 엄두도 못 내는 기계 부품이 고 작이다. 봄이 동백만 할 때는 잊을 만하면 한 번씩 사람 흔적을 찾을 수 있었지만 언젠가부터는 사람 뼈 비슷한 것도 발견하지 못하고 빈손으로 복귀하는 게 일상이 된 지 오래다.

"거기도 지금쯤이면 다 망해 없어지지 않았을까?"

너무 어렸을 때라 기억나는 거라곤 그곳 특유의 하얗고 깨끗한 외벽뿐이지만 그 후로 어른들의 이야기를 통해 알게 된 악마의 사육장이라는 곳에서는 수시로 아이들이 죽어나갔다. 악마의 하수인들이 만든 그곳에서 자라는 아이들은 일정 나이가 되면, 몽유의 아이들에게 금수와 연결할 의무가 주어지듯이 손에 무기가 쥐어진다. 그 애들은 제 손에 쥐인 무기를 가지고 함께 자란 다른 아이를 죽인다. 오직 자신들을 거두고 키워준 악마 놈의 유희를 위해서.

그런 악마의 사육장은 세상 어디에나 있었다. 물론 봄이 직접 본 것은 아주 어렸을 때 떠나온 금수강산의 사육장뿐이다. 하지만 봄이 수색대원이 되고 금수를 타고 다니며 본 세상에는 사육장의 흔적이 곳곳에 있었다. 어른들은 몽유의 고향이었던 곳에도 사육장이 있을지 모른다는 생각에 아이들을 닦달해 쉬지 않고 아래로 내려가고 있지만, 결국 발견하게 되는 것이 또 하나의 사육장 잔해뿐이면 어떻게 되는 걸까. 그곳에서 몽유는 무엇을 해야 하는 걸까.

그런 생각을 하고 있는데 어디선가 금수 짖는 소리가 들려 봄은 상체를 벌떡 일으켜 세운다. 금수들이 내는 소리라는 게 다 비슷비슷한 쇳소리지만 이 소리는 마치 목이 쉰 듯한 느낌을 준다. 꼭 봄의 금수처럼. 하지만 그놈은 지금쯤 족장의 감시 아래 있을 텐데?

마치 그런 생각에 반발이라도 하듯 컹, 짖는 익숙한 소리가 산의 반대편에서 들려온다. 봄은 더 생각할 것도 없이 소리가 들린 쪽으로 달린다. 저놈이 또 무슨 사고라도 쳤다간 금수 없이도 수색할 수 있다고 배짱 부리는 짓조차 하지 못하고 아예 수색대에서 제명당할지 모른다. 수색 작업이 어떻든 간에 그마저도 하지 못하고 홀로 기지를 지키는 일만큼은 절대 피하고 싶다.

미친 듯이 얼마나 달렸을까. 마치 거대한 손으로 눈을 퍼낸 것처럼 움푹하게 파인 지대가 느닷없이 나무 사이로 모습을 드러내는 바람에 봄은 하마터면 그 안으로 굴러떨어질 뻔한다. 저도 모르게 붙잡은 나무 줄기가 부러지기 직전에야 겨우 멈춰 선 봄은 그대로 바닥에 주저앉아 숨을 돌린다. 그때, 아래에서 괴이한 소리가 들려온다.

"으억!"

봄은 움찔해서 나무 뒤로 기어가 숨는다. 뭔 소리였어? 또 한 번 괴상망측한 소리가 산에 울려 퍼지더니 걸걸한 목소리가 냅다 욕지거리를 토해낸다.

"빌어먹을 나노 기술. 쓸데없이 위액은 왜 생성해? 우웩!"

윽. 틀림없이 사람인데 놀라움이나 반가움 같은 감정을 느낄 새도 없이 구역질이 치밀어 올라서 봄은 손으로 입을 틀어막는다. 대체 어떤 역겨운 인간이 산속에서 헛짓거릴 하는 거야? 나무 줄기에 몸을 의지해 벼랑 아래를 내려다보니 웬 새하얀 것이 동굴같이 생긴 구멍 앞에 엎어져 있다. 그것이 허리를 펴 일어서는데 키가 엄청나게 크다. 번쩍번쩍 빛이 나는 듯 새하얀 것의 정체는 다름 아닌 외투다. 그것에 달린 두건을 걷어 지저분하게 곱슬거리는 장발을 드러낸 그것이 동굴 쪽으로 돌아서더니 말한다.

"뭐?"

또 누군가 있다. 동굴 안에서 또 하나의 빛이 걸어 나온다. 똑같은 외투를 전신에 뒤집어쓴 자가 뭔가를 품에 안은 채 먼저 가 버린다. 그러자 역겨운 쪽이 다시 말한다.

"지금 무시하는 거야, 소연?"

소연? 이름인가? 저 육 척 장신들이 우리와 같은 사람이라고? 소연이라는 자가 뒤도 안 돌아보고 말한다.

"다물고 걷지. 갈 길이 먼데."

그러자 소연의 뒤를 쫓으며 그자가 말한다.

"도대체 이게 다 무슨 소용이지?"

그자가 소연의 앞으로 가 돌아서는 바람에 봄은 황급히 나무 뒤로 몸을 숨긴다.

"아니, 당신 말은 알아들었는데, 그렇잖아, 우리가 이렇게 길을 걸어가서 짠 하고 나타나든, 보육원 지하에서 짠 하고 나타나든, 어차피 그 사람들은 우리를 반쯤 신적인 존재로 생각하잖아. 근데 꼭 이렇게 촌스러운 방법을 고집하는 이유는 순전히 당신의 야만적인 취향 아니겠느냐 이거지. 으, 추워서 돌아가시겠네."

보육원? 사람들? 봄은 심장이 목구멍으로 치밀어 오르는 듯한 느낌에 침을 꼴깍 삼킨다. 그 말을 한 자가 새하얀 외투를 여미고는 두건을 깊숙이 눌러쓴다. 소연이 대꾸한다.

"그냥 느낌이야. 무해하고 무용한."

"그냥 느낌은 얼어죽을. 느낌이 모든 거야. 이봐, 딴소리하지 말고, 응?"

"맞아, 야만적인 취향. 그러니까 다물고 걸어."

소연이 안고 있던 것을 확인하더니 그 위로 씌워진 투명한 뭔가를 단도리한다. 그러고는 고개를 들어 주변을 둘러보는데 봄이 숨어 있는 위쪽을 지나치던 고개가 잠깐이지만 멈춘 것 같다. 설마 들킨 건 아니겠지. 그자가 또 말한다.

"고루해. 하긴, 그러니까 아직도 이런 보육 프로그램에 미련을 못 버리는 거겠지. 다시 말하지만 요즘 대세는 배틀 로얄 서바이벌이라니깐? 당신도 본 적은 있을 텐데? 무슨 스카이? 그 인간이 맡고 있는 거 말이야."

"나 거기 그랜드마스터야."

소연의 말에 그자의 얼굴이 못 들을 말이라도 들은 것처럼 구겨진다. 봄도 마찬가지인데 도대체가 무슨 말을 하는지를 알아들을 수가 없다. 외계어인가?

"당신, 제정신이야? 경쟁사 프로그램에 후원을 해? 그것도 그랜드마스터? 농담이지? 아니, 그럴 만한 돈이 있기는 하고?"

소연이 손을 쳐든다.

"소리 못 들었어?"

"뭐? 무슨……."

덩달아 귀를 기울여 소리에 집중하던 봄은 입을 떡 벌린다. 안돼!

컹, 하는 소리와 거의 동시에 봄의 금수, 이리가 나무 사이에서 튀어나온다. 서리의 금수에 비하면 하룻강아지지만 녀석의 기세는 범 못지않다. 녀석이 노리는 것은 다름 아닌 저 둘이다.

"재인!"

소연이 다른 하나를 향해 그렇게 소리치고는 안고 있는 꾸러미를 보호하듯 휙 돌아선다. 재인이라고 불린 다른 하나가 겉보기와는 달리 잽싸게 소연의 앞으로 뛴다. 이리는 그대로 재인을 향해 주둥이를 벌린다. 저게 진짜로 미친 건가, 사람을 공격하다니? 금수는 연결하기가 드럽게 까다로워서 그렇지 기본적으로 먼저 사람을 공격하거나 하지는 않는데. 아니, 저들이 사람이 아닌 걸까?

일촉즉발의 상황에서 봄은 저도 모르게 고개를 숙인다. 쾅 하는 소리가 난다. 재인이 어떻게 됐을지 상상도 할 수가 없다. 하지만 재인은 멀쩡하게 소리를 지른다.

"염병, 빨리!"

봄이 고개를 들어보니 믿기지 않는 광경이 펼쳐지고 있다. 소연을 가로막고 선 재인과 이리가 맞붙어 대치하고 있는 게 아닌가. 심지어 재인의 팔 하나가 이리의 강철 잇새에 물려 있다. 그런데도 멀쩡하게 서 있다니? 대체 지금 뭘 보고 있는 거야?

하지만 금수는 금수인지라 재인이 결국 이리의 기세를 버티지 못하고 털썩 무릎 꿇는다. 그러는 동안 소연은 이리의 옆으로 돌아가 등 위로 올라타듯 기대더니 냅다 이리의 뒷목에 손가락을 찔러 넣는다. 소연의 눈빛이 풀린다. 보이지 않는 뭔가를 읽는 것 같다. 그의 입이 불만족스럽게 일그러진다. 곧 있으면 이리한테 깔릴 것 같은 재인이 다시 한번 소리친다.

"소연, 제발!"

"다 됐어!"

소연의 눈빛이 돌아온다. 뭐가 됐다는 건지는 모르겠지만 이리한테서 물러선 소연이 이리를 발로 힘줘서 민다. 그러자 이리가 돌처럼 굳은 채 옆으로 쿵 쓰러진다.

봄은 저도 모르게 자리에서 벌떡 일어났다가 도로 몸을 숨긴다. 죽은 건 아닐 것이다. 그동안 움직임이 둔해지다 겨울잠보다 깊은 잠에 빠진 녀석들을 본 적이 있지만, 족장이 제사를 지내면 미세하게나마 반응을 보였다. 어른들이 말씀하시길, 이것들은 절대 죽지 않는다 했다. 그러니 이리도 제사만 지내면 다시 눈을…….

근데 대체 저것들은 뭐지? 아무리 봐도 저것들의 손에 금수와 맞붙을 만한 무기가 들려 있지는 않다. 설마 맨손으로 이리를 저렇게 한 거야? 그게 말이 돼?

아니지. 말이 될 수도 있다. 세상 천지에 금수를 맨손으로 때려잡을 수 있는 게 있다면 그건 딱 하나뿐이다. 악마의 하수인! 그것들은 악마의 노예로서 주인의 배를 불리기 위해 그 어떤 천인공노할 만행도 서슴지 않는다. 그것들은 세상 곳곳에 악마의 사육장을 짓고 아이들을 잡아다가 살찌워 악마의 아가리에 처넣는다. 그리고 그것들은 사람의 꼴을 하고 있되 사람은 아니라 했다. 그것들의 사지를 찢으면 금세 상처가 아물고 새 사지가 자라나 복수를 한다 했다.

이리에게 팔이 물린 채 옴짝달싹 못 하는 재인이 우는소리를 한다.

"진짜 관둘까."

"내가 추천서 잘 써줄게. 나 같은 야만인이 쓴 게 먹힐지는 모르겠지만."

소연이 이리의 주둥이를 벌려보지만 소용없자 말한다.

"하는 수 없지. 잘라."

"뭐?"

"그러고 있을 거야? 아니면 그거 들고 다니게? 아마 도착도 하기 전에 방전돼서 기절할걸."

이리에게 물린 제 팔을 아련하게 바라보더니 재인이 말한다.

"산재 처리 해줄 거지?"

"원한다면 간성間性으로도 해줄게."

"뭐, 나쁘진 않군. 안 그래도 그 부분이 좀 답답했거든."

재인이 눈을 감고 고개를 돌린다. 소연이 외투 속에서 한 뼘만 한 막대를 꺼내더니 재인에게 다가간다. 그러고는 뭔가를 하는 순간 빛이 번쩍이는 바람에 봄은 눈을 질끈 감는다. 소연의 목소리가 들린다.

"괜한 낭비를 했어. 서두르자."

뭐야, 무슨 일이 벌어진 건데? 눈을 떠보지만 앞이 보이지 않는다. 그 순간 봄의 머릿속에 떠오르는 건 다름 아닌 상화 이모다. 날 때부터 앞이 보이지 않아 언제나 눈을 가린 채 작디작은 움막에서 상화는 이런 느낌으로 살아온 걸까? 봄이 그런 생각을 하는 동안 재인이 잔뜩 흥분해서 소리친다.

"지금 그게 할 소리야? 나 정신적으로 너무나 큰 피해를 입었다고. 도대체 누가 보상을…… 잠깐만. 근데 저게 지금 우리를 공격한 거야? 어떻게?"

봄은 눈이 찢어져라 문지르며 앞을 보기 위해 애쓴다. 뭔가가 보이는 것 같긴 한데 환한 빛 두 개가 멀어져가는 것 같다. 악마의 하수인들이 아까 말한 보육원이라는 곳으로 가는 모양이다.

봄은 나무에 등을 기대고 심호흡한다. 서서히 시야가 회복된다. 이대로 마을로 돌아가 족장께 보고하면…… 그 순간 머릿속에서 서리의 쌀쌀맞은 목소리가 말한다. '이게 어디서 수작질이야? 증거 있어?' 서리뿐만이 아니라 다른 수색대 아이들과 어른들 대부분도 봄의 말에 콧방귀도 안 뀔 것이다. 거짓말을 한다며 벌이나 받지 않으면 다행이지.

봄은 고개를 절레절레 흔든다. 이건 기회다. 그 사람들이 봄을 인정하게 할.

저것들을 쫓자. 쫓아서 보육원인지 뭔지를 두 눈으로 직접 확인하자. 어쩌면 그곳도 사육장의 하나일지 모른다. 몽유의 어른들이 그토록 찾아 헤맨 악마의 사육장 말이다. 만약 정말로 그것을 발견하게 된다면, 봄이 그 일을 해낸다면, 그러면 족장도 기뻐하실 거야. 그리고 수색대 아이들과 마을 어른들도 더는 봄을 무시하지 않을 것이다.

봄은 고개를 내밀어 악마의 하수인들이 움직이는 것을 확인하고 그 뒤를 쫓는다.

❊

현은 책상에 엎드려 턱을 괸 채 아이들이 교실을 빠져나가는 소리와 턱을 통해 전달되는 진동을 느낀다. 아이들은 늘 같은 순서, 같은 조합으로 교실을 빠져나간다. 그래서 지루하고 재미없다. 기대할 만한 게 하나도 없다. 이제 딱 하나 남은 아이가 현의 곁으로 다가올 것이다. 그리고 말을 하는 대신 현의 어깨를 가볍게 두 번 칠 것이다. 톡톡. 그것의 의미는 이렇다.

'가자.'

현은 고개를 들고 아이가 서 있을 방향을 돌아'본다'. 그렇게 하고 말을 하지 않으면 그 애는 현의 말을 '들을' 수 없기 때문이다. 현은 '보다'와 '듣다'라는 표현이 얼마나 우스운 것인지를 생각하며 말한다.

"사강, 다음 시간 체험이야. 너도 알잖아."

사강이 숨을 훅 하고 토해내는 것이 들린다. 일단 현의 말이 전달은 된 모양이다. 사강은 제 두 손을 빠르게 움직인다. 사강이 제 뜻을 전하기 위해 손을 움직이는 소리가 현은 좋다. 빠르고 경쾌한 그 소리는 현에게는 아직 낯설기 때문이다. 분명히 의사소통을 위한 신호 체계일 텐데 현으로선 사강의 손이 구체적으로 어떤 유형을 보이는지 알 길이 없다. 그것을 아는 것은 유미와 바람 두 선생님뿐이다. 바람의 딱딱한 목소리가 사강의 말을 옮긴다.

"알지. 그래서 또 빠지겠다고? 너야말로 무슨 체험인지 알고

27

있는 거야?"

"사실 몰라. 관심 없거든."

"고대 문화 중 오페라를 체험할 거랬어. 무대는 볼 수 없어도 음악을 즐길 순 있잖아."

현은 미간을 찌푸린다.

"넌 어쩌고?"

"나야 무대 위 사람들의 움직임을 보면 되지. 악보를 읽는다거나."

현은 순간적으로 끓어오르는 분노에 깜짝 놀라 자리에서 벌떡 일어난다. 이 불쾌하기 짝이 없는 감정의 원인은 뭐지? 현은 지금쯤 자신을 지켜보고 있을 바람을 의식하며 사강에게 가까이 다가선다. 사강이 숨을 흡 하고 들이마시는 소리가 들린다. 현은 사강의 얼굴을 찾아 잡고는 가까이 끌어당기고 입 모양으로 말한다.

"손 움직이지 말고 내 말만 봐."

사강이 고개를 끄덕인다.

"옥외 공터로 가자."

사강이 헉 하고는 무의식중에 팔을 드는 것을 얼른 붙들고 현은 교실을 빠져나간다. 그러면서 큰 소리로 말한다.

"저런. 사강, 그렇게 식사를 적당히 했어야지."

그러자 앞쪽에서 바람의 무미건조한 목소리가 들린다.

"무슨 일이지, 현?"

"사강이 체한 것 같아요."

현은 사강의 버둥거리는 두 팔을 꽉 붙들고 버틴다. 오래는 힘들 것이다. 왜냐하면 사강은 현보다 팔 힘이 더 좋기 때문이다. 사실 보육원 아이 중에 현보다 힘이 약한 아이는 거의 없다. 이제 막 이름을 얻게 된 새싹반 아기들을 제외하면 사실상 없는 거나 다름없다.

"유미 선생님을 호출할까?"

"아니요! 그냥 바깥바람 좀 쐬면 돼요."

"현, 너는 의사가 아니다."

"하지만 경험자죠. 제가 제일 잘 알아요. 그렇지 않나요?"

"꼭 그렇다고 할 수는 없다. 네가 이 보육원에서 살고 있다고 해서 이 보육원을 운영하는 사신보다 이 보육원에 대해 더 많이 안다고 할 수 없듯이 말이다."

현은 애써 미소를 억누른다.

"바람 선생님이 말씀하시는 사신이란 사신 일반을 지칭하는 거지요?"

"일반적으로, 그렇다."

현은 쾌재를 부르며 말한다.

"하지만 사신 중에서도 재인 님은 보육원에 대해서 웬만한 애들보다도 모르는걸요. 따라서 바람 선생님 말은 사실과 달라요. 제 말은 틀리지 않은 거고요. 가보겠습니다."

현은 사강을 복도로 떠민다. 사강이 마지못해 현과 함께 옥외 공터로 통하는 문까지 가더니 현을 잡아 세운다. 현이 말한다.

"밖에서. 할 말이 있어."

현은 바람 선생님이 '없는' 세상을 꿈꾼다. 이제 문 하나만 넘어서면 현이 바라 마지않는 세상이 펼쳐진다. 현은 조급증을 느끼고 사강의 팔을 잡아끈다. 그러나 사강이 현의 손을 뿌리치는 바람에 현은 균형을 잃고 넘어진다.

"사강……."

사강이 그 어느 때보다 거칠게 손을 움직인다. 곧 바람 선생님이 나타나 말한다.

"나는 이곳에서 나가면 너한테 말할 수 없어!"

"나는 그냥……."

"할 말이 있으면 지금 여기에서 해. 동등하게 대화할 수 있는 이곳에서."

현은 자리를 털고 일어난다. 체험 활동 때마다 자연스럽게 배제되는 현상에 대해, 비슷한 처지인 사강에게 현은 말하고 싶었다. 그 생각뿐이었다. 사강은 사람의 입 모양을 보고 말을 듣는 훈련을 하기 때문에 바람 선생님이 없는 바깥에서도 이야기를 할 수 있을 거라고만 생각했던 것이다. 틀린 생각은 아니었지만, 짧았다. 현은 사강의 말을 볼 수 없다. 이 불균형을 생각하지 않고서 불균형을 말하려 했다니. 현은 부끄러움을 감출 길이 없어서 고개를 떨구고 아무 말도 하지 않는다. 다만 마음속에서는 또 한 번 참을 수 없는 분노가 끓어오른다.

왜 이런 식이 아니면 안 되는 거지? 누군가의 도움 없이는 대화조차 불가능한 구조가 아니면 안 되는 걸까? 현과 사강을 포함해서 보육원에서 생활하는 모든 아이들에겐 태어나면서부터 지니게 된 결함이 있다. 보육원은 그런 아이들을 돌보고 부족한 부분을 채워준다. 그래서 아이들은 불편함을 거의 느끼지 않는다. 보육원에서는 말이다. 현의 옆에 있는 문 밖으로 한 발자국만 나가면 누군가는 제 마음을 표현할 수 없다. 길을 찾지 못한다. 살아갈 수 없다.

보육원은 우릴 돕는 곳인가, 아니면 우릴 가두는 곳인가.

현이 고개를 들어 사강을 불러보지만 아무 반응도 돌아오지 않는다. 결국 현은 홀로 보육원 밖으로 나간다. 찬 공기를 가슴 깊이 채우며 현은 비로소 자신이 살아 있음을 실감하는데 왠지 그것이 슬프게 느껴진다.

왜 나는 이런 식으로만 살아 있을 수 있는 걸까.

*

저것들이 대체 어디로 가는 거야? 봄은 나무에서 나무로 조심스럽게 움직이며 머릿속으로 지도를 그려본다.

몽유의 기지가 들어앉은 산의 맞은편에서 봄은 악마의 하수인들이 튀어나온 동굴을 발견했다. 그리고 그들을 쫓아 그대로 산을 내려온 뒤로 한참을 바깥으로 나왔다. 이쯤이면 나타날 때가 됐는데. 거대한 강이.

얼마 전 금수를 타고 건널 수 있는 개울을 가로질러 당도한 이곳에서 수색대 아이들은 늘 해왔던 것처럼 주변 지형 지물을 파악하기 위한 광범위 탐사를 실시했다. 봄을 비롯한 모든 아이가 물을 발견했다. 금수를 타고는 건널 수 없는 큰 강이었다. 그리고 그 너머로는 물안개 때문에 제대로 보이지는 않지만 크고 작은 땅덩어리가 산개해 있었다. 그중 한 곳과는 고대의 건축물이 분명한 다리가 이어져 있었다. 지금 봄의 눈에 보이는 다리가 그것이다. 아무래도 강을 건널 생각이지 싶다. 짙은 안개로 뒤덮인 기다란 다리는 몸을 가릴 만한 구조물이 없다. 어떻게 해야 하지?

악마의 하수인들은 다리를 건넌다. 그들이 입은 외투가 멀리서도 깜빡깜빡 빛을 발한다. 다리의 입구에 있는 연석에 몸을 숨긴 채 멍하니 그 빛을 바라보던 봄은 더는 빛이 보이지 않자 홀린 듯이 일어나 앞으로 걸어간다. 그렇게 얼마나 걸었을까. 다시 빛을 발견한 봄은 깜짝 놀라 바닥에 엎드린다. 이미 다리의 절반 가까이 와 있다는 것을 깨닫고 봄은 이를 악문다. 이렇게 된 이상 갈 데까지 가보자고.

빛은 다리의 왼쪽 해안을 따라 깜빡인다. 봄은 안개를 믿기로 하고 다리를 달려 건너간다. 귀를 간질이던 물소리가 들리지 않고 봄은 어느새 기지에서 한참이나 떨어진 다른 섬에 있게 된다. 심장이 콩닥거리는데 기분이 나쁘지 않다. 아주 오랜만에 뭔가를 하고 있다는 느낌에 온몸이 근질거린다.

침착해. 아직 끝나지 않았어.

빛은 다시 시야에서 사라진 뒤다. 봄은 다리의 왼쪽으로 방향을 틀어 달리다가 나무가 우거진 곳으로 들어간다. 이제야 좀 마음이 놓인다. 나무의 보호 아래 또 한참을 나아가던 봄은 재인의 목소리에 멈춰 선다. 그 인간 참 말 많네. 뭐, 덕분에 잘 따라왔지만. 재인이 하는 말의 태반을 알아들을 수 없지만 대체로 소연에게 뭔가를 호소하는 것 같다. 두 사람이 어떤 관계인지 슬슬 감이 잡힌다. 친하지만 서열이 분명한 관계. 소연이 더 위다. 아마도 저자가 보육원이라고 부르는 악마의 사육장의 우두머리가 아닐까 싶다. 그렇다면 소연이야말로 봄과 몽유의 최종 목표나 다름없다. 봄은 소연의 인상착의를 머리에 새기기 위해 조금 더 접근한다.

소연은 족장보다는 어려 보이지만 이제 막 저 모습으로 태어난 것처럼 깨끗하고 순수한 몰골을 하고 있다. 그 이면에 어떤 추악한 진실이 숨어 있을지 모를 일이다. 다만 저 모습을 보고 있자면 과연 저런 자가 정말로 아이들을 악마의 아가리로 던져 넣는 하수인일까 하는 의구심이 든다. 하지만 그런 생각이 드는 거야말로 저것들이 요물이라는 증거 아니겠어. 어쨌거나 저자는 금수를 맨손으로 쓰러뜨린 악마의 하수인이다. 그때 소연이 재인의 푸념을 듣다가 미소 같은 걸 짓는데 왜인지 퍽 쓸쓸해 보인다. 악마의 하수인도 저런 표정을 지을 수 있다니! 봄은 어쩐지 소연의 표정이 보기 좋다는 생각을 하다 기분이 언짢아진다. 악마의 하수인을 보고 무슨 생각을 하는 거야?

악마의 하수인들이 길에서 벗어나 봄이 숨은 숲 쪽으로 곧장 들어온다. 봄은 화들짝 놀라 나무를 타고 잽싸게 올라간다. 가지에 앉아 줄기를 끌어안고 아래를 내려다보니 다행히 들킨 것은 아니다. 저것들은 그냥 산을 오를 뿐이다. 봄은 안도하고는 다시 긴장의 고삐를 당긴다. 뭔지 몰라도 고지가 코앞이라는 느낌에 기운이 솟구친다.

봄은 가지를 사다리 받침 삼아 더 높이 올라간다. 봄의 무게로 줄기가 휘기 시작할 즈음 굵직한 가지에 올라앉아 다시 아래를 살핀다. 악마의 하수인들이 향하는 방향을 따라 고개를 들던 봄은 나뭇가지 사이로 보이는 환한 무언가를 발견하고 얼굴을 구긴다. 저건…… 봄은 다시 시선을 내려 악마의 하수인들이 두른 하얀 외투를 확인한다. 그야말로 빛을 뿜어내는 특유의 하양이 완전히 똑같다. 그리고 기억 속의 사육장도 저렇게 환했지 싶다. 다시 고개를 들어 새하얗고 네모반듯한 건물을 보며 봄은 입을 떡하니 벌린다. 그리고 중얼댄다.

"저게……."

제 목소리에 흠칫 놀란 봄은 고개를 절레절레 흔들고는 나무를 끌어안은 채 몸을 개처럼 떤다. 저게 바로 그토록 찾아 헤매던 악마의 사육장이라고? 막 기쁘고 흥분돼야 할 것 같은데 그렇지는 않다. 그보다는 뭐랄까, 허무하달까. 뭐지, 이 꿉꿉한 기분은? 뭘 기대한 건데? 시뻘건 불길과 으스스한 건물? 하지만 애당초 봄의 기억 속에 있는 사육장도 그렇게 볼품없이 생기지는 않았다. 그런데도 언젠가부터 머릿속 사육장은 점점 더 해괴하게 바뀌어갔다. 봄이 알던 것과는 완전히 달라져버렸다. 그리고 실제로 마주한 사육장의 평범한 모습에 봄은 당황하고 만 것이다. 소연을 보고 느꼈던 것처럼. 왠지 불쾌해져서 봄은 인상을 쓰고 사육장으로 다가가는 하수인들을 노려본다.

그들은 건물의 외벽에 설치된 계단을 걸어 올라간다. 마치 네모난 돌을 사선으로 쌓아 올린 듯한 건물은 그 자체가 계단처럼 층이 져 있는데 두 번째 단으로 올라간 악마의 하수인들은 봄이 두 눈을 부릅뜨고 지켜보는 가운데 온데간데없이 사라진다. 봄은 충격에 잠시 멍하지만, 따지고 보면 저것들이 악마의 하수인인 이상 더는 놀라 자빠질 일도 없지 싶다. 오히려 자기들이 악마의 하수인이라고 증명해준 꼴이니 고마운 일이다.

봄은 나무에서 내려가 곧장 산을 오른다. 산의 중턱에 자리한 악마의 사육장의 하얗디하얀 벽 앞에서 봄은 멈칫하고는 벽에 비친 것을 빤히 노려본다. 때 타고 누런 가죽 외투 속에 숨듯이 있는 봄. 입을 굳게 닫고 외투를 더욱 단단히 여민다. 그 안에 있는 것이 보이지 않도록.

그때, 하늘에서 괴이한 소리가 울려 퍼져 봄은 반사적으로 사육장 벽면에 몸을 밀착시킨다. 오, 족장님 어머니, 악마의 하수인이 지은 것에 몸을 대고 말았습니다. 이제 저는 불에 타 죽는 걸까요.

또 한 번 귀를 긁는 소리가 울리는데 묘하게 익숙한 소리에 봄은 자세를 낮추고 천천히 외벽의 계단을 올라간다. 저 소름 끼치는 소리는…… 금수? 분명 금수들이 내는 특유의 쇳소리다. 머리 위로 그림자가 드리워져 올려다보니 시꺼먼 것이 호를 그리며 나타났다가 사라진다. 새다. 금수 새야! 저런 건 본 적이 없는데. 하기사 악마의 하수인이 지은 곳이다. 저런 요물이 있는 게 당연하다.

계단의 중간까지 올라간 봄은 딱 머리 높이에 위치한 외벽의 위쪽 모서리 너머로 고개를 쭉 뺀다. 그러자 또 다른 사각 건물과 그 주변을 빙빙 나는 금수가 보인다. 그것이 까악, 하고 거칠게 울더니 내려온다. 봄은 움찔하지만 봄을 향해 오는 것이 아니다. 어느새 새하얀 공간 한가운데에 역시나 하얀 외투를 입은 봄의 또래 아이가 튀어나와 있는데, 금수가 향하는 건 다름 아닌 그 아이다. 봄은 저도 모르게 두 손으로 외벽의 윗면을 짚고 번쩍 위로 뛰어오른다. 그리고 제 몸을 더듬다가 하는 수 없이 가지고 있던 작은 칼을 금수를 향해 던진다. 가뿐히 몸을 틀어 피한 금수가 다시 날아오르더니 깍, 하고 울부짖고는 어디론가 날아가버린다.

봄은 안도의 숨을 내쉬다가 멈칫한다. 하얀 외투를 입은 아이가 봄 쪽을 향해 선 것이다. 서리가 봤다면 혀를 찰 상황이다. 지금이라도 도망칠까 하다가 문득 아이의 행동이 어딘가 익숙하다는 것을 깨닫는다. 아이는 봄 쪽을 향해 서 있지만 봄을 보는 것은 아니다. 봄은 발소리를 죽여 옆걸음을 걸어보고는 깨닫는다. 이 애는 앞을 보지 못한다. 봄의 마을 한구석에서 죽은 듯이 숨어 사는 봄의 이모, 상화처럼.

아이가 봄이 있던 낭떠러지를 향해 불안한 발걸음을 옮기며 말한다.

"유미 선생님?"

아이가 몸에 두른 새하얀 외투는 분명 악마의 하수인들이 입은 것과 같다. 여기가 정말로 악마의 사육장이 맞는다면 이대로 몰래 돌아가서 족장에게 보고해야 한다. 아이가 점점 앞으로 간다. 이곳이 아이들을 잡아다 가둬 살찌우는 악마의 사육장이 맞는다면, 그래서 그것을 무너뜨리기 위해 이 먼 여정을 밟아온 거라면, 결국은 그 아이들을 구하려는 것 아닌가? 지금 낭떠러지를 향해 가고 있는 저 아이를. 아이가 계속해서 나아가며 금수 소리를 흉내 낸다. "까악?"

봄은 두 손을 그러모아 입에 대고 외친다.

"까악!"

아이가 움찔하더니 봄 쪽으로 돌아서고는 고개를 갸우뚱한다. 봄으로선 영문을 알 수 없지만 다시 한번 소리친다.

"까악!"

아이가 다가온다. 봄은 안쪽으로 걸어가며 금수 소리를 낸다. 아까 악마의 하수인들이 사라진 곳 근처에만 데려다 놓으면 그

다음은 어떻게든 되겠지. 아이는 봄을 따라오기는 하지만 어째 표정이 심각해 보인다. 하지만 지금 그런 것까지 신경 쓸 겨를은 없다. 대충 여기다 싶은 곳까지 아이를 유도한 봄은 도망치기 위해 돌아선다. 그런데 아이가 말한다.

"누구세요?"

봄은 얼어붙어서 겨우 고개만 돌려 아이를 본다. 아이가 봄 쪽을, 좀 더 정확히는 봄의 다리 쪽을 내려다보듯 고개를 떨구고 있다. 봄은 습관적으로 외투를 더 단단히 여며 다리를 가린다. 어떡하지? 어떡하긴 뭘 어떡해? 이대로 달아나면 돼. 어차피 저 애는 나도, 이 다리도 보지 못한다고. 아는데, 다리가 움직이지 않는다. 이 무슨 지랄맞은 상황이야?

아이가 한 걸음 다가오고는 역시나 봄의 다리 쪽을 향해 말한다.

"못 들어본 발소린데."

봄은 소리를 지를 뻔한 것을 겨우 참고 아이를 노려본다. 그리고 말한다.

"내 발소리가 어때서."

아이가 놀란 듯 고개를 약간 드는데, 그러니까 기가 막히게 봄의 얼굴을 쳐다보는 듯하다. 이모랑은 달라. 혹시 보이는 게 아닐까? 아주 조금이라도. 그래서 봄은 두 팔을 크게 펴 흔들어보지만, 아무런 반응이 없다. 아이는 그저 웅얼거린다.

"목소리가 어린 것 같은데……."

"내 발소리가 어떠냐니깐!"

아이는 움찔하더니 생각에 잠기듯 미간을 좁힌다.

"어…… 네가 내던 그 이상한 까악 소리 때문에 제대로 듣진 못했지만…… 저벅…… 탁, 저벅…… 탁, 저벅…… 뭐지, 금속성의 소리는?" 아이가 두려운 듯하면서도 신중한 얼굴로 말한다. "우리 중에 한쪽 다리를 질질 끄는 아이가 하나 있어. 하지만 네 발소리는…….."

"아가리 닫아!"

봄이 두려움에 소리친다. 그러고는 아이를 밀쳐 넘어뜨리곤 뒷걸음친다. 탁, 탁. 봄은 화들짝 놀라 멈춰 서지만 다 소용없는 짓이다. 소리를 듣고 반응한 아이가 말한다.

"너, 여기 아이가 아니야. 누구야, 너? 어디서 왔어? 알려줘!"

"시끄러워, 이…… 이…… 하얀…… 금수처럼 소름 끼치는 놈아!"

무슨 소리를 지껄이는지도 모르고 뇌까린 봄은 더 이상 숨길 생각도 없이 우당탕 달려 산 쪽으로 뛰어내린다. 나뭇가지를 붙잡고 그대로 몸을 날려 더 낮은 가지 쪽으로 뛰고 또 한 번 그런 식으로 땅바닥에 착지한다. 누런 가죽 외투가 펄럭이며 오른쪽 다리가 봄의 눈에 보인다. 정확히는 다리 대신에 달려 있는 쇠막대가. 봄은 이를 악물고 외투를 여민 후에 기지를 향해 달린다. 금속성의 소리를 내면서.

저벅, 탁, 저벅, 탁…….

현은 낯선 발소리가 빠르게 멀어져가는 것에 짧게 탄식한다. 가버렸어. 저 독특한 금속성의 발소리도 그렇지만, 마치 생태체험활동 시간에 경험한 들개의 으르렁거림처럼 낮고 거친 아이의 목소리 또한 들어본 적이 없다. 고로, 보육원 아이가 아니다.

하지만 보육원 외부에 아이가 있다? 그것도 현과 비슷한 또래의? 바람의 가르침에 따르면, 있을 수 없는 일이다. 불경하기가 이루 말할 수 없는 생각이다. 현은 얼굴까지 붉힌 채 고개를 절레절레 흔든다. 보육원의 돌봄 없이 어린아이가 살아남기에 이 세상은 너무나 춥고 혹독하며 외롭다. 그래서 간혹 외부에서 출산이 이루어지는 경우 아이의 안녕을 위해서라도 보육원에 맡겨지는 게 일반적이다. 현재 보육원에서 지내는 아이의 약 삼 할이 그런 경우다. 그리고 현도 그렇다.

현은 넘어지면서 부딪혔던 엉덩이를 문지르며 일어서려다 조금 전 아이가 단단한 무언가로 다리를 걸었던 부위에 통증을 느껴 "아" 비명을 지르고 만다. 정말이지 그 난데없는 폭력성은 그 아이가 보육원 아이가 아니라는 또 하나의 근거가 아닐까. 현은 욱신거리는 발목을 만져보다 말고 얼굴을 찌푸린다. 도대체 까마귀 얘는 어디 간 거야? 이렇게 무책임하게 가버리면 어떡하라고? 현은 아예 바닥에 엎드려 앞과 뒤, 좌와 우로 조금씩 나아가며 머릿속 지도를 넓혀간다. 곧 쉭, 하는 소리가 들린다. 문이 열린 것이다! 그러고 보니 아까 그 아이가 이상한 소리를 내며 현을 데려다 놓은 곳 근처다. 거친 행동과는 달리 좋은 마음씨를 지닌 아이구나.

문을 통과하자 등 뒤에서 문이 닫히고, 바람이 느껴진다. 굳이 바람을 가지고 비유하자면 시원하다기보단 숨이 턱 막히는 뜨거운 열기와 같은 느낌에 가깝다. 현의 언 손을 어루만지듯 감싸며 바람이 말한다.

"다리에 이상이 있어 보인다. 무슨 일 있었니?"

현은 당장에라도 바람에게 그 아이에 대해, 보육원 외부의 아이에 대해 묻고 싶다. 하지만 왠지 말문이 떨어지지 않는다. 현은 아까부터 지금까지 줄곧 콩닥거리는 심장에 얕은 숨을 내쉰다. 놀라움, 떨림, 흥분…… 약간 혼란스럽긴 하지만 그렇다고 불쾌하지는 않은 이 기분을 이상하게도 좀 더 향유하고 싶다. 바람에게 알리면 분명 해체하고 분석해서 박제하듯 이 감정을 죽일 것이다. 그것의 효용을 모르는 바 아니지만, 그래도 이것만큼은 혼자서만 알고 싶다. 충분히 맛본 뒤에 알려도 늦지 않을 것이다.

"죄송해요, 바람 선생님. 그게…… 까마귀가 날아가버리는 바람에……."

"있을 수 없는 일이다."

"하지만 있었네요."

"일단 유미 선생님에게 그 다리를 보이자."

현은 바람을 따라 복도를 걷는다. 앞쪽에서 발소리가 들려온다. 바람이 그 아이가 주환이며 현의 11시 방향에서 현과는 반대

방향으로 걷고 있음을 알려준다. 현은 살짝 옆으로 비켜선 뒤 바람이 알려준 방향을 향해 고개를 돌리고(그것이 상대에 대한 예의라고 바람이 잔소리를 해댔기에 시키는 대로 할 뿐 현은 인정하지 않는다) 손을 흔들어 인사한다. 주환이 말로 반응한다. 주환의 발소리가 멀어지는 동시에 또 다른 발소리가 들려오는데 현은 그 특유의 발걸음을 알아채고 바람이 그 아이에 대해 알려주기도 전에 소리쳐 부른다.

"질질아!"

그러자 바람이 지적한다.

"저 아이는 질질이가 아니라 지성이다."

"알아요. 하지만 질질이가 더 명확하잖아요. 안 그래, 질질아?"

뚜벅, 슥…… 뚜벅, 슥…… 지성은 다리가 짝짝이라 긴 쪽을 바닥에 질질 끌면서 걷는다. 그래서 현이 바람의 도움 없이도 알아차릴 수 있는 몇 안 되는 아이 중 하나다. 지성이 다리를 끌며 오더니 말한다.

"너 걸음이 왜 그래? 꼭 나 같다."

현은 밖에서 있었던 일을 떠올리곤 피식 웃는다.

"그게 말이지. 설명하자면 복잡한데."

"네 복잡한 설명은 사양이야. 야, 빨리 새싹반으로 가자."

"새싹반?"

현이 손뼉을 친다. 그 소리에 놀랐는지 지성이 새된 비명을 지른다.

"너 그럴 때마다 수명이 단축되는 것 같아. 졸업도 못 하고 죽겠어."

"미안. 새 원생이 들어온 거지?"

"맞아."

현은 또 한 번 손뼉친다.

"그러고 보니까 사신께서 오시는 날이잖아!"

"야, 좀!"

"미안. 빨리 가보자. 그래도 되죠, 바람 선생님?"

"그래."

지성의 손을 잡고 새싹반으로 가는 동안 현은 그동안 만나온 많은 아이들을 떠올린다. 이번에는 또 어떤 아이가 어떤 특징으로 현을 반겨줄지 벌써부터 기대가 돼서 견딜 수가 없다. 새로운 아이는 늘 한결같은 보육원에 새로운 세계를 열어주는 보물 같은 존재다. 그런 존재들을 데리고 보육원을 찾아오는 사신들은 고대의 동화에 등장하는 산타클로스 같다. 현이 보육원에 대해 양가적인 생각을 가지고 있는 것과는 별개로 보육원과 사신의 존재가 이곳에 사는 사람들에게 없어서는 안 된다는 사실만큼은 부정할 수 없다.

새싹반 주변은 이미 새로 들어온 원생을 구경하기 위해 몰려든 아이들로 소란스럽다. 현은 조금이라도 빨리 새 원생에 대해 알고 싶어 귀를 쫑긋 세우고 그 어느 때보다 말소리에 집중한다. 무언가 굉장한 이야기를 들은 것 같기도 한데 수많은 아이들이 개별적으로 주고받는 대화에서 유의미한 정보를 얻기란 쉬운 일이 아니다. 하지만 현은 그 자체를 즐기며 본의 아니게 지연되고 있는 앎의 환희를 키워간다. 그렇게 지성과 함께 새싹반 안으로 들어간 현은 아기 전용 침대의 매끄러운 가림막을 더듬는다. 이 안에 작디작은 새 원생이 있다. 현이 바람에게 묻는다.

"바람 선생님, 아기를 만져봐도 되나요?"

"이미 필요한 조치는 다 마친 상태다. 그러니 만져봐도 된다."

현은 침대 안으로 손가락을 가져가본다. 옆에서 지성이 덩달아 긴장한 목소리로 "왼쪽, 왼쪽." 속삭인다. 조심스럽게 나아가던 현의 손가락을 무언가가 움켜쥐자 모두가 환호한다. 현은 벅찬 마음으로 아기의 체온을 느낀다. 그때, 누군가 말한다.

"바람 선생님, 그런데 이 아기는 하나인가요, 둘인가요?"

"둘이다. 말이 나온 김에 우리 새 원생들에게 이름을 지어주자."

현이 "무슨 말이야?" 하고 중얼거리자 지성이 설명한다.

"이 애, 머리가 둘이야."

현은 그동안 상상해온 사람의 모습에 머리를 하나 추가해보지만 쉽지 않다. 하지만 아기의 이름으로 좋을 듯한 것은 곧장 떠오른다. 현은 손을 쳐들고 외친다.

"음수와 양수요!"

아이들이 저마다 이름을 되뇌어보느라 새싹반 전체가 흔들리는 것처럼 시끄럽다.

"조용." 바람이 말한다. "하나의 축으로부터 대칭성을 갖는 상태를 적절하게 표현하는 이름이다. 또 다른 의견 있니?"

약속이라도 한 듯 고요해지자 아기가 몸을 뒤척이는 소리가 들린다.

"그럼 이 원생들의 이름은 이제부터 음수와 양수다."

"근데 누가 음수야?"

마치 수학 시간을 소홀히 했다는 자백과도 같은 의문에 아이들 사이에서 웃음이 터져 나온다. 현도 웃으며 당연히 음수는…… 하고 생각하다 길을 잃은 듯한 느낌에 빠진다. 현은 다시 손을 들고 말한다.

"당연히 음수가 왼쪽이어야 할 이유는 없는 것 같아요."

"나쁘지 않은 지적이다. 그럼 우리 대칭과 방향의 개념에 대해 토론해볼까?"

아이들이 야유를 한다. 지성을 포함한 몇몇은 아예 도망가 남은 이들에게 웃음거리가 된다. 바람이 현에게 말한다.

"모두가 동의하지는 않는 듯하니 그 점에 대해서는 다음 수업 때 얘기하는 게 어떨까?"

"네, 바람 선생님."

"그럼 이제 유미 선생님께 가자."

유미의 방이 있는 층으로 간 현은 바람의 손을 잡고 거리낌 없이 복도를 걷다가 뭔가에 부딪혀 쓰러진다. 크게 부딪힌 건 아니지만 보육원 안에서 뭔가에 부딪혀 넘어진 것이 너무 오래간만이라 당황스러울 따름이다.

"바람 선생님, 뭐예요?"

"뭐 하는 거니? 갑자기 왜 넘어졌지?"

"왜냐뇨, 그야 뭔가에 부딪혔으니까……."

그때, 발소리가 현의 귀에 들린다.

"누가 있어요. 유미 선생님?"

발소리가 멎는다.

"유미 선생님은 방에 계시다. 복도에는 아무도 없다."

"하지만 분명 이 앞에……" 손을 뻗던 현은 움찔하고는 소리 지른다. "유령이야!"

"유령은 없다."

"유령이야!"

발소리가 다시 들린다. 아까보다 크고 빠른 소리로 현에게서 멀어진다. 현은 일어나서 소리를 따라가며 외쳐댄다.

"유령이야!"

"다시 말하지만 유령은 없다."

유령을 따라 복도 끝까지 간 현은 "조심!" 하는 굵직한 목소리에 놀라 뜀박질을 멈추고 소리친다.

"원장님, 유령이에요! 못 보셨어요?"

원장인 우성의 대답을 기다리느라 현은 애간장이 탄다. 우성은 무슨 이유에선지 말 한마디 한마디를 매우 신중히 꺼내는 경향이 있다. 하지만 정작 꺼낸 말이 그만큼 심오한가 하면 그건 또 아니다. 무엇보다 어눌한 발음이 현으로선 아쉬운 점이다. 우성이 한참 만에 심드렁한 목소리로 말한다.

"못 봤는데."

"하지만 발소리가 이쪽으로 갔어요. 그런데 바람 선생님은 아무도 없대요. 그러니까 유령이에요."

현은 말을 쏟아내고는 또다시 애간장을 졸인다.

"네 말대로 그게 진짜 유령이라면 어차피 안 보일 거다."

바람이 이의를 제기한다.

"원장님, 유령은 존재하지 않습니다. 현이 혼자 넘어진 것이 창피해서 그러는 겁니다."

"하지만 발소리를 들었어요!"

"그래, 유사 발소리가 났다. 그러나 복도에는 현 너밖에 없었다. 이제 그만 돌아가서 그 다리를 유미 선생님께 보이자."

"하지만……."

우성이 말을 자른다.

"밖에 나갔다가 다친 거냐?"

더 말이 길어졌다간 그 아이에 대해 이야기하지 않을 수 없을 것이다. 그리고 어쩌면 더는 바깥바람을 쐴 수 없게 될지도 모르지. 그것만은 안 돼. 그러면 정말이지 살아갈 수 없을 것이다. 현은 자세를 바로 하며 "별거 아니에요." 하고는 인사를 한 뒤 뒤돌아서서 팔을 크게 흔들면서 발걸음을 재촉한다.

그리고 유미의 방 앞에서 또 한 번 뭔가와 부딪쳐 넘어진다.

"유령이야!"

*

우성은 바람의 인도를 따라 멀어져가는 현의 뒷모습이 더는 보이지 않아서야 머릿속으로 바퀴가 구르는 상상을 한다. 정확히 어떤 원리인지는 알 수 없으나 이렇게 머릿속으로 사전에 약속한 움직임을 상상하면 바람이 그에 따라 우성이 탄 바퀴 달린 의자를 조종해준다. 완전히 입맛에 맞게 움직일 수는 없지만 그래도 처음에 비하면 거의 제 몸처럼 움직이는 것이다. 가끔은 무의식 중에 의자를 조종하다 흠칫 놀라기도 할 정도다. 사실 그것은 다소 소름 끼치는 경험이 아닐 수 없는데 방금 유령 행세를 하며 우성의 방으로 도망친 사신 여자, 소연과의 일들이 대체로 그런 축에 속한다. 경이롭기 그지없으나 묘하게 불쾌하게 느껴지는.

원장실 안으로 천천히 들어가니 기다렸다는 듯이 소연이 우성의 책상 앞으로 가 서랍을 열고 그 안에서 액자를 꺼내 책상 위에 놓는다. 그리고 그것을 묘한 눈빛으로 응시하며 말한다.

"쓸데없는 고집은 결국 스스로를 쓸데없이 만들더라고요. 이 액자는 왜 늘 여기 있다가 꼭 나만 오면 서랍 속에 처박히는 걸까요?"

또 시작이군. 우성은 팔짱을 끼고 자신을 내려다보는 소연을 마주 올려다보면서 머릿속으로는 쏟아지는 비를 상상한다. 앞으로 전진해야 할 의자가 조금 흔들리다 만다. 어쩔 수 없다. 저 얼굴을 마주 보며 이 의자를 평소처럼 조종하는 일은 우성에게 역부족이다. 결국 포기하고 땅이 꺼져라 한숨을 토해낸 우성이 마지못해 말문을 연다.

"쓸데없는 호기심은 결국 주변 사람을 쓸데없이 만들죠. 그 액자가 탐나면 말씀하십시오. 바람이 물건을 똑같이 만드는 재주가 있습니다. 잘 아시겠지만."

소연의 입술이 꿈틀하더니 굳게 닫히지만, 우성이 아는 소연은 절대 오래 버티지 못하는 성격이다. 아니나 다를까 소연이 결국 말한다.

"그렇게 뺏길까 봐 두려우면 좀 더 은밀한 곳에 숨기지 그래요? 하다못해 서랍 위치라도 좀 바꾸던가."

"그곳이 내게 허락된 가장 은밀한 곳인데 신께서 무심하게도 그쪽은 늘 아무렇지 않게 뒤지니까 별 뾰족한 수가 없군요. 어쩌겠습니까, 그것이 신의 뜻이라면 받아들여야지."

신의 손길이 닿은 듯 완벽한 소연의 얼굴에 금이 가는 것을 보는 일은 언제나 우성을 황홀경에 집어 던진다. 이때마다 소연이 사신이 아닌 사람처럼 느껴지기 때문이다. 우성이 알고 지내던 또 다른 소연을 떠올릴 수 있는 이 순간만이 우성을 살아 있게 한다.

하지만 그것도 찰나의 영광일 뿐이다. 헤아릴 수조차 없는 시간 만에 소연의 얼굴은 다시 신의 그늘 아래로 들어간다. 완벽하고 완전한…… 기계의 얼굴. 신이시여, 부디 이 몸을 용서치 마소서.

소연이 기계적인 미소를 지으며 회의를 위한 긴 의자로 가 앉는다. 우성은 그 틈에 필사적으로 폭우를 상상하며 책상 앞으로 이동해 자리를 잡은 다음 팔을 뻗어 책상 위의 액자를 잡아 그대로 끌어당기는 노동에 최선을 다한다. 마지막 고비는 액자를 들어 서랍 안에 뒤집어놓는 건데 이 일을 하느라 등줄기에서 땀이 흐르지만 어쨌든 해낸다. 우성은 작은 성취감을 안고 소연의 맞은편 빈자리로 이동하며 말한다.

"그리고 쓸데없는 말로 피해 갈 생각은 마시죠. 제발 이곳에서 그 마술 같은 짓 좀 하지 말아주시겠습니까? 이곳의 쓸데없는 장으로서 공식적으로 부탁드립니다."

"마술 같은…… 짓이라뇨?"

"시치미 뗄 생각도 마시고요. 바람의 눈을 피해서 도둑처럼 이곳을 돌아다니는 짓 말입니다."

소연은 기가 찬다는 얼굴이다. 그때, 문이 벌컥 열리고 또 한 명의 사신, 재인이 모습을 드러낸다. 근데 저 꼴은 또 뭐란 말인가. 재인의 외투 속 한쪽 팔이 없다. 그리 관심 두고 본 적은 없지만 팔이 없지는 않았던 것 같은데. 하지만 그것이 뭐 대수랴. 저들이야 신의 세계, 소위 '그 계곡'으로 돌아가면 모든 것이 무위로 돌아갈 텐데. 아마 다음에 올 때는 다시 멀쩡한 모습으로 나타날 것이다. 아니면 아예 다른 모습으로 나타나거나. 저들에겐 몸을 옷처럼 갈아입는 괴상한 취미라도 있는 듯하니 말이다.

재인이 소연의 옆자리에 털썩 주저앉으며 말한다.

"현인가 하는 애가 나더러 유령이라는데 뭔 소리야?"

우성은 들으라는 뜻으로 크게 한숨 쉰다. 그러자 소연이 재인을 째려본다. 재인은 "뭐……" 하고 말을 줄이고는 둘만의 신호를 주고받듯 눈짓을 하는데 보고 있기 심히 괴롭다. 약 먹을 때를 놓쳤나? 그건 아니다. 우성이 그런 생각을 하고 있는데 옆에 있는 나머지 자리에 유미 선생이 앉으며 우성에게 인사한다. 그러고는 늘 품에 지니고 다니는 휴대용 단말기를 소연에게 건넨다.

"이번 평가 결과입니다."

단말기를 들여다보는 소연의 손이 화면 위를 분주하게 오간다. 성적순으로 정리된 보고서가 한참을 넘어가야 현이 등장하는 것을 소연은 의아해하는 눈치다. 그럴 법도 한 게 현은 늘 첫 번째 순서를 놓치는 법이 없었다. 하지만 최근 들어 아이는 부쩍 우울해했고 공부에도 집중하지 못했다. 엄밀히 말하면 유미가 공들여 준비한 학습 자료에 관심을 가지질 않았다. 현은 걸핏하면 이렇게 물었다. 그게 무슨 의미가 있죠? 꼭 의미가 있어야 하는 건 아니라는 우성의 말에 현은 그저 옅은 미소를 지었다. 그 옛날 누가 그랬던 것처럼 말이다.

"아이들의 상담을 맡고 있는 입장으로서 적절한 행동은 아닙니다만, 현의 상태가 썩 좋지 않습니다."

유미가 매우 신중한 태도로 말한다. 우성은 이미 여러 차례 들었던 말이다. 소연이 보고 있는 보고서에 유미는 이렇게 적었다. '극심한 우울증과 불면증을 동반한 의욕 저하 및 행동 감소. 때때로 급격한 감정의 변화를 보이며 주변 사람을 놀라게 함. 복용하는 꿈의 양 또한 증가폭이 커져감.' 그것을 보고 우성이 그랬듯 소연의 표정도 굳어진다. 그리고 미간이 찌푸려지는데, 그걸 보는 우성의 심장도 쪼그라드는 느낌이다.

소연, 당신은 대체 누구지? 어떤 소연인 거야? 당신은 그걸 알기는 해?

소연이 고개를 들고는 묻는다.

"요즘도 그런가요?"

유미의 표정이 조금이지만 일그러지는데 매우 이례적인 일이다.

"실례지만 요즘도 그러는 게 아니고 요 몇 달간 쭉 그래 왔습니다. 되레 더욱 심해지고 있는데……."

"제가 여러분처럼 수십 명의 아이만 지켜보는 게 아니라서요."

소연이 날카롭게 말하자 유미는 움찔하더니 고개를 숙인다.

"언짢게 해드렸다면 사과드립니다."

소연이 다시 단말기로 시선을 내린다. 화면에는 그동안 늘 현의 다음 순서였으나 최근 현의 자리를 대신하고 있는 사강의 얼굴이 떠 있다. 우성은 저도 모르게 말한다.

"현의 이상 증세는 여기에서는 가망이 없습니다."

소연이 고개를 들어 우성을 본다. 그다음 말을 기다리는 것 같은데 결국 말한다.

"그래서요?"

우성은 시선을 돌리지 않을 수가 없다. 역시 괜한 말이었다. 마음이 너무 앞섰다. 그런데 유미가 말한다.

"이곳에서 가망이 없는 것은 모두가 마찬가지입니다."

소연은 관자놀이 쪽을 손가락으로 문지른다. 정말로 머리가 아파서 그러는 거라기보단 그저 오래된 습관에 가까울 것이다. 아주 오래된 습관…… 말이다. 소연이 우성과 유미를 사고뭉치 아이들이라도 되는 것처럼 번갈아 보더니 돌연 한숨을 쉰다.

"뭐, 어느 정도는 개인적인 일이긴 한데, 따지고 보면 꼭 그렇지만도 않은 일이 생겨서 여러분한테 도움을 청할까 합니다."

우성은 답한다.

"뭐, 그러시죠."

"혹시 최근 들어 이 근처에서 평소와는 다른 무언가가 있지는 않았습니까?"

"굉장히 포괄적인 질문이군요. 다가오는 졸업식을 구경하기 위해 평소에는 하지 않던 노동을 자처하는 사람들이 있기는 합니다만."

소연은 미소를 보인다. 명백히 가짜 미소다.

"그런 것 말고요. 예를 들면……."

"보육원 바깥의 일을 말씀하시는 거라면," 유미가 우성의 동의를 구하고는 말한다. "사람들 말로는 요즘 들어 부쩍 전령의 출몰이 잦아진 모양이더군요."

처음 그러한 얘기를 들었을 때 우성은 현과 까마귀를 떠올렸었다. 현이 갑갑해하는 것을 보고 우성이 해줄 수 있는 것은 그 애를 보육원 바깥으로 내보내는 것뿐이었다. 우성이 알기론 그것이 유일한 방법이기 때문이었다. 그래서 앞을 보지 못하는 현을 위해 계곡의 지원품 중 하나인 까마귀를 붙여주었는데 그것을 목격한 것이 아닌가 했던 것이다. 그러나 아니었다. 사람들이 목격한 전령은 새가 아니었다. 들개에 가까워 보였다고 했다. 이 근처에 신의 정령이 또 있다는 건 어떤 의미로든 일반적이진 않은 일이었다. 소연도 이 일을 진지하게 받아들이는 눈치다.

"대략 언제부터죠?"

"2주 조금 못 됐습니다."

소연은 생각에 잠긴다. 유미가 다시 말한다.

"직접 둘러보시겠습니까? 안내해드리겠습니다."

유미는 태도가 딱딱하고 때로는 사람을 불편하게 하지만 유능하다. 소연도 그렇게 생각하는지 모처럼 부드럽게 웃으며 답한다.

"그럼 부탁하죠."

　서리는 나무 위에 걸터앉아 봄이 흉물스러운 가짜 다리를 훤히 드러낸 채 도망이라도 치듯 달리는 모습을 눈으로 쫓으며 혀를 찬다. 하여간에 어른들 말마따나 물건이라니깐.

　서리는 다시 시선을 사육장 쪽으로 돌려 하얀 외투를 뒤집어쓴 아이가 바닥에 주저앉은 채 손으로 여기저기를 더듬는 모습을 빤히 본다. 분명히 저 애도 앞을 보지 못한다. 서리의 엄마인 상화처럼. 그런데도 저 애는 용케도 홀로 바깥을 싸돌아다니고 있다. 상화는 지금도 기지의 한구석에 마련된 작은 움막 속에서 서리를 기다리고 있을 것이다.

　'짐덩이.'

　언젠가 들었던 단어가 반사적으로 떠오르자 서리는 이를 꽉 문다. 정확히 누구의 입에서 나왔는지는 모른다. 너무 오래된 기억이다. 어쩌면 잘못된 기억일 수도 있다. 그렇더라도 상관은 없는 게 어차피 모두가 상화를 그렇게 생각할 것이다. 서리도 상화가 그런 몸으로 태어나 어떻게 검은 움막에서 살아 나왔는지 궁금해했다. 어른들의 가르침에 따르면 상화나 봄은 이 험난한 세상에서 살아남기에는 큰 결함을 가지고 태어났다. 과연 그 둘이 족장의 언니와 딸이 아니었어도 여전히 살아서 다른 사람들에게 폐를 끼칠 수 있었을까?

　서리는 이러한 생각을 하면서 화를 느끼는데 왜 그러는지 모르겠다. 서리가 보고 배운 바에 따르면 옳은 생각인데. 근데 왜 이렇게 화가 나는 거지? 서리는 뒤늦게 하얀 외투를 입은 아이가 온데간데없이 사라졌다는 것을 깨닫고 나뭇가지를 딛고 벌떡 일어선다. 어딜 간 거야? 아이가 있던 자리는 눈이 녹은 흔적뿐이다.

가서 확인해보기에는 너무 위험하다. 일단은 사육장의 존재를 확인했으니 됐다. 서리는 그만 나무에서 내려가 봄이 향했던 방향으로 걷기 시작한다. 멍청한 봄이 설마 사육장 아이와 대화하는 것보다 더 어처구니없는 짓을 할까 싶기는 하지만 또 모른다. 봄이니까. 그 말이면 몽유의 모두가 고개를 끄덕일 수밖에 없을 것이다.

한쪽 다리가 마비 증세를 보여 결국 제거하기까지 했지만 그것으로는 부족하다는 듯 봄은 늘 사건 사고를 몰고 다녔다. 그런 봄이 수색대원이 된 것은 수색대장으로서 용납할 수 없는 일이었지만, 족장은 결국 봄에게 금수를 내어주었다. 봄이 딸이기 때문일까? 모두가 그렇게 생각한다.

꽤 걸었는데도 봄의 흔적이 보이지 않는다. 서리는 슬슬 속도를 높인다. 이 천둥벌거숭이가 적진이나 다름없는 곳에서 이렇게 조심성 없이 활개 치고 돌아다닌다고? 돌아가기만 해봐라. 이번에야말로 수색대에서 퇴출시킬 테다.

발소리를 내지 않을 수 없는 속도로 뛴 지 얼마 안 돼 기지가 있는 섬과 이어지는 다리가 나타난다. 봄이 막 물안개 속으로 사라진 것을 확인하고 서리는 주변을 둘러본 뒤 다리를 건너기 시작한다. 그리고 그 너머에서 봄을 따라 다시 산을 오르는데 이쪽은 몽유가 위치한 곳의 반대편으로 얼마 전 봄의 금수가 미쳐 날뛰었던 곳 근처다. 어째 조짐이 좋지 않은데.

아니나 다를까, 산허리 우묵한 공간 그 한복판에 봄과 봄의 금수가 있다. 대체 저 미친개가 여기엔 왜 있는 거야? 게다가 꼴이 요상하다. 꼭 두 발로 서서 뭔가를 향해 달려드는 듯한 자세 그대로 굳어 옆으로 쓰러져 있는 꼴이 죽기라도 한 것 같다. 대체 무슨 일이 있었던 거지? 서리는 발소리를 죽인 채 봄에게로 다가간다. 굳이 조심하지 않아도 알아챌 것 같진 않다. 봄은 금수를 똑바로 일으킬 셈인지 끙끙대며 그것을 밀어대다가 그대로 발을 헛디뎌 앞으로 고꾸라진다. 고개를 눈밭에 처박은 봄이 거의 포효 같은 것을 하는데 그 기세가 제법 맹렬해 서리는 발걸음을 멈춘다. 봄이 들릴 듯 말 듯하게 말한다.

"이리, 너까지 나한테 왜 이러는데!"

서리는 조금 답답한 마음에 저도 모르게 대꾸해버린다.

"그러게 금수 따위에 이름은 뭐 하러 붙여?"

봄이 기겁을 해서 돌아앉는데 불끈 움켜쥔 주먹이 서리를 보고 풀어진다. 봄은 제일 먼저 외투부터 여며 제 가짜 다리를 가린다. 그러고는 벌떡 일어나 묻는다.

"네가 왜 여기 있어?"

"내가 묻고 싶은 말인데. 게다가 그 꼴은…… 무슨 일이 있었는지 말해."

봄이 입을 벙긋거리며 제 금수를 힐끔 본다. 그러고는 저 안쪽을 본다. 작은 동굴 같은 게 보인다. 서리는 곧장 그쪽으로 발걸음을 옮긴다. 봄이 따라오며 소리친다.

"안 돼!"

"왜?"

"어, 그게……."

서리는 더 들을 것도 없다는 듯 동굴을 향해 뛴다. 그러자 봄이 달려와 막아선다.

"위험해!"

"뭐 때문에?"

"악마의 하수인."

"마주쳤어?"

"이리가. 나는 이리 소리 듣고 왔다가 그것들이 이리를 저렇게 만드는 걸 봤어."

서리는 뒤를 돌아보고 내심 경악한다. 보통 것들이 아닐 거라고는 생각했지만 금수를 저렇게 만들 수 있다고?

"몇이야?"

"둘. 겉으로 보기에는 남자 하나 여자 하나."

"그쪽 피해는?"

봄이 어깨를 떨군다.

"몰라."

"몰라? 그게 할 소리야?"

"갑자기 눈이 멀어버려서 아무것도 못 봤단 말이야."

봄이 뭔가를 떠올렸는지 "미안" 하지만 서리는 들은 체도 안한다.

"어쨌든 그것들이 여기서 나온 거지?"

"맞아."

"근데 뭐 하고 있어? 비켜."

"안에 더 있으면 어떡해?"

"더 있었으면 진작에 나와서 우릴 어떻게 했겠지. 네가 좀 시끄러워?"

봄이 눈을 째리며 물러선다.

"무슨 일 생겨도 난 몰라."

"비키기나 해."

서리는 동굴 안으로 들어간다. 누군가의 거처로 보이지는 않는다. 하지만 그냥 평범한 동굴이라는 생각은 이내 깨지고 만다. 모퉁이를 돌아 조금 들어가자 커다란 금수와 같은 강철로 된 벽이 길을 막고 있다. 마주하는 것만으로도 기세가 꺾일 지경이다. 서리는 애써 발걸음을 옮겨 벽에 다가선 다음 힘주어 밀어본다. 당연히 꿈쩍도 않는다.

"문 같은 건가?"

봄의 목소리에 서리는 움찔해 돌아선다. 봄이 모퉁이 뒤에서 고개를 내밀고 있다.

"어차피 못 들어가는 거면 빨리 나와."

서리는 무시하고 벽을 통과할 방법을 찾기 위해 구석구석을 살피고 만져본다. 하지만 이음새 하나 없이 매끄러운 강철 벽은 애초에 이 너머가 존재나 하는지 의심스러울 지경이다. 아예 곁으로 다가온 봄이 제 가짜 다리로 냅다 벽을 걷어찬다. 그러고는 이를 악물고 토끼뜀을 한다.

"넌 왜 늘 그 모양이지?"

"뭐, 어차피 방법도 없잖아. 으, 무릎 울려. 글렀어. 틀림없이 악마의 하수인한테만 반응하는 걸 거야. 왜, 그런 거 있잖아, 자동문 같은 거. 그것도 특정 몸에만 반응하는…….”

봄의 얼굴이 조금 창백해진다. 꼭 역겨운 뭔가를 떠올리기라도 한 것 같다.

"토하면 죽인다."

"그게 아니라…….”

"그럼 뭔데?"

봄이 눈이 휙 뒤집어져서 밖으로 뛰쳐나간다. 저게 또 무슨 짓을 하려고. 서리도 그 뒤를 쫓는다. 봄이 향한 곳은 금수 쪽이다. 그런데 막상 금수 앞에 선 봄은 아무것도 하지 않고 그저 뭔가를 쳐다보기만 할 뿐이다. 서리가 다가가며 봄의 시선이 향한 쪽을 보고는 저도 모르게 우뚝 멈춰 서고 만다. 저게 뭐야? 쓰러져 있는 금수의 주둥이에 물려 있는 것은 다름 아닌 손이다. 사람의 손.

서리가 봄의 어깨를 잡아 돌려세우고 묻는다.

"사람 공격했어?"

"아, 아니야!"

"그럼 뭔데, 저건!"

봄이 입술을 살짝 깨문다.

"악마의 하수인."

이건 또 무슨 헛소린가. 서리가 의심스러워하는 눈초리로 봄과 금수의 주둥이 쪽을 보자 봄이 다급하게 덧붙인다.

"진짜야! 저 손을 봐봐!"

서리는 반사적으로 눈살을 찌푸리지만 봄이 말한 부분을 확인한다. 이내 눈이 휘둥그레진다. 봄이 거 보란 듯 소리친다.

"봤지? 맞지? 내 말이 맞지?"

확실히 이것은 예사 손이 아니다. 크기를 보면 틀림없이 성인의 손인데 피부는 티끌 하나 없이 백옥 같은 게 꼭 갓난쟁이의 손 같다. 하지만 정말로 이상한 건 따로 있다. 덩그러니 남겨진 이 손에는 잘린 흔적이 없다. 아무리 눈을 씻고 들여다봐도 잘리면서 생길 법한 그 어떤 것도 없이 깨끗하다. 이게 가능한가?

악마의 하수인이라면 가능할 수도. 인정하고 싶진 않지만 봄의 말은 맞는 것 같다.

"그래서, 이걸로 문을 열겠다?"

"그렇지!"

서리는 쓰러져 있는 금수를 발로 밀어보고는 동굴까지의 거리를 가늠해본다. 그러고는 잇새에 손가락을 넣어 소리를 낸다.

그 즉시 대기 중이던 금수가 달려와 서리 앞에 선다. 서리는 명령한다.

"이거 끌어. 따라와."

금수가 봄의 금수의 뒷덜미를 단단히 물고 서리를 따라 동굴로 향한다. 봄의 금수가 덩치가 작기는 하지만 꼴에 금수라고 무게는 제법 나가는지라 꽤나 시간이 걸린다. 봄은 제 금수의 뒤를 졸졸 쫓는데 그 모습을 보니 서리는 옛 생각에 빠진다.

수색대원이 되기 위한 마지막 관문인 연결을 마치고 제 몸의 몇 배는 되는 금수 위에 올라타 기지로 금의환향하는 서리를 몽유의 모두가 축하하는데 두 사람이 보이지 않았다. 하나는 서리의 엄마 상화. 특이한 일은 아니었다. 눈이 먼 상화는 제 움막에서 나오는 법이 없기 때문이었다. 앞이 보이지 않는데 어떻게 돌아다닐 수 있겠나. 게다가 사람들이 좋아하지도 않을 거고.

다른 하나는 봄이었다. 봄은 흉물스러운 쇠막대를 다리 대신 달고도 부끄러운 줄 모르고 뻔질나게 쏘다니는 천둥벌거숭이였다. 그러나 어쩐 일인지 그날 봄은 서리를 축하해주지 않았다. 그 이유를 서리는 나중에야 알게 됐다. 단번에 수색대원이 된 서리를 웃으며 축하해주기에는 자신의 처지가 너무나 초라했던 것이다. 상화가 그런 이야기를 알려줬을 때 서리는 콧방귀를 뀌었다. 그러고는 봄이 있을 만한 장소를 찾아다녔다. 봄을 발견한 건 산의 정상 낭떠러지였다. 서리가 위쪽을 올려다보며 외쳤다.

"왜, 콱 뛰어내려 죽으려고?"

봄이 움찔하더니 아래를 내려다봤다.

"아니. 미쳤냐."

"근데 거기서 뭐 해?"

"봐. 세상을. 세상은 어떻게 이렇게 넓을까. 사람의 다리로는 다 돌아다닐 수도 없을 만큼."

머나먼 곳을 바라보던 봄이 다시 서리를 내려다보고 말했다.

"축하해, 수색대원 된 거. 너는 한 번에 해낼 줄 알았어."

"그래서 배 아파?"

"야, 그런 거 아니거든. 넌 꼭 말을 그런 식으로 해야 직성이 풀리냐?"

"엄마가 그러던데."

봄이 말문이 막혀 멍하니 있다 어깨를 떨궜다. 서리는 왠지 풀죽은 봄의 모습이 보기 싫어 말했다.

"내 금수 보고 싶지 않아?"

봄의 눈에서 빛이 났다.

"보고 싶지!"

"그럼 내려와."

"잠깐만."

봄이 서둘러 돌아서다가 휘청였다. 심장이 덜컥 내려앉았지만 다행히 봄이 균형을 잡고 서는 것을 보고 서리는 가슴을 쓸어내렸다. 그러고는 버럭 소리를 질렀다.

"진짜 죽고 싶어?"

봄이 천진난만하게 웃으며 "미안." 하고 말하는 그 순간 발아래가 푹 꺼졌다. 서리는 그때를 자세하게 기억하지를 못한다. 본능적으로 금수를 불러 올라타 정신없이 산을 올랐는데 다행히 봄이 나뭇가지를 붙잡아 버티고 있었다. 그날 서리가 연결을 해내지 못했다면 봄을 구할 수 있었을까? 물론 그날 연결을 해내 수색대원이 됐기 때문에 봄이 그 산에 올랐던 거기도 하지만…… 그렇다고 서리가 연결을 하지 않아야 할 이유는 되지 않았다. 서리에겐 몽유의 앞을 밝힐 의무가 있었으니까.

가까스로 봄을 낚아채는 데 성공한 서리는 십 년은 나이를 먹은 듯한 느낌에 심장이 터져버릴 것만 같았다. 하지만 봄은 제 외투 자락을 물고 있는 금수를 쳐다보느라 하마터면 죽을 뻔했다는 것도 잊은 듯 보였다. 서리는 울화가 치밀어 올라 금수에게 명령했다.

"뱉어!"

금수가 가래침 뱉듯 봄을 떨어트렸다. 눈밭에 거꾸로 처박히고도 봄은 헤실헤실 웃어대고는 새끼 개마냥 금수의 뒤를 쫓았다.

지금처럼. 비록 제 금수가 죽은 거나 다름없는 상태로 질질 끌려가고 있다는 것이 다르긴 하지만. 서리는 불쑥 쏘아붙인다.

"지금 무슨 상황인지 알고는 있는 거지?"

"또 왜 시비야?"

됐다, 말을 말아야지. 서리는 동굴 안으로 뛰어 들어가 금수들이 들어올 공간이 되는지를 확인해본다. 봄의 금수 정도라면 모를까 서리의 것은 무리지 싶다. 자칫 잘못하다가는 동굴 전체가 무너져 내릴 수도 있다. 그렇다고 저걸 봄과 둘이서 옮길 수도 없고.

그때 봄의 금수에서 소리가 나기 시작한다. 서리는 물론이고 서리의 금수까지 거의 반사적으로 물러선다. 죽은 듯한 금수가 되살아나는 것을 보지 못했던 것은 아니다. 서리의 금수도 그런 식으로 깨어났으니까. 몽유의 수색대가 찾는 것은 기본적으로는 악마의 사육장과 생존을 위한 물자지만, 간혹 죽은 것처럼 보이는 금수를 찾을 때도 없지 않다. 그러면 그것을 가지고 기지로 돌아가 족장이 관장하는 제사를 지내는데 그 과정에서 금수는 다시 태어나 아이들과 연결되는 것이다. 그러나 이렇게 혼자 힘으로 되살아나는 경우를 서리는 본 적이 없다. 들어보지도 못했다. 정말이지 봄의 금수다운 일이 아닐 수 없다.

"이리!"

봄이 겁도 없이 금수한테 다가간다.

"물러서! 다시 태어나고 있는 거 안 보여? 위험하다고!"

"다시 연결하면 돼."

"일단 물러나!"

봄이 제 외투를 벗어 금수의 얼굴에 던진다. 쇠막대 다리가 훤히 드러나자 서리는 저도 모르게 거북함부터 느낀다. 주변에 어른들이 없는 게 천만다행이다. 시야가 가려진 봄의 금수가 광포

65

한 울음소리를 내며 봄을 향해 발을 휘두른다. 봄이 몸을 틀어 피하지만 너무 아슬아슬했다. 두 번은 없을 것이다. 금수란 그런 놈들이니까. 외투를 뚫고 새어 나오는 금수의 시뻘건 안광이 거세지는 것과 동시에 놈이 몸을 뒤틀더니 다리를 마구잡이로 휘젓는다. 서리가 얼른 봄의 뒷덜미를 낚아챘기에 망정이지 조금만 늦었더라면 옆구리가 찢길 뻔했다. 서리는 봄의 양어깨를 붙들고 고함친다.

"너 이러다 진짜 죽어!"

봄의 금수가 몸을 꼬더니 발딱 일어나 선다. 겉보기에도 진짜 동물과는 차원이 다르지만 방금의 움직임은 보는 것만으로도 소름이 쫙 끼칠 만큼 해괴하기가 이를 데 없었다. 늘 함께해온 금수라는 존재가 태어나 처음으로 두렵게 느껴진다. 저도 모르게 봄의 양어깨를 꼭 움켜쥐고 있던 서리는 봄이 고통에 신음해서야 정신을 차린다.

"저건 네 금수가 아니야."

"나도 알아. 빌어먹을 악마의 하수인 연놈들, 얘한테 무슨 짓을 한 거야?"

봄의 외투가 갈가리 찢기고 금수의 시뻘건 눈이 드러난다. 놈이 이쪽을 돌아본다. 심각하게 굶주린 듯한 느낌으로 물고 있던 손을 잘근잘근 씹는데 다행히 피가 떨어지거나 하지는 않는다. 놈은 만족스럽지 못하다는 듯 거친 소리를 토해낸다. 그러다가 돌연 멈칫하더니 냅다 동굴 안으로 뛰어 들어온다. 서리는 봄을 밀치며 몸을 피한다.

놈이 모퉁이를 돌아 사라짐과 동시에 동굴 전체가 흔들리며 굉음이 울려 퍼진다. 이러다간 수색이고 뭐고 다 끝이다. 서리는 잽싸게 일어나 봄을 끌고 밖으로 나간다. 봄이 눈밭을 손으로 헤치며 저항한다.

"이리!"

"걘 이제 없어!"

서리는 금수를 시켜 봄을 물어 들고 산을 빠져나온다. 얼마나 갔을까, 뭔가가 무너져 내리는 소리가 들려온다.

*

사강은 현에게 어떤 식으로 사과를 할지 생각하느라 유미가 말하는 것을 제대로 보지 못하고 잘못 대답한다. 사강이 음성언어로 한 대답을 들은 유미의 표정이 싸늘하게 변한다. 퍼뜩 정신이 든 사강이 허둥대며 손으로 말한다.

"죄송해요, 잠시 딴생각을……."

유미가 손전등으로 사강의 눈에 빛을 쏘아 경고의 뜻을 보낸다.

"소리로!"

사강은 두 손을 모아 잡고 소리 내 말한다.

"재, 재소게요, 어……."

67

유미가 한숨을 내쉬고는 시간을 확인한다.

"잠시 쉬었다 할까?"

사강은 고개를 끄덕끄덕하다가 아차 해서 "에." 하고 답한다. 그러고는 그제야 마음을 놓고 자리에서 일어난다. 나갔다 올 생각이었다. 그래서 현을 보고 올 생각이었다. 아직 어떻게 사과할지 결정한 건 아니지만, 그냥 보는 걸로도 충분하기 때문이다. 게다가 현은 발소리를 내지 않고 다가가면 알지 못하기에 이렇게 사강이 잘못한 상황에서도 사강은 현을 볼 수 있다. 비겁한 행동이지만 볼 수 있다는 게 사강에게는 중요하니까. 그런데 유미가 사강의 앞에 잔을 놓더니 뭔가를 따르는 것이 아닌가. 사강은 조심스럽게 묻는다.

"저……"

유미가 어린 사강에게 처음 언어를 선사했던 솜씨 그대로 절도 있게 손을 움직여 말한다.

"지금은 수업 시간 아니니까. 마셔. 긴장을 풀어줄 거야."

사강은 하는 수 없이 다시 자리에 앉는다. 그리고 유미가 따라준 푸른 빛깔의 차를 맛본다. 으, 역시나 쓰다. 유미가 빤히 지켜보고 있어 사강은 억지로 차를 마저 들이켠다. 온몸이 부르르 떨리는 것 같다.

"잠깐 나갔다 와도 될까요?"

유미가 가만히 사강을 보더니 이내 말한다.

"곧 있으면 졸업이구나."

사강은 머리를 긁적이고는 대답한다.

"그렇죠. 사신분들이 오신 것도 졸업식 때문이죠?"

"그래."

정적이 흐르는데 사강은 움직임이 없는 것을 썩 좋아하지 않는다. 그래서 말한다.

"사신분들이 데려온 새 원생을 봤어요. 원생들이요."

쌍둥이라는 것을 배워서 알고 있지만 새 원생들은 단순히 똑 닮은 두 아이가 아니었다. 머리를 제외한 다른 신체를 두 아이가 공유하는 모습은 보는 순간 말문을 막히게 했다. 그 느낌은 형언할 수 없이 복잡다단하다. 그런데 자신이 꺼낸 이야기를 듣고 유미가 보인 반응에 사강은 깜짝 놀라고 만다. 너무나 찰나여서 확신할 수는 없지만 유미가 아주 잠깐 동안 드러낸 감정은 혐오감이었다. 무엇에 대한? 새 원생들의 낯선 모습? 아니면 그 아이들을 데리고 온 사신들? 두 가지 모두 터무니없는 생각이다. 어쩌면 그저 사강 자체에 대한 부정적인 감정일지 모른다. 이렇게 정식 수업 시간 외에 따로 가르쳐야 하는 열등생이라니 싫어하지 않으려야 않을 수가 있을까.

"그 애들을 어떻게 생각하니?"

유미의 질문은 다소 예상 밖이다. 혹시 예비 졸업생들을 대상으로 한 시험의 일환이 아닐까? 아이들 사이에서 그런 소문이 최근 돌고 있는데 사강과 현은 사실 관심 두지 않는 편이다. 졸업식에서 사신이 손수 선정한 아이는 그들과 함께 계곡이라는 이름의 신성한 곳으로 갈 수 있는 영광을 누리고 그곳에 가면 신체적 결함이 씻은 듯이 낫는다 한다. 그러니까 현은 앞을 볼 수 있게 되고 사강은 소리를 들을 수 있게 된다는 것이다. 엄청난 이야기이긴 하지만 뭐랄까 감이 오지 않는다고 할까. 아무튼 많은 수의 아이들이 선정되기를 바라며 그러기 위해서는 우수한 성적을 거둬야 한다고들 생각한다. 그리고 때때로 바람이나 유미가 선정을 위한 질문을 던질 거라고도 사강은 그저 제 생각을 말한다.

"글쎄요. 우선 굉장히 독특한 관계를 맺고 있고요. 그게 좀 쉽지만은 않겠다 싶어요. 그 애들이 자라서 움직일 수 있게 되면 두 아이 중 누구의 길을 나아갈까요? 두 아이 모두 만족할 길은 없을까요?"

유미는 생각해보지 않았다는 듯 잠시 고민하는가 싶더니 말한다.

"애초에 선택해야 할 필요가 없었을 수도 있지."

"네?"

유미의 손이 멈칫하더니 결국 말한다.

"중요한 건 아니니 넘어가자. 사강, 이제 정말 얼마 남지 않았어. 지금 하는 대로만 하면 돼. 알겠니?"

사강은 고개를 끄덕이다가 묻는다.

"유미 선생님은 제가 선정되길 바라세요?" 유미가 꼼짝도 하지 않는 것을 보고 사강은 얼른 덧붙인다. "아, 물론 유미 선생님은 모든 아이들의 선정을 바라시겠지만, 제 말뜻은 그렇게 선정돼 이곳에서 떠나는 것이 괜찮은지 해서요. 제가 무례한 질문을 하는 걸까요?"

"아니." 유미는 평소보다 더 신중한 표정으로 말한다. "너도 알다시피 선정은 영광이고 축복이야. 거기다 너희의 부족한 부분을 채워줄 수도 있어. 그러기 위한 떠남이라면 마땅히 감내해야 하지 않을까? 그리고 감내까지 할 만큼 이곳에 뭐가 있지는 않지 않니?"

현이 있다. 사강에게는 말이다. 하지만 현이 선정된다면 어떻게 될까. 현은 늘 우수한 원생이었다. 그래서 단 한 명만 선정되어야 한다면 그것은 현일 거라고 모두가 생각해왔다. 비록 최근 들어 현이 방황하며 학습에 집중하지 못하기는 하지만 여전히 현은 가장 강력한 선정 후보다. 한편, 사강은 현에 비해 두각을 나타내는 편은 아니었다. 그런데 언젠가부터 집중력이 상승하며 현의 자리를 넘겨받게 되었다. 유미의 말대로 이대로 쭉 하던 대로 해서 선정이 된다면……

"그런데요, 선정이 되면 다시는 돌아오지 못하는 건가요?"

"올 수야 있지. 지금 이곳에 와 있는 사신들처럼. 근데 오고 싶지 않을 거다."

"왜요?"

유미가 늘 그렇듯 냉담한 얼굴로 말한다.

"그러고 싶을 리 없을 테니까."

확신을 가지고 말하는 유미의 얼굴이 사강은 어쩐지 서글프게 보인다.

＊

서리가 탄 금수의 뒤를 멍하니 뒤따라 걷던 봄은 문득 얼어죽을 듯한 추위에 화들짝 놀란다. 한 발 한 발 내디딜 때마다 자신의 오른쪽 다리를 대신해서 튀어나오는 쇠막대 때문이다. 봄은 그제야 자신이 다리를 가려줄 외투를 입고 있지 않다는 것을 깨닫고 더 극심한 추위에 시달리는 느낌을 받는다. 지금이라도 다리를 가릴 만한 것이 없나 싶어 고개를 들려는데 서리의 금수가 속도를 높여 앞서가버린다.

봄은 마저 고개를 들어 앞을 보다가 기지의 입구에 떡하니 서 있는 족장을 발견하고 멈춰 선다. 지금 가장 마주하고 싶지 않은 사람을 딱 하나만 꼽으라면 주저없이 택할 그 사람이 바로 눈앞에 있다. 금수에서 뛰어내린 서리가 족장에게 뭔가를 얘기하며 봄이 있는 곳을 돌아본다. 족장도 이쪽을 보는데 그 시선이 봄의 다리로 향하는 것을 보면서 봄은 달아나고 싶은 마음을 애써 억누른다. 그리고 족장 앞으로 달려가 선다.

봄은 고개를 떨군다. 그렇게 하면 보이는 것은 없는데, 신기하게도 자신을 향한 시선은 고약하리만큼 생생히 느껴진다. 족장과 서리, 수색대 아이들, 그 밖의 어른들의 시선. 처음 쇠막대를

72

짚어가며 움막 밖으로 나갔을 때부터 그랬다. 마치 수술과 동시에 세상이 달라져버린 것 같았고, 스스로도 달라지지 않으면 끝장이라는 막연한 감 같은 것에 봄은 사로잡혔다. 그 덕에 여기까지 올 수 있었지만 시선만큼은, 염병할 시선만큼은, 이겨낼 수가 없었다. 차라리 연결되지 않은 금수와 벼랑으로 떨어지는 쪽이 낫겠다 싶을 정도로. 봄은 세상이 무너지는 기분이다. 아니, 차라리 땅 밑이 푹 꺼져서 자신이 사라지기를 간절히 바란다. 하지만 바람을 들어줄 유일한 존재인 족장님 어머니는 지금 봄을 바라보며 한탄하고 있다. 봄은 눈만 돌려 저 구석 어딘가에 있을 이모의 움막을 찾는다. 그러면서 이모인 상화를 생각하는 것. 그것이 지금 할 수 있는 최선이다.

족장이 묻는다.

"무슨 일이 있었지?"

봄은 시선의 늪에 빠져 허우적대다가 족장의 호통을 듣고 "네." 외친다. 수색대 아이들이 수군대는 것이 들린다. 그럼 그렇지, 하는 조롱과 비웃음. 늘 이런 식이다. 서리는 빽하면 경멸하지, 애들은 개무시하지, 어른들은 봄을 꺼려한다. 그리고 족장은…… 엄마는 날 연민하고. 전부 지긋지긋해. 봄은 두 주먹을 불끈 쥐고 성을 내듯 말한다.

"이리가…… 제 금수가 뭔가를 감지하고 산의 뒤편으로 가는 걸 쫓았다가 악마의 하수인들을 발견했어요. 그놈들은 맨손으로 금수를 제압하고는 기다란 다리를 건너 새하얀 건물 안으로 들

73

어갔어요. 사육장이에요. 틀림없어요."

봄의 말에 주변은 따귀를 맞은 듯 고요해진다. 바람 부는 소리와 저 안쪽에서 장작 타는 소리가 유난히도 소란스럽게 느껴질 정도다.

"따라와라."

서리와 함께 족장을 따라 들어간 커다란 움막에는 이미 모닥불 주위에 자리를 잡고 앉아 있는 원로들로 가득하다. 봄은 최대한 그들과 멀리 떨어져 앉는다. 원로들이 봄의 다리를 보며 혀를 차고 한숨 쉬는 것을 모른 척하려 애쓴다. 하필이면 옆에 있는 서리가…… 자신의 외투를 아무렇게나 펼치는데, 역시나 하필이면 봄의 다리를 덮어버린다. 가려준 건지, 아니면 그저 꼴 보기 싫은 건지 알 길은 없지만, 아무튼 봄도 서리도 그것을 모른 척하는 걸로 무언의 합의를 한다.

가부좌를 틀고 상석에 앉은 족장 강희가 발작적인 기침을 하며 봄에게 손짓한다. 어떻게든 자신의 몸을 통제하고야 말겠다는 의지는 보는 이들을 어쩔 줄 모르게 한다. 봄이 머뭇대자 강희가 기침인지 기함인지 모를 것을 토해낸다.

"어서!"

봄은 놀라서 무릎 꿇고 이야기한다. 두 악마의 하수인의 용모 착의, 기다란 다리를 건너면 나오는 섬의 북쪽 끝 산중에 숨겨진 새하얀 사각 건물, 그 중간층에 있는 공터, 그리고 그곳의 하늘에 떠 있던 금수 새…… 이야기 중간중간 터져 나오는 강희의 기침 소리가 봄에게는 채찍질처럼 느껴져 자꾸만 말을 더듬는 바람에 이야기는 도통 끝날 줄을 모른다. 그래도 그 덕에 강희는 진정한다.

원로 중 머리가 하얗게 샌 남자가 봄의 말허리를 자른다.

"그래서 거기 잡혀 있는 애들은?"

"못 봤어요."

봄은 앞을 못 보는 아이를 떠올리며 저도 모르게 대꾸한다. 그러고는 속으로 놀라 서리를 쳐다본다. 봄을 보고 있던 서리가 얼른 고개를 돌려버린다.

"아이들이 그렇게 자유로이 바깥을 나돌겠습니까." 족장이 말한다.

그건 그렇다. 그럼 그 새가 일종의 파수꾼인 셈일지도 모른다. 이런 시궁창에 처박아 삶아 죽일 것들.

"그럼 바로 시작할 건가요?"

원로의 질문에 봄과 서리의 시선이 잠깐이지만 맞닿는다. 저 질문이 뜻하는 바를 전혀 모르는 것은 아니다. 애당초 그들이 유목 생활을 해온 끝에 사육장을 찾아낸 이유가 무엇인가. 사육장에 있는 악마의 하수인들을 몰아내고 사육당하던 아이들에게 자유를 주기 위해서다. 하지만 정확히 어떤 방식으로 악마의 하수인들을 몰아내고 아이들을 풀어줄지에 대해서는 봄과 서리 같은 아이들의 문제가 될 수 없다. 아이들은 노쇠한 어른들을 대신해 몸을 써 일할 뿐이다. 사실 봄으로선 이해할 수 없는 일이지만.

"위험해요." 족장이 봄과 서리를 보고 말한다. "목표를 수정해서 다시 수색한다. 그리고 너."

서리를 따라 나설 준비를 하고 있던 봄은 심장이 덜컥 내려앉는 느낌에 마른침을 꿀꺽 삼킨다.

"왜, 왜요?" 저도 모르게 그렇게 말한 봄은 원로들의 눈치를 보며 다시 말한다. "예!"

서리가 나가려다 말고 지켜보는 가운데 강희가 말한다.

"금수를 잃었다. 그게 무슨 의미인지 따로 설명할 필요는 없겠지."

"하, 하지만……."

봄의 말을 끊고 원로 중 한 사람이 말한다.

"옛날식으로 말하면 군인이 총 잃어버린 꼴이지."

봄은 참지 못하고 소리친다.

"그 총이라는 거에 발이 달려 있진 않겠죠! 저 혼자 미쳐 날뛰는 놈을 제가 무슨 수로……."

"그만!" 강희가 눈을 부라린다. "이 이상 네 죄를 키우지는 마라."

봄은 이를 악물고 주먹을 불끈 쥔다. 그러나 이내 강희의 입에서 나온 후속타에 봄은 전의를 상실하고 어깨를 툭 떨군다.

"봄은 당분간 수색에서 제외한다."

가장 듣고 싶지 않았던 말이 봄의 귀를 관통해 머릿속에서 폭발을 일으킨다. 눈가가 뜨거워지는데 이 와중에 눈물까지 쏟았다간 끝장이다. 봄은 자리를 박차고 일어난다.

"앉아!"

"더 내릴 벌이 있어요?"

봄은 될 대로 되란 식으로 뇌까린다. 주변에서 원로들이 한마디씩 하는데 맘대로들 하라지. 봄에게는 더 이상 잃을 것도 없다. 그런데 봄의 마음을 읽었다는 듯 강희가 입꼬리를 뒤트는 게 조짐이 좋지 않다. 강희가 천천히 말한다.

"그러고 보니 너는 늘 기초가 부족했지. 금수를 잃게 된 배경에도 그 영향이 없잖아 있을 것 같은데."

잘못 생각하고 있었다. 수색 작업에서 배제되는 것보다 더한 것이 없지 않았다. 강희가 명령한다.

"봄에게 재교육을 명한다."

✳

유미는 승강기를 지나쳐 복도 끝에 있는 듯 없는 듯 존재하는 철재 문을 체중을 실어 열고 스산한 어둠 속으로 들어간다. 등 뒤에서 그 육중한 문이 쿵, 하고 닫히는 순간은 언제나 소름 끼친다. 하지만 아무것도 아니지. 사신 앞의 인간처럼. 유미는 구태여 이 섬찟한 순간에 어울리는 소리를 더하지 않기 위해 조심스럽게 계단을 밟아 위로, 사신이 머무는 4층으로 올라간다. 승강기는 지상의 세 개 층만 오간다. 승강기가 제한된 층이 하나 더 있는데, 1층에서 역시나 계단을 통해 내려가야 한다. 사신들이 드나드는 것을 본 적이 있을 뿐 직접 내려가본 적은 없고 그곳에 대해 들은 바도 없기 때문에 그곳이 정확히 어떤 곳인지는 모른다. 사실 궁금하지는 않다. 유미는 수업 시간 때면 어김없이 이상한 질문을 해 바람을 난처하게('그것'이 정말로 난처해할 수 있다면 말이지만) 하는 현을 떠올리곤 고개를 가로젓는다. 원장인 우성이 걸핏하면 하는 말처럼, 호기심은 유해하다.

4층으로 통하는 육중한 철문을 조금 전과는 반대로 체중을 실어 당기고 건너간 유미는 길게 뻗은 복도를 잠시 응시하다가 아랫입술을 깨물며 생각한다. 과연 이게 잘하는 일일까? 분명 옳은 일은 아니다. 그러나 해야만 하는 일이다. 그보다 중요한 것이 있을까.

유미는 머리와 옷매무새를 다듬고 가까운 문을 두드린다. 어쩐지 경쾌하게 울리는 소리가 자신을 조롱하는 것 같다는 생각이 들 즈음, 문이 열리고 사신의 장대한 모습이 유미를 내려다본다. 재인이 묘한 미소를 보인다. 재밌다는 것 같기도 하고 놀란 것 같기도 한 오묘한 미소. 유미는 사신도 이런 표정을 지을 수 있다는 것에 감탄한다. 소연도 이런 표정을 지을 수 있을까? 유미는 고개를 숙인다. 그리고 들고 온 상자를 들어 보인다.

"약을 가져왔습니다."

재인이 뭔가로 대충 감긴 반쪽짜리 팔을 벽에 대고 기대선다.

"필요 없는데."

"그러시겠죠. 사신이시니. 그러고 보니 사신은 사지가 잡아 뜯겨도 곧 새것이 난다고 들었는데요. 그런데……."

재인이 다른 쪽 손으로 입을 가리며 크게 웃는다.

"아, 미안. 뭐, 그런 부류가 있기는 하죠. 뭐랄까, 신의 은총을 더 많이 받았달까."

"가진 게 많다는 거군요."

재인이 눈을 가늘게 뜬다.

"무례했다면 사과드립니다."

"아니. 그런데 사과를 하고 싶은 모양인데, 맞는다면 들어와요."

유미는 감사를 표하고 안으로 들어간다. 재인이 침대에 걸터앉아 협탁 위에 있는 술병을 집어 든다. 병째 마시려다 말고 유미를 본다.

"이곳에서는 마시지 않습니다."

"그럼 나가서 다시 물어야겠네." 재인이 술을 길게 마시고는 반쪽짜리 팔을 입 쪽으로 하다가 놀라 웃음을 터뜨린다. "이럴 줄 알았으면 그놈의 신의 은총 좀 모아두는 건데." 그러고는 유미를 향해 한쪽 눈을 찡긋한다.

"그런 말이 있죠. 이가 없으면 잇몸으로 산다고. 이 안에 잇몸이 되어줄 게 있나 한번 보시죠."

재인이 다리로 협탁을 끌어온다. 유미는 그 위에 상자를 내려놓고 안에서 붕대와 약을 꺼낸다.

"난 또, 뭐 굉장한 거라도 나오는 줄 알았네."

유미는 재인 곁에 앉아 재인의 팔에 감긴 뭔가의 매듭을 찾아 풀기 시작한다.

"그럴 필요 없다니깐."

유미는 못 들은 척하고 팔을 감싼 것을 벗긴다. 그러고는 멈칫 한다. 예상한 그대로, 아니 그보다 더 깨끗하다. 머리로는 알고 있었지만 직접 보니 더욱 확신이 든다. 해야만 한다. 유미는 새 붕대를 감다가 머릿속으로 그렸던 바로 그 순간에 이야기를 꺼 낸다.

"사과를 좀 더 할 수 있을까요?"

재인이 시종일관 재밌어하는 얼굴로 유미를 빤히 본다.

"실은 원장님에 대한 이야기입니다."

재인의 눈썹 끝이 올라간다.

"원장님이 특정 아이를 졸업생 대표로 만들기 위해 원칙을 위 반하고 계십니다."

유미는 재인의 표정을 유심히 관찰한다. 이 순간을 그려볼 때 참으로 다양한 반응을 떠올렸다. 사신에 대해 아는 것이 없으니 별수 없었다. 그중 몇 가지 반응은 유미에게 유리하게 작용했고 아주 일부 반응은 약간 까다로운 듯했지만 그런대로 대처할 만 했다. 그런데 정작 이 반응은 유미에게 당혹감을 안겨줄 뿐이다. 무반응이라니? 유미도 덩달아 아무것도 하지 못하고 그저 원통해할 뿐이다. 텅 빈 수레가 요란하다는 말이 이런 뜻이었던가.

재인이 자기 팔에 감긴 붕대를 살피더니 말한다.

"사과는 받은 것 같군요. 그럼 그 안내라는 거 잘 부탁합니다. 뭐, 기회가 되면 술 한잔하고."

"하지만……."

"궁금하기는 하네. 이런 얘길 왜 나한테 하는 거죠? 소연이 책임잔데. 내가 약점을 가지고 있어서?" 재인이 팔을 들어 보인다.

"아닙니다!"

"그럼?"

"다만…… 실무에 관한 한 주로 아랫사람의 몫이기에……."

"우리도 당신이 여기 일 도맡아 하는 거 알고 있어요. 고맙게 생각하기도 하고. 윗사람들도 그런지는 모르겠지만. 우성은 뭐랄까, 말하자면 죽지 못해 사는 사람 같지. 도통 삶의 의지 같은 게 없는 사람이야. 그래서 실무에 관한 한 뒷전이라는 것도."

유미는 북받치는 감정을 참지 못하고 토해낸다.

"그런 그 사람한테 관심 있는 게 오직 특정 아이를 계곡에 보내는 것뿐이라니까요! 그런 사람을 계속해서 그 자리에 두는 것은 부당합니다."

"그러니까 우성을 내치고 그 자리에 유미를 앉혀라?"

"그건… 그렇게까지 생각해본 적은 없습니다. 신께 맹세코. 제가 다만 드리고픈 말씀은, 적어도 모든 아이에게 공정한 기회를……."

유미는 맞잡은 두 손을 가슴께까지 쳐들고 어쩔 줄 몰라 하다 다시 내린다.

"우리가 그렇게 허술하게 일하진 않아요." 재인이 유미의 어깨를 잡는다. "우성이 특정 아이를 편애하고 있을 수도 있겠죠. 그래서, 당신들이 그동안 작성해온 평가서에 그 점이 반영되었다고 생각합니까?"

"그건…… 아닙니다."

"하나만 더 묻죠. 당신은 특정 아이를 편애하고 있지 않습니까?"

"저는……" 유미는 자리에서 벌떡 일어난다. "저는 한 치의 부끄러움도 없습니다."

"그럼 됐군요." 재인이 일어나 방문을 연다. "붕대 고마워요."

"실례 많았습니다."

"이런 실례는 얼마든지."

방문이 닫히고 다시 고요한 복도에서 혼자가 된 유미는 치욕감에 몸서리를 치며 서둘러 계단을 걸어 내려간다. 재인을 겉모습만 보고 너무 만만하게 생각했던 것에 대한 창피와 재인이 한 말들이 품고 있는 올바름이 유미를 무자비하게 찔러댄다. 소리라도 지르고 싶은 마음은 어느새 당도한 졸업반의 침대 둘이 비어 있는 것을 발견하고 한순간에 사라진다. 하나는 사강, 그리고 또하나는 현의 것이다.

취침 시간이다. 다른 아이들은 모두 꿈나라에 든 지 오래건만 얘들이 어딜 간 거야? 방에서 나온 유미는 바람에게 묻는다.

"사강은 어디 있지?"

"현을 보러 갔습니다."

유미는 비명을 지를 뻔한다.

"왜 알리지 않은 거야?"

"알리려고 했습니다만 유미 선생님을 찾을 수 없었습니다."

4층도 바람이 닿지 않는 건가?

"안내해."

바람이 안내한 곳은 아니나 다를까 2층의 옥외 공터로 통하는 문이다. 사강이 문이 닫히지 않도록 다가앉은 채 바깥을 지켜보고 있다. 그 애절하기까지 한 시선 끝에는 현이 처량한 모습으로 아무것도 없는 공터를 거닐고 있을 것이다. 현이 저렇게 밖에 나가지 못해 안달이 나기 시작할 즈음 사강은 현을 쫓기 시작했다. 도대체 저 아이들한테 무슨 문제가 있는 걸까.

유미가 사강의 팔을 잡자 사강이 토끼 눈을 해서 돌아본다.

"뭐 하는 거야?"

유미가 수어로 말하자 사강이 놀란 듯 거친 동작으로 답한다.

"잘못했어요."

"뭐 하는 거냐고 묻잖아."

사강이 현을 보며 말한다. "봐요, 현." 그러고는 다시 유미를 향해, "못 볼지도 모르니까요."

졸업식 얘기를 하는 것이다. 사강은 물론 보육원 아이 전체가 현이 선정돼 사신과 함께 계곡으로 가게 될 것임을 확신하고 있다. 그리 틀린 생각은 아니다. 실제로 현은 우수한 아이이고(그래서 재인을 찾아가는 무리수를 둔 것이기도 했다) 특별한 문제가 없으면 아주 높은 확률로 졸업생 대표가 될 것이다. 그것은 즉 선정을 뜻한다. 유미는 스스로에게 묻는다. 그래서 지금 그 '특별한 문제'를 찾아다니는 거야? 부정할 수 없다.

"그렇다고 이렇게 규율을 위반하면 안 돼. 꿈은 먹었어?"

사강이 흐릿하게 웃으며 고개를 끄덕인다. 전형적인 꿈의 효과 중 하나다.

"현은?"

또 끄덕. "그런데 현 아파요?" 그래서 저러고 돌아다니느냐고 묻듯 현을 본다.

유미도 알고 싶은 점이다. "조금 지친 모양이야. 이제 그만 들어가."

"벌을 주실 건가요?"

"당연하지."

"현은 주지 마세요. 제가 다 받을게요."

"그럴 순 없어. 자, 들어가."

유미가 사강을 안으로 들여보내려는데 사강이 말한다.

"헤어지기 전에 한 번이라도 좋으니까 저 애한테 제 언어로 말을 해봤으면 좋겠어요. 저 애는 제 언어를 보지 못하니까요."

유미는 아랫입술을 깨물고 사강이 보이지 않을 때까지 버틴다. 그리고 눈물을 흘리며 현을 부른다.

"여기 나와도 좋다고 허락한 건 이런 시각이 아니었던 것 같은데."

현이 놀라서 유미 쪽으로 돌다가 넘어진다. 유미가 가서 부축해 안으로 데려간다.

"죄송해요."

"나한테 사과할 일은 아니야. 하지만 자꾸만 마음 추스르지 못해서 대표가 되지 못하면 스스로에겐 사과해야 할 거야."

"아닐걸요."

"무슨 뜻이지?"

"아니에요. 아무튼 죄송해요. 번거롭게 해드려서요. 들어가서 잘게요. 자지 못하더라도 가만히 누워 있을게요."

"원한다면 꿈의 양을 더 늘려줄 수도 있어. 원장님께서도 반대는 하지 않으실 거야."

"꿈을 늘리면 행복해질까요?"

"잠은 청할 수 있겠지. 왜, 요즘 불행하니?"

현은 대답하지 않는다. 바람이 안으로 들어가자 현이 유미에게 인사하고 제 방이 있는 곳으로 걸어간다. 유미는 그 모습을 지켜보며 되뇐다. 행복해진다…… 왠지 아득해진다.

"확실히 이상하네요."

유미는 크게 놀라 눈물부터 훔치고 돌아선다. 소연이 그림자 속에서 걸어 나온다. 이자는 정말이지 의뭉스럽기 짝이 없군. 바람의 눈을 피해 돌아다니는 걸로도 모자라 인기척까지 없이 사람을 놀라게 하다니.

"놀라셨나 봐요. 유미 씨 특유의 반듯한 인사도 않고."

유미가 얼른 인사하려고 하자 소연이 손사래를 친다.

"하라는 뜻은 아닙니다. 그런 딱딱한 인사 받고 싶지도 않고."

뭐 하자는 거지?

"뭐 하자는 건가 싶죠?"

유미는 정색하고 말한다.

"원하시는 게 있으면 말씀해주시겠습니까?"

소연이 웃는다.

"현의 상태에 대해 알고 싶네요."

"평가서에 적힌 대롭니다. 현이 그에 대해 이야기하려고 하지 않아서 저도 그 이상은 알지 못합니다. 하지만 계속해서 상담 중이고 현도 곧 마음의 문을 열 것으로 기대합니다. 더 알게 되는 것이 생기면 말씀드리겠습니다."

소연이 만족스럽다는 듯 고개를 끄덕이고는, "근데 상담할 때는 조금만 부드럽게." 하고는 다시 그림자 속으로 사라진다.

저자가 상담하는 모습을 본 적이 있던가?

하지만 중요한 건 그게 아니다. 오늘 밤 가장 중요한 의문은 이것이다.

사신들이 유미와 사강의 관계에 대해 알고 있는가?

아마도 그런 것 같다.

Part 2

유급

＊

뿔나팔 소리에 무의식적으로 움막에서 뛰쳐나온 봄은 뒤늦게 강희가 했던 명령을 떠올리고는 멈춰 선다.

재교육을 받으라니. 그건 다시 말하면 아무것도 하지 말라는 뜻이다. 봄이 가장 싫어하는 일. 아무것도 하지 않고 가만히 있는 일. 그걸 하라고 강희는 명한 것이다.

기지 곳곳에서 수색대 아이들이 소집을 위해 모이는 것을 보자 어디로든 숨어버리고 싶다. 마음뿐만이 아니라 실제로 자기가 뒷걸음질 치고 있다는 걸 봄은 누군가와 부딪혀서야 깨닫는다. 등 뒤에서 동백이 아, 소리를 지르며 넘어진다. 봄은 놀라서 얼른 동백을 일으켜 세우며 혹시 쇠막대로 동백의 조그만 발을 밟지는 않았는지 살핀다. 다행히 그건 아닌 것 같다.

"뒤에서 뭐 해? 나팔 소리 못 들었어?"

"누나는 안 가고 뭐 하는데?"

봄은 무슨 말을 해야 할지 몰라 입을 닫고 만다. 이 조그만 녀석이 얼마 전 끝마친 교육을 다시 받아야 해서 수색을 하지 못한다고 대체 어떻게 말할 수 있어? 그때 옆에서 서리가 지나가면서 툭 말한다.

"재교육 잘 받고 있어. 동백 너는 빨리 안 가고 뭐 해!"

동백이 자기가 잘못 들은 건 아닌지 하는 눈으로 봄을 쳐다보면서도 서리가 무서워서 서둘러 간다. 서리가 동백의 뒷모습을 보며 말한다.

"재교육이라니 듣도 보도 못 했는데 역시 넌 좀 특이한 구석이 있다니까."

그렇게 말하고는 노골적으로 봄의 다리 쪽으로 시선을 내린 서리가 말을 잇는다.

"내가 말했지, 그냥 포기하라고. 노력만으론 극복할 수 없는 것도 있어. 네 다리처럼."

봄은 욱해서 서리한테 달려든다. 하지만 역시나 실수다. 봄이 달려들길 기다린 서리가 얼른 몸을 피해 봄의 오른쪽 다리를 건다. 넘어지는 것은 당연하고 오른쪽 다리가, 쇠막대가 쑥 빠진다. 뎅그렁, 쇠막대가 바닥을 나뒹구는 것을 보며 봄은 아연실색한다. 서리가 다가와 쪼그려 앉더니 말한다.

"금수 옮기겠다고 헛짓거리 할 때 알아봤지. 썼으면 정비를 해야지. 안 그러면 망가지는 게 물건이야. 네 다리 말이야."

봄은 주먹을 불끈 쥔다.

"대체 내가 너한테 뭘 잘못을 했는데 이래?"

"그걸 모르는구나, 너는."

평소 표정이랄 게 없는 서리의 얼굴에 눈에 띄게 격한 감정이 떠오른다. 분노 같다. 하지만 왜? 서리가 뭔가를 말하려고 입을 여는 순간 봄의 반대쪽 무언가를 보고 얼어붙는다. 서리가 들릴 듯 말 듯 "엄마." 하고 중얼거린다.

상화 이모? 봄도 반대쪽를 돌아본다. 거적으로 눈을 가린 상화가 움막 밖으로 고개를 내밀고 있다. 그 모습은 아무리 봄이 좋게 봐도 나무에 붙어 기생하는 버섯류를 연상케 한다. 그러니 다른 사람들에겐 어떠랴.

"봄이겠지?"

상화의 목소리에 봄은 울컥한다.

"이모!"

상화가 얼굴에 주름을 만들며 웃는다.

"그래, 너 아니면 또 누구겠어. 올 수 있지? 안 되면 기어서라도 와. 옆에 있을 까칠한 대장이 도와주든가."

서리가 벌떡 일어나 소리친다.

"내가 왜?"

"안 그럼 엄마가 해야 하니까. 내가 봄이 재교육 담당이거든."

정말? 불행 중 다행이란 이런 걸까? 봄이 족장님 어머니께 감사 기도를 올리는데 서리가 식식대며 봄을 노려본다. 저거 치겠는데 싶어 봄은 얼른 방어 태세를 갖춘다. 하지만 서리는 그저 돌아서서 휘적휘적 걸어가 봄의 쇠막대를 주워 들고는 그것을 빤히 쳐다볼 뿐이다. 덩달아 봄도 서리를 유심히 보게 된다. 설마 어디론가 휙 던져버리진 않겠지. 다행히 그러지는 않고 서리가 쇠막대를 상화의 움막 앞으로 가볍게 던지고는 돌아와서 봄에게 손을 내민다. 꼭 똥 덩어리를 향해 손을 뻗는 것처럼 얼굴을 구긴 서리가 물론 얄밉지만 봄은 그 손을 덥석 잡는다. 힘에 질세라 꽉 움켜쥐는 서리의 오랜 버릇은 여전하고, 어렸을 때 늘 그랬듯 봄은 부러 얼굴을 찌푸리며 과하게 아픈 척한다. 서리가 봄을 번쩍 일으켜 세우고는 말없이 상화의 움막 쪽으로 잡아끈다.

"살살 해. 내가 금순 줄 알아?"

"금수만도 못하지."

둘의 대화를 들은 상화가 웃더니 다시 움막으로 들어간다. 그렇게 세상에서 사라진다. 흔적도 없이.

"이모도 다른 사람들처럼 살았으면 좋겠어. 이모도 원로잖아."

"관습이야."

"넌 어떻게 그렇게 아무렇지도 않아? 다른 사람도 아니고 네 엄마야."

서리가 움막 앞에서 우뚝 멈춰 선다.

"중요한 건 몽유야. 몽유가 살아남으려면 강해야 해. 네 머리는 이것도 이해가 안 돼?"

"네가 족장이 되면 몽유는 천하제일이 될 거다. 내 남은 다리를 걸지."

"알면 그만 수색대에서 빠져."

서리가 봄을 움막 안으로 밀친다.

"저게……."

봄은 발라당 넘어진 채 주먹을 쳐든다. 움막 안쪽에서 상화의 웃음소리가 들리고, 고목처럼 거칠고 단단한 상화의 손길이 봄의 왼쪽 다리를 정확히 찾아 낚아챈다. 반대쪽 다리의 이음매를 더듬어보던 상화가 봄의 궁둥이를 찰싹 때린다.

"누가 강희 딸년 아니랄까 봐 험하게도 굴렸다."

"그게…… 이리를 끌려면 어쩔 수 없었어요."

"이리? 네 금수 말이냐? 너도 그것들한테 이름 붙이냐?"

"설마 서리 저것도 그래요? 그럴 리가……."

"없지." 상화가 봄의 말을 넘겨받는다. "네 엄마 말이야."

거짓말! 머릿속으로 족장이, 엄마가 금수의 이름을 부르는 것을 떠올려보지만 어림 반 푼어치도 없다.

"뭐라고 불렀는데요?"

상화가 또 한 번 봄의 궁둥이를 때리고는 움막 바깥을 향해 소리친다.

"거기, 귀 기울이고 있을 대장, 이놈 다리 좀 던져주든지."

그러자 움막 입구가 들쳐지고 쇠막대가 휙 날아와 봄의 머리를 때린다.

93

"너, 나가면 죽는다!"

"갔어." 상화가 용케도 땅에 떨어진 쇠막대를 두 번 더듬어 찾아낸다. "가만히 못 있어?"

놀라운 능력이다. 봄은 걸음 소리만 듣고 다리가 이상하다는 것을 알아챘던 아이를 떠올리며 묻는다.

"앞을 못 보면 다른 능력을 갖게 되나 봐요. 이모처럼."

"또 누가 못 보는데?"

봄은 아차 하지만 상화라면 믿을 수 있다.

"악마의 사육장에요. 거기서 봤어요. 제 또래의 아이를요. 엄마한텐 비밀이에요! 아마 절 죽일 거예요."

"그 애는 무슨 능력을 가졌는데?"

"제 발소리를 듣고 알더라고요. 이상하다는 걸."

"네가 조심성 없이 걸었나 보지."

"아니에요!"

봄이 움직이자 상화가 움직이지 말라는 듯 소리를 낸다.

"보통 예민한 사람이 아니면 잘 모르긴 하지."

"이모처럼요?"

"그래, 나처럼. 봐라, 이 예민한 사람의 솜씨를. 또 금수를 끄는 무모한 짓만 안 하면 아까처럼 빠질 일은 없을 거야."

봄은 바닥에 드러누운 채 쇠막대가 달린 다리를 높이 쳐들고 이리저리 움직여본다. 만족감에 웃다가 문득 이렇게 다리를 내놓고 아무렇지 않다는 것이 낯설어진다. 마을에서 봄의 다리는 일종의 유령과 같다. 모두들 쇠막대의 정체를 쉬쉬하고 모른 척한다. 그나마도 봄은 운이 좋은 편이다. 이렇게 움막 안에 틀어박혀 죽은 듯이 사는 상화에 비하면…….

그래서 자꾸만 사육장에서 만난 아이를 떠올리게 된다. 앞을 못 보는데도 불구하고, 조금 불편할지언정, 자유로워 보이던 아이를. 봄은 나지막이 중얼거린다.

"그 애는 되게 자유로워 보였어요. 이모도 그 애처럼 살았으면 좋겠어요."

"그리고 너도?"

봄은 벌떡 일어나 상화에게 다가앉아 속삭인다.

"아무래도 사육장 안에는 이모나 저 같은 사람이 많은 것 같아요. 그것도 평범하게 사는 애들이요. 근데 그러면 전설은……."

"전설은, 나 역시 구전으로만 전해 들었기 때문에 정확히 알 수 없지만, 사실이 아닌 부분도 있을 수 있어. 그럼에도 그 속에는 우리를 자유로 인도하는 진리와 진실이 들어 있지. 어느 정도는 말이다. 그렇기에 그리도 오랫동안 그 이야기에 의지해온 거다. 그래서 지금 우리가 여기에 있는 거고."

"전설을 믿지 않는 건 아니에요!" 봄은 놀라서 손사래를 친다.

"오해를 했구나. 널 혼내려는 게 아니야. 우리의 전설에 어느 정도의 진실이 들어 있는 만큼 다른 곳에도 마찬가지로 어느 정도 진실이 있을 수 있다는 거지. 이를테면 사육장 같은."

봄이 입을 헤벌리고 어버버하자 상화가 봄의 아래턱을 톡 치며 말한다.

"그러니 의심해라. 확인하고. 그게 미래의 우리를 이끌어갈 너희가 해야 할 일이니까. 물론 내가 이런 소릴 했다고 네 엄마한테 말하면 안 된다. 아마 날 죽일지도 모르니까."

상화가 깔깔깔 웃는다. 하지만 봄은 따라 웃지 않는다. 가슴속에서 끓어오르는 뭔가가 봄을 떠미는 듯하다. 봄이 "이모." 하고 나지막이 부른다. 뭔가를 저질렀다는 느낌에 떨림을 느낀다.

"시커먼 움막이요, 족장의 움막 뒤에 있는. 거기 있는 아기 말이에요……."

상화의 얼굴이 서서히 가라앉는다. 괜히 물었다 싶을 즈음 상화가 표정만큼이나 무겁게 가라앉은 목소리로 말한다.

"의심하고 확인하라고 해놓고 말해주지 않으면 안 되겠지."

"그래서 말한 건……."

상화의 나무껍질 같은 손이 봄의 얼굴을 가볍게 만진다. 다리를 수리할 때와는 딴판이다.

"너도 알 거다. 새로 태어난 아기의 건강을 확인하는 의식이 있다는 걸."

"그 정도는 알아요. 그걸 하기 위한 곳이잖아요. 근데……" 봄은 조금 더 용기가 필요해 망설이다 덧붙인다. "만약 아기가 건강하지 않으면요? 아기가 끝까지 울지 않으면요? 그러면 어떻게 되는데요?"

"전설에서 뭐라 그러던?"

"돌려보낸다고요. 엄마한테요. 그러니까 부리 언니한테 다시 가는 거죠?"

상화가 봄을 끌어안는다. 그리고 주문을 외듯 중얼거린다.

"의심해라. 그리고 확인해라. 네가 만족할 때까지. 네가 자유로워질 때까지. 미안하지만 지금 내가 해줄 수 있는 말은 이것뿐이다."

봄은 괜히 울컥해서 상화를 끌어안고 속삭인다.

"확인할 거예요. 그리고 자유로워질 거예요."

상화가 이쯤이면 됐다는 듯 봄을 밀어내고 말한다.

"그럼 시작해볼까? 어디서부터 해야 하는 거지? 나도 너무 오래간만이라."

잠시 잊고 있었다. 재교육을. 봄은 상화의 지루하기 짝이 없는 옛날이야기를 들으며 내적 비명을 질러댄다.

*

서리는 절벽 끝에 서서 개미굴처럼 보이는 마을을 내려다보며 생각한다. 이렇게 많은 사람을 보는 게 얼마 만이더라. 수색대 아이들 모두 내색은 안 하지만 감정적으로 흔들리고 있다는 게 코로 맡아질 지경이다. 특히 수색 작업을 한 지 얼마 안 된 막내 동백은 이 정도 규모의 사람들을 보는 게 처음일 터라 표정에 다 드러나 있다. 지금 제정신 아니라고. 봄이 있었다면 저 애까지 신경 쓰지는 않아도 됐을 텐데 하는 아쉬움이 들어서 서리는 그 어느 때보다 딱딱한 표정으로 개미떼 같은 사람들을 내려다본다. 뒤에서 봄 다음으로 나이가 많은 이슬이 말한다.

"아무래도 금수를 끌고 다니긴 어렵겠지?"

서리는 돌아선다.

"그동안 우리는 금수를 타고 최대한 빨리 넓은 범위를 수색하는 데 초점을 맞췄어. 하지만 이젠 아니야. 우리가 찾던 악마의 사육장이 바로 저기에 있고, 우리는 지금부터 저 주변의 모든 걸 알아낼 거야."

동백이 손을 쳐들고 말한다.

"그러고 나면 사육장에서 고통받는 아이들을 구하는 거지?"

"그래."

"어떻게?"

잠시 정막이 흐른다. 서리는 말한다.

"그건 어른들이 알아서 할 일이야."

동백이 무언가 석연치 않은 얼굴로 대꾸한다.

"어른들은 아픈데."

봄 그게 애를 완전히 버려놨다. 서리는 동백 앞에 다가선다.

"네 말대로 어른들은 아파. 그래서 시간이 없지. 이렇게 쓸데없는 궁금증에 매달려 낭비할 시간이 우리한테는 없다고. 무슨 말인지 알겠어?"

그래 보이지는 않지만 어쨌든 동백은 손을 내리고 입을 다문다. 서리는 다시 모두에게 말한다.

"아직 사육장에는 접근하지 마. 그 밖에 할 수 있는 건 뭐든지 해. 해산."

아이들이 뿔뿔이 흩어진다. 서리도 외투를 머리끝까지 눌러쓰고 산을 내려간다.

마을은 몽유의 다섯 배는 족히 넘는 대규모의 집단으로 보인다. 이 정도 규모가 집단을 유지하기 위해서는 구심점이 될 조직이 필요하다는 걸 서리는 배워왔고 또한 경험으로 확인했다. 그리고 아마도 그 조직이란 악마의 사육장일 것이다. 악마에게선 콩고물이 많이 떨어지기 때문이다. 몽유의 어른들 중에도 과거에 다른 사육장 주변에서 목숨을 연명했던 자들이 있다. 그들은 교육 시간에 서리와 아이들에게 자신들이 어떤 삶을 살았는지를 들려주곤 했는데 듣고 있자면 화가 나는 것을 참을 수가 없다. 그들은 제 자식을 사육장에 판 대가로 지금까지 살아남아 서리와 다른 아이들 앞에서 어른 행세를 하는 것이다.

여기 사람들도 마찬가지다. 늙고 병들고 아픈 사람들이 '보육원'이라는 악마의 사육장 주변에서 진을 치고 목숨을 연명하고 있는 모습을 보며 서리는 욕지기가 올라와 견디기 어렵다. 두건으로 얼굴을 가리고 마을의 중심부까지 들어간 서리는 툭 치면 부서져 내릴 것 같은 콘크리트 잔해에서 살아가는 사람들이 내뿜는 죽음의 냄새에 질식할 것 같다는 느낌을 지울 수가 없다. 정말 이런 곳이 몽유의 고향이란 말이야? 이 사람들이 자신과 같은 핏줄이라는 사실이 믿기지가 않는다. 저도 모르게 얕은 숨을 내쉰 서리에게 누군가가 불쑥 말한다.

"그쵸? 참담하죠? 눈이 시릴 만큼."

서리는 펄쩍 뛰며 돌아서서 제 옆에 있는 사람을 올려다본다. 빛을 발하는 듯 새하얀 외투를 입은 그자의 얼굴을 확인하기 위해 서리는 고개를 한참을 들어 올리는데, 위화감이 들 정도로 하얗고 매끈한 피부를 자랑하는 남자의 얼굴이 겨우 보인다. 서리는 단번에 이것이 봄이 말한 악마의 하수인이라는 사실을 깨닫고 뒷걸음을 걷는다. 그러자 봄이 말한 재인이라는 이름의 하수인이 약간 실망한 듯한 표정으로 말한다.

"왜 다들 나만 보면 그렇게 노골적으로 꺼려하는 건데?"

서리는 필사적으로 생각한다. 주적을 이렇게 빨리, 것도 무방비 상태에서 마주치게 될 거라곤 생각하지 못했다. 봄도 아니고 자기가 이런 상황에 노출되다니 악마의 장난이 따로 없다.

"이봐요, 난 결백해요. 오히려 찬미해야 마땅한 존재라고요. 왜냐하면 나는 사신이니까."

서리가 가만히 있자 재인이 다시 말한다.

"사신, 몰라요?"

여전히 반응을 보이지 않자 재인이 심각한 얼굴로 중얼거린다.

"아, 농인인가?"

농인이 뭔지는 모르겠지만 서리는 이 하수인이 생각했던 것보다는 덜 위험할 수도 있겠다는 생각을 한다. 그보다는 좀 만만

해 보인다. 물론 방심은 금물이지만 가능하다면 정보를 빼낼 수도 있을 것이다. 재인이 조금 큰 소리로 묻는다.

"내, 목소리, 들려요? 들리면, 눈을, 크게, 깜빡여봐요!"

그래서 서리는 눈 하나 깜빡하지 않는다. 그러자 재인이 옳거니 하고는 외투 속에서 팔을 꺼낸다. 서리는 재인의 두 팔 중 하나가 없는 것을 보고 반응하지 않기 위해 안간힘을 쓴다.

"아, 이 팔은 신경 쓰지 말고…… 아, 못 듣지. 잠깐만 여기 있어봐요."

재인이 한쪽 손으로 여기 있으라는 듯 흔들더니 어디론가 간다. 건물 모퉁이에 숨어 고개를 내밀고 보니 마을의 반대쪽 끝에 재인의 것과 똑같은 새하얀 외투를 차려입은 아이들이 일렬로 서서 한 여자의 뒤를 쫓고 있다. 오늘은 놀랄 일투성이군. 아이들이 저렇게나 많다니. 재인이 그 여자한테 가서 말한다.

"유미 씨, 농인이 있어요!"

유미라는 여자가 예의 바르면서도 딱딱한 태도로 대꾸한다.

"그게 무슨 말씀이신지?"

"사강 같은 사람이 또 있다고요."

"그렇군요."

"그런데 여기 사람이 아닌 것 같아요. 취재를 해보고 싶은데 통역 좀 해줘요."

"취재요?"

"빨리."

재인이 무턱대고 유미라는 여자를 끌고 돌아오는 것을 보고 서리는 바로 뒤쪽의 입구 안으로 들어간다. 죽음의 냄새가 더 강렬해지지만 지금 그런 걸 신경 쓸 때가 아니다. 복도를 가로질러 끝까지 가니 또 다른 출구가 나온다. 그곳으로 나가자 아까 그 아이들 무리가 바로 근거리에 있다. 새하얀 외투를 입은 아이들은 마을의 경계 밖에서 느슨한 대열을 유지하며 가만히 서 있다. 꼭 양떼 같다. 순하고…… 멍청한. 서리는 그 애들의 허옇고 멀건 낯짝을 보며 짙은 분노를 느끼는데 왜인지는 모르겠다. 이런 기분은 봄을 볼 때에나 느끼는 건데.

그때, 아이들 중 하나가 서리를 발견하고는 돌아선다. 다른 아이들과는 생김새부터 확연하게 다르다. 일단 머리카락 색깔이 노랗고 전반적으로 이목구비가 뚜렷하다. 이런 인상을 어렸을 때 살던 곳에서 자주 보았지 싶다. 그러고 보니 아까 그 유미라는 여자의 인상도 이질감이 느껴졌다. 여기가 정말 몽유의 고향이 맞는 걸까?

"아니, 분명히 있었다니까요!"

재인의 목소리다. 서리는 황급히 목소리가 들려온 쪽에서 멀어진다. 그러면서 뒤를 돌아보니 노랑머리 아이가 여전히 서리를 보고 있다. 그 애가 손을 흔들어서 서리는 달리기 시작한다.

✳

우리 또래 같은데. 사강은 달려가는 사람의 뒷모습을 보며 그런 생각을 하곤 픽 웃어버린다. 말도 안 되는 생각이지. 그러자 현이 사강의 팔을 잡는다. 현의 입이 말한다.

"사강? 뭐가 웃겨?"

사강은 다만 고개를 가로젓는다. 유미 선생님은 대체 어딜 가신 거야? 재인 사신님은 무슨 용무지? 현이 묻는다.

"우리 왜 움직이지 않는 거야? 유미 선생님은?"

현은 물론 사강이 말을 하지 않는다는 걸 안다. 하지만 그게 뭐 대수냐는 듯 현은 오물오물 말한다. 불완전하나마 음성언어로 현의 말에 반응하고 싶었던 게 한두 번이 아니다. 그러나 참아왔다. 필사적으로. 유미를 만족시키는 법이 없는 목소리를 현에게 들려주느니 차라리 이 애를 안 보는 게 더 견딜 만할 거라고 사강은 생각한다. 그래서 사강은 다만 현의 팔을 지그시 마주 잡을 뿐이다. 다행히 현과 사강은 그런 식으로도 의미를 나눌 수 있다. 그리고 유미가 오고 있다. 뭐가 못마땅한지 끊임없이 입을 움직이는 재인과 함께. 유미가 이쪽을 향해 말한다.

"가자."

유미를 따라 아이들은 보육원의 인근 마을을 빙 둘러본다. 기억이란 게 형성되기 시작했을 때부터 줄곧 보육원에서 지내온 아이들이 유일하게 보육원 밖으로 나오는 순간인데, 사실 이 시간을 좋아하는 아이는 거의 없다. 일단 보육원 바깥은 춥고 눈에 보이지 않는 온갖 오염 물질로 가득하다. 그래서 이렇게 나오기 전에 아이들은 우선 건강에 이상이 없는지부터 확인하는데 그 과정은 꽤나 번거롭다. 게다가 나왔다 들어가면 그보다도 훨씬 불쾌한 과정이 아이들을 기다리고 있다. 바로 소독이다. 아이들의 몸에 묻어 있을 오염 물질이 보육원 안에서 지내는 다른 아이들에게 혹여라도 해가 될 수도 있기 때문이다. 그 정도로 신중에 신중을 기하면서도 굳이 보육원 밖으로 나가야만 하는 이유는 무엇일까. 다름 아닌 잊지 않기 위해서다. 사신들의 은혜가 아니었다면 진작에 이 땅에서 죽어 없어졌을 사람들이 살아가는 모습을 보면서 아이들은 위대한 계곡의 존재들에게 하해와 같은 감사를 몸소 체험한다.

유미 선생님이 다리밖에 남지 않은 누군가의 동상이 있는 곳으로 아이들을 인솔한다. 그곳으로 가는 길은 경사가 제법 가팔라서 현이 싫어한다. 누군가에게 의지하지 않으면 움직이기가 쉽지 않기 때문이다. 아니나 다를까 사강의 팔을 꼭 붙들고 엉거주춤 발걸음을 옮기며 현이 중얼거린다.

"떠벌이 아저씨가 다른 곳에서 살았으면 좋겠어."

그럼 현이 이렇게 사강에게 의지할 일은 없을 것이다. 사강으로선 아쉬운 일이 되겠지.

언덕을 오르자 다리만 덜렁 남은 옛 동상이 아이들을 반긴다. 현이 말한다.

"이상한데. 아저씨 목소리가 들릴 때가 됐는데."

현의 말대로 동상의 옆에 주저앉아 주저리주저리 떠드는 아저씨가 보여야 하는데 아무도 없다. 사강이 기억하기로 처음 있는 일이다. 그런데 사강의 팔을 잡은 현의 손에 힘이 들어간다. 현이 어두워진 낯빛으로 말한다.

"내가 말한 다른 곳이 저세상은 아니었어."

사강은 뒤늦게 상황을 알아차리고 저도 모르게 탄식한다. 유미가 동상의 앞으로 가서 언제나 그곳을 지키고 있던 아저씨의 빈자리를 내려다본다. 잠시 후에 돌아선 유미가 말한다.

"또 한 사람이 계곡의 품으로 돌아갔다. 늘 우리에게 자신의 과거를 들려주기를 주저하지 않았던 그분이 계곡의 품에서 편안하기를 빌자. 그리고 그러한 바람을 가능케 한 계곡의 존재들에게도……."

유미가 사강의 옆을 보며 말을 잇지 못해 돌아보니 현이 무슨 말을 한 것 같다. 유미가 다시 말한다.

"그게 무슨 뜻이니?"

현은 얕은 숨을 쉬고는 말한다.

"아저씨는 그냥 죽었을 뿐이에요. 춥고 굶주린 상태로."

애가 또 왜 이래. 현은 최근 들어 곧잘 반항적인 모습으로 보는 이의 가슴을 졸이게 한다. 마치 어떻게든 평가에서 낙제하기 위해 안간힘을 쓰는 것 같다.

"그래. 하지만 정신만큼은 계곡에서 편안할 거야."

"그렇다면 저희가 기도할 이유는 더더욱 없지 않을까요?"

유미가 무표정하게 현을 쳐다보는 것을 물론 현은 모른다. 사강이라도 그걸 현에게 알려주고 그만하라고 말리고 싶다. 그때 멀찍이 떨어져 이쪽을 지켜보던 재인이 다가오며 말한다.

"한 가지는 분명한 것 같은데요. 오늘 이 아이들에게 옛날이야기를 들려줄 사람이 더는 없다는 것. 그럼 다 끝난 것 아닙니까?"

"그렇습니다만."

"그럼 돌아갑시다. 추워서 돌아가시겠어."

유미의 눈가가 찌푸려지는 것도 모르고 재인이 아이들을 향해 말한다.

"얘들아, 가자!"

현이 돌아서면서 중얼거리는 것을 사강은 본다.

"죽어서야 편안해지는 걸까, 죽어서라도 편안해지는 걸까."

*

봄은 영혼까지 탈탈 털린 기분으로 상화의 움막에서 기어 나온다. 머릿속에서 아직까지 상화가 늘어놓는 이야기들이 왕왕 울리는 듯하다. 대체 그것들이 나랑 뭔 상관인데 싶은 이야기들을 상화는 질리지도 않는지 하고 하고 또 해댔다. 봄이 괴로움에 신음하는 것을 즐기는 것도 같다.

그나저나 애들은 돌아왔나? 중앙으로 가며 이곳저곳을 둘러보지만 몽유는 쥐 죽은 듯 고요하다. 봄과 부리, 그리고 부리의 아기 외의 아이가 없는 몽유는 꼭 고목 같다. 어쩐지 으스스해서 서둘러 중앙으로 가던 봄은 부리가 제 움막 앞까지 나와 쪼그려 앉아 있는 것을 발견한다. 부리는 어딘가를 하염없이 바라보고 있다. 그 시선을 따라 고개를 돌린 봄은 가슴이 덜컥 내려앉는다. 부리가 보고 있는 건 자기가 낳은 아기가 있는 검은 움막이다. 봄은 목소리를 가다듬고 부리를 부른다.

"어, 봄이 너 왜 여기 있어?"

봄은 부리의 옆으로 가서 따라 앉는다.

"재교육 받잖아."

"재교육? 그걸 진짜로 받는다고?"

부리는 진심으로 놀란 눈인데 차라리 이런 반응이 봄으로선 고맙다.

"그렇게 됐네요."

"너도 참 고생이 많다."

"언니만 하겠어. 금수 타고 산이며 들이며 뛰다니던 사람이 몇 달이고 저 속에서 꼼짝 않고 있는 거 어떻게 버텼어?"

부리는 애써 미소 짓는다.

"누군가는 해야 할 일이야. 그리고 나름 보람도 있고. 무엇보다 날 닮은 아기가 생겼잖아."

그러고는 검은 움막 쪽을 힐끔 본 부리가 난데없이 눈물을 쏟아낸다. 봄은 어떻게 해야 할지 고민하다 부리를 안아준다. 부리는 봄에게 기대 한참을 꺼이꺼이 운다. 지나가던 어른들은 혀를 차기도 하고 딱해하기도 한다. 뭐가 됐든 모르게 해줬으면 좋겠는데 굳이 티를 내고 슬픔과 화를 돋운다.

"놀랐지. 미안."

"아냐. 사실 나도 울고 싶었는데 대리 만족했어."

"재교육 때문에?"

봄은 그냥 웃는다. 아주 틀린 말도 아니다. 부리가 봄의 손을 잡는다.

"네가 수색대원이 되기 위해 얼마나 노력했는지 알아."

"언니?"

"그런데 봄아, 모든 사람이 자기가 하고 싶은 일을 하면서 살 수는 없어. 사람마다 다 자기만의 길이 있는 거야. 족장님 어머니께서 점지해주신."

봄은 할 말을 잃고 입만 헤벌린다. 잘못 들은 건가? 전 수색대장 부리한테서 나온 말이라고는 결코 믿을 수 없는 이야기가 아닌가. 봄은 애써 웃으며 말한다.

"수색대원이 내 길이야. 아니더라도 나는 그 길을 갈 거고. 그래야 내가 살아."

"나라고 그 마음 모르겠니. 하지만 지금 돌이켜보면 다 부질없는 것 같아."

"언니, 괜찮아?"

"응? 나야 괜찮지. 아기가 안 괜찮아서 문제지." 부리가 다시 검은 움막 쪽을 멍한 눈으로 본다. "족장님 어머니께서 아기에게 점지해주신 길 끝에는 뭐가 있을까. 내 자리는 없는 것 같아."

봄은 깜짝 놀라서 소리친다.

"그건 또 뭔 소리야? 언니!"

부리는 꼭 자는 사람을 왜 깨우느냔 얼굴로 봄을 돌아본다.

"언니, 정말 괜찮은 거 맞아?"

"얘가 왜 이래? 너야말로 재교육 때문에 많이 힘든 것 같다. 가서 쉬어. 나도 이만 들어가서 눈 좀 붙여야겠어. 아기가 울음을 그치질 않아서 한숨도 못 잤거든."

그러고 제 움막으로 들어가는 부리를 봄은 그저 멍하니 바라볼 뿐이다. 몸속부터 휘몰아치는 한기 때문에 입 뻥긋할 수가 없다. 부리가 미치기라도 한 걸까? 아니면 울지 않는 아기 때문에 넋이 나간 걸까? 부리 말대로 단순히 잠을 못 자서 헛소리하는 거면 좋겠는데.

멀리에서 소란스러운 소리가 들려온다. 수색대 아이들이 돌아온 것이다. 봄은 벌떡 일어나 소리가 나는 쪽으로 간다.

서리를 필두로 아이들이 추위를 쫓기 위해 화톳불에 붙어 선다. 그 주변으로 어른들이 하나둘 모인다. 데운 차를 가지고 와 나누어 주는 사람도 있다. 봄은 동백에게 다가가 빨갛게 얼어붙은 얼굴과 손을 어루만져준다.

"수고했어."

"누나는 교육 잘 받았어?"

"그래, 이놈아."

"빨리 해치우고 다시 수색 가야지."

봄은 씩 웃으며 동백의 머리를 쓰다듬는다.

"왜 꼭 때리는 것 같지?"

그때, 사람들이 일제히 한쪽 방향으로 돌아서는 것을 보고 봄도 얼른 물러선다. 족장이 움막을 나와 중앙으로 걸어오다가 중간쯤 와서 우뚝 멈춰 선다. 그냥 멈춰 섰을 뿐이다. 그러나 족장에겐 그것도 예외다. 누군가 말한다. "요새 족장 이상하지 않아?" 그러자 서리가 눈빛으로 얼어죽일 듯이 그 사람을 노려본다. 그러다 봄과 아주 잠깐 눈을 맞추고는 휙 하니 고개를 돌려 족장을 향해 경례한다.

"그래, 수고했다."

족장은 수색대원 하나하나의 어깨를 다독이며 격려의 눈빛을 보낸다. 막내 동백은 무릎을 굽혀 시선을 맞추고 손을 잡아주기도 한다. 얼굴 한가득 자부심을 드러내며 동백이 말한다.

"오늘 수색에서 가장 빨리 복귀했어요!"

그야 제일 가까운 곳을 배당받았을 테니까. 족장은 크게 웃으며 동백의 머리를 쓰다듬는다. 동백이 봄을 힐끔 보더니 또 말한다.

"봄이 누나랑 다시 수색 가고 싶어요."

봄은 흠칫 놀라 족장의 눈치를 살핀다.

"왜지?"

족장이 묻자 동백이 어, 하더니 말한다.

"그냥 같이 가면 좋으니까요."

110

"그래, 곧 그렇게 될 거다."

그렇게 말하고는 봄을 빤히 보던 족장이 돌아서며 말한다.

"자, 다들 푹 쉬어라. 서리는 따라오고."

서리가 족장을 따라 들어가자 중앙에 모여 있던 사람들이 뿔뿔이 흩어진다. 어느새 봄은 또 혼자가 된다. 그만 들어가서 눈이나 붙일까 하고 돌아서던 봄은 원로 중 한 명이 검은 움막으로 들어가는 걸 보고 또다시 마음속이 허물어지는 것을 느낀다. 부리가 설사 미치더라도 그럴 만하지 싶다. 봄은 당장에라도 달려가 원로에게 묻고 싶다. 아기가 끝끝내 울지 않으면 어떻게 되는 건데요?

"야!"

봄은 도둑질이라도 하다 걸린 듯 펄쩍 뛴다. 서리가 족장의 움막 앞에서 봄을 향해 손을 흔든다. 봄이 저를 가리키고 나? 한다.

"그래, 너! 빨리 와!"

무슨 일인가 싶어 서둘러 달려가는데 서리의 얼굴이 죽상인 걸 보면 봄에게 나쁜 일은 아니지 싶다. 움막 안으로 들어가 모닥불 앞에 자리를 잡고 앉으니 족장이 말한다.

"재교육은 어떠냐."

"뭐, 그렇죠."

원하는 대답이 아니란 듯 족장의 얼굴이 구겨진다. 봄은 얼른 덧붙인다.

"열심히 하고 있어요!"

족장은 한숨을 내쉬고는 품에서 작은 쇠붙이를 꺼내 불빛에 비춰 본다. 족장이 몽롱해 보이는 눈을 하고 나지막이 묻는다.

"이게 뭔지는 알겠지?"

"아무리 재교육을 받고 있다고 해도 설마 그걸 모르겠어요?"

족장이 피식 웃는다. 봄은 엄마의 저런 모습을 대체 얼마 만에 보는 건지 싶어 입을 꾹 닫는다.

"이걸 처음 목에 걸었던 날이 떠오르는구나. 내가 너만 할 때 였어. 앞을 보지 못하는 언니를 대신해 몽유의 족장이 된 날이었지."

봄은 불안감이 벌레처럼 살갗을 스멀스멀 기어오르는 느낌에 족장 몰래 오른쪽 무릎께를 벅벅 긁는다. 이런 얘길 할 사람이 아닌데. 아까 누군가가 했던 말처럼 족장은 최근 들어 곧잘 이상하다는 느낌을 안겨주곤 한다. 단순히 나이가 들었기 때문이라고 하기에는 갑작스럽다.

"나는 족장이 되고 싶었던 적이 없었다. 하지만 그것이 내게 주어진 길이었어. 네 이모한테 칠흑 같은 어둠이 주어진 것처럼 말이다."

봄은 무릎을 긁던 손을 꼭 움켜쥔다.

"그래서 후회해요?"

족장은 그 말에 깜짝 놀란 것처럼 봄을 쳐다본다. 손으로는 쇠붙이를 장난감처럼 만지작거리면서.

"후회하는 걸로 보이냐?"

"저야 모르죠. 좀처럼 속을 안 내비치시니까요. 하지만 후회하는 게 아니라면 지금 이런 얘기를 왜 하시는 건데요?"

"넌 그놈의 성질이 문제야. 배 속에서부터 그랬지. 얼마나 가만히 있질 못하는지, 네 다리도 아마 그때 잘못됐을 거다."

"엄마!"

"네가 쓸데없는 얘길 하니까 그렇잖아."

봄은 기가 차서 다만 말한다.

"됐고요, 왜 부르신 건데요? 하루 종일 이모 얘기 듣느라 피곤해 돌아가시기 일보 직전이에요."

"이게 못 하는 소리가 없어!"

족장이 손을 휘휘 젓더니 쇠붙이를 다시 품 안에 집어넣는다.

"내일부터 다시 수색 나가라고 하려고 불렀는데 아무래도 잘못 생각한 것 같다. 가서 잠이나 자라. 피곤해서 죽겠다며."

봄은 헉해서 자리를 박차고 일어나 족장 앞에 납작 엎드린다.

"아이고, 족장님, 이 미천한 것이 피곤해봤자죠. 분부대로 수색을 나가 이 한 몸 불살라보겠습니다."

족장이 한숨을 푹 내쉰다.

"애들한테도 좀 못 이기는 척하면서 잘 지낼 순 없는 거냐? 언제까지 혼자 겉돌 거냐. 그래 가지고 족장은 어떻게 하려고."

"서리가 있잖아요."

봄은 족장이 더 말 못 하게 자리에서 일어선 뒤 인사한다. 그리고 밖으로 나와 하늘을 올려다보고 소리 죽여 환호한다.

113

"좋냐?"

서리가 살기 등등한 눈으로 노려보고 있다. 봄은 가슴을 쓸어내리며 말한다.

"너 그 버릇 고쳐. 사람이 제명에 못 죽겠어. 깜짝깜짝 놀라서."

"네가 사육장 아이랑 말 섞었다는 것까진 얘기 안 했어."

봄은 흡, 하고 숨을 참는다.

"하지만 또 허튼짓하면 나도 어쩔 수 없어."

"야……."

"네 바보짓 때문에 몽유의 염원이 무너지게 둘 순 없어. 그러니까 명심해. 내가 지켜볼 거야."

서리는 그렇게 가버린다.

*

봄이 대열 끝에 서자 아이들이 웅성인다. 동백이 반대편에서 "봄이 누나!" 하고 달려오는 것을 가로막고 서서 이슬이 말한다.

"언니가 왜 여기 있어? 서리야?"

서리는 팔짱을 끼고 뭐 씹은 눈으로 봄을 노려보기만 할 뿐 입 뻥긋 안 한다. 이슬이 무슨 상황인지 모르겠다는 듯 서리와 봄을 번갈아 보는데 그 뒤에서 족장이 말한다.

"봄의 징계를 잠시 유예한다."

이슬이 서둘러 제자리로 돌아간다. 그 옆에 선 나무가 말한다.

"그 이유를 알고 싶습니다."

"너희가 수집한 정보를 토대로 원로들이 새 작전을 구상했고, 봄이 그 작전에 도움이 될 거라는 판단을 내렸다."

이슬이 봄의 다리를 흘기며 말한다.

"봄이요?"

"너희가 언제부터 내 명령에 설명을 요구했지?"

족장의 말에 모두가 헙, 하고 자세를 바로 한다. 그러나 끝난 게 아니다. 그때까지 잠자코 있던 서리가 입을 연다.

"당연히 저희는 그동안 족장의 명령에 설명을 요구하지 않았 어요. 그럴 필요가 없었으니까요. 족장은 늘 최선의 선택을 내리 셨어요. 그러면서도 막내조차 한 번에 이해할 수 있게 단순했고 요. 하지만 이번은 아니에요. 감히 말씀드리자면 직접 수색을 해 야 하는 아이들 입장에서 이번 결정은 설명이 필요하다고 생각 합니다."

족장은 그저 서리를 바라볼 뿐이다. 화가 났다거나 당황하지 않고 그저 자신과는 다른 무언가를 신중히 관찰하는 시선에 가 까운 눈이다. 족장은 마치 수색대 아이들을 처음 마주하기라도 한 듯 신중하게 눈에 담고는 마지막으로 봄을 본다.

봄은 엄마의 눈빛을 받아내기가, 그리고 이 자리에 있기가 너 무나도 고통스럽다. 도망치고 싶다. 하지만 정말로 그런다든가, 차라리 재교육을 받고 말지 따위의 배짱은 못 부린다. 다만, 정말 이런 식으로밖엔 길이 없는 걸까 싶다. 봄도 자기가 서리나 다른 애들에 비해 신체 조건이 열악하다는 것을 부정할 생각은 없다. 수색을 하다 보면 쇠막대가 발목을 잡는 일이 정말 부지기수고 그런 봄 때문에 수색대 전체에 영향을 끼친 적도 분명 없지 않다. 하지만 그것은 봄의 잘못이 아니다. 이렇게 존재 자체로 죄인인 양 수치심을 느낄 이유는 아니라는 거다. 감히 그렇다고 말할 용기는 없지만, 아무튼 봄의 생각은 그렇다. 봄은 어느새 또 두 주먹을 아플 만큼 꼭 쥐고 있다는 것을 깨닫고 손에 힘을 푼다.

"봄은 아주 어렸을 때 다리를 잃었다." 족장이 말한다. "그래서 제 나이에 수색대원이 되지 못했지. 하지만 결국 수색대원이 된 것을 특혜라고 생각하는 사람들이 있다는 걸 모르지는 않는다. 하지만 그건 나에 대해 모르고 하는 소리다. 나는 그저 너희에게 그랬듯 봄에게도 기회의 문을 열어놨을 뿐이다. 다른 게 있다면 너흰 그 문턱을 단번에 넘었고, 봄은 그러지 못했다는 거지. 문턱을 넘지 못했다고 해서 문을 걸어 잠글 필요는 없다."

서리는 아이들을 향해 말한다.

"그리고 사육장을 맨 처음 발견한 건 봄 언니야. 내가 직접 봤어. 그런 봄 언니한테 공이 없다고는 할 수 없지 않겠어?"

봄은 제 귀를 의심한다. 저게 지금 뭐라는 거야? 그러다 문득 어젯밤 녀석이 했던 말이 떠오르자 서리의 행동이 납득이 간다. 저 자식은 내가 완전히 대형 사고를 치기를 기다리는 거야. 어쩐지 소름이 끼쳐서 봄은 몸을 개처럼 떤다. 아이들은 서리가 계획했을 그대로 그제야 마지못해 수긍하는 기색을 보인다. 다시 수색이 시작된다.

대열의 끝에서 무거운 발걸음을 옮기는 봄의 곁으로 서리가 다가온다.

"너무 고마워할 거 없어."

"픽이나."

서리가 모처럼 만에 기분 좋아 보여서 봄은 몸서리를 친다.

"너는 다시 사육장으로 가."

봄은 서리를 돌아보고 말한다.

"너무 노골적인 거 아냐? 나 내쫓고 싶은 건 알겠는데 좀 숨기는 척이라도 해줄래?"

서리는 소름 끼치게 웃으며 말한다.

"사육장에서 지내는 아이들 대부분이 눈에 띄는 결함을 가지고 있어. 너처럼 말이야. 그러니 너야말로 그곳에 어울리지 않겠어?"

봄은 이를 갈면서도 그날 사육장에서 만난 앞 못 보는 아이가 생각나 그나마 다행이다 싶다. 하지만 뭐가 다행이지? 상화처럼 앞을 못 보면서도 멀쩡하게 지내는 듯 보이는 그 아이가, 그 애가 지내는 사육장이 봄은 궁금했다. 이제 그것을 해소할 기회가 주어진 것이다. 그러니 다행이 아닐까. 봄은 마지못해 말한다.

"알았어."

서리는 그거면 됐다는 듯 앞서가버린다. 아이들과 봄의 격차는 금세 벌어지고 이내 봄의 시야에는 눈으로 뒤덮인 세상만이 남는다. 아이들의 발자국이 남겨져 있는 긴 다리를 홀로 걸으며 봄은 애써 작금의 상황을 머릿속에서 지워내기 위해 악마의 사육장에 대해 떠올린다. 그리고 그곳 아이도.

그 멍청하리만큼 환한 얼굴의 아이가 내뱉던 약간은 재수 없는 말을 또 들을 수 있을까? 봄은 발걸음의 속도를 높인다.

*

봄은 상화가 고쳐준 다리를 나무 밑둥치에 겨눠 툭 차본다. 이음매를 통해 전달되는 느낌이 든든하다. 힘을 줘서 다시 차보고는 씩 웃으며 뒤로 크게 물러선다. 그리고 땅을 박차고 내달려 그대로 나무를 타 오른다. 몸이 무거워질 즈음 두 팔로 나무를 붙잡고 계속해서 기어 오른다. 나무의 꼭대기에 오르자 잿빛 하늘 아래 유난히도 쓸쓸해 보이는 하양 건물이 드러난다. 위에서 내려다보는 사육장은 처음보다는 소름 끼치는 기이함이 덜하지만, 어쩐지 가슴 시리는 것 같다. 모르긴 몰라도 악마의 마법 탓일 것이다. 몽유의 전설이 사실이라면 말이지만.

봄은 눈을 가늘게 떠 사육장의 중간층에 있는 공터를 주시한다. 그 아이를 만난 곳이다. 왜인지 금세 눈이 아파서 손으로 눈을 비비며 봄은 실망을 감추지 못하고는 그런 스스로를 꾸짖는다. 도대체 지금 뭘 찾는 거야. 뭘 기다리는 거냐고. 물론 그 아이를 기다리는 것이다. 하지만 왜 그 아이를 기다리는지는 봄도 알지 못한다.

포기하고 내려가려는 순간, 그림자가 봄을 덮친다. 봄은 놀라서 나무를 끌어안는다. 금수 새다.

아주 잠깐 한눈판 새에, 온통 새하얀 공터에서 역시나 새하얀 뭔가가 튀어나와 꿈틀거리고 있다. 요술처럼 나타난 그것은 사람이다. 새하얀 외투로 몸을 거의 가리고 있지만 특유의 조심스러운 움직임을 봄은 알아본다. 그 애다! 봄은 서둘러 나무를 내려가 산을 올라 사육장 건물 위로 올라간다. 그리고 저번처럼 어깨 높이의 공터 바닥 위로 고개만 빼꼼 내밀고 아이를 지켜본다. 아이는 엉거주춤한 자세로 천천히 나아간다. 그 위를 금수가 맴돈다. 그러니까 저게 사육장의 파수꾼이라 이거지? 만일을 대비해 온몸을 긴장시킨 채 지켜보지만, 금수는 아이의 머리 위를 맴돌다가 한 번씩 까악, 하고 울 뿐이다. 그러면 아이는 걸음을 멈추고 나아가는 방향을 바로잡는다. 마치 안내를 하는 것 같다. 봄은 머리를 긁적인다. 혹시 저 둘도 연결돼 있는 게 아닐까?

금수가 또 소리를 내지르는데 아까와는 사뭇 느낌이 다르다. 봄은 다시금 긴장의 끈을 조인다. 그런데 달라진 것은 금수의 울음소리뿐만이 아니다. 아이도 태도가 바뀐 것이다. 금수의 소리에 멈칫한 아이가 돌아서는데…… 봄이 있는 쪽이다. 봄은 움찔해 고개를 숙인다. 아이가 말한다.

"누구야? 혹시 그때 그 신기한 발소리를 내던?"

아이의 조심스럽지만 망설임 없는 걸음걸이에 봄은 속으로 외친다. 거짓말! 당황해서 안절부절못하는데 엎친 데 덮친 격으로 금수까지 봄의 옆으로 날아와 울부짖는다. 까악!

봄은 순전히 본능에 몸을 맡긴다. 공터 바닥을 두 손으로 짚고 옆으로 뛰어올라 오른쪽 다리로 금수를 후려친다. 그대로 붕 떠서 공터 위에 착지하고는 생각한다.

야단났다.

때려 부수는 소리와 금수의 비명이 한데 섞인 개죽 같은 소리를 듣고 얼어붙은 아이가 멍하니 서 있는 동안 봄 역시 꿈쩍도 하지 못한다. 그러다 마음을 다잡고 아이 쪽으로 걸어간다. 봄의 다리가 내는 소리를 듣고 아이가 뒷걸음친다.

"지금 뭘…… 한 거야? 까마귀야?"

봄은 사체처럼 움직일 생각이 없어 보이는 금수를 돌아보고는 당황해서 소리친다.

"저게 먼저 나한테…… 울어댔어!"

울상을 짓던 아이가 움찔하더니 억지로 아무렇지 않은 척한다. 그래서 더 요상해 보인다.

"그래서…… 죽인 거야? 울었다는 이유만으로?"

"그런 거 아니야!" 봄은 황급히 달려가 금수를 끙 하고 두 팔로 안아 들어 아이에게 다가간다. "이것들은 죽지 않아. 잠들 뿐이야. 겨울잠을 자는 짐승처럼. 곧 깨어날 거야. 그러니까…… 족장의 장신구만 있으면……."

아이가 진지한 표정으로 묻는다.

"그게 어디 있는데?"

"어, 그게……."

그때, 웬 노랑머리 아이가 봄의 앞을 가로막더니 있는 힘껏 봄을 밀친다. 안고 있던 금수의 무게 때문에 중심을 잃은 봄은 힘없이 나자빠진다. 곧장 벌떡 일어난 봄이 맹수처럼 외친다.

"뭐 하는 거야? 죽을래?"

그러자 두 아이가 헉한다. 노랑머리가 앞 못 보는 아이의 손을 잡더니 뛰기 시작한다. 둘은 새하얀 벽을 향해 뛴다. 그러고는, 그냥 사라진다. 봄은 제 눈을 비벼보고는 입을 앙다문다. 흥, 죽기 아니면 까무러치기다. 팔로 얼굴을 가리고 벽을 향해 돌진한다. 뭔가에 부딪혀야 하는데 계속 달린다. 팔을 조금 내리고 앞을 확인한다. 뭐야, 저 시퍼런 건? 멈추기엔 늦었다. 봄은 두 팔을 올리고 시퍼런 것을 향해 몸을 날린다. 마치 바람에 몸을 던지듯 그렇게 허공에서 욕지거리를 내뱉으며 그대로 바닥에 떨어져 죽 미끄러진다. 염병, 누가 악마의 사육장 아니랄까 봐 요사스러운 것투성이구나. 봄은 자신이 꿰뚫은 시퍼런 것의 정체를 확인하기 위해 뒤를 돌아보고 입을 헤벌린다. 바닥에 한 줄로 길게 난 뭔가로부터 빛이 솟구쳐 나오고 있는데, 그것의 형상은 암만 봐도 사람같이 생겼다. 그 해괴망측한 꼴에 봄은 왁, 비명을 내지른다.

"귀신!"

귀신이 대꾸라도 하듯 빛을 번쩍이며 말한다.

"귀신은 존재하지 않는다. 그런데 누가 말한 거지?"

절벽이라도 건너듯 벽에 찰싹 붙어 선 두 아이 중 노랑머리가 봄을 손가락으로 가리키고는 두 손을 신명나게 휘젓는다. 그러자 귀신이 봄이 주저앉아 있는 곳을 내려다보듯 모양새를 바꾼다.

"미확인 물체다."

"물체라니!" 봄은 벌떡 일어선다. "난 사람이야!"

"구동되고 처음 겪는 현상이다." 귀신이 두 아이에게 말한다. "너희, 유미 선생님도 안 계신데 멋대로 바깥에 나가다니, 각각 벌점이다. 오늘치 꿈도 지급하지 않는다. 그리고 원장님께 보고하겠다. 마침 지금 오고 계신다."

귀신 주제에 더럽게 족장 같은데. 귀신의 일방적인 말을 듣고 두 아이는 망연자실해한다. 앞 못 보는 아이가 앞으로 나서더니 귀신에게 말한다.

"하지만 바람 선생님, 이 애가 까마귀를 죽였어요."

봄은 벌떡 일어나 끼어든다.

"안 죽였어, 이 멍청한 놈아!"

바람이라는 귀신이 창백해지는가 싶더니 노랗게 질려서 꿈틀거린다.

"하필이면 유미 선생님이 안 계실 때 이런 문제가 발생하다니. 현, 네가 애초에 바깥에 나가지 않았더라면 벌어지지 않았을 일이다."

현이라고 불린 앞 못 보는 아이가 두 손을 공손히 맞잡고 고개를 숙인다.

"죄송해요. 하지만 혹시 다시 만날 수 있을까 싶은 아이가 있어서……."

봄은 당황한다. 설마 날 말하는 건 아니겠지.

"왜 아이를 보육원 밖에서 찾지?" 귀신이 묻는다.

"저 바깥에도 아이가 있어요, 바람 선생님!"

"인간은 더 이상 자연적인 방법으로는 임신을 하기 어렵다. 극히 드문 경우조차 유산되거나 사산하게 되지. 설령 아기가 살아서 나온다 해도 저 바깥에서는 오래 살아남을 수 없다. 그렇기 때문에 계곡에서는 이렇게 보육원을 설치해 아이를 보내 키우게 하는 것이고. 따라서 현 네 말이 사실일 확률은 매우 낮다."

"하지만……."

현의 목소리에는 날이 서 있는데 마치 그것에 반응하듯 바람이라는 귀신의 푸른빛 형상이 조금 요동친다. 귀신이 말을 가로막는다.

"임신과 출산 그리고 보육에 대해 다음 시간에 모두 함께 토론해볼까?"

현은 무언가 쏟아붓고 싶은 얼굴로 두 주먹만 움켜쥔다.

"현, 그 어느 때보다 신중해야 한다. 계곡으로 가고 싶다면 말이다."

"하지만……."

"그만."

굵직한 목소리에 봄은 물론 현도 움찔한다. 복도 끝에서 뭔가가 다가온다. 의자? 바퀴 달린 의자가 저 혼자 움직인다. 거기 앉은 송장같이 생긴 남자가 소름 끼치는 눈빛으로 봄을 쳐다본다. 봄은 저도 모르게 뒷걸음치다 뒤에서 뭔가가 몸을 감싸는 느낌에 놀라 몸을 웅크린다. 곧 눈앞이 푸른빛으로 환해진다. 바람이라는 귀신이 봄을 통과해 지나간 것이다. 봄은 사색이 돼 두 팔로 몸을 비빈다.

"원장님." 귀신이 말한다. "현도 모자라 사강까지 중대한 원칙 위반을 저질렀습니다."

"하지만……." 현이 말한다. "바람 선생님, 바로 저기에 있어요."

"무엇이?"

"아이요! 보육원 바깥에서 살아온!" 현이 조금 전 봄이 서 있던 쪽을 가리킨다. "보육원 외부에도 아이가 살 수 있어요."

"현, 아무래도 유미 선생님과 심도 깊은 이야기를 나눠봐야겠다. 이 복도에는 너와 사강, 그리고 원장님뿐이다."

바퀴 달린 의자에 앉은 남자가 퍽 힘에 겨운 목소리로 현에게 말한다.

"언제까지 그럴 생각이냐?"

"하지만 원장님……."

"그만. 더 이상의 하지만은 안 돼. 현, 그리고 너," 남자가 봄을 턱짓한다. "따라와라."

남자의 바퀴 달린 의자가 제자리에서 빙 돌아 왔던 길을 되돌아간다. 현이 어깨를 축 늘어뜨리고 귀신을 따라 복도를 걷다가 멈춰 서서 말한다.

"따라와. 넌 길을 모르잖아. 근데 넌 이름이 뭐니?"

봄은 노랑머리를 쳐다보고 손가락으로 자기를 가리킨다. 노랑머리가 경계하는 눈초리로 고개를 끄덕인다.

"나는, 봄."

"봄? '보다'의 명사형인가? 아니면 설마 이야기책에 나오는 환상 속의 계절을 말하는 거야?"

"대충 맞아."

현이 왜인지 못마땅해한다.

"맞으면 맞는 거지, 대충 맞는 건 뭐니?"

아무튼 간에 정상은 아닌 녀석이다. 봄은 "알았어, 완전 맞아." 하며 저절로 움직이는 의자를 따라 걷는다. 탁, 하는 발소리가 유난히 크게 울리는 듯해 조심스럽게 걸음을 내딛는 한편, 현의 달라진 걸음걸이가 신기해서 봄은 앞을 향해 당당히 걷는 현을 신기하게 바라본다. 밖에서와는 딴판이다. 봄은 혹시나 해서 현의 눈앞을 손으로 휘휘 저어본다. 저번과 달리 현이 반응한다.

"뭐 하는 거야?"

"어? 너…… 그러니까 말이야…… 앞을 못 보는, 아니었어?"

현은 조금의 주저도 없이 대답한다.

"다른 아이들과 비교하면, 맞아. 나는 앞이 보이지 않아. 그리고 사강은 소리가 들리지 않지. 너는 한쪽 다리가 다른 것 같아. 맞지?"

봄은 외투를 여미며 다리를 감추면서 현을 밀친다. 현이 크게 휘청이더니 소리친다.

"넘어질 뻔했잖아! 왜 그러는 건데?"

"너야말로 뭔데? 뭔데 그렇게 당당하고 당연한 건데?"

현은 도무지 영문을 모르겠다는 얼굴이다. 그때, 앞쪽에서 인사하는 소리가 들려 봄은 고개를 돌리고 멈춰 선다. 복도 끝 탁트인 곳에 아이들이 있다. 엄청나게 많이. 개중 많은 아이들이 겉으로 보기에 어딘가 '이상하다'. 봄처럼 '이상하다'. 현이 앞을 보지 못하고 사강이 듣지 못하듯, 아이들은 하나같이 '이상한' 구석을 가지고 있다. 어떤 아이는 얼굴이 주먹만큼 작고, 또 어떤 아이는 입술 위쪽이 갈라져 있다. 코가 없는 아이도 있고, 등이 활처럼 굽은 아이도 있다. 그리고 다리가 짝짝이어서 다리를 질질 끄는 아이도 있다.

봄은 눈앞의 광경에 왈칵 눈물을 쏟아낸다.

봄은 코를 훌쩍이며 원장이라는 사람의 바퀴 달린 의자를 힐끔거린다. 그러다 놀라서 얼른 눈을 내리깔며 스스로를 나무란다. 지금 무슨 시선으로 저 의자를 보는 거야? 다른 사람은 몰라도 봄, 너만큼은 그러면 못써. 그렇지만 신기한걸……

"보아하니 다 운 것 같은데." 원장이 말한다. "말해봐라, 넌 누구지?"

봄의 옆에 앉은 현이 어서 말하라는 듯 고개를 끄덕끄덕한다. 봄은 괜히 창피해서 시선을 떨구지만 쇠막대가 눈에 보이자 심술이 나서 말한다.

"아저씨는 왜 걷지 않아요?"

현이 큭큭대지만 원장은 시종일관 시체 같은 얼굴이다.

"보면 모르겠냐? 걷지 않는 게 아니라 못 걷는 거다. 너한테 그 둘의 차이가 뭔지 알 능력이 있길 바란다."

"알거든요!"

현이 움찔해서 봄은 화를 억누른다.

"질문을 기억할 줄 알기도 바란다."

"봄. 나는 봄이에요."

현이 신이라도 난 것처럼 거든다.

"'보다'의 명사형이 아니에요. 이야기책에 나오는 환상 속의 계절을 말하는 거예요. 눈이 녹고 꽃이 피고 동물들이 긴 잠에서 깨어나는 그 봄이요."

봄은 만족감에 고개를 끄덕인다.

"그래, 이름은 그렇다 치고, 사는 곳은? 여기에는 무슨 일로 왔지?"

"어, 그게……"

어쨌거나 이곳은 수색대가 수색해야 할 목표다. 그런 곳의 수장에게 말해도 되는 걸까? 생각할 것도 없이 말도 안 되는 일이다. 애시당초 봄의 신원이 노출되고, 그것도 모자라 아예 여기 들어온 것 자체가 있을 수 없는, 있어서는 안 되는 일이다. 그렇지만 뭐랄까, 이곳과 이곳의 아이들을 눈으로 직접 보고 나니까 자꾸만 확인하고 싶어진다. 정말로 이곳이 어른들이 믿어 의심치 않는 악마의 사육장이 맞는지. 그것이 맞는다면 두 번 생각할 것 없이 어른들의 말대로 악마를 몰아내고 아이들을 구하면 될 일이다. 간단하다. 그래서 봄은 묻는다.

"여기가 정말로 악마의 사육장인가요?"

현이 김빠지게 끼어든다.

"악마는 둘째 치고, 뭘 사육하는데?"

봄은 답답함에 주먹으로 제 허벅다리를 쳐댄다.

"여기 와 있는 연놈들, 악마의 하수인이잖아. 그리고 너희, 여기 있는 애들을 잡아다 사육하고 있는 거고."

현이 태어나서 그렇게 끔찍한 소리는 처음 들어본다는 듯 얼굴을 구긴다.

"넌 말을 참 험악하게 하는 경향이 있는 것 같아."

"넌 빠져, 이 나부랭이야!"

현이 사색이 돼서 입을 다문다. 봄은 원장에게 말한다.

"우리는 몽유예요. 우리는 북쪽에서 왔어요. 오직 한 가지 이유로 셀 수 없이 많은 시간 동안 이곳을 찾아 헤맸죠. 우리와 한 핏줄인 이곳 아이들을 해방시키려고요. 여기가 우리의 선조들의 그 선조들의 또 그 선조들의…… 암튼 그 사람들의 고향이거든요. 자, 말해봐요. 여기가 정말로 악마의 사육장이 맞아요?"

봄은 주먹까지 불끈 쥐고 원장의 눈치를 살핀다. 그렇다, 하고 답하면 바로 뛰쳐나가 마을로 갈 것이다. 그리고 소리쳐 알릴 것이다. 이곳에 아이들이 잡혀 있다고. 기쁘기 그지없는 마음으로 목청껏 외칠 것이다. 하지만 아무리 기다려도 원장은 답을 하지 않는다. 그 새를 못 참고 또 현이 묻는다.

"하지만…… 아이들을 사육해서 뭘 하게?"

"악마의 아가리에 처넣으려고! 그래야 그놈이 잠잠하거든."

봄은 저도 모르게 어렸을 적 어른들이 그러했듯 최대한 극적으로 말한다. 그러고는 그때의 전율을 느끼고 몸서리친다. 현 역시 충격을 받은 듯 멍한 얼굴이다. 전설을 이야기해주던 원로의 기분이 이런 느낌이었을까? 조금 재미는 있지만, 왠지 뒷맛이 씁쓸하다.

마침내 원장이 말한다.

"그 말이 사실이라면 그 악마는 굉장한 소식가구나. 이런 애 하나 먹어서 간에 기별이나 가겠니."

봄은 왠지 기분이 상해 입을 앙다문다. 모욕당한 느낌이다. 마을에서 꽤 자주 느꼈던 건데, 주로 서리와 아이들이 봄을 조롱할 때 이런 기분이었다. 그런데 지금은 왜 기분이 안 좋지? 봄은 소리치듯 말한다.

"그게 아니라면 왜 아이들을 이런 소름 끼치는 곳에 가둬놓고 기르는 거죠?"

원장이 한숨을 내쉰다.

"일단, 이곳의 정식 명칭은 보육원이다. 사육장이 아니라. 어린아이들을 돌보아 기르는 곳이라는 뜻이지. 잡아먹기 위해 사육하는 곳이 아니라는 말이다. 이해가 됐니?"

봄은 검은 움막을 떠올리고 버럭 말한다.

"부모는요? 부모는 뭘 하는데요?"

그것은 족장과 원로들에게 묻고 싶었던 질문이기도 하다. 마치 그 점을 꿰뚫어 보기라도 하듯 소름 끼치는 시선으로 원장이 봄을 쳐다본다. 봄이 무슨 말이든 하려는데 옆에서 현이 불쑥 묻는다.

"설마 부모가 있어?"

"당연하지."

그러자 현이 원장을 향해 소리친다.

"보시라구요! 보육원 바깥에도 아이가 있어요. 바람 선생님이 틀렸어요!" 그러고는 중대한 죄라도 저지른 양 손으로 입을 틀어막는다.

"그건 중요하지 않다." 원장이 말한다.

"그럼 뭐가 중요한데요?"

봄의 물음에 원장의 더는 굳어질 수 없을 것 같던 표정이 바싹 일그러진다. 어딘가 아파 보일 지경이라 봄은 괜히 죄책감마저 느끼고 몸을 움츠린다. 원장은, 아까 현이 그랬던 것처럼, 무언가 끓어오르는 것을 억지로 눌러 막으려 용을 쓰다가, 무너져 내리듯 힘없이 말을 토해낸다.

"우리가…… 살아 있다는 것…… 살아가고 있다는 것…… 그거면…… 된 거 아니냐?"

원장이 어렵게 어렵게 실토한 말이 정말로 이해가 안 돼서 봄은 그저 고개를 갸웃한다.

"그게 무슨 헛소리예요?"

원장은 마치 자기가 다친 줄도 모르고 계속해서 달아나려는 짐승처럼 말한다.

"어쨌건 여긴 네가 생각하는 그런 곳이 아니다. 네가 물은 것에 대한 내 대답이다. 이만하면 서로 볼일 마친 듯한데, 이만 이곳에서 나가주겠니? 네가 들어온 바로 그대로 말이다."

원장은 무너져 내린 잔해 더미 같은 입을 굳게 닫더니 고개를 살짝 옆으로 돌린다. 그것이 무슨 뜻인지 이해한 봄은 자리에서 일어나지만, 잠깐 망설인 끝에 원장에게 말한다.

"아저씨가 한 말에도 어느 정도는 사실이 있을 거예요. 내 이모가 그랬거든요."

원장은 눈을 감아버린다.

❊

"아까 왜 울었는지 물어봐도 될까?"

봄은 어느새 꼬리처럼 쫓아다니는 현의 말에 질겁해 못 들은 척하고 복도를 빠르게 걸어 나아간다. 그러나 아이들, 어딜 가나 아이들이 삼삼오오 모여 웃고 떠들다 봄을 보고 약속이라도 한 듯 입을 떡 벌린다. 봄의 다리 때문은 아니다. 그 애들은 그저 봄의 존재 자체에 놀란 듯하다. 둘 다 이해는 되지 않는다.

"대답해주지 않을 거야?"

대답하지 않을 거야! 아니, 못 해! 봄은 멈춰 서서 현에게 고함치듯 말하고 싶다. 봄도 그 이유를 모르기 때문이다. 그 순간을 떠올리는 것만으로도 머리가 어질어질하고 얼굴이 터져버릴 것 같다. 봄은 탁탁대는 발소리가 나건 말건 신경 쓰지 않고 달린다. 갑자기 멀어지는 봄에 놀란 현이 서두르다가 넘어지지만 금세 다시 일어나 봄을 쫓는다. 망할 놈의 귀신 같으니라고. 결국 봄은 속도를 늦추고 걷는다. 현이 다가오더니 숨을 헐떡인다.

"뭘 했다고 숨까지 헐떡이냐?"

현은 창백하지만 투명한 얼굴로 웃음을 터뜨린다. 봄은 움찔해서 "왜 웃고는 지랄이야." 하고 중얼거린다.

"응? 뭐라고?"

"가, 가라고. 난 갈 거니까."

"알아. 이쪽이야. 네가 들어온 곳 말이야."

현이 앞장서 가는 길을 물론 봄도 기억한다. 새로운 길을 외우고 가죽에 그리는 일은 수색대원으로서 가장 기본이면서도 우선시되기 때문이다. 하지만 봄은 현의 뒤를 쫓는다. 적어도 이곳에서만큼은 그래도 괜찮으리라 스스로를 설득하면서.

그런데 현이 가는 방향은 막힌 곳이다. 봄은 기억을 더듬어보지만 분명 여기가 맞는다. 하여간에, 제대로 된 구석이 없지. 아니나 다를까 현이 복도의 끝까지 가자 슥 하는 소리가 나며 벽이 움직인다. 어느새 문이 생기고, 살을 에는 바람이 안으로 휘몰아친다. 봄은 팔을 들어 얼굴을 가리고 현을 지나쳐 문 앞에 선다. 봄이 살아온 희뿌연 세상이 왜인지 낯설게 느껴진다. 그리고 문 옆으로 물러나 서서 봄을 바라보는 현은, 왜인지 아쉽다. 무엇이?

"있잖아."

"현이야, 내 이름."

"……알아."

"그럼 불러봐."

"됐고, 야, 혹시 여기 어른도 돌봐주고 그래?"

"어른? 어른을 왜 돌봐?"

"아, 왜, 그 아저씨처럼. 아픈 어른 돌봐주지는 않냐고."

현이 "아저씨." 하며 품 웃는다. "원장님은 아프지 않은데?"

"못 걷잖아."

"하지만 아프다고 한 적은 없어. 음, 내가 알기로는 말이야."

"됐다." 봄이 밖으로 나가자 현 역시 일말의 주저도 없이 문 너머로 따라 나온다. "너 어디까지 따라올 건데? 여긴 그 바람이란

133

것도 없잖아."

"네가 있잖아. 근데 너 보기보다 제법 영특하구나. 나랑 바람 선생님의 상관관계를 파악하다니."

"미친…… 보이지도 않으면서."

봄은 현으로부터 달아나지만 자꾸 뒤를 돌아보지 않을 수 없다. 현은 조금 불안해 보일지언정 맹렬하다 할 수 있을 정도로 봄을 향해 다가온다. 어쭈, 어디까지 따라오는지 한번 보자. 봄은 가볍게 뛰어 공터를 크게 한 바퀴 돈다. 현이 그보다 작은 궤적을 그리며 봄과 속도를 맞춘다. 봄은 층계를 따라 아래로 내려간 뒤 현이 조심스럽게 계단을 밟아 내려오는 것을 확인하고는 곧장 숲속으로 뛰어들어 가까운 나무를 타 오른다. 한 손으로 가지를 잡고 내려다보니 현이 비탈 앞에서 멈칫하면서도 용케 옆걸음을 쳐 봄이 오른 나무 쪽으로 다가온다. 그러고는 나무에 부딪혀 엉덩방아를 찧는다. 봄이 웃음을 터뜨린다.

"봄, 대단하다. 이걸 타고 오른 거야?"

현이 주저앉은 채로 나무를 만져본다.

"이쯤이야."

"정말? 또 뭘 할 수 있는데?"

"많지. 나무 사이를 오갈 수도 있고," 옆에 있는 나무로 넘어간다. "높은 곳에서 뛰어내릴 수도 있어." 현의 옆으로 뛰어내려 착지하자 현이 움찔한다. "그리고 금수를 타고 바람처럼 빠르게 달릴 수도 있어."

"금수? 그게 뭔데?"

"금수 몰라? 그……" 봄은 아차 싶어 목을 움츠린다. "새 같은 거 말이야."

"아, 네가 때려 죽인 신의 전령을 말하는 거구나."

현이 급격하게 침울해한다.

"안 죽였어! 그리고 안 죽는다니깐!"

"그건 그렇고, 신의 전령을 타고 달린다고?"

"뭐, 지금은 할 수 없지만. 내 금수가 많이 다쳤거든."

"설마 그것도?"

현이 몸을 뒤로 뺀다.

"아니야! 악마의 하수인들이 그랬어! 그리고 족장의 장신구만 있으면 금방 자리를 털고 일어날 거야."

"그래……." 현이 손으로 나무를 쓸며 말한다. "그런데 있잖아, 봄."

"으, 응?"

"아까 원장실에서 한 말 있잖아."

"무슨 말?"

"원장님한테 했던 질문. 왜 보육원이 필요하느냐는."

"내가 그랬던가? 그거 뭐?"

현이 뭔가를 삼키듯 고개를 끄덕거린다. 자세히 보니 꼭 울먹이는 것처럼 얼굴이 울상이다.

"그 질문이 여기, 여기를 팍 쳤어." 현이 손바닥으로 자기 가슴을 친다. "뭐가 막 찌르르하면서도 시원해. 숨이 쉬어지고, 살겠다 싶어."

"넌 좀 아픈 것 같다."

"맞아, 난 아파. 그동안은 왜 그랬는지 몰랐는데, 오늘에서야 조금 알 것도 같아. 왜 나는 진작에 그런 질문 할 생각을 못 했을까?"

"네가 멍청하기 때문만은 아닐 거야."

현이 인상을 쓰고는 난데없이 웃음을 터뜨린다.

"넌 정말 재밌는 애 같아."

"넌 정말 이상한 애고."

현이 손을 뻗는다.

"이런 말 처음 해보는 건데…… 나 좀 도와줄래?"

봄은 손을 뻗다 주저하고는 결국 손을 내민다. 그때, 위에서 뭔가가 현에게로 떨어진다. 순식간에 벌어진 탓에 봄은 손을 내민 채로 입을 헤벌리고 눈앞의 상황을 이해하기 바쁘다. 하늘에서 떨어진 것은 누런 외투를 걸치고 있는데 그것이 두건을 벗고 봄을 보더니 더할 나위 없이 활짝 웃는다. 봄은 그만 휘청이다 털썩 주저앉는다. 봄이 그러든가 말든가 기절한 현을 윽, 하고 둘러멘 서리가 말한다.

"그럼 마을에서 보자고, 봄 언니."

✻

"아무것도 없군요."

사람들에게 물어 찾아온 길의 끝에서 유미는 돌아서서 소연에게 말하고는 생각한다. 대체 이자가 원하는 게 뭐지?

물론 대외적으로는 최근 발생한 이상 현상을 확인하는 것이다. 보육원과 그 근방의 지역을 관리하는 사신으로서 말이다. 그러나 소연에게는 사신으로서의 목적 이외의 다른 무언가가 있다는 생각이 든다. 그저 유미의 착각에 불과할까? 아니라고 본다. 유미는 북쪽의 머나먼 곳에서 아이 하나 달랑 들쳐 업고 여기까지 올 수 있게 해준 자신의 직감을 믿어 의심치 않는다.

소연은 뒷짐을 지고 유미에게로 다가오더니 유미의 뒤로 펼쳐진 황량하기 그지없는 공터를 유심히 들여다본다. 저 눈에는 유미에게는 보이지 않는 뭔가가 보이기라도 하는 걸까? 충분히 가능한 일이지만 그래도 약간 무시당한 기분이 썩 유쾌하지는 않아서 유미는 주먹으로 입을 막고 헛기침을 한다. 소연이 돌아보고는 말한다.

"그럼 여기까진가요?"

더없이 도발적인 물음에 유미는 애써 미소 짓는다.

"일단은 소문의 진원지는 다 둘러본 셈입니다."

그러자 재인이 한 손을 경망스럽게 꼼지락대며 입김을 호호 분다.

"그럼 이만 돌아가지. 나 한계에 임박한 것 같아. 얼어죽겠다

137

고!"

"그럴 일은 없겠지만 정 못 참겠으면 먼저 돌아가든가."

소연의 말에 삐치기라도 한 것처럼 재인이 신경질적으로 맞받아친다.

"그래, 차라리 그냥 애들이랑 노는 게 낫겠어!"

유미는 끼어들지 않을 수 없다.

"오늘은 계곡의 역사를 체험하는 날이라 그러실 필요는 없습니다."

재인은 양쪽 팔을 쳐들며 무언의 항의를 하지만 결국 잠자코 있는다. 소연이 그 모습에 씩 웃고는 유미를 보고 말한다.

"여기까지 온 김에 저쪽까지 가볼까요?"

소연이 손가락으로 가리키는 쪽을 본 유미는 더는 미소를 유지할 수가 없다.

"저 다리를 건너자는 말씀이신가요?"

소연도 덩달아 다리를 보고는 말한다.

"무슨 문제라도?"

"아뇨!" 저도 모르게 불쑥 말하고는 다시 헛기침을 한다. "문제가 있을 것이 없죠. 다만……."

"다만?"

"저곳에는, 아무것도 없는 걸로 알고 있습니다."

소연이 좀처럼 헤아릴 수 없는 눈빛으로 유미를 빤히 쳐다본다. 실수였지 싶다. 할 필요 없는 말이었다.

"그걸 어떻게 아시죠?"

그야 그리로 사강을 업고 지나왔기 때문이지. 하지만 그것도 벌써 십수 년은 더 된 일이다. 따라 해주기를 바라고 아무리 "엄마" 하고 말해도 반응하지 않는 어린 사강을 보육원에 두고 다시 도망쳐 그곳에서 머물며 남겼을지 모를 흔적을 이자에게 들키고 싶지 않다는 단순한 생각 때문에 유미는 스스로를 소연의 입 앞에 갖다 바친 꼴이 됐다. 사람이 이렇게도 미련해질 수 있나. 유미는 고개를 숙인다.

"아닙니다. 가시죠."

소연은 무슨 생각인지 더는 말하지 않고 유미의 뒤를 따른다.

섬의 외곽을 빙 둘러 북동쪽으로 나아가다 보면 나오는 인가의 경계에서 사람들의 이목이 소연과 재인에게 쏠린다. 재인이 마주치는 사람마다 쾌활하게 인사를 건네지만 사람들은 인사를 받기는커녕 오히려 겁을 집어먹고 달아나기 바쁘다. 소연이 말한다.

"목적이 저들을 물리는 게 아니라면 관두지 그래."

"쳇, 사신과 대면할 기회를 줘도 난리군."

유미는 말한다.

"사신이라는 말에는 저승사자라는 뜻도 있지요."

기다란 다리를 건너며 유미는 별로 떠올리고 싶지 않은 과거의 늪에서 허우적거린다. 그곳은 아직도 거기 있을까? 그곳에서 여전히 생때같은 아이들의 손에 칼을 들려주고 서로서로 죽이게 할까? 유미가 그때 사강을 데리고 이 먼 길을 떠나오지 않았다면 '자발적'으로 아이를 시설에 보내야 했을 것이다. 그리고 그 대가로 지난한 삶을 연명하며 사강이 누군가를 죽이거나 누군가에게 죽임을 당하는 것을 지켜보아야 했을 것이다. 그에 비하면야 사제 지간으로서 곁에 머무는 지금은 그야말로 신의 은총이 아닐 수 없겠지.

"유미 씨?"

유미는 깜짝 놀라서 소연을 돌아본다.

"말씀하십시오."

"아니. 갑자기 코웃음을 치길래."

"제가요?"

"네."

유미는 무슨 말을 해야 하나 생각하다가 다리가 끝나는 지점에 나 있는 무수히 많은 발자국을 발견하고 입을 떡 벌린다. 저게 무슨…….

"이제부터는 주의를 기울일 필요가 있겠네요."

소연이 말하고는 유미를 앞서가 발자국을 살핀다. 유미가 언뜻 보기에도 예사 발자국이 아니다. 사람 발자국뿐만도 아니다. 짐승의 발자국들이 어지럽게 섞여 있는데 심지어 같은 종조차 아닌 것 같다. 대체 여기서 무슨 일이 있었던 걸까?

소연이 한참을 그 아사리판을 들여다보다가 마침내 이쪽을 본다.

"내가 밟은 곳만 밟고 소리는 내지 말아요. 할 말이 있으면 주먹을 들고요."

유미는 고개를 끄덕인다.

소연의 발걸음을 따라 조심스럽게 나아가는 것에 집중하다 보니 유미는 어느새 자신이 산중 한복판에 들어와 있다는 것을 깨닫고 흠칫 놀란다. 여긴…… 다행히 유미가 보육원 교사가 되기 위해 머물던 폐건물 쪽은 아니다. 안도하던 유미는 불현듯 이게 다 무슨 소용인가 싶어 입을 앙다문다. 사강이 제 자식이라는 걸 이들이 안다고 치자. 아니, 분명 알 것이다. 하지만 그게 뭐 어쨌다는 건가. 유미는 하늘을 우러러 한 점 부끄러움이 없다. 사강을 편애하지도 않았고 심지어 현까지 똑같은 마음으로 대했다. 현이 졸업을 앞두고 흐트러진 것은 완벽한 우연일 뿐이다. 물론 그 우연을 반가워하는 마음이 아주 없다고는 할 수 없지만 그 정도도 못 한단 말인가.

유미는 그런 생각에 빠져 있느라 앞에서 소연이 멈추어 서서 주먹을 든 것을 보지 못하고 나아가다 소연이 유미의 팔을 잡아서야 헉 하며 멈춰 선다. 반사적으로 사과를 하려는데 소연이 손가락을 입에 가져다 댄다. 그러고는 손을 움직여 말한다. 유미는 소연의 완벽한 수어를 보며 두려움마저 느낀다.

"수어라는 것을 할 줄 알죠?"

"어떻게……."

"지금은 그런 얘기를 할 때는 아닌 듯합니다. 저것에 대해 할 말이 있습니까?"

소연이 우측으로 내려다보이는 황무지를 가리킨다. 그곳에 산 개해 있는 것을 발견한 유미는 그것들을 더 자세히 보기 위해 눈을 찌푸리다가 그대로 인상을 쓰고 만다. 헛것을 보고 있는 게 아니라면 저곳에 다닥다닥 붙어 있는 것은 다름 아닌 사람 사는 집터다. 그것도 보육원 주변에 있는 폐건물을 재활용하는 게 아니라 맨땅을 파내고 천이나 가죽 따위를 대충 얹어서 만든 원시적인 형태의 움막이다. 유미는 달리 할 말이 없어 그저 소연을 돌아볼 뿐이다.

"사람 사는 곳 같죠?"

"예…… 하지만 여긴…….'

"유미 씨, 나한테 뭔가를 숨길 필요는 없지 않나요?"

유미는 입술을 살짝 깨문다. 소연이 다시 말한다.

"이곳에 와본 적이 있습니까?"

유미는 갈등한다. 소연의 말대로 소연에게 숨길 만한 일이 아니다. 소연이 그에 대해 알게 된다 해서 사강에게 불이익이 가지는 않을 것이다. 하지만 그렇다고 밝히고 싶지도 않다. 그뿐이다. 유미는 뒤늦게 말한다.

"보육원을 중심으로 사람들이 모입니다. 이곳에 사람이 있었다고 해도 이미 오래전에 보육원 근처로 터를 옮겼을 테니 이곳에 사람이 남아 있을 리 없죠."

소연은 그저 속을 알 수 없는 눈으로 유미를 빤히 보다 결국 말한다.

"하지만 개중에는 우리를 꺼려하는 자들도 있지 않나요?"

"무례를 용서하시길. 말씀하신 것이 맞습니다. 하지만 문제는 언제나 생존이죠. 그들도 당장은 살아야 하니까요."

소연은 수긍하는 눈치로 다시 인가를 내려다본다. 그런데 한순간 소연의 얼굴에 균열이 간다. 눈 깜짝할 새에 벌어진 일인데 다시 제대로 보니 균열 같은 건 없지만 어쩐지 놀란 듯한 표정으로 소연이 재인과 시선을 교환한다. 유미는 떨리는 마음으로 묻는다.

"왜 그러시죠?"

소연은 눈을 감고 뭔가를 찾는 듯하지만 이내 평소 얼굴로 이렇게 말한다.

"아닙니다. 잘못…… 들은 것 같군요."

그게 사실이길 유미는 바란다. 아니면 너무 엄청난 일이 벌어질 것 같다는 생각이 들기 때문이다.

*

서리의 고자질 같은 보고를 듣고 강희는 얼굴이 시뻘개지도록 기침을 한다. 오장육부를 토해내는 듯한 소리는 듣는 것만으로도 여느 벌 못지않게 고통스러운 것이라 무릎을 꿇고 있던 봄은 고개를 떨구고 만다. 그러자 눈가로 바닥에 아무렇게나 내동

댕이쳐진 현이 보인다. 이러나저러나 마음 불편한 건 매한가지라 결국 봄은 이를 악물고 다시 고개를 든다. 그리고 어느새 코앞에 와 있는 강희의 해골 같은 얼굴을 발견한다. 놀랄 틈을 주지 않고 강희가 봄의 목을 움켜쥐어 일으켜 세우고는 움막 벽 지지대에 던지듯 밀친다.

"왜⋯⋯" 강희가 목소리를 짜낸다. "넌 왜 늘 그 모양이냐?"

봄은 뭐든 말하기 위해 발버둥 친다. 소용없다.

"아니지. 오늘은 그 끝을 보여줬다. 허락도 없이 악마의 사육장에 드나들다니!"

강희가 봄을 바닥에 던진다. 봄은 목을 감싸 쥐고 기침을 토해낸다. 서리가 겁먹은 얼굴로 봄을 힐끔 살피지만 그뿐이다. 서리가 말한다.

"이제 어떻게 할까요? 이 사육장 애는⋯⋯."

"조용! 너도 잘한 것 없다. 사육장 아이를 데려오다니. 여기 사람 그 누구도 네 자격을 의심하지 않건만 넌 왜 널 의심하지 못해 안달이냐?"

서리가 상처 입은 얼굴을 구긴다.

"족장님이⋯⋯ 이모가 봄 언니한테 자꾸만 기회를 주시잖아요! 언니는 그런 기회 얻을 자격 없다고요! 누구보다 이모가 제일 잘 아시잖아요. 엄마를 대신해서 그 자리에 계시니깐요!"

강희는 다시 기침을 시작한다. 기침과 기침 사이로 겨우 말한다.

"알았으니까…… 나가라. 저 애는 따로 가두고."

서리가 현을 보릿자루 끌듯 끌고 나가자 강희의 기침 소리는 더욱더 커져간다. 봄은 간신히 몸을 추슬러 자리에 앉고는 강희가 죽을 듯이 기침을 하며 자리에 가 앉는 것을 지켜본다. 강희는 입가를 훔치고 붉게 물든 입으로 말한다.

"서리 말대로 나는 너한테 끊임없이 기회를 줬어. 분에 넘치게."

"내가 달라고 한 적 없어요." 봄이 외투를 들쳐 쇠막대를 내논다. 쇠막대에 모닥불 불빛이 비쳐 이글댄다. "그리고 이것도."

강희가 기침을 할 때보다 더 고통스러워하는 얼굴로 봄을 노려본다.

"그럼 널 저 구석 움막에 넣어 가뒀어야 했다 이거냐? 네 이모, 내 언니처럼?"

봄은 입술을 꽉 깨문다. "적어도 그게 우리 관습이니까요." 차라리 그랬다면 지금보다는 편했을까? 모르겠다. 그렇지만 그런 생각이 화를 돋운다. "엄마는 나한테 기회를 줬다고 생각할지 몰라도 나는 아니에요. 엄마가 줬다는 그 기회가 늘 내 발목을 잡았다고요!" 봄은 벌떡 일어선다. "왜 엄마가 준 기회가 내 발목을 잡아야 하는 거죠? 도대체 누가 그놈의 관습을 만든 거냐고요! 나는 아니에요. 이모도 아닐 거고요. 그리고 엄마도 아니길 바라요."

"그건 대대로 전해져 내려오는……."

"그 '대대'라는 게 도대체 지금 어디 있냐고요! 우리가 여기 오는 동안 땅에다 버려두고 온 그 대대란 게 왜 우리 발목을 잡는 걸 가만히 두고 보시는 건데요? 그게 족장이 할 일이에요? 그렇다면 더는 나한테 그 기회란 거 주지 마세요. 그런 족장, 하고 싶지 않으니까."

강희는 기력뿐만이 아니라 영혼마저 빠져나간 것처럼 끔찍한 몰골로 하릴없이 봄을 쳐다만 본다. 죄책감과 두려움을 꿀떡 삼키고 봄은 움막을 나간다. 강희의 기침 소리가 움막 밖에서도 바로 곁에서 듣는 것처럼 생생하다. 때마침 눈에 띈 원로를 붙잡아 세운 봄은 최대한 비굴한 척하며 족장이 찾으시는데 화가 나신 듯하니 물이라도 가지고 들어가라고 부탁한다. 다행히 원로는 별다른 말 없이 그럼 그렇지 하듯 혀를 차며 물을 가지고 움막 안으로 들어간다.

그래, 이 정도면 나쁘지는…….

그제야 웅성거림이 의식된다. 사람들이 애, 어른 가리지 않고 서서 자그마한 움막을 에워싸고 있다. 못 보던 건데, 하다 아차 싶어 그쪽으로 뛰어간다. 구경거리 났구만. 현이 그 어렵다는 세대 간의 대통합을 이룬 것이다. 봄은 실소를 하며 사람들 틈을 비집고 안으로 들어가 움막 앞에 서서 외친다.

"가요, 가. 무슨 짐승 가둬놓은 줄 알아요?"

봄의 말에 되레 사람들이 웃음을 터뜨린다. 그때, 서리가 멀리서 말한다.

"족장이 특별히 감시시킨 건데 웬 소란이야. 밥도 조용히 못 먹겠네."

그러자 마치 요술처럼 사람들이 자리를 뜬다. 특유의 눈빛으로 노려보던 서리도 볼일 끝났다는 듯 돌아선다. 흥, 서리 말이라면 팥으로 메주를 쑨대도 곧이곧대로 듣겠지. 한순간에 혼자가 된 봄은 움막 앞에 자리를 깔고 앉아 사람들이 밥 먹는 것을 쩨려본다. 배가 고프지는 않지만 자꾸만 눈이 가는 건 별도리가 없다. 그때, 어디선가 픽 하는 소리가 들려온다. 움막 뒤 나무 아래 사발 하나가 놓여 있다. 픽. 동백이 멀찍이 떨어진 곳에서 손짓을 하고는 사라진다. 귀여운 것. 봄은 얼른 가서 사발을 가지고 돌아와 다시 자리에 앉는다. 김이 피어오르는 국을 마시려다 문득 현 생각이 난다. 깨어나면 배가 고플 것이다. 사육장……아니, 보육원 아이라고 밥을 안 먹지는 않을 테니까.

봄은 사발을 한 번 내려다보고는 군침을 삼키며 움막 안으로 들어간다. 세상에, 바닥 깔개 하나 없잖아. 아무리 임시로 쳤다지만, 저러다 입이라도 돌아가면 하다못해 뭘 물어도 제대로 대답이나 하겠어? 하여튼 서리 고것, 인정머리 없는 건 틀림없이 족장감이다.

봄은 눈토끼처럼 새하얀 외투를 칭칭 감고 웅크린 현의 아래쪽에 손을 넣어본다. 흠칫 놀랄 만큼 따뜻해서 혹시 오줌을 지린건 아닌지 냄새를 맡아본다. 그건 아니군. 아무래도 이 새하얀 외투가 수상하단 말이지. 겉보기엔 무명 천보다 얇아서 이런 걸

뭣 하러 입나 싶었지만, 오히려 웬만한 가죽 옷보다 좋은 듯하다. 아무튼 요상하기 짝이 없는 곳이다, 그 보육원이라는 곳. 백번 양보해 사육장이 아니더라도 악마의 요술이 가득한 곳임은 틀림없다.

그렇게 한참을 요상한 외투를 만지다 못해 아예 몸에 둘러보는데 현이 깨어난다. 봄은 놀라서 그대로 얼어붙는다. 현은 팽팽하게 당겨진 외투를 몇 번 당겨보다 와락 소리를 내지르며 외투를 벗어 던진다. 그러고는 손으로 이곳저곳을 더듬다가, 목을 감싸 쥐고 껙껙, 소리 내더니 급기야 발작이라도 하듯 쓰러진다. 봄은 놀라서 다가가지만 현이 마구잡이로 휘둘러대는 손에 생채기를 입는다. 그때, 현이 가까스로 단음절을 토해낸다.

"보…… 봄…….."

봄이 엉겁결에 대답한다.

"나, 나 여깄어. 봄."

"봄…….."

"여기 있다니까!"

봄이 현의 얼굴을 붙들고 고함친다. 그러다 첫날 그랬듯 금수 소리를 흉내 낸다. "까악!"

"봄!"

현이 멈칫하고는 자기 얼굴을 틀어쥔 봄의 손을 더듬으며 "봄?" 한다. 봄이 그래, 답하고 또 한 번 까악, 울자 현이 봄에게 와락 안긴다.

"야 이 씨……."

균형을 잃고 발라당 넘어진 봄이 욕지거리를 해대지만, 현은 아랑곳 않고 줄기차게 봄을 찾는다. 그 기세가 어찌나 애절한지 봄은 이러지도 저러지도 못하고 "그래, 여기 있어. 여기 있다니까." 다독이면서 눈으로는 하릴없이 움막 천장만 살핀다. 천조차 해져서 너덜너덜한 걸로 세웠구만. 알뜰하기도 하지.

현이 서서히 진정한다. 봄은 그제야 현을 밀치고 새하얀 외투를 던져준다. 현이 외투를 몸에 두르며 뒤늦게 깨달은 듯 추운 기색을 보인다. 정말 꼴값 제대로 떠는구나. 봄은 가져온 사발을 찾아 주변을 살피다 탄식한다.

"왜? 또 산짐승이라도 나타났어?"

"뭐래."

봄은 쓰러진 사발을 주워 현의 손에 쥐여 주고는 자기 손에 묻은 국물을 핥아 먹는다.

"아직 온기는 있으니까 그거라도 먹어둬."

현은 사발에 얼굴을 가까이하고 코를 킁킁대며 김을 조금 쪼이더니 두 손을 이리저리 움직여 사발을 만져보고는 입을 대고 맛을 본다. 현의 두 눈이 사발처럼 커져서 봄은 심장이 덜컥 내려앉는다.

"왜, 왜?"

"계곡의 맛이야!"

"염병."

현이 허공을 손으로 찌르고 긋고 하고는 뭐라 중얼거린 후 사발에 들어앉을 기세로 국을 마시는 것을 보며 봄은 바닥에 으, 하고 주저앉는다. 어쩐지 평소보다 갑절은 더 지친 느낌이다. 다저 자식 때문이야. 봄은 현의 꼴사나운 모습에 실소를 하다 따끔해서 얼굴을 찌푸린다. 왼쪽 뺨에 생채기가 난 것을 그제야 깨닫는다.

"갑자기 왜 그런 거야?"

현이 사발을 혀로 부수다 말고 배시시 웃는다. 자기도 부끄러운 건 아는 모양이다.

"무서워서…… 그렇잖아. 산짐승한테 습격을 당해서 정신을 잃었는데 깨고 보니 낯선 곳이야. 외투는 다 벗겨져 있고, 춥고…… 실은 내가 낯선 곳에 혼자 있으면 막 죽을 것 같고 숨이 안 쉬어지고 그러거든."

"어차피 보이지도 않잖아."

봄은 무심코 내뱉고는 손으로 입을 때린다. 하지만 현은 아랑곳 않고 말한다.

"소리와 냄새로도 알 수 있어. 하지만 보이지 않아서 더 무서운 거랬어…… 바람 선생님이. 나는 동의하지 않지만……" 부루퉁한 얼굴로 말을 흐리고는 현이 불쑥 묻는다. "그런 걸 공황 장애라고 한다던데, 들어봤어?"

"아니. 하지만 뭔진 알겠다." 봄은 이모가 새 움막으로 옮겨질 때면 어김없이 숨을 헐떡이며 서리의 이름을 부르짖는 모습이

150

떠올라 고개를 휘휘 가로젓는다. "그러면서도 잘도 혼자서 밖을 나돈다, 야."

"나도 어쩔 수 없어. 이상하게 최근 들어 가슴이 답답해서 견딜 수가 없었거든. 그랬더니 원장님이 그 병에 대해 말씀하셨어. 개병이라는, 다소 천박한 이름의 그 병을 완화시킬 방법은 하나뿐이라고. 밖으로 나가는 것. 처음에는 원장님이 어디가 편찮으신 게 아닌가 했거든……."

"그 양반은 편찮아. 꼴을 보라고. 아……."

현은 작게 웃고는 말을 잇는다.

"그래도 한 번 나가봤어. 바람 선생님이 느껴지지 않는 걸 깨닫자마자 호흡이 가빠지고 금방이라도 땅이 푹 꺼져서는 끝없는 낭떠러지로 떨어질 것만 같았어."

"그래서, 그래서?"

"정신을 차렸을 땐 유미 선생님 방이었어."

봄은 실망감에 에이, 한다. 녀석, 한 허풍 하는데.

"근데 신기한 게 뭔지 알아? 그날 이후로 갑갑한 게 사라졌다는 거야. 이틀 만에 다시 도졌지만 말이야. 아무튼 그때부터였어. 자꾸만 밖으로 나가기 시작한 건. 이제는 하루라도 바깥공기를 쐬지 않으면 일상 생활조차 불가능할 정도야."

"오늘 원 없이 쐰다, 야."

현이 웃는다.

"근데 못 고쳐?"

"아마? 계곡으로 가지 않는 한은?"

"아까부터 계곡, 계곡, 하는데 무슨 계곡 말하는 거야?"

"너 몰라? 그 계곡을? 영특하지만 무식하기도 하구나."

"무식하게 쥐 터져볼래?"

현이 사발 뒤로 숨는다.

"사신들이 산다는 마을 말이야."

"악마의 하수인?"

"그 표현 좀 쓰지 않을 수 없어? 신성 모독이야."

"그것들이 산 구석에 틀어박혀 있단 말이지?"

역시. 그 하수인 연놈들이 튀어나온 동굴이 그 계곡이라는 곳과 연결된 게 틀림없다.

"넌 말을 참 상스럽게 하는 경향이 있어. 뭐, 경이감을 자아내기는 하지만. 그런데 계곡이라는 이름이 꼭 산과 산 사이에 움푹 패어 들어간 곳을 가리키는 표현은 아닌 것 같아."

"어쨌든, 거기 가면 나을 수 있다는 거 아냐. 그럼 가면 되겠네."

현이 쓴웃음 같은 걸 짓는다.

"그곳은 가고 싶다고 아무나 갈 수 있는 그런 곳이 아니야. 사신에 의해 선정되어야 갈 수 있어."

"그게 뭔데?"

"선택되는 거야."

봄은 현의 이야기와 몽유의 전설 간의 유사성에 긴장한다. 악마의 하수인이 사육장에 아이들을 잡아다 살찌워 악마의 아가리에 처넣는 것, 그것이 현이 말한 선정이라면? 어쨌거나 두 이야기 모두 맞는 것이다. 상화가 했던 말대로, 일말의 진실이 숨어 있는 것이다. 그렇다면 나머지는?

"그 선정이라는 게 되면 가서 뭘 하는데?"

"위대한 말씀에 따르면, 신을 위해 일하는 영광을 얻지."

봄이 코웃음친다.

"그걸 믿어?"

"믿지 않을 이유가 있어?"

"네 생각, 너는 어떻게 생각하냐고."

현은 두 손으로 사발을 쥔 채 멍하니 있다가 실토하듯 말한다.

"하지만 아무도 정확한 건 알지 못해. 알지 못하는 것을 생각할 수는 없는 일이야…… 그건 그렇고, 혹시 이 계곡의 맛을 조금 더 향유할 수 있을까?"

"뭘 해?"

"향유…… 이 맛을 조금 더 즐기게 해줄 수 있겠느냐 말야."

"지랄도 요사스레 하네." 봄은 꼬르륵거리는 배를 움켜쥐고 바깥을 살핀다. "아무래도 힘들겠다."

"그래? 아쉽지만 하는 수 없지. 그나저나 여기는 어디길래 이렇게 음식의 품격이 높은 거야? 실은 냄새만 맡으면 썩 유쾌한 상상이 들지는 않거든. 소리도 시끄럽고. 봄, 혹시 이거 어떻게 만드는지 알아? 돌아가면 보고서라도 작성해서 다른 아이들에게도 계곡의 맛을 보여주고 싶어. 모두 좋아할 거야."

"그러든지. 쉬워. 큰 솥에 물을 모가지까지 부어. 깨끗한 물이 좋지만 없으면 자갈로 한두 번 걸러서 써도 돼. 어차피 끓이면 탈은 안 나니까."

현이 소리를 받아 먹을 듯 귀담아듣는다.

"그리고 닭과 토끼, 여유가 되면 돼지를 잘게 토막 내서 각종 채소와 함께 솥에 때려 넣고 푹 고아. 그러면 끝이야. 어때, 정말 별거 없…… 너 왜 그래?"

"동물을…….'

현의 얼굴이 새하얀 외투에 버금갈 만큼 하얗게 질린다. 현이 손으로 입을 틀어막는다. 영락없이 토하기 직전의 꼴인데 봄은 도무지 그 까닭을 알 수가 없다. 다만 조짐이 심상치가 않아서 벌떡 일어나 현으로부터 물러선다. 현이 몸을 들썩인다.

"안 돼. 하지 마. 멈춰."

현이 또 한 번 몸을 크게 들썩이더니 땅을 짚어 일어선다. 글 렀다. 봄은 움막 밖으로 뛰쳐나가다 서리와 부딪칠 뻔한다. 몸을 틀어 피한 서리가 눈을 째리더니 말한다.

"야, 족장이 얘 데려오래."

"지금은 안 그러는 게 좋아." 당연하지만 들은 척도 않는다. "이번만 내 말 들어!"

서리가 비웃고는 움막 입구를 걷는다. 그 순간 안에서 뭔가가 보여 봄은 물론 서리도 놀라 몸을 웅크린다. 하지만 이미 당겨진

활시위는 돌이킬 수 없는 법이니. 시위를 떠난 화살은 속절없이 나아가 살아 있는 것의 심장을 꿰뚫고, 입을 떠난 토사물은 누군 가의 몸을 더럽히는 데 주저가 없다. 서리의 상처 입은 짐승 같 은 포효만이 울려 퍼질 뿐.

족장님 어머니, 저 아이를 굽어살피소서.

＊

현은 감히 족장 앞에 무릎 꿇고서도 개의치 않고 헛구역질을 해댄다. 하기사 어차피 뵈는 게 없으니 족장인들 무슨 소용이랴. 이 순간만큼은 단지 현의 그러한 특징이 부러워 고개를 끄덕이 다가, 현을 매의 눈으로 쏘아보는 서리를 보고 이번에는 고개를 좌우로 절레절레 흔든다. 이 움막 안에 정상은 없지 싶다. 강희 가 길게 끄는 기침을 겨우 진정시키고는 말한다.

"우선은 족장으로서 양해를 구하마. 이곳에 오게 된 과정이 편 치는 않았을 테니."

현은 주먹으로 입을 가리고 껙, 트림을 하더니 특유의 말간 얼 굴로 말한다.

"예를 갖춥니다, 족장님. 어느 곳의 족장이신지는 아직 아는 바가 없지만, 분명 좋은 곳의 존경할 만한 분임을 확신합니다. 만나 뵙게 되어 영광입니다."

얼씨구?

"왜 그렇게 생각하지?"

강희가 묻자 현이 고개를 뒤를 돌린다. 그 방향이 봄보다는 서리 쪽에 더 가깝다. 왜 저래, 하면서 봄은 얼른 서리 곁에 붙어 선다.

"봄이 자란 곳이니까요."

그러고는 현이 싱긋 미소 지어 보인다. 봄은 서리의 팔꿈치 공격을 버티며 강희를 향해 고개를 끄덕거린다. 서리가 으르렁댄다.

"안 꺼져?"

"못 꺼져."

결국 서리가 봄이 있던 곳에 가서 선다.

강희는 깊은 구덩이 같은 눈으로 현과 봄을 번갈아 보고는 말한다.

"그런 말본새는 어디서 배웠지? 사육장에서?"

현은 봄이 애가 탈 만큼 가만히 있다가 마침내 말한다.

"족장님."

봄은 가슴을 움켜쥔다.

"말해라."

"저와 제 친구들은 악마에게 잡아먹히기 위해 살을 찌우고 있는 것이 아닙니다."

아이고, 족장님 어머니, 아니 어머니의 어머니!

"그럼?"

"그냥 생활하고 있습니다."

"너는 모른다. 그곳에 어떤 간악함이 숨어 있는지."

"족장님은 아시나요?"

"당연하지!" 강희가 자리를 박차고 일어선다. 그리고 천천히 걸으며 이야기한다. "나의 선조들은 보았다. 네가 살고 있는 그런 곳이 세워지는 모습을. 그들은 이렇게 전했다. '처음 그들을 보았을 때, 우리는 모두 단번에 바닥에 머리를 처박고 벌벌 떨었다. 그들이 우리와는 다른 존재임을 머리가 아닌 가슴으로 느꼈기 때문이다. 그들은 보는 이로 하여금 우러러 보지 않을 수 없을 만큼 거대했고 그러면서도 아름다웠다. 한번 쳐다보면 머릿속에서 떠나질 않았고 잊으려 해도 허락되지 않았다. 그들은 우리의 마음을 빼앗았고 동시에 한없는 두려움을 심어주었다. 정신이 나약한 일부는 그들의 존재를 버티지 못해 미쳐버렸고, 급기야 그들을 없애려고까지 했다. 그들을 없애기 위해 한밤중에 마을을 나선 이들이 이후 어떻게 되었는지는 오직 대지모만이 아실 것이다. 다만 그 계획이 완수되지 않았다는 것만은 자명했다. 그날 이후에도 그들은 아무 일도 없었다는 듯 우리 앞에 모습을 드러냈기 때문이다. 그들은 처음과 다름없는 태도로 우리 곁에서 우리를 지켜만 보았다. 마치 그것이 그들의 존재 이유라는 듯 끈질기고 집요한 시선에 우리는 점차 익숙해졌다. 모든 익숙함이 그러하듯 그 안에는 치명적인 독이 숨어 있었다.' ……그 독을 알아차리기엔 선조들은 태만했다. 그래서 그것들이 자신들의 터전 한가운데에 떡하니 둥지를 트는 것을 선조들은 멍하

157

니 바라만 보았지. 그것들이 틀었던 둥지가 바로 지금 네가 사는 곳, 사육장이다."

말을 마친 강희는 마치 산짐승과 맞붙기라도 한 것처럼 기진맥진해서 숨을 고른다. 그 밖에 다른 소리라곤 모닥불이 타는 소리뿐이다. 봄은, 물론 서리도, 숙연함에 고개를 숙이지 않을 수 없다. 현은 마치 그것이 예의 일종이라는 듯 한결같이 상대의 목소리를 따라 고개를 돌리며 경청하다가 불쑥 한 손을 쳐들고 침묵을 깬다.

"비록 말씀해주신 것과 완전히 같지는 않지만 매우 유사한 이야기에 대해 알고 있어요. 신학 시험에서 한 번도 만점을 놓친 적이 없거든요."

강희는 인상을 찌푸린다.

"예를 갖추겠다는 건 말뿐이었나?"

"제가 실례를 했나요?"

지금 하고 있어. 봄은 달려가서 말해주고 싶다. 하지만 그랬다간 족장의 화만 더 돋우는 꼴일 것이다. 아니나 다를까, 강희가 날카로운 기침을 하며 힘겹게 다시 자리로 가서 앉는다. 기침은 끝나지 않고 계속돼 움막 안 전체가 기침 소리로 들어찬다. 마치 움막 자체가 기침하는 듯하다. 봄이 덜컥 겁을 집어먹고 강희에게로 다가가려는 그때, 기침이 멎는다. 그러자 현이 말한다.

"어디가 편찮으신 모양이에요."

현이 굳이 공손함을 잃지 않고 조금 전 강희가 서서 이야기하

158

던 쪽을 향해 말한다. 기침 소리 때문에 위치를 파악했을 텐데? 아니, 그 반댄가?

"유미 선생님은 못 고치는 병이 없어요. 물론 바람 선생님의 보조가 필요하기는 하지만요."

강희가 눈썹 끝을 추켜세우며 천천히 말을 해본다.

"못 고치는 병이 없다고?"

현이 그제야 다시 고개를 강희가 앉아 있는 곳으로 향한다. 강희는 아예 소리를 죽이고 현에게로 다가간다. 현은 그것도 모르고 종알종알 떠든다.

"제가 알기로는요. 음, 요즘 유미 선생님도 어려움을 겪고 있는 것이 하나 있기는 하지만…… 뭐, 그건 마음의 병이라고 원장님께서 말씀하셨으니까요."

강희가 현의 눈앞에서 손을 흔드는 것을 보며 봄은 차라리 저 녀석을 데리고 도망이라도 칠까 생각한다. 강희는 확신을 가지고 천천히 몸을 일으켜 봄에게로 온다. 봄은 억지로 차려 자세를 유지하지만 무서워서 죽을 것 같다. 봄과 마주서자마자 기침이 터져 나오는 걸 꾹 눌러 참는 강희의 얼굴은 그저 피로해 보일 뿐이다. 자고 싶은 눈으로 현을 한 번 돌아보더니 이제는 알겠느냐는 듯 말한다.

"선조들은 옳았다. 우리는 틀리지 않았어."

"그치만 그거랑 저거랑은……."

"저 애들은 농락당하고 있어!"

강희의 불같은 호령에 현이 으아악, 비명을 내지르며 엎어진다. 강희는 그런 현을 딱하게 보고는 말을 잇는다.

"됐으니까 그만 저 애를 원래 있던 자리에 돌려놔라. 그리고 돌아와." 강희가 봄을 지나쳐 움막을 나서며 중얼거린다. "마침내 끝이 보이는구나."

✳

우성은 기어코 꺼내는 데 성공한 액자를 들여다보며 숨을 고른다. 액자를 꺼낼 때마다 체력이 떨어지는 것을 느끼는데 어쩌면 내년에는 이것을 서랍에서 꺼낼 수 없게 될지도 모르겠다. 아니면 우성 자체가 더는 존재하지 않을 수도 있겠지. 어차피 올해만 넘기면 뭐가 어찌 되든 상관없다.

그때, 원장실로 유미와 사신들이 들어온다. 우성은 액자를 다시 서랍 속에 넣을 생각도 못 하고 그냥 엎어버린다. 유미가 소연에게 동의를 구하고는 먼저 입을 연다.

"현이 심각한 위반 행위를 했다고요."

바람이 보고했을 것이다.

"부정은 못 하겠군요." 우성이 대꾸한다. "그래, 원하는 바는 얻으셨는지?"

"네, 뜻밖에도." 소연이 자리에 앉으며 답한다. "원장님도 뜻밖의 일이 있었던 모양인데 내키지 않더라도 말해주시죠."

우성은 입을 떼고는 그대로 굳어 있다가 마침내 이야기를 시작한다.

"아이였습니다. 졸업반 아이들 또래였죠. 그 아이의 꼴은······ 신이시여, 그 아이를 굽어살피어주소서. 그 애는 그 또래의 아이에게서는 결코 찾아볼 수 없는, 보이면 안 되는 그늘이 드리워져 있었습니다. 그럼에도 당차고 야무졌는데 누가 봐도 그것은 위장술에 불과했습니다. 하지만 무엇보다도 그 아이에게서 눈에 띄는 부분은 한쪽 다리를 대신한 긴 금속성의 막대였습니다."

"의족이라고 하는 겁니다." 소연이 말한다. "말 그대로 다리를 대신하는 거죠. 원장님이 앉아 있는 휠체어, 아니 바퀴 달린 의자처럼요."

"그 아이는 자신들을 가리켜 머나먼 과거에 이곳에서 북향했던 자들의 후예라고 했습니다. 그러니까 한 핏줄이라는 거죠, 그들과 우리가. 그게 정확히 어떤 의미인지는 모르겠습니다만."

"아까 본 인가가 바로 그들이 머무는 곳이겠군요."

우성이 눈썹을 추켜올린다.

"그 아이가 말하더군요. 당신들은 악마의 하수인이고 이곳은 악마의······ 아가리에 처넣기 위해 아이들을 잡아다 살찌우는 사육장이라고······."

재인이 박장대소를 터뜨리고 유미는 더할 나위 없이 모욕적이라는 듯 표정 관리에 실패한다. 소연은 아랑곳 않고 말한다.

"그래서 이곳에 온 목적은요?"

"이미 선전포고를 한 것이나 다름없지 않습니까. 아이들과 이곳 사람들을 악마로부터, 당신들로부터 해방시키겠다 이거죠."

"그래서요."

소연의 추궁에 우성은 굳이 불쾌감을 숨기지 않는다.

"그래서는 무슨 그래선지요. 뭐, 제가 반격이라도 했어야 할까요? 아니면 그 아이를 잡아놓기라도 했어야 합니까?"

"표현이 극단적인 감이 없잖아 있지만 그랬다면 일이 한결 수월했겠네요." 소연이 유미에게 말한다. "번거롭겠지만 다시 가서 그 애를 데리고 와줘야겠습니다. 그 애를 입원시키죠."

유미가 "뭐라고요?" 하고는 얼른 덧붙인다. "죄송합니다. 하지만 그 애를요? 이유를 여쭈어도 되겠습니까? 이런 무례를 용서하십시오."

"아니," 우성이 선언한다. "이유 따윈 필요 없습니다. 무엇을 생각 중이든 전 반댑니다."

소연은 등을 뒤로 기댄다.

"원장님 의견 따위는 안중에도 없지만, 왠지 들어는 보고 싶은데요."

"그 애는, 일단 나이가 너무 많습니다. 겉보기에도 이미 졸업할 나이대고……"

소연이 신이라도 난 듯 말을 잘라먹는다.

"뭐, 졸업을 조금 미루든가 하면 되지 않겠어요? 어차피 여기서 배우는 거라곤 아무짝에도 쓸모없는 것들뿐이잖아요."

"그 아무짝에도 쓸모없는 것들을 가르치게 한 게 누굽니까?"

우성이 가능하다면 자리를 박차고 일어설 기세로 말을 썹어뱉는다. 소연은 팔짱을 낀다.

"적어도 여기 있는 넷은 아니죠. 안 그렇습니까?"

"하지만……."

소연이 손을 들어 막는다.

"어차피 최종 결정권자는 납니다. 그래도 원장님 의견 들었고 이만 마치죠. 유미 씨는 지금 당장 준비하고요. 마치면 나한테 와요."

소연이 일어서자 우성을 뺀 나머지도 일어선다. 우성이 집요하게 소연을 쳐다보자 소연이 얕은 숨을 쉰다.

"아무래도 할 말이 남은 모양이네요."

소연은 재인에게 눈짓해서 나가게 한다. 두 사람이 나가고 소연이 다시 자리에 앉지만 우성은 끈질기게 소연을 쳐다만 볼 뿐 어떠한 말도 하지 않는다. 우성은 엎어놓았던 액자를 들어 사진에 대고 혼잣말하듯 한다.

"그 애가 이런 말도 하더군요. 왜 이런 곳이 필요하느냐고."

소연은 "그래서요" 추임새를 넣는다.

"아이들을 돌보아 기르기 위해서라고 했습니다."

"만족하던가요?"

"설마요. 그 말을 한 저조차 코웃음도 안 나올 대답이었죠."

우성은 액자 속 아이들을, 그중에서도 한 아이를 멍하니 바라

163

보며 중얼거린다.

"하지만 말이야…… 과연 내가 어떤 대답을 했어야 했을까? 무슨 궤변을 늘어놓았어야 그 애는 차치하고 나부터가 납득할 수 있었을까? 너는 알려줄 수 있지 않을까?"

"유감이지만 아니요."

우성이 흠칫 놀라 잠에서 깨어난 것처럼 눈을 끔벅인다. 소연이 대답한 것이었다.

"뭐라고 하셨습니까?"

"알려줄 수 없다고 했습니다." 소연이 일어나서 책상 앞으로 다가온다. "그 사람, 사진 속 그 사람도 그쪽과 같은 생각을 했나요?"

우성이 액자를 도로 덮는다.

"무슨 말씀을 하시는 건지 모르겠군요."

"아니, 당신은 알아."

우성은 소연을 노려본다.

"나에 대해 아는 듯이 굴지 마십시오. 그만 나가주시죠. 부탁입니다."

소연이 결국 포기하고 원장실을 나서는 것을 보며 우성은 들리지 않게 중얼거린다.

"어차피 날 본 적도 없으면서……."

＊

현이 앞으로 고꾸라지는 소리에 봄은 멈춰 서서 돌아본다.

"난 괜찮아. 어차피 눈인데 뭘. 그리고 이 외투는 충격을 잘 흡수해주거든."

그러거나 말거나 봄은 현의 뒤로 보이는 기지를 바라본다. 기지의 모습은 이미 뿌옇게 지워져 있지만, 누군가 이쪽을 지켜보고 있다는 건 알 수 있다. 서리일 거다. 현을 보고 있는 거겠지. 그 마음 어찌 모를까. 자기 엄마와 똑같이 앞을 못 보는 아이가 눈에 밟히지 않을 도리가 있을까. 왠지 서리의 약한 모습이 보기 싫어서 봄은 현에게로 가 손을 잡고 이끈다.

"괜찮대도."

"그러다간 날이 새도 못 간다."

북북 눈 밟는 소리만 들리는 고요한 밤이다. 길을 걷다가 문득 궁금해져서 봄이 묻는다.

"참 조용하다. 너도 그래?"

"그렇기도 하고 아니기도 해."

"무슨 소리가 들리는데?"

현은 굳이 눈을 감는다. 보이지 않아도 집중하기 위해서는 눈을 감는가 보다. 예전엔 미처 생각지 못했던 것들이 궁금해진다. 그것이 신기하기도 하지만 조금은 성가신 것도 같은데 아무튼 조급한 마음으로 봄은 현의 목소리를 기다린다.

"빨리 말 안 하면 벙어리로 만들어버린다."

왠지 현이라면 웃어넘길 것 같아서 한 말인데 현의 표정이 자못 심각해져서 봄은 덜컥 겁을 집어먹는다. 마침내 현이 말한다.

"그럼 사강처럼 손으로 말해야 하는데 난 그걸 아직 다 익히지 못했거든."

"야, 그냥 해본 말이야." 봄은 얼굴이 달아올라서 손 부채질을 한다. "무슨 소리가 들리냐니깐?"

"네 목소리."

봄은 손 부채질 속도를 높인다.

"그리고 뭔가가 막 흔들리고 있어. 가까이에서." 봄이 헉해서 멈추자, "어, 멈췄다. 음, 또 발소리가 나지. 눈을 밟아 다지는 묵직한 소리가 셋에, 폭 하고 찌르는 소리가 하나. 그리고 우리가 잡은 손이 옷과 옷 사이를 스치는 소리. 마치 바람에 흔들리는 나뭇가지처럼. 근데 너 손이……."

"쪼물딱대지 마!"

"무척 거칠어. 넌 참 열심히 살았구나."

봄은 부러 콧방귀를 뀐다.

"네 손은…… 무슨 새끼 같다."

"넌 말을 참 욕같이 들리게 하는 경향이 있어."

침묵 속에서 봄은 현이 말한 소리들에 귀를 기울인다. 신기하다. 현의 말을 듣고 나니 정말로 그런 소리들이 들려온다. 그렇다고 없던 소리가 새로 생겨난 것도 아닌데. 왜 이전에는 들리지 않았지? 문득 또 다른 것이 궁금해져서 봄은 불쑥 묻는다.

"넌 안 궁금해? 세상이 어떻게 생겨먹었는지."

막상 묻고 나니 괜한 소릴 했다 싶지만, 현은 늘 그렇듯 천진난만한 목소리로 답한다.

"궁금하지 않은데."

"왜?"

현은 미간을 모으고 음, 하다가 온화한 표정이 돼서 말한다.

"누가 너한테 진공 상태에서의 감각에 대해 궁금하지 않은지 묻는다면 어떨 것 같아?"

"대답하기 싫으면 그냥 싫다고 해."

현이 고개를 갸우뚱한다. 그러고는 미소 지은 채 말한다.

"세상이 어떻게 생겼는데?"

"어…" 봄은 바쁘게 주변을 둘러본다. "나무가 있고, 길이 있고……" 어렵다. 봄은 머리를 헝클며 부끄러워서 현의 눈치를 살피다 저도 모르게 내뱉는다. "하얗고 동글동글한데 그 속에 땡그랗고 반짝거리는 게 두 개가 있고 그 아래에 구멍 뚫린 거 하나랑 조그맣고 빨간 거 하나……" 봄은 고개를 절레절레 흔든다.

"꼭 얼굴 같다. 신기해. 그러고 보니 궁금하네."

"뭐가?"

"네 얼굴." 현이 말한다. "괜찮다면 네 얼굴 한번 만져봐도 될까?"

"안 돼!"

봄이 기겁을 해서 소리치자 현이 깜짝 놀라더니 "알았어." 한다. 그렇게 다시 소리는 사라지고 적막 속에서 두 사람은 다리가 있는 곳까지 걸어간다. 봄으로선 다행히도 현이 다시 말한다.

"왜 물소리가 나지?"

"물이 있으니까."

"어디?"

"요 앞에. 천지가 물이야. 이제 강을 건널 거야. 다리를 가로질러서."

현이 머릿속으로 풍경을 그리려고 애쓰는지 미간을 모은다. 봄은 설명한다.

"긴 다리가 있어."

"얼마나?"

"겁나 길어. 끝에서는 끝이 안 보일 정도로."

"말하자면 아득할 정도로……" 현의 미간이 고통스러워 보일 만큼 구겨진다. "내가 보육원에서 그렇게 멀리 떨어진 곳에 있다는 거야?"

"괜찮아. 아까 제대로 보복했으니까."

"내가? 난 그런 비도덕적이고 막돼먹은 행동은 하지 않아."

"했어."

현이 손으로 얼굴과 몸 구석구석을 찍고는 뭐라고 중얼거린다.

"뭐 하는 거야?"

"신께 용서를 구했어. 내 죄를 사해주실 거야."

"과연 그럴까?"

"넌 믿음이 부족하고 매사에 부정적인 경향이 있어."

"시끄럽고, 밑에, 턱 있다."

현이 엉거주춤으로 손뼘만 한 턱을 올라간다.

"그럼 앞으로도 한참은 가야 하는 거네."

"왜, 벌써 지쳤냐?"

"조금 그렇기도 하지만 그 이유 때문이 아니야. 이 순간이 좋아서, 그래서 다행이라 그래."

"지랄도 가지가지다."

현이 까르르 웃는다. 그 소리가 봄은 싫지 않다. 봄은 어느새 콧노래를 흥얼거리며 쇠막대로 박자까지 맞추며 걷는다. 감상하듯 눈을 감고 있던 현이 말한다.

"거기 어울리는 구절을 알고 있어. 들어볼래?"

"그러든지."

현은 뒤늦게 수줍어하더니 진지한 얼굴로 말한다.

"색깔에는 고유의 파장이 있어 같은 파장의 빛을 만나 반응한다."

"뭔 개소리야."

"들어봐." 현이 다시 진지하게 말한다. "우리는 고유의 원기를 가지고 있다. 그래서 같은 원기를 가지고 있는 사람을 만나면, 전자가 그러하듯, 우리는 반응한다. 그것이 가장 보통의 존재인 우리가 특별해질 수 있는 단 하나의 방법이다." 몹시도 뿌듯해하며 현이 덧붙인다. "우린 분명 같은 색일 거야."

봄은 으휴, 하며 고개를 절레절레 흔든다. 그러다 "턱" 하고 다리에서 내려간다.

"다 온 거야?"

"조금만 더 가면."

"그래……."

다시 침묵 속에서 길을 걷는다. 산길을 오를 때는 발을 조심하느라 거기, 거기 하는 말 외에 제대로 된 이야기를 할 새가 없다. 제법 힘을 들여 걸음을 내딛길 한참, 드디어 하양 건물이 눈에 들어온다. 봄은 반가운 마음에 소리친다.

"다 왔다!"

층계를 따라 올라가자 금수가 까악 소리를 내며 날아온다.

"거 봐, 저것들은 안 죽는다니까. 근데 여기도 족장의 장신구 같은 게 있나 보다."

현이 봄의 손을 놓고 하늘을 향해 두 팔을 들어 흔든다. 금수가 현의 머리 위에 사뿐히 내려앉아 봄을 보고 까악, 한다.

"인사하는 거야."

머리에 금수를 얹은 현은 더는 봄의 도움이 필요하지 않아 보인다. 봄은 한참을 마주 잡고 있던 손이 왠지 허전해 등 뒤로 숨기고 뒷걸음을 걷는다. 금수가 작게 울자 현이 말한다.

"조심하래."

"너나 조심해라, 이…… 이……."

"현이야."

"그래…… 현."

"봄."

"왜?"

"고마워."

"뭐?"

"감사하다고."

"뭐가?"

"특별한 하루를 선물해줘서."

"특별은 개뿔."

"매일매일이 똑같았어. 눈을 뜨고 공부하고 밥 먹고 정해진 놀이를 하고 다시 잠들고…… 어쩌면 그게 견디기 어려웠던 게 아닌가 싶어. 아니, 그게 맞아. 그게 너무 갑갑했어. 오늘을 겪어보니까 확실해졌어. 오늘 있었던 일들, 죽을 때까지 잊지 못할 거야. 잊지 않을 거야, 죽어도."

"뭘 또 그렇게까지. 야, 주접 그만 떨고 들어가 발 닦고 잠이나 자라."

현이 웃는다. 슬퍼 보이게 웃는다. 그러고는 건물 안으로 들어간다. 뒤도 안 돌아보고. 하긴, 어차피 돌아서도 보이지 않을 테니까. 봄은 괜스레 멀뚱히 서서 이미 보이지 않는 현에게 말한다.

"나도 나쁘진 않았어."

그러고는 숲속으로 뛰어든다.

*

소연은 보육원 네트워크를 떠돌아다니다가 바람의 눈에 걸려 얼른 접속을 끊고 제 방에서 눈을 뜬다. 이곳에 오래 있기는 했구나. 바람이 흔적을 감지해낼 만큼 학습하다니.

일반적으로 소연은 이곳에 오래 머물지 않는다. 그럴 이유도 없다. 아니, 명분이 없다고 해야 하나? 이 생각은 좀 웃긴데.

소연은 자리에서 일어나 외투를 걸치고 방에서 나간다. 막 제 방으로 들어가려는 재인이 소연을 향해 손을 흔든다.

"또 나가게?"

"네가 할 소린 아닌 것 같은데. 내가 말했지, 조용히 찌그러져 있으라고."

재인이 하, 하고 웃더니 방문을 다시 닫고 소연에게로 걸어온다.

"이보세요, 소연 대표님. 우리가 아무리 업무 차 출장 온 거지만 너한테 내 활동까지 좌지우지할 권리는 없어."

"당연하지."

"근데 왜 자꾸 나보고 찌그러져 있으라 마라 훈수질이야?"

소연은 재인을 지나쳐가며 어깨를 가볍게 잡는다.

"재밌잖아."

172

"뭐야?"

재인이 구시렁대는 소리를 뒤로하고 곧장 옥외 공터로 나간 소연은 보육원 네트워크에서 물리적으로 벗어나 크게 숨을 들이켠다. 그러고는 속에 있는 모든 것을 꺼낼 것처럼 숨을 토해내려는 찰나, 까마귀 울음소리가 머리 위를 지나쳐 간다. 그것은 보육원의 뒤로 보이는 숲으로 향하는데 그쪽에서 현이 누군가와 함께 산을 오르고 있는 것이 보인다. 현과는 달리 야생의 힘이 느껴지는 저 애가 우성이 말한 그 애일까? 봄이라는.

"거기, 뿌리 있다!"

봄이 거친 목소리로 외치자 현이 내디디려던 발걸음을 조정하는 모습이 퍽 귀여워서 소연은 보육원 옥상으로 도약해 몸을 낮추고 그 애들을 지켜본다. 봄이 소리친다.

"멍청아, 거기 아니라고!"

"아, 미안. 그런데 너 말이야, 계속해서 거기라는 지시 대명사만으로 설명하고 있는 거 알아?"

"뭐래. 아니, 거기 말고, 응, 거기!"

소연은 웃음을 참기 위해 애쓴다. 그때 까마귀가 현의 머리 위에 내려앉는다. 까마귀의 신호로 길을 볼 수 있게 된 현은 봄의 손을 놓고 인사한다. 현은 봄에게 감사하다고 말한다. 오늘 하루를 특별하게 만들어줘서 고맙다고. 현이 말한다.

"매일매일이 똑같았어. 눈을 뜨고 공부하고 밥 먹고 정해진 놀이를 하고 다시 잠들고…… 어쩌면 그게 견디기 어려웠던 게 아

닌가 싶어. 아니, 그게 맞아. 그게 너무 갑갑했어. 오늘을 겪어보
니까 확실해졌어. 오늘 있었던 일들, 죽을 때까지 잊지 못할 거
야. 잊지 않을 거야, 죽어도."

소연은 순간이지만 생각이 멈추는 듯한 감각에 탄식한다. 뭐
지?

"뭘 또 그렇게까지. 야, 주접 그만 떨고 들어가 발 닦고 잠이나
자라."

현은 돌아서서 보육원으로 들어간다. 혼자가 된 봄이 현이 있
던 쪽을 바라보며 나지막이 중얼거린다.

"나도 나쁘진 않았어."

그러고는 다시 숲으로 뛰어든다. 봄이 사라진 후로도 한참을
소연은 꼼짝도 하지 않고 아이들이 있던 곳을 내려다본다. 머릿
속에선 아까 현이 했던 말이 끊임없이 반복돼서 재생되는데 그
것이 왜인지 낯설지 않다. 아니, 말도 안 되는 생각이지만 소연
이 했던 말 같다.

이대로 가다가는 돌이킬 수 없는 늪으로 빠져들 것 같아서 소
연은 그만 아래로 내려간다. 그런데 문 앞에서 현이 쪼그리고 앉
아 있는 게 아닌가. 소연이 부드럽게 착지한 곳을 올려다본 현이
대뜸 한숨을 푹 쉬고는 다시 자기만의 세계로 빠지는 것을 보며
소연은 소리를 죽인 채 살금살금 아래로 내려간다. 한참 만에 숨
을 고른 소연은 헛웃음을 짓는다. 거 참, 희한한 애라니까.

소연은 보육원 앞뜰을 걸으며 의식적으로 무용한 생각을 하

기 위해 애쓴다. 저 무용한 달빛을 보라. 저 얼마나 아름답고 무용한가. 그러고 보니 달빛이 저렇게나 환하다니 확실히 지구를 뒤덮고 있는 에어로졸은 과거에 비해 눈에 띄게 줄었다. 눈도 녹기 시작했고 이대로면 수십 년 안에 지구는 다시 푸른빛을 되찾을 수 있을 것이다. 위대하신 클라라의 계산대로 말이다.

아니지. 클라라는 자신이 들여다볼 수 없는 미지수가 이곳에 존재한다고 말했다. 소연에게 직접 말이다.

소연은 아무리 생각해도 어이가 없어서 하, 웃고는 얼른 주변을 살핀다. 산중턱에 위치한 해괴하기 짝이 없는 보육원 건물을 제외하면 아무것도 없다. 소연은 보육원을 바라보며 산비탈을 거꾸로 내려간다. 클라라의 계획대로 지구가 복원될 즈음엔 저것도 사라지고 없지 않을까. 왜냐하면 그 누구도 저곳과 저곳 사람들을 필요로 하지 않을 테니까. 지금에야 지구가 일반 시민에게 공개돼 있지 않기 때문에 이곳에서 생활하는 모습이 수요가 있지만, 머지않아 지구로의 이동이 완전히 개방되면 극히 일부의 특이 성향을 지닌 사람을 제외하고는 간편하게 의체에 정신을 다운로드해 직접 지구에서의 생활을 즐기게 될 것이다. 저곳에서 지내온 아이들, 원장인 우성, 그 밖에 지구의 사람들, 소위 야만인들은 문자 그대로 무용해지는 것이다. 하지만 무슨 상관이겠어? 그때까지 살아 있을 사람은 이 중에서 없을 텐데. 소연의 사정도 크게 다르지 않고 말이다. 내일 일은 내일의 누군가가 알아서 할 일이다.

하지만 생각해보면 좀 짜증나는 상황이긴 해서 어쩐지 골치가 아픈 느낌이다. 소연은 습관적으로 이마의 옆을 손으로 지그시 누른다. 그러면서 주문을 외듯 혼잣말한다.

"신경 쓸 것 없어. 그냥 느낌일 뿐이야. 무해하고 무용한."

그러자 반사적으로 재인이 했던 말이 머릿속에서 재생된다.

'그냥 느낌은 얼어죽을. 느낌이 모든 거야.'

젠장맞을. 하여튼 도움이 안 되는 인간이라니깐.

"저기요."

소연은 그야말로 괴성을 내지르곤 돌아선다. 현이 어느새 손을 뻗으면 잡힐 만큼 가까이에서 특유의 퀭한 눈으로 소연이 있는 방향을 보듯 서 있다. 소연은 저도 모르게 아이로부터 뒷걸음친다. 현이 아쉬운 듯이 손을 뻗는다.

"유령이어도 좋으니 가지 마요."

소연은 입을 벌리고 한참을 고민하다가 결국 말한다.

"왜."

소연의 목소리를 들은 현의 얼굴이 그야말로 환해진다. 보기가 나쁘진 않다.

"유령에게 목소리가 있는지는 경험한 바가 없지만 아무튼 존재하긴 하는 거죠?"

지금껏 보아온, 지극히 현다운 말이라는 생각에 소연은 미소를 머금는다. 이 멜랑콜리한 녀석이 얼른 제 컨디션을 찾고 졸업식 대표로서 소연과 함께 복귀해야 그나마 채널을 유지할 수 있을 텐데. 과연 저 아이는 꿈에서라도 짐작이나 할까? 자기가 계곡이라고 믿는 세계, 밸리에서 0과 1의 조합으로 존재하는 사람들이 자기의 일거수일투족을 지켜보며 응원하고 있다는 것을? 물론 그 수가 다른 채널에 비해 보잘것없긴 하지만. 그래도 아주 없는 것보다는 낫지 않나.

소연은 채널의 관리자로서 살짝 연출을 한다는 생각으로 맞장구 쳐준다.

"그래, 존재해."

"하지만 그걸 어떻게 증명하죠?"

응? 소연은 미간을 좁히며 퉁명스레 말한다.

"네 자신을 믿지 그래."

어느새 현 또한 이맛살을 찌푸리고 있는데 소연은 왠지 거울을 보고 있다는 느낌을 받는다.

"절 믿기 위해서는 제 믿음에 근거가 있다는 믿음이 있어야 하는데 그건 제삼자가 보증해줘야 하지 않을까요?"

"그런 걸 믿지 못한다고 하는 거야. 너 보기보다도 훨씬 피곤하게 사는구나."

"저에 대해 아세요?"

아차.

"지금 보고 있잖아."

"아. 저는 사실 앞이 보이지 않거든요. 저 같은 사람을 시각장애인이라고 한대요. 개인적으로는 제 상태가 제 기능을 하지 못

177

한다거나 결함을 지니고 있다고는 생각되지 않지만요. 혹시 유령님은 어떤 장애를 지니고 계신가요?"

나는 지금 너라는 장애를 맞닥뜨린 것 같은데. 이렇게 말하면 이 심각하기 짝이 없는 녀석 아주 심연으로 나가떨어지겠지.

"나는 말이야, 뭔가를 걸치고 있는 걸 못 견뎌 해."

현이 고개를 갸우뚱한다.

"그러기엔 너무 춥지 않아요?"

"그런 뜻은 아니고. 정신적으로 말이야."

"어, 꼭 뜨거운 열기로 가득 찬 폐공간에서 느끼는 것처럼요?"

"그렇지, 아주 정확해!" 소연은 저도 모르게 손뼉까지 치고는 헛기침을 한다. "그걸 어떻게 알지? 마치 직접 겪어본 것처럼."

"겪어본 것 같은 게 아니에요. 겪고 있어요."

소연은 무슨 반응을 보여야 할지 알 수 없어 그저 고개를 끄덕이다 얼른 말한다.

"그래."

반가워해야 하는 걸까? 실제로 소연은 반가운 마음이다. 밸리에서 의식을 갖게 된 이래 줄곧 소연을 괴롭혀온 증상을 다른 사람들은 이해하지를 못했다. 일부는 소연이 야만인 출신으로서 어떻게든 튀어보려 수작을 부리는 거라면서 저래서 야만인 출신은 믿을 수 없다는 뫼비우스의 띠 같은 주장을 했다. 가뜩이나 의식을 차리자마자 달게 된 야만인 꼬리표 때문에 부당한 시선을 받느라 짜증나는데 거기다가 허언증, 리플리 증후군, 심지어

178

는 소시오패스 소리까지 들어야 하다니.

야만인 출신, 공식적인 표현에 따르면 '들어온 자'인 소연은 밸리라는 사이버 세계의 모범적인 시민으로서 갖춰야 할 최소한의 소양을 굳이 인간적으로 가르치는 학교를 졸업하자마자 개인 공간에 틀어박혀 스스로를 사회로부터 격리시켰다. 아마 끊임없이 머리를 옥죄는 듯한 통증이 아니었다면 소연은 지금도 개인 공간에서 나오지 않았을 것이다. 도저히 견딜 수 없는 지경에 이르러 울며 겨자 먹기로 네트를 통해 정신구조학자라는, 불법적인 냄새를 풍기는 자에게 분석을 맡기자, 지금은 제법 친구처럼 지내는 도는 이런 진단을 내렸다.

"일종의 알레르기예요."

"사람이요?"

"그건 대인기피증이고요. 소연 씨는 전자파에 알러지 반응을 보이는 것 같아요."

"여기 사이버 세곈데요?"

"그러니까요. 말하자면 공기 알러지나 마찬가지죠."

물론 도의 진단은 정식으로 인정되지는 않는, 어디까지나 유사 소견에 불과했다. 하지만 왠지 소연은 시야가 조금은 선명해진 느낌이었다. 가능성이 있다면 어떤 식으로든 해보면 되는 것 아닌가.

"그럼 여기서 나가면 되는 거네요."

"그렇죠. 네? 뭐요? 아무래도 검사를 다시 해봐야겠는데요."

소연은 이미 네트를 통해 밸리에서 나갈 방법을 찾고 있었다. 밸리에서 지구로 의식을 다운로드하는 방법은 있었지만 매우 소수의 사람들에게만 허락되었다. 지구의 생태를 관찰하는 조사관이나 막대한 자금을 보유한 다채널 기업의 고위 관리자 정도가 아니라면 현실적으로 가능한 방법은 중범죄를 저질러 사법 기관에 의해 밸리에서 추방당하는 것뿐이었다. 소연이 마지막 방법에 관심을 보이자 도는 좀 황당해했다. 그러고는 하는 지적은 분명 타당한 구석이 있었다.

"한 번 나가면 돌이킬 수 없어요. 어찌 됐든 그쪽이 여기에 들어온 이유가 있을 것 아녜요. 정말 들어오기 전 기억이 없는 거예요? 아주 단편적인 것도?"

소연이 고개를 가로젓자 도는 감탄했다.

"내가 설계했지만 그렇게 완벽할 줄은 몰랐네요."

소연은 한 방 세게 얻어맞은 듯한 기분으로 도를 쳐다봤다. 도는 도리어 소연의 반응을 이해하지 못하겠다는 표정이었다.

"알고 찾아온 거 아니었어요?"

"그냥 후기 보고 괜찮아 보여서 왔죠."

도는 할 말을 잃은 얼굴로 다만 이렇게 말했다.

"사실 그 후기들도 내가 만든 거예요."

뭐야, 이건? 소연이 딱 그런 표정으로 쳐다보자 도는 왜인지 방어 태세를 갖추고 소연에게서 물러났다. 장난을 치는 것 같지는 않았다.

"밸리에서 나가기만 하면 되는 거죠?"

도는 브로커였다. 밸리에서 돈처럼 쓰이는 신용을 쌓기 위한 일이라면 그야말로 물불을 가리지 않았다. 소연이 경제학자는 아니지만 밸리의 경제 시스템은 사실상 소위 모범적인 시민 양성을 위한 먹이, 좋게 말해 보상 체계에 불과한데 그걸 불법적인 일을 통해 축적한다는 게 좀 웃겼지만 또 그런들 소연과 무슨 상관이랴. 소연에겐 당장 느껴지는 불편감만 해소할 수 있으면 되는 거였다. 막말로 사람을 해한다거나 밸리의 방화벽에 논리 폭탄을 탑재한 로켓을 쏘는 것도 아니지 않나. 뭐, 그런 거라도 절박하면 고려하게 되겠지만.

소연은 도의 소개로 요지경이라는 성의 없는 이름의 채널에 취직했다. 요지경은 전체 구독자 수의 평균을 좀먹는 매우 작은 채널이었다. 지구에 보유하고 있는 시설도 딱 하나뿐이었는데 공교롭게도 소연의 출신지에 위치한 곳이었다. 소연은 이 모든 것이 누군가의 B급 장난 같다는 불쾌한 기분을 안고, 밸리에서 의식을 찾은 이래 처음 밸리 바깥으로 나갔다. 어쩌면 소연 자체가 요지경의 새로운 프로그램일지도 모르지만 알 게 뭐야. 나노봇으로 만들어진 의체에 내던져진 느낌으로 겨우 눈을 뜬 소연은 정말이지 그딴 건 아무래도 좋았다.

드디어 해방됐기 때문이었다. 머리가 맑았다. 의체가 움직이는 원리를 따져보면 달라질 게 없을 것 같았지만, 어쩌면 그저 기분의 문제에 불과할지도 모르지만, 아무튼 더는 불편하지 않았다. 그걸로 소연은 족했다. 정작 소연을 요지경에 연결시켜준 도는 소연이 정말로 효과를 봤다는 얘기에 미심쩍어했지만 그래도 축하해줬다.

그런데 이 현이라는 아이가 소연의 문제를 정확하게 알고 있다니! 맘 같아서는 이 아이를 데려가서 감정 교환을 해 그 누구도 알아주지 않는 그 느낌에 대해 하염없이 떠들고 싶다. 하지만 소연은 팔짱을 껴 그 마음을 억누르고 이렇게 말할 뿐이다.

"많이 그러니?"

현이 고개를 비스듬히 한다.

"최근 들어 심해진 것 같아요. 유령님은 언제부터 그러셨어요?"

"나? 모르는데."

"음, 유령이라 연세가 많으신 모양이군요."

"뭐, 그렇다고 치자. 그만 들어가야 하지 않겠니? 마지막 수업이 남았잖아. 빨리 해치우고 자야지."

현은 픽 무거운 숨을 내쉰다.

"잠에 드는 게 무서워요."

"꿈을 먹어도?"

"유령님은 아시는 게 참 많네요. 꿈의 양을 늘려가고 있지만 그때뿐이에요."

"그렇구나."

시청률 회복하기는 글렀지 싶다. 물론 다른 방법이 없진 않겠

182

지만 말이다. 가령, 외부에서 나타난 의문의 소녀라던가.

소연은 연산력을 최대로 돌려 새로운 변수에 대해 알아본다. 그리고 한 가지 재미있는 식을 발견한다. 과연 이 식의 해가 클라라가 알고 싶어 하는 미지수와 관련이 있을까?

대입해보면 알 일이다.

Part 3

교환 학생

❋

사강은 현이 돌아왔다는 소식에 깊은 안도를 느낀다. 계곡의
신이여, 감사합니다.

현이 최근 들어 곧잘 바깥으로 나가기는 했지만 어디까지나
숨을 쉬기 위해 잠깐 바깥바람을 쐬는 정도에 불과했다. 이렇게
몇 시간 동안 자취를 감춘 것은 처음이었다. 아이들 사이에서는
온갖 이야기가 오갔는데 하나같이 허무맹랑하기 짝이 없었다.
그중에서도 특히 사강을 분노케 하는 얘기는 이것이었다. 현이
스스로 목숨을 끊었다는 것이다. 최근 현의 행동으로 미루어 볼
때 개연성이 있는데, 그럼에도 스스로 목숨을 끊는 일은 그 목숨
을 부여한 것이나 마찬가지인 계곡에 대한 극악한 중죄이기 때
문에 선생님들에 의해 진실이 은폐되고 있다는 것이다. 물론 그

러한 의심 또한 보육원과 계곡에 대한 믿음을 저버리는 것이라 그 이야기를 한 아이는 그 즉시 바람에 의해 벌을 받고 꿈을 빼앗겼다. 사강으로선 그것이 통쾌했지만 그 또한 바람직한 것은 아니기에 가만히 있었다.

현은 마치 아무 일도 없었다는 듯 조용히 교실로 들어와 제자리에 앉는다. 당장에라도 달려가 어깨를 두드려 그 애의 반응을, 그 애의 얼굴을 코앞에서 바라보고 싶지만 안타깝게도 수업이 바로 시작된다. 바람이 오늘의 주제인 임신과 출산 그리고 육아에 대해 이야기한다.

"너희도 잘 알다시피 계곡에서는 주기적으로 아이를 내려보내 이곳에서 성장케 하는데 얼마 전에 사신께서 데리고 온 음수와 양수도 계곡에서 내려보내주셨다."

그때, 현이 손을 번쩍 쳐든다. 대부분의 아이들은 또 시작이라는 반응이다.

"계곡에서는 왜 아이들을 내려보내는 거죠?"

"정말 몰라서 묻는 거니?"

현이 대답하지 않자 바람은 그저 질문에 대한 답을 한다.

"그야 더 이상 자연적인 방식으로는 임신을 하기 어려워진 인간이 그럼에도 간절하게 아이를 원했기 때문이지."

"그래서 혼자서는 앞을 나아가지도, 음식을 찾을 수도, 다른 사람들과 이야기를 나눌 수도 없는 아이들을 이 세상에 내려보낸다고요?"

"그렇기 때문에 존재하는 것이 보육원이다. 이 자명한 사실조차 이제는 볼 수 없게 된 거니, 현?"

현의 얼굴에 금이 가는 것을 보고 사강은 제 가슴에도 쩍 하고 금이 가는 것이 느껴진다. 제발 누구든 좋으니 그만 멈춰줬으면 좋겠다. 하지만 그러기엔 돌이킬 수 있는 지점을 진작에 지나쳐 버렸다는 것을 사강은 안다. 그게 정확히 언제였는지는 알 수 없지만 지났다는 것만큼은 분명하다.

"원이 둥글다는 것은 보지 않아도 알 수 있지요. 하지만 그 원이 처음부터 원이 아니라면요? 누군가가 의도적으로 시작과 끝을 이어 붙여 만든 굴레라면요?"

바람의 푸른 기운이 변해간다. 현, 너는 모르지. 바람이 색을 바꾸면 너나 나 같은 아이들은 감당할 수 없는 무서운 일이 벌어진다는 것을. 사강은 자리에서 벌떡 일어난다. 현에게로 가 그애의 멱살을 휘어잡고 일으켜 세운다. 당황한 현이 제 멱살을 잡은 손을 더듬더니 "사강?" 한다.

바람이 다가와 말한다.

"뭐 하는 거지, 사강?"

현이 사강의 손을 잡고 말한다.

"대체 왜……."

현을 위해서라곤 말 못 한다. 그런 마음이 없는 것은 아니지만 그게 전부는 아니다. 더 정확히는 화가 나기 때문이다. 현이 느끼는 의문과 분노. 그것을 이해 못 하는 것은 아니다. 그러나 그래서 뭘 어쩔 수 있다고 자꾸만 저항하는 건가. 현이 저항하면 할수록 달라지는 건 현이 서 있는 자리뿐이다. 현은 자꾸만 원래 있던 자리에서 멀어져가고 있다. 사강에게서 멀어져가고 있다. 그것이 사강은 무섭고 화가 난다.

"사강, 이러지 마. 너까지 이러지 마. 제발……."

현이 힘없이 축 늘어진다. 사강은 현을 업고 유미에게로 달린다. 이렇게 또 하루 버텼다는 생각에 애써 미소 지으며.

✳

이른 아침부터 사람들이 족장의 출타를 지켜보기 위해 이슬을 맞고 있다. 서리는 족장을 따라 기지를 나서며 묻는다.

"정말 가실 건가요?"

"왜, 이젠 내가 못 미덥나?"

"그런 뜻 아니라는 거 아시잖아요. 사육장 노역꾼 나부랭이는 저 혼자면 충분해요. 이렇게 족장이 친히 나서실 필요 없다고요."

족장은 그저 발걸음을 옮길 뿐이다. 서리도 이제 와서 제 말이 먹힐 거라고는 생각지 않았다.

말없이 길을 걷는 동안 서리는 다시 현에 대한 생각에 빠진다. 상화와 똑같이 앞을 볼 수 없는 그 애는 그럼에도 상화와는 달리 밝고 당당하다. 그 차이의 원인은 대체 무엇일까. 서리의 생각은 사육장 인근에서 마주친 양떼 같은 아이들에게로 향한다. 그중에서도 노랗게 물 빠진 색깔의 머리를 한, 서리를 향해 손을 흔들어 보이던 아이에게 생각이 미칠 즈음, 족장의 목소리가 서리의 백일몽을 깬다.

"봄이 그러더라. 내가 준 기회가 제 발목을 잡았다고."

족장이 대답을 원하는 것 같지는 않아서 그냥 묵묵히 들으려다가 서리는 말한다.

"사실 늘 궁금했던 게 있어요."

족장이 서리를 한번 돌아보고는 "말해라." 한다.

"제가 기억하는 봄 언니는 처음부터 막대를 달고 있었어요. 아주 어렸을 때부터 그랬던 거죠?"

족장은 바로 대답하지 않는다. 역시 괜한 말을 꺼냈나 싶을 즈음에야 족장이 말한다.

"그래. 걸음마를 시작했을 때부터 그랬지. 처음에는 그냥 좀 늦되다고만 생각했다. 하지만 손을 잡아주면 곧잘 걷는 걸 보면 그건 아니었지. 혼을 내서 혼자 걷게 해보니 어떤 상황인지를 알겠더구나. 걸음이 불편했던 거였어. 그래서 그냥 걷지 않았던 거야."

"그래서 검은 움막에 다시 들어갔나요?"

"그러기엔 너무 늦었지. 물론 늦게라도 그렇게 해야 한다고 말하는 원로가 없었던 건 아니지만." 족장이 못마땅하다는 듯 입을 앙다문다. 그러고는 다시 서리를 돌아본다. "오늘은 말이 많구

나. 너답지 않게. 그 맹인 아이 때문이냐? 네 엄마랑 비교돼서 신경 쓰여?"

"족장은 안 그러세요?"

족장은 너털웃음을 터뜨리는 것으로 대답을 대신한다.

"가끔은 총명함을 가릴 줄도 알아야 하는 법이다."

서리는 고개를 숙인다.

"뭐, 네 말이 맞는다. 너한테까지 숨길 일은 아니지. 그래, 솔직한 심정으로는 그곳이 궁금해지는 것도 사실이다. 우리가 떠나온 곳의 사육장과는 다를 수도 있겠지."

"그럼 저희 목표는……."

족장이 손가락으로 입을 막고는 앞쪽을 눈짓한다. 서리는 한 발 늦게 인기척을 느끼고 족장에게 감탄하지만 새삼스러운 일이다. 멀리서 누군가, 그리고 무언가가 다가온다. 저 여자는……유미라는 이름의 사육장 노역꾼이다. 그 뒤로 보이는 것은 금수다. 커다란 멧돼지를 닮은 금수가 거의 저만 한 수레에 짐을 한가득 싣고 유미를 따르고 있다. 서리는 언제라도 금수를 호출할 태세를 갖춘다.

"그럴 거 없다."

"저들을 믿으세요? 정말 교류를 위해 저러고 온다고요?"

이른 새벽이었다. 금수가 까악, 하고 우는 소리가 기지를 깨웠다. 봄은 그것을 한눈에 알아봤는데 서리도 본 적 있는 사육장 금수였다. 그것이 봄의 머리 위로 내려앉더니 사람 목소리를 토해냈다. 금수한테 그런 능력이 있는지는 그때 처음 알았다. 금수로부터 흘러나오는 목소리는 몽유와의 교류와 친교를 제안했다. 그리고 곧 사람을 보내겠다 했다. 곧장 원로회가 소집됐고, 족장이 직접 사육장 사람과 만나기로 했던 것이다.

서리는 눈앞에 보이는 저것을 믿을 수 없다. 마땅히 의심해야할 의무 또한 서리에게는 있다. 그러나 족장은 말한다.

"나는 믿는다. 저들의 필요를."

"그게 무슨……."

"두고 보면 안다."

이제는 유미의 경직된 표정을 알아볼 수 있을 정도다. 딱딱하고 뻣뻣한 그의 태도는 도리어 부러지기 쉬운 막대처럼 그 속내가 훤히 읽히는데 본인은 그걸 알까? 그는 족장과 서리를 명백히 혐오감 가득한 시선으로 뜯어보고 있다. 악마의 노역꾼 주제에. 그러나 족장의 말대로 지금 저자에게는 목적이 있다. 어떻게든 예의를 갖추고 대화를 시도하려 애쓸 만큼. 유미가 족장 앞에 서더니 고개를 숙여 인사한다.

"유미라고 합니다."

"강희입니다."

"아마 놀라셨을 것 같습니다만, 저 또한 크게 다르지 않습니다."

즉, 자기도 원해서 여기 이러고 있는 게 아니라는 거다. 건방이 하늘을 찌르는군. 서리의 시선을 의식한 유미가 흠칫하더니 손을 어쩌지 못하고 가슴께에서 우왕좌왕한다. 족장이 유미의 뒤를 눈짓한다.

"저건 뇌물입니까?"

"그런 셈이지만 선물로 봐주시면 고맙겠습니다."

족장이 보란 듯이 서리를 힐끔 보고는 소개한다.

"이 애는 앞으로 내 뒤를 이을 아이입니다."

유미는 그런 건 관심도 없다는 듯 대충 서리한테 눈인사한다.

"그쪽이 그 현이라는 맹인 아이가 말한 선생인 모양입니다."

유미가 더는 침착함을 가장하지 못한다.

"그 애가 제 얘기를 했나요?"

"아주 유능하다는데."

유미는 적잖이 당황했는지 무슨 말을 해야 할지 모르겠다는 듯 두리번거린다. 결국 족장이 말한다.

"우리더러 뭘 내어놓으랍디까, 악마의 하수인이?"

유미는 거의 펄쩍 뛰듯이 움찔하지만 꼭 보이지 않는 줄에 묶여 있는 꼭두각시처럼 말한다.

"내어놓으실 건 그 무엇도 없습니다."

"그럼?"

유미가 두 눈을 감고 말한다.

"아이를 보내시죠. 저희 보육원에."

족장이 돌연 웃음을 터뜨리는 바람에 서리는 저자가 방금 지껄인 망발을 다시금 생각하게 된다. 보육원, 다시 말해 악마의 사육장에 수색대원들을 보내라는 건가? 그래서 그 양떼 같은 아이들과 어울려 지내라고? 대체 이자가 진정으로 원하는 게 뭐지? 족장은 대체 저 어처구니없는 얘기를 어떻게 생각하는 거지? 족장을 힐끔 보니 어깨를 으쓱해 보일 뿐이다. 유미가 입을 우물거리다 다시 말한다.

"잠시일 뿐입니다. 아이를 보내셔서 직접 확인하시죠. 그곳이 정말로 아이들을 악마의 먹이로써 살찌우는 사육장인지를."

말을 마친 유미는 마른침을 삼킨다. 그러고는 족장과 심지어 서리의 눈치를 살피는데 이제는 보고 있기 불편할 지경이다. 그런데 족장이 말한다.

"좋아요. 당신들한테 아이를 보내도록 하겠습니다."

유미는 물론이고 서리도 놀라서 족장을 쳐다보지 않을 수 없다. 만남은 그렇게 황당하게 끝이 나고, 악마가 보낸 뇌물을 금수를 시켜 끌고 기지로 돌아가는 길에 서리는 족장에게 거의 따져 묻는다.

"거짓말을 하신 거죠?"

"그런 식으로는 원하는 것을 얻는 데 한계가 있는 법이다."

"그럼 정말로 거기에 수색대원을 보내시겠다고요?"

족장이 멈추어 선다. 서리는 자신이 선을 넘었다는 생각에 얼른 고개를 숙이지만 족장은 다만 서리의 어깨를 지그시 잡을 뿐이다.

"먼저 가라. 나온 김에 그놈을 보고 가야겠다."

195

서리는 반사적으로 금수들의 왕이라 불리는 놈의 형상을 떠올리고 흠칫한다. 그것은 몽유의 수호신이라고도 불리지만, 솔직히 그런 모습의 수호신이라면 없는 게 낫지 않을까 하는 생각마저 들게 하는 물건이다. 다행이라면 그것은 현재 도통 힘을 내지 못해 이렇게 한 번 대이동을 마치고 나면 산중 깊숙한 곳에서 잠을 잔다는 것이다. 다른 금수들이 찾아오는 먹이를 먹으며 말이다. 서리는 그것의 행태가 몽유의 대부분의 어른들과 크게 다르지 않다고 느낀다. 하지만 때가 오면 놈은 다시 고개를 쳐들고 오랜 명성(혹은 악명)에 걸맞은 위용과 기백을 보여줄 것이다.

"그리고 봄한테 전해라. 내가 찾는다고."

서리는 이 맥락이 뜻하는 바를 깨닫고 재깍 대답하지 못한다.

"저…… 족장…… 설마……."

"왜, 그것도 샘이 나는 거냐?"

족장이 다분히 농이라는 듯 입꼬리를 치켜올린다. 서리는 얼굴이 달아오르는 것을 느끼지만 못 들은 양 딴소리를 한다.

"봄 언니는 평탄한 길을 가다가도 발을 헛딛는 사람이에요. 사육장에 보내려는 진짜 이유가 뭐든 간에 해낼 수 없는 사람이라고요!"

"뭐, 틀린 말은 아니지. 그렇다면 해낼 일이 없다면 어떠냐?"

서리는 입을 굳게 다문다. 족장은 알려주지 않을 심산이다. 그렇다면 무슨 말을 해도 소용없다. 구태여 힘 뺄 필요 없는 것이다. 서리는 족장에게 고개를 숙인다. 돌아서려는 서리를 향해 족장이 가볍게 말한다.

"너도 너무 애쓰지 마라. 애써봐야 남는 것은 응어리뿐이더라."

서리는 멈칫하고는 다시 발걸음을 재촉한다. 애써봐야 응어리만 남는다고? 하지만 애쓰지 않으면 살아남을 수조차 없게 만들어놓은 게 누구인가? 이미 죽고 없어진 선조들의 응어리가 서리 같은 아이들에게 주어진 전부이고, 서리의 응어리는 그 뒤 세대의 몫이 될 것이다. 그것이 서리가 보고 듣고 느낀 세상이다.

서리는 발걸음을 재촉한다.

❋

봄은 웅성이는 소리에 움막 밖으로 나가본다. 서리가 제 금수와 커다란 수레를 끌고 기지로 귀환했다. 대체 저게 다 뭐야? 사람들도 수레에 실린 것에 호기심을 보이는데 다만 서리의 금수가 곁에서 버티고 있어 가까이 다가가지는 못한다. 봄이 인파를 뚫고 다가가보니 새하얀 상자가 수레에 한가득이다. 특유의 매끄러움에 봄은 저도 모르게 가져다 대던 손을 멈칫한다. 수색을 하다 보면 가장 많이 발견하는 물질인데 쓸모라곤 먹고 죽으려도 없는 쓰레기 중의 쓰레기다. 이름하여 악마의 각질, 그것이 산처럼 쌓인 꼴을 보고 봄은 아침에 먹은 죽이 역류하는 것을 느낀다.

서리가 허공을 맴돌고 있는 봄의 손을 탁 쳐내고 사람들한테 외친다.

"이걸 헛간으로 옮겨요!"

봄은 묻는다.

"보육원 사람을 만나러 간 거 아니었어?"

서리가 눈을 째려서 봄은 자기가 또 뭘 잘못했나 생각해보다가 아차 해서 정정한다.

"내 말은, 그러니까, 사육장 말이야. 거기서 보낸 거야? 족장은?"

서리는 냉기로 이글거리는 눈빛을 거둘 생각이 없는 듯 봄을 뚫어져라 노려본다. 뭔가 이상하다는 생각에 봄은 잠자코 그 눈빛을 받아준다. 마침내 서리가 말한다.

"족장이 오래."

"어디로?"

"그게 잠들어 있는 곳."

봄은 숨을 참고는 주변 눈치를 본다. 사람들은 수레에 실린 것을 옮기느라 정신이 없다. 봄이 서리에게 다가서며 묻는다.

"갑자기 거긴 왜? 나 분명히 혼날 만큼 혼난 것 같은데."

"정말 그렇게 생각하는 거야? 그 사고를 치고도 그 정도로 넘어간 게?"

봄은 괜히 마른침을 꿀꺽 삼키고는 그때의 일을 떠올려본다. 뭐, 큰 사고이긴 했지. 사실 그 일은 정말이지 떠올리고 싶지 않다. 그러지 않아도 이리 치이고 저리 치이는 신세인 봄을 완전히 나락으로 떨어뜨린 그 일은 몽유가 이곳에 자리를 잡은 지 얼마 안 돼서 일어났다. 수색대 아이들은 주변 지형을 파악하고 사육장의 흔적을 찾는 동시에 또 하나의 중요한 일을 했는데 그것은 다름 아닌 족장의 금수에게 먹일 쇠붙이를 찾는 일이었다. 몽유의 수호신이라 불리기도 하는 그것은 덩치만큼이나 많이도 처먹었다.

하루 온종일을 산에서 뻘이 치고도 허탕으로 끝내고 털레털레 돌아오던 길에 이리가 이상 행동을 보였다. 먹이를 찾듯 눈밭을 헤집더니 갑자기 뭔가를 향해 달려 나갔던 것이다. 이리를 쫓기 바빠 봄은 자기가 어디로 가는지를 너무나 늦게 깨달았다. 탁 트인 산등성이에 가득 쌓인 고철 더미를 발견한 순간 멈춰 섰지만 이미 눈앞에는 출입을 통제하는 금줄이 앙상한 나뭇가지에 어지럽게 널려 있었다. 그 스산하기 짝이 없는 광경 앞에서 두려워하지 않을 수 있는 사람은 족장 외에는 없을 터였다. 그곳은 다름 아닌 금수들의 왕이라고도 불리는 족장의 금수가 휴식을 취하고 있는 굴 앞이었고, 이리가 군침을 흘리는 고철 더미는 감히 넘보면 안 되는 신성한 젯밥이었다. 그걸 저 범 무서운 줄 모르는 하룻강아지가 알 턱이 없었고, 결국 이리는 사고를 쳤다. 그 후폭풍은 모조리 봄의 몫이었다. 공개적으로 개망신을 당하는 거야 솔직히 어느 정도 익숙했다. 하지만 수색대 최고령자인 봄이 막내 동백보다 못한 취급을 받게 된 것은 아무리 생각해도 분통 터지는 일이었다. 뭐, 원래도 취급이 썩 좋았던 건 아니지만.

봄은 그곳으로 나 있는 오솔길의 전경을 올려다보는 것만으로도 암담한 심정이라 땅이 꺼져라 한숨을 쉰다. 그렇다고 피할 도리가 있는 것은 아니다. 봄은 두 주먹을 불끈 쥐고 산을 오른다.

얼마나 걸었을까. 저 끄트머리에 낯익은 인영이 이쪽을 내려다보고 있는 것이 보여 봄은 서둘러 달려간다.

"부르셨어요. 근데 왜 여기로⋯⋯."

족장은 금강산 호랑이 가죽으로 만든 외투를 걸치고 있다. 먼길을 가야 할 때가 아니면 입지 않는 귀한 것이다. 하지만 그것도 세월을 이기지 못하고 여기저기 해지고 색이 바랬다. 족장처럼. 봄은 어떻게든 별일 아닌 분위기를 꾸며내기 위해 주절댄다.

"보육, 아니 사육장에서 보낸 물건 봤어요. 그것들은 왜 보낸 거래요? 왜 보자고 한 건데요? 무슨 일이 있는 건 아니죠? 어, 혹시 현한테 무슨 일이 있었대요? 아니, 그 녀석, 비쩍 꼴아서 생전 처음 그렇게 먼 데까지 나왔는데 몸이 성할 리 없어요. 안 그래요?"

"그 애가 걱정되냐?"

"예? 뭐, 예⋯⋯."

"왜?"

봄은 무슨 말을 해야 할지 몰라 멍하니 있다가 족장이 돌아서서 가는 것을 보고 얼른 뒤쫓는다.

"아시잖아요, 저 설명 못 하는 거. 그러니까 제 말은⋯⋯."

"말해라."

"그 애는 달라요."

"뭐가."

"어, 그 애도 이모처럼 앞을 못 보지만, 그거 말고는 모든 게 달라요. 일단 이모처럼 따로 떨어져 살지 않아요. 보육⋯⋯ 아니, 사육장에서 지내는 아이들 대부분이 검은 움막 신세를 피할 수 없는 몸인데도 모두가 그냥 한데 어울려 지내요."

"근본 없군."

"그게 아니에요!"

"그럼 뭐냐."

"그냥⋯⋯ 그냥 어울려 사는 거예요. 딱히 무슨 이유가 있는 것도 아니고⋯⋯ 근데 왜 따로 살아야 하는 건데요? 그저 그래야 하기 때문인 것 말고, 정말로 왜 그래야 하는 거냐고요."

족장의 눈빛이 날카로워지지만 그저 발아래를 내려다보며 묵묵히 걸음을 옮긴다. 대답을 기다리던 봄은 자기가 어디로 가는지를 상기하고 묻는다.

"그, 근데요, 여긴 뭣 하러 오셨어요? 아니, 이제 겨우 사육장을 찾았을 뿐인데요⋯⋯ 아직 그곳에 대해 알아야 할 게 많지 않을까요? 벌써 저게 필요할 것 같지는 않은데⋯⋯."

족장이 석상처럼 딱딱한 얼굴을 돌려 봄을 본다. 봄은 숨 쉬는 것조차 까맣게 잊고 족장의 말을 기다리는데 오줌을 지릴 것 같다. 도무지 끝날 것 같지 않던 기다림은 너무나 갑작스럽게 끝난다. 빛이 구름을 뚫고 족장의 얼굴을 비추는 순간 족장은 봄이 알던 모습으로 되돌아와 다만 무뚝뚝하게 말할 뿐이다.

"당연히 너희는 수색을 해야지. 그냥 살피러 가는 것뿐이다. 얼마 전 웬 멍청한 녀석이 그곳을 쑥대밭으로 만들어서 말이지."

봄은 움찔한다. 족장이 말한 그 멍청이가 바로 자기기 때문이다.

"그 얘긴 또 왜 하세요……."

봄은 어떻게든 그 일과 그때 느낀 치욕을 떨쳐버리기 위해 고개를 정신없이 흔들어댄다. 하지만 그것도 아무 소용 없는 짓이다. 왜냐하면 이제 곧 그곳으로 갈 거기 때문이다. 벌써부터 사방팔방이 금줄로 가로막혀 있는 게 보인다. 언제 어디서 뭐가 튀어나온다 해도 하나 이상할 것 없는 살벌한 풍경에 봄은 저도 모르게 강희의 뒤에 바짝 붙어선다. 강희는 그저 금줄을 들어 그너머로 거침없이 들어설 뿐이다. 몽유에게 뒤는 없다는 듯한 그 태도는 무정한 면이 없지는 않지만 분명 몸을 의지할 만한 데가 있다.

강희의 등만 보고 걷던 봄은 공기가 달라진 것을 깨닫는다. 드디어 도착한 것이다. 몽유의 수호신이자 금수의 왕이 잠들어 있는 굴이 강희의 등판 너머에 있다. 그 앞에 멈춰 선 강희가 봄을 향해 돌아서는데 봄은 엄마의 얼굴을 올려다보다 그 뒤로 보이는 금수의 형상에 더할 수 없는 공포를 느낀다. 저게 깨어나서 정확히 뭘 할지는 모르겠지만 어쨌든 그 끝이 좋지는 않을 것 같다.

"내일, 이곳을 떠나라."

"네?" 금수의 왕 때문에 제정신이 아닌 봄은 제 귀를 의심한다. "죄송합니다. 잘 못 들었습니다."

"내일 이곳을 떠나라 했다."

봄은 아연해서 겨우 말한다.

"떠나요? 왜요? 제가 무슨 잘못을 했는데요?" 봄은 아차 싶어 바로 무릎을 땅바닥에 내려꽂는다. "아니…… 제가…… 좀 막 나갔긴 했는데요, 그렇다고 떠나라는 건…… 용서해주세요!"

봄은 이마까지 땅바닥에 처박고 빈다. 이제 어쩌지 싶은 마음에 봄은 머릿속이 보육원 건물처럼 새하얘진다. 그런데 강희가 한 말은 떠나라는 말만큼이나 이해가 안 되는 것이다.

"보육원이라는 곳, 거기에 들어가라."

"예?"

봄은 도통 모르겠다는 얼굴로 강희를 올려다본다. 족장이 사육장의 진짜 명칭을 어떻게 알지? 내가 말했던가? 아니면 현이 주절댔나? 아, 아까 만난 보육원 사람이 말했을 것이다. 모르긴 몰라도 잘못을 해서 쫓겨나는 게 아니라면 그깟 요사스러운 보육원이 대수랴. 진짜 악마의 아가리에라도 뛰어 들어갈 수 있다. 봄은 이내 정신을 차리고 일어나 "예." 하고 대답한다.

"지금 바로 출발해 날이 지는 대로 침입하도록 하겠습니다."

"아니. 내일, 날이 밝으면 가서 정식으로 들어가는 거다. 그 맹인 아이처럼 그곳 아이로 들어가란 말이다."

봄은 "네." 하고 대답은 하면서도 꿈이라도 꾸는 느낌이다. 다만 그런 생각은 든다. 거기 가면 현을 만날 수 있다. 그게 당장은 좋다.

그 순간 동굴에서 훅 불어오는 바람에 섞인 금속 특유의 비릿한 냄새를 맡은 봄은 어쩐지 피가 떠올라 두 눈을 질끈 감는다.

＊

눈이 내린다면 그 소리가 현에게는 들릴지도 모를 만큼 고요한 새벽, 봄은 막사를 나와 어둠을 뚫고 나아간다. 그리고 더 짙은 어둠 속으로 들어간다. 검은 움막의 안은, 말 그대로 검다. 눈에 분간되는 사물이라곤 없다. 아무것도. 보이지 않는 것이 아니라 볼 만한 그 무엇이 없다는 것을 이내 깨닫는다. 움막 안에 있는 거라곤 한가운데 오도카니 놓인 조막만 한 보자기 묶음과 그 옆에 아기처럼 웅크린 채 잠들어 있는 원로뿐이다.

봄은 꼼짝없이 서서 마른침을 삼킨다. 어쩌다 여기 있게 된 거지. 도대체 지금 무슨 짓을 하려는 거야? 검은 움막에 숨어들었고, 부리의 아기를 훔치려 하고 있다. 아기를 훔치다니. 봄은 숨을 참은 채로 몸을 살짝 떤다. 걸리기라도 했다간…… 아기의 운명이 봄에게로 올 것이다. 그러니까…… 생매장될지도 모른다.

생매장에 대해 알게 된 것은 족장과 함께 금수의 왕이 잠들어 있는 산중에 다녀온 뒤였다. 족장을 따라 기지로 복귀한 것을 사람들이 희한하게 보는 것도 모르고 봄은 그 뒤를 쫓으며 족장의 새로운 명령에 대해 궁리해보느라 바빴다. 보육원에서 보고 들은 모든 것을 수색대를 통해 보고하라는 걸 보면 아무래도 침투임무 같지만, 그렇다고 아예 거기 들어가 살라니. 다른 곳도 아니고, '악마의 사육장'이 아닌가. 뭔가가 있었다. 그 뭔가를 알려면, 지금으로선 서리가 유일한 등불이었다, 염병하게도. 그래서 족장에게 인사를 하자마자 서리를 찾았다. 서리는 마치 봄이 찾을 걸 알기라도 하는 것처럼 늘 하던 비아냥조차 하지 않고 모르쇠했다. 당연히 수색대장인 서리는 족장의 계획에 대해 알 터였다. 결국 봄은 서리를 불러 세웠다. 서리는 평소보다 과장된 표정으로 봄을 돌아봤다.

"족장이 또 나한테 맡겨서 삐쳤냐?"

"삐치긴 누가……" 서리가 버럭하다 할 말을 눌렀다. "하기 싫으면 지금이라도 관둬."

"네가 가게?"

서리는 대꾸도 않고 가버렸다. 저 서리 같은 년.

그날 저녁은 전에 보지 못한 음식이 전에 보지 못한 판대기에 담겨 나눠졌다. 전부 보육원 여자가 가져온 것이었다. 모두들 뚱하니 서로를 바라만 볼 뿐 아무도 음식에는 손을 대지 않았다. 서리만이 예외로 평소처럼 음식 앞에 앉았는데 모두가 그런 서리를 걱정 반 호기심 반인 표정으로 지켜봤다. 봄이라면 견딜 수 없었을 시선을 개무시하고 음식을 입에 넣은 서리가 멈칫했다. 그 순간 광장이 적막에 잠겼다. 모두가 숨죽이고 서리의 반응을 기다렸다. 차라리 쓰러져버리기를 바랄 만큼 긴장으로 가슴이 턱 막혔다. 마침내 서리가 움직였다. 서리는 쓰러지지 않았다. 음식을 퍼먹었다. 쫓기기라도 하는 양 정신없이. 그제야 사람들은 너도나도 사냥감을 자처하듯 경쟁적으로 음식을 먹었다. 곳곳에서 감탄이 터져 나왔고 누군가는 웃음을, 또 누군가는 눈물을 터뜨렸다.

봄도 뒤늦게 음식을 입에 넣고 씹어봤다. 그리고 서리가 그랬던 그대로 두 눈을 휘둥그레 뜨고 음식을 퍼먹기 시작했다. 한참을 정신없이 먹고 있는데 검은 움막으로 누군가 들어가는 것을 보고 자리에서 벌떡 일어났다. 부리 언니다! 부리 언니가, 세상에, 족장과 함께 검은 움막으로 간다. 드디어 아기가 엄마한테 되돌아가는 것이었다.

봄은 남은 음식을 깡그리 입에 퍼 넣고 검은 움막으로 몰래 다가갔다. 저번처럼 움막 뒤로 가서 귀를 기울이니 소리가 들렸다. 뜻밖에도 부리가 우는 소리를 듣고 봄은 움막에 바짝 다가앉았다. 족장의 힘 있고 간결한 말소리가 들렸다.

"일단 먹어라."

부리의 울음은 족장을 향한 두려움 때문에 다소 수그러졌지만, 완전히 멎지는 않았다. 족장이 다시 말했다.

"어서. 그래야 젖을 물리지."

"물려서 뭣 해요?" 부리가 돌연 날카로운 목소리로 말했다. "어차피 내일이면 저 차디찬 흙 속에 산 채로 묻힐 텐데! 단지 울지 않는다는 이유 때문에."

봄은 엉덩방아를 찧고 말았다. 도대체 저 언니가 또 무슨 미친소리를 지껄이는 거야? 하지만 하필이면 그 순간 상화가 봄을 안으며 중얼거렸던 말이 떠오르자 심장이 쪼그라드는 듯해 봄은 가슴을 움켜쥐었다. 상화는 그저 이렇게 말했을 뿐이었다. 의심하라고. 확인하라고. 무엇을? 조금의 진실이라는 보이지 않는 손아귀로 사람들을 틀어쥐고 있는 전설을. 족장의 말이 쐐기를 박듯이 봄의 심장을 찔렀다.

"각오했던 일 아니냐? 다 몽유를 위한 일이다."

봄은 자리를 박차고 일어서 막사를 향해 달렸다. 몸을 날리듯 안으로 들어가려다 누군가와 부딪쳤다. 서리가 제 이마를 문지르며 서리 같은 표정으로 눈을 부릅뜨더니 봄의 얼굴에서 심상치 않은 것을 느꼈는지 멈칫하고는 물었다.

"뭐야?"

봄은 모른 척하고 가려다 말했다.

"넌 알고 있어. 지금 우리한테 무슨 일이 벌어지고 있는지, 족장이 무슨 생각을 하고 있는지. 하지만 그걸 나한테 말해주진 않겠지."

"잘 아네." 서리가 곁눈질로 봄을 봤다. "네가 거기 가서 무슨 일이라도 당하면 족장 자리는 완전히 내 게 될 테니까." 그러고는 봄을 피해 밖으로 나갔다.

봄은 제 침상에 드러누워 서리가 한 말을 곱씹었다. 봄의 말대로 서리는 알고 있는 것을 말해주지 않았다. 그러니까 직접적으로는 말이다.

그렇게 뜬눈으로 밤을 지샌 끝에 봄은 새카만 어둠 속, 검은 움막 안에 서 있는 것이다. 아기를 훔치기 위해서. 그러지 않으면 아기는 산 채로 흙더미에 파묻힌다. 그리고 이러다 걸리면 봄도 같은 처지에 떨어질 것이다. 생매장.

봄은 고개를 절레절레 흔든다. 의심해라, 확인해라. 의심했고, 확인도 했다. 이제 자유로워지기 위해서는 저 아기를 살려야 한다. 부리의 품에 다시 안겨줄 수 있다면 제일이겠지만, 그건 불가능하다. 방법은 오직 하나뿐. 아기를 보육원에 데려가는 것.

봄은, 특히 오른쪽 다리에 주의해서 발걸음을 내딛는다. 얼어서 단단한 땅은 특별히 주의를 기울이지 않으면 소리 없이 걷기가 힘들다. 그렇다고 아주 불가능한 건 아니다. 봄은 젖 먹던 힘까지 짜내 소리 없이 걷는 데 집중한다. 움막이 크지 않은 게 얼마나 다행인지 모른다. 보자기에 쌓인 아기가 손만 뻗으면 닿을 거리에 있다. 봄은 마른침을 삼키고 허리를 숙여 손을 뻗는다. 심장이 터질 듯이 쿵쾅거리는 통에 자꾸만 멈칫하고는 자고 있는 원로를 힐끔 본다. 원로가 당장에라도 살쾡이처럼 눈을 부릅뜨고 봄의 손을 턱 물어버릴 것 같다. 봄은 숨 쉬는 것조차 잊고서 아기를 안아 든다. 묵직하고 따뜻한 것이 품에 들어오자 북받치는 감정을 주체할 수가 없다. 왠지 아기가 하필이면 이제 와서 느닷없이 울음을 터뜨리는 일이 없기를 바라면서도 아기가 눈만 멀뚱멀뚱하며 봄을 쳐다보자 씁쓸한 마음을 감출 수 없다. 봄은 입을 굳게 다물고 화가 난 사람처럼 움막을 나선 뒤 곧장 마을을 떠난다.

아기는 보육원에 도착할 때까지 울지 않는다. 앞으로도 절대 울지 않을지 모른다.

❋

봄은 아기와 함께 공터를 통해 보육원으로 들어간다. 복도는 텅 비어 있다. 어떻게 해야 하는 거지, 하다가 봄은 목소리를 가다듬고 허공에 대고 말한다.

"바람…… 선생님?"

은근히 기대를 하지만 아무것도 나타나지 않는다. 봄은 조금 더 큰 목소리로 다시 한번 바람을 불러본다. 하지만 봄의 목소리만 처량하게 복도에 울릴 뿐이다. 봄은 입술을 삐죽거리며 복도를 나아간다.

"뭐, 길이야 다 아니까."

봄이 복도 끝에 있는 넓은 공간으로 들어서자 그곳에 삼삼오오 모여 뭔가를 하고 있던 똑같은 복장의 아이들이 일제히 봄을 돌아본다. 봄은 여전히 쇠막대가 의식돼 다리를 꼬다가 낯익은 머리를 발견하고 그 애한테 다가간다.

"안녕?"

소리를 듣지 못하는 아이, 사강이 놀란 얼굴로 봄을 보고는 봄이 안고 있는 아기를 보고 더욱 놀라 뒷걸음친다. 왜 그러는지 굳이 말로 듣지 않아도 알 수 있다. 순식간에 아이들이 봄을 둘러싸서 자기들끼리 말하는 것이다.

"아기다!"

"아기야!"

뭐, 여기도 아기가 신기한 건 다르지 않군. 봄은 보육원이라는 낯선 곳에 대한 경계심이 조금 더 풀리는 동시에 묘한 뿌듯함을 느낀다. 무엇보다도 아기가 환영받는 것 같아 안도한다. 봄은 울컥하는 마음에 울지 않기 위해 일부러 자세를 크게 하고 당차게 말한다.

"현은 어디 있어?"

아이들이 서로를 보며 수군거리는 동안 사강이 앞으로 나와서 빠르고 절도 있는 동작으로 손을 움직인다. 그러자 푸른빛이 번쩍이고 사람 형상이 공중에서 튀어나온다. 바람이 파랗게 일렁이며 말한다.

"현은 유미 선생님 방에 있어."

봄은 바람을 향해 소리친다.

"내가 부를 땐 코빼기도 안 비치더니."

바람은 말을 마친 것으로 용무가 끝났다는 듯 사라져버린다.

210

사강이 봄을 향해 손짓을 하자 다시 번쩍하고 나타난 바람이 말한다.

"바람 선생님이 내 말을 전해줘."

그러고는 바람은 또다시 사라진다. 봄은 기분이 언짢아 바람이 드나드는 허공을 쏘아보며 말한다.

"유미 선생님이라는 사람 방 어디 있어?"

사강이 따라오라고 손짓한다. 사강을 따라간 곳은 원장실 옆에 있는 방이다. 원장실과는 달리 푹신한 의자 대신 기다란 침상이 여럿 놓여 있는데 그중 하나에 현이 누워 있다. 봄이 그 옆에 서자 사강이 이야기하고 바람이 전해준다. 얼마 전, 현이 보육원 밖에서 꽤 오랜 시간을 보내게 되었는데 그날 저녁에 돌연 정신을 잃은 뒤로 지금까지 쭉 이렇게 잠만 잔다는 것이다.

그때, 문이 벌컥 열리고 얼굴이 외투처럼 하얗게 질린 여자가 뛰어 들어오더니 봄의 어깨를 잡아 돌려 세운다.

"너, 도대체 어디로 들어온 거니?"

이 사람이 유미 선생님?

"저기…… 공터로……."

여자는 봄이 안고 있는 아기를 보고 더는 하얘질 수 없을 것 같은 얼굴로 바람을 부른다.

"지금 당장 방역 작업 시작해."

그러고는 봄을 데리고 나가서 층계를 내려간다.

"서두를 수 있겠니?"

"그런 거라면 자신 있어요."

"이 문을 나가면 곧장 오른쪽으로 꺾어서 건물 밖으로 나가. 그리고 되도록이면 아이들과 접촉하지 않게 주의해줘. 나가서 설명해줄게. 알겠지?"

봄은 고개를 끄덕인다. 그리고 여자가 문을 여는 동시에 뛰쳐나가 지시받은 대로 아이들을 피해 건물 밖으로 나간다. 그러자 눈앞으로 비탈이 펼쳐진다. 문으로부터 난 길이 비탈 아래로 쭉 이어져 있고 그 끝에는 작은 건물 하나와 울타리가 설치돼 있다. 아무래도 저기가 정식 출입구인 모양인데, 여자가 헐레벌떡 나타나 봄에게 도대체 어떻게 들어왔는지를 물었던 이유를 알 것 같다. 뒤따라 나온 여자가 문을 굳게 닫고는 봄에게 다가온다. 족장과는 또 다른 딱딱함이 있는 시선으로 아기를 내려다보던 여자가 뜻밖의 말을 한다.

"안아도 될까?"

봄은 엉겁결에 아기를 여자에게 보낸다. 여자는 봄과는 달리 자연스럽게 아기를 안아 들더니 역시나 딱딱하지만 분명 온기 어린 시선으로 아기를 바라본다. 괜히 봄이 마음이 풀어지는 것 같아서 미소를 감추지 못한다.

"이쪽이야."

봄은 어색해서 아무 말도 않고 여자를 따라간다. 잘 닦인 길이 요란하게 딱딱 소리를 낸다. 여자가 봄의 다리 쪽을 한 번 보고는 말한다.

212

"나는 유미야. 너는?"

"봄이요."

"이 애는?"

"없어요, 아직은."

봄은 부끄러움에 고개를 떨군다.

"그럼 지어줘."

"네? 제가요?"

유미는 그저 표정 없이 봄을 쳐다볼 뿐이다. 봄은 음, 고민한다. 막상 생각하려니 막막하다.

"모르겠어요. 너무 어려워요."

"이 애는 울지 않네. 착한 아이가 될 거야. 선화가 어떨까?"

봄은 "선화" 하고 몇 번이고 웅얼거려본다.

"좋아요!"

봄은 까치발로 아기를 보며 새로 지어준 이름으로 불러본다. 반응을 보이지는 않지만 언젠가는 돌아볼 것이다.

"원장님은 봤으니 알 테고. 아마 그분을 다시 볼 일은 없을 거야. 워낙 활동을 안 하시는 분이라. 하지만 나는 자주 보게 될 거야. 보면 알겠지만 내가 많은 일을 하거든. 그리고 바람은 항상 네 곁에 있을 거고."

"그런데 바람은 절 무시하는 것 같아요."

"무시하는 게 아니야. 보지 못하는 거야."

"왜요?"

"글쎄. 나도 정확한 건 몰라. 하지만 바람이 널 보게 하는 방법은 알고 있어. 지금 그걸 하러 가는 거야."

길 끝에 있는 작은 건물로 들어가자 유미가 봄을 투명한 관 같은 것이 있는 구석으로 안내한다.

"현 얘기는 들었지? 바람은 감염을 의심하고 있어. 평생을 이곳에서 살다가 낯선 곳에 있는 동안 병균에 감염됐을지도 모른다고."

"저 때문에 그렇게 된 거예요?"

"아직 확실한 건 없어. 그저 할 수 있는 모든 걸 할 뿐이지. 게다가…… 아니다. 자, 시작한다. 그냥 거기 들어가 있으면 돼."

봄은 저도 모르게 생매장이라는 말을 떠올리며 투명한 관 안으로 들어간다. 입술을 꽉 물고서 눈을 감지 않으려 안간힘 쓰는데 투명한 뚜껑이 닫히고 쉭, 하는 소리와 함께 사방에서 연기가 뿜어져 나온다. 창 너머에서 유미가 차가운 듯하면서도 다부지게 봄을 지켜봐준다. 봄은 유미만을 마주 보며 길게만 느껴지는 시간을 견딘다. 쇠붙이 냄새가 나다 못해 맛까지 느껴진다. 끝날 것 같지 않던 순간은 갑작스레 끝난다. 유미가 뚜껑을 연다.

"다 됐다."

봄은 튕겨져 나가듯 밖으로 나가 무릎을 짚고 숨을 고른다.

"처음엔 원래 무서워. 나도 그랬어."

유미가 무심하게 말하고는 봄을 의자에 앉힌 뒤 선반에서 무언가를 집어 든다. 새하얗고 매끈한 것이 괜히 께름칙해서 봄은 몸을 부르르 떤다.

"이건 아플 거야. 하지만 이걸 하지 않으면 바람은 널 보지 못해."

"참는 거라면 자신 있어요."

봄이 말하는 사이에 유미가 봄의 귀를 잡더니 뭔가를 하고는 돌아서서 물건을 도로 둔다.

"그렇구나. 끝났다."

"네?"

유미가 문을 열고 비껴 서더니 말한다.

"입원을 환영한다, 봄."

＊

봄은 기진맥진해서 처음으로 하루가 길다는 생각을 한다. 옛날 얘기를 듣고 수를 셈하고 본 적 없는 세상에 떨어져 오만 가지의 새로운 것을 보고 겪고 등등등…… 여기서 보내는 하루에 비하면 수색대 훈련은 애들 소꿉놀이에 불과하다. 심지어 이 짓을 매일같이 반복한다고? 현이 아플 만도 하지 싶다.

"여기서 뭐 해? 이쪽이야."

왜인지 하루 온종일 끈질기게 봄의 뒤를 쫓아다니는 지민이라는 아이가 이번에는 봄의 손을 잡고 아이들이 모여 있는 방으로 간다. 아이들은 수색대 아이들이 그러듯 일렬로 서서 무언가

215

를 기다리고 있다. 지민과 봄도 끝에 있는 제자리에 가서 선다.

"도대체 여기 하루는 언제 끝나는 건데?"

"이게 마지막이야."

봄의 맞은편에 서 있는 아이가 봄을 보고는 웃으며 알은체를 한다. 여기 애들은 넉살도 좋다. 어떻게 반응해야 할지 몰라 쩔쩔매던 봄은 손이라도 흔들까 싶지만, 때마침 유미가 방으로 들어온다. 그리고 바람이 작은 수레를 밀고 그 뒤를 따른다. 아니다. 수레를 바람이 직접 미는 건 아니다. 저 수레도 금수의 일종인지 저 혼자 움직인다.

유미가 빛이 나오는 요술 판대기를 들여다보며 아이들의 이름을 하나하나 호명한다. 호명된 아이들은 앞으로 나가 기뻐하는 기색이 역력한 모습으로 수레에 있는 뭔가를 가져간다. 방 끝에 있는 봄에게는 그것이 뭔지 잘 보이지 않지만, 아이들이 감사 인사를 중얼대며 입안에 집어넣는 것으로 보아 먹는 것임을 짐작한다. 그것도 무척 맛있는 무언가. 식사를 한 지 얼마나 됐다고 봄은 입맛을 다신다.

유미가 중간에서 멈춰 서더니 요술 판대기를 보며 손가락으로 표면을 이렇게 저렇게 만져댄다.

"아라, 오전 수업 때 대답을 제대로 하지 못했구나."

그러고 보니 아라라는 아이는 하루 종일 울상을 짓고 있었을 뿐만 아니라 밥도 거의 먹지 못했다. 지금은 아예 눈물을 터뜨릴 기세로 유미를 올려다보고 있다. 하지만 유미는 그냥 아이를 지나쳐 갈 뿐이다.

마침내 봄의 순서다. 봄은 허리를 더욱 곧추세우고 정면을 뚫어져라 응시한다. 유미가 "봄……." 하고 호명한다. 봄이 제식을 갖춰 한 걸음 앞으로 나가자 방 안에 웃음기가 감돈다. 유미는 그저 요술 판대기를 보더니 수레에 놓여 있던 것을 건넬 뿐이다. 얇고 매끈매끈한 종이에 싸인 작은 알맹이다.

유미가 밖으로 나가자 알맹이를 받지 못한 아라가 결국 울음을 터뜨린다. 옆에 있는 아이들이 아라를 위로해 침상에 누이는 것을 보며 봄은 딱한 마음에 혀를 끌끌 차다가 얼른 알맹이를 입안에 넣는다. 알맹이를 혀로 굴려보던 봄은 인상을 쓰고 만다. 겁나 쓰다. 봄은 삼키지도 뱉지도 못하고 혹시나 해서 다른 아이들을 쳐다보지만, 다들 어느새 침상에 누워 잠잘 준비를 하고 있다. 하는 수 없이 봄은 두 눈을 질끈 감고 입안의 것을 꿀떡 삼켜버린다. 그러고는 혓바닥을 길게 빼고 으, 하고 소리 낸다. 지민이 웃으며 말한다.

"너무 오래 물고 있어서 그래."

"도대체 이 쓴 걸 왜 먹지 못해 안달이야?"

봄은 얼굴을 찌푸린 채 아라를 턱으로 가리킨다.

"이걸 먹어야 꿈을 꿀 수 있거든. 그래서 이름도 꿈이고."

꿈을 꾸기 위해 쓰디쓴 꿈을 먹다니. 그냥 퍼질러 자면 꿔지는 것이 꿈 아니던가. 봄은 고개를 절레절레 흔들며 침상 위로 기어 올라간다. 오, 이건 마치 잘 손질한 양가죽 같군. 게다가 폭신해.

숙련된 장인들의 솜씨가 아니면 감히 꿈도 못 꿀 품질인데. 봄은 몸을 이리저리 뒤척이며 푹신함을 즐긴다.

그러면서 방 안의 소리에 귀 기울인다. 아이들이 하나둘 잠에 빠져 익숙한 숨소리를 낸다. 꿈을 먹지 못한 아라만이 잠에 들기 위해 애쓰지만 깨어 있다. 봄은 무거워지는 눈꺼풀을 가까스로 들어 올리며 아라가 잠들기만을 기다린다. 이러다 늦겠는데. 결국 봄은 옆으로 굴러 침상 아래로 소리 없이 내려간 다음 아라의 시야 사각지대를 기어가 밖으로 나가는 데 성공한다.

발끝으로 복도를 가로질러 공터로 나가는 문 쪽으로 가는데 눈앞에서 푸른빛이 번쩍인다.

"무슨 일이지, 봄?"

귀신 같기는. 개무시할 때는 언제고. 봄은 흥, 모른 척하고 그대로 바람을 뚫고 나아간다. 바람이 다시 봄 앞에 나타나 붉은 기를 살짝 띠며 말한다.

"날 무시하는 거니?"

봄은 멈춰 서서 대꾸한다.

"너도 했잖아."

바람이 정신 사납게 깜빡거리며 빠른 속도로 지껄인다.

"나는 사람을 무시하는 행동은 할 수 없다. 물리적으로 불가능하지. 따라서 너의 말은 거짓이다. 게다가 너의 그 태도는 원생으로서 매우 부적절하다. 너의 태도는 그 자체로 충분히 벌점을 매길 만하지만, 네가 생체 나이와는 달리 신입생이기 때문에 넘어가도록 하겠다. 자, 봄, 어서 돌아가서 취침하도록 해. 참고로 알려주자면 나와는 달리 유미 선생님은 그렇게 자비롭지 않다. 내가 유미 선생님께 너의 태도에 대해 보고하기를 원하는 건 아니겠지?"

봄은 머리를 마구 헝클다가 옳지, 싶어 말한다.

"그러니까 유미 선생님이 너보다 못됐다는 거야?"

"나는 그런 말을 한 적이 없다."

"했어."

"거짓." 바람이 심하게 뾰족뾰족해지더니 방금 전 한 말을 토씨 하나 다르지 않게 되풀이한다. "참고로 알려주자면 나와는 달리 유미 선생님은 그렇게 자비롭지 않다. 이것이 내가 했던 말이다. 따라서 너는 거짓을 말했다."

"그게 그 말이잖아!"

"자비롭지 않다와 못되다는 어떠한 관점에서도 동의어가 될 수 없다."

"그게 그거지."

"그렇지 않다."

"그럼 유미 선생님을 불러. 불러서 물어보면 되겠네."

"유미 선생님은 합리적인 분이다."

"하지만 사람이지. 과연 누가 더 유리할까, 이 귀신아?"

"이것은 유불리에 대한 문제가 아니다. 그리고 귀신은 존재하지 않는다."

"뭐래. 그러니까 부르라고."

바람은 뭔가를 할 듯이 크게 깜빡이다 돌연 사라져버린다. 순식간에 빛이 사라진 복도는 그야말로 어둠 그 자체다. 뭐야, 진짜 부르러 간 거야? 봄은 벽을 찾아 더듬으며 서둘러 복도를 가로지른다. 빌어먹을 귀신 놈.

복도 끝 문을 통해 밖으로 나간 봄은 어쩐지 가슴이 뻥 뚫리는 듯해 어깨를 활짝 펴고 크게 숨을 들이켠다. 그때, 숲 쪽에서 새된 바람 소리가 들려온다. 곧이어 또 길게 들려오는 소리를 향해 가보니 안쪽 나무 중간에 올라가 있는 황갈색 덩어리가 보인다. 그것이 또 한 번 휘파람을 분다. 서리다.

봄은 저도 모르게 반가운 마음에 손을 쳐들다 말고 움찔한다. 세상에, 새카맣게 잊고 있었다! 불과 얼마 전에 봄은 원로가 지키고 있던 검은 움막에 몰래 숨어들어 부리의 아기를 데리고 도망쳤다. 한바탕 난리가 났어도 요란뻑적지근하게 났을 텐데. 봄은 종종걸음으로 층계를 내려가 숲으로 들어간다. 꼭 악마의 사타구니로 기어 들어가는 기분이 들어 임무고 나발이고 줄행랑을 치고 싶다. 서리가 봄 앞으로 떨어져 착지한다.

"어…… 안녕. 네가 직접 올 줄은…… 몰랐네."

"개소리 지껄이지 말고 본론만 말해."

뭐지, 이 평소와 다름없는 싸가지는? 기분이 나빠야 하는데 웃음을 참아야 할 정도로 다행인 상황에 봄은 애써 태연한 척 나무에 등을 기대고 팔짱을 낀 채 신중하게 이야기를 한다. 길고 긴 하루였음을 다시금 절감하고 봄은 깊은 피로에 하품을 참지 못한다. 서리가 눈을 부라린다.

"그…… 뭐야, 알고 보니까 사신들이 드나들던 저 문은 뒷문이고 정식 출입구는 저 반대쪽 비탈길 끄트머리에 있더라고. 네가 거기 담당이었던가?"

"악마의 하수인 아니랄까 봐 뒷문으로 숨어드는 꼬락서니라니."

"그래서 다시 저기로 내려가서 쇠맛이 나는 연기를 쬐고 옷도 갈아입었어."

봄은 새하얀 통옷을 보이다가 훤히 드러나 보이는 다리가 신경 쓰여서 다리를 꼬는 척 가려본다. 그러고는 오른쪽 귓불을 만지작거린다. 뭔가가 만져지는 느낌이 썩 좋지 않다.

"여기, 뭔가를 집어넣었는데, 저 안에 있는 빌어먹을 귀신 놈이 날 보려면 필요하대. 여기 애들은 그걸 보고 바람 선생님이라고 불러." 봄은 코웃음친다. "그리고 밤에는 애들을 쪼르륵 세워놓고 조그만 알맹이를 나눠 주는데, 다들 그걸 못 받아 먹어 안달이야. 나도 받았어. 먹었는데, 맛이 아주 지랄맞게 써. 헌 그놈도 그놈이지만, 하여간에 여기 애들 이상해."

문득 여기 아이들 하나하나가 훈련용 허수아비 같다는 생각이 든다. 그러자 묘하게 기분이 더러워지는데, 뭐랄까, 꼭 뒤통수 맞은 것 같다. 왜 그런 건지는 잘 모르겠다. 하지만 그 때문에 괜히 지민이 떠오르면서 그 애한테 미안해져서 봄은 칵, 하고 침을

221

뱉어 더러운 기분을 털어내본다. 그러다 목구멍으로 쓴 물이 올라와 한바탕 헛구역질을 하고 만다. 서리가 쏘아붙인다.

"지랄은 네가 한다."

봄은 못 들은 척하고 뒷걸음을 걷는다.

"됐지? 나 간다."

서리는 뒤도 안 돌아보고 사라져버린다. 갔어. 어떻게 된 거지? 이해는 안 되지만 별일 없는 것 같다. 봄은 개처럼 몸을 떨고는 서둘러 공터로 올라간다. 긴장이 풀려서인지 급격하게 졸음이 몰려온다. 크게 하품을 하고는 눈을 비비다가 발을 헛딛는다. 어, 위험한데, 하는 생각과 함께 눈꺼풀이 감긴다.

＊

소연은 유사 아드레날린을 강제로 과다 분비해 봄을 향해 뛴다. 다행히 층계 밖으로 떨어지기 직전에 팔을 낚아채는 데 성공한다. 소연은 공중에서 봄을 안아 들고 반 바퀴 돌아 두 다리로 땅을 디딘 뒤 용수철처럼 뛰어올라 다시 공터 위로 올라간다. 그러고는 아무 일도 없었다는 듯 봄을 안고서 유미의 방으로 간다. 과연, 이 아이가 열쇠가 될까? 괜한 짓이 아니어야 할 텐데.

소연의 방문에 놀란 유미는 봄을 보고 더 크게 놀라며 황급히 빈 침대로 안내한다. 공교롭게도 현의 옆자리다. 소연은 머릿속으로 두 피사체가 담긴 한 폭의 그림을 그려본다. 안락의자에 기대 누운 노인들이 좋아할 만하지 않나. 설령 이 아이가 열쇠는 못 되더라도 최소한 수입은 보장해줄 것이다. 믿음에 취미가 있지는 않지만, 그렇다고 못 할 건 없지.

"무슨 일이죠?" 유미가 침대에 걸터앉아 봄의 맥을 짚어보며 묻는다. "바람이 아무 말도 하지 않았는데……."

"수리 중이에요."

소연이 다급하게 말한다. 봄이 나돌아 다니도록 잠시 바람을 꺼두었다는 사실을 유미가 알면…… 생각만 해도 끔찍하다.

"수리요?"

"달리 말하면 치료죠. 아무튼, 지금 부재중이라고요. 다행히 지나가다가 발견했어요." 소연은 유미가 말꼬리를 잡기 전에 얼른 방의 끝으로 간다. "잠시 빌려요."

그러고는 선반을 뒤져 해열제, 진통제, 소화제 그리고 각성제를 찾아 늘어놓고 시야에 각 약들의 성분 표를 띄운다. 필요한 성분을 골라 시뮬레이션을 통해 배합해본다. 이거, 너무 오랜만이라 잘 안 되는데. 첫 번째 시뮬레이션을 폐기하고 처음부터 다시 배합한다. 보조 모듈이 멋대로 비율을 조정하려고 들어 꺼버린다. 세 번째 시뮬레이션이 성공하고 소연은 모처럼 느끼는 자연적인 희열에 미소 짓는다. 그래, 이게 살아 있다는 거지.

소연은 제조한 약을 가지고 봄에게로 간다. 유미가 눈치껏 봄의 상체를 일으켜 세운다. 입안으로 약을 흘려 넣고 다시 봄을 누인 유미가 조심스럽지만 단호하게 묻는다.

"무슨 약이죠?"

그냥은 안 넘어갈 것 같군. 소연은 옅은 숨을 쉬고 말한다.

"말하자면 중화제죠."

"무엇을요?"

"꿈을."

유미는 영문을 모르겠다는 얼굴이다. 당연한 반응이다. 이곳의 모든 아이가 매일같이 복용하는 약이다. 심지어 유미도 먹고 있다. 그런 것을 중화한다니 이해가 안 갈 것이다.

"너무 그럴 것 없어요. 나도 그런 게 필요할 거라곤 생각 못 했으니까."

"그럼 왜……?"

"이 애는 처음이니까. 그냥 혹시 몰라 지켜봤을 뿐인데, 역시 나네요."

"그럼 지나가다가 발견하신 건 아니군요."

소연은 아차 싶어 그냥 웃는다. 하여튼, 무서운 인간. 유미가 심각하게 봄을 내려다보더니 옆에 있는 현을 돌아본다. 소연은 얼른 말한다.

"아니요, 그 애는 아닙니다."

"어떻게 아시죠? 아, 제 말뜻은, 저 아이는 무엇이 다른가 해서요."

"그러게 말입니다." 소연도 현을 바라보며 관자놀이를 누른다. "대체 뭐가 문젤까요……" 우리는.

"저……" 유미가 자리에서 일어나 정자세로 선다. "실례가 되는 질문 하나 해도 되겠습니까?"

소연은 심드렁히 유미를 쳐다보다가 허락을 하지 않는 한 이 재미없는 상황이 끝나지 않을 것임을 깨닫고 말한다. "그래요."

그러고도 용기가 필요한지 한참이 지나서야 유미가 말한다.

"혹시 아이가 있으십니까?"

소연으로선 웃음을 터뜨리지 않을 수 없지만, 대답을 기다리는 유미의 태도가 너무나 진지해서 결국 음, 하며 이야기의 방향을 가늠한다. 물론 저들의 입장을 고려해 최대한 신성 모독적이지 않는 쪽으로. 소연이 잘하는 것 아닌가. 의미를 부여해 가치를 가장하는 것. 그걸로 먹고살고 있다고 해도 과언은 아닐 것이다.

"사신은 아이를 갖지 않습니다. 여러분과는 달리."

유미가 움찔하더니 "어떻게……" 하고 말을 흐린다. 무척이나 중의적인 말이 아닐 수 없지만, 소연은 그쯤에서 모른 척 말을 덧붙인다.

"그게 신의 뜻이었다, 바람이 할 법한 얘기지만 사실은 사실이니까요."

"그렇군요." 유미는 맞잡은 두 손을 어쩔 줄 몰라 한다. "다만…… 아, 아닙니다."

"나는 호기심이 많아요. 쓸모를 가리지 않죠. 왜 그게 궁금했죠?"

유미는 후회막급인 얼굴로 주저하다 말한다.

"그냥 그래 보였습니다. 봄을, 아이들을 대하는 모습에서 아주 간혹…… 그래 보였습니다. 그게 답니다. 믿어주세요."

소연은 순전히 유미를 배려하는 마음으로 고개를 끄덕이고는 봄을 보며 생각한다. 유미의 생각은 분명 터무니없다. 사신은, 아이를 갖지 않는다. 아니, 가질 수 없다고 하는 편이 좀 더 정확하려나? 밸리에서는 임신과 출산이라는 과정이 '태초'에 제거됐기 때문이다. 그래서 밸리의 시민인, 사신인 소연은 아이를 갖지 않는다. 가질 수 없다.

하지만…… 밸리에서가 아니라면?

소연은 자리에서 일어나 밖으로 나가며 유미에게 말한다.

"아무래도 약을 너무 세게 만들었나 봐요. 쟤, 깨어 있으니까 방으로 돌려보내요. 벌점 주는 거 잊지 말고요."

*

현은 정신이 들고도 꼼짝 않고 죽은 듯이 누워 단지 감각해본다. 그러면서 조심스럽게, 마치 그것이 결코 허락될 수 없는 불경하고 외설적인 양 신중하게 생각한다. 자문한다. 나는, 살아 있나? 그것은 평소 곧잘 하던 철학적 놀이와는 다르다. 그저 지금 자신이 살아 있는지가 정말로 궁금할 뿐이다. 물론 살아 있다. 물리적으로는 말이다. 하지만 꿈속에서 느낀바, 현은 자신이 살아 있다고는 도저히 생각되지 않았다. 꿈속에서 현은 어딘가에

226

갇혀 있었는데, 머리를 들 수도, 손가락을 까딱일 수도, 심지어는 숨조차 쉴 수 없었다. 현의 머릿속에는 고대 인류의 장례 의식이 그려졌다. 땅을 깊게 파고 시신이 든 관을 묻어 흙으로 덮는, 완전한 격리. 그것은 일종의 회피이면서 배제라고 현은 생각한다. 그런 상황에 지금 처한 게 아닐까? 그래서 나는 지금 살아 있음으로부터 배제된 것이 아닐까? 손가락을 조금만 까딱여보면 모든 의문이 자명해질 텐데 현은 그것을 하지 않는다. 그럴 용기가 현에게는 없다.

"뭐야, 아직도 자빠져 자고 있는 거야?"

봄이다. 봄의 목소리다. 봄이 특유의 걸음걸이로 다가온다. 그러고는 덥석 현의 어깨를 잡고 무지막지하게 흔들어댄다.

"이제 그만 일어나, 이 게으름뱅이 자식아."

현은 목이 부러질 것 같은 통증에 놀라 헉하면서도 그제야 자신이 지금 살아 있음을 인정받는다. 현은 봄에게 고마운 한편, 창피하기도 해서 얼른 자리를 털고 일어난다.

"난 또 뒈지기라도 한 줄 알았네."

"제발 그 듣는 것만으로도 심장이 벌렁거리는 표현 좀 자제할 수 없어?" 현은 짐짓 인상을 써 보이다가 정말로 미간을 찌푸린다. "근데 너 진짜 봄이야?"

"이게 아직 잠에서 덜 깼나. 그럼 가짜겠냐?"

그리고 바람이 말을 얹는다.

"모처럼 옳은 소리다. 이곳에서 이런 행동을 하는 건 오직 이

227

아이만이 가능하지. 그리고 현, 원장님께서 찾으신다. 지금 바로 원장실로 가도록 해."

바람이 현의 손을 잡는다. 현은 새로운 궁금증에 심장이 뛰는 것을 느낀다. 원장실로 가면서 봄에게 어떻게 된 상황인지 묻자 봄이 다소 논리적이지 못한 대답을 우박처럼 쏟아붓는다. 다행히 바람이 잘 정리해줘서 현은 상황을 이해한다. 그러니까 봄도 이곳에서 생활하게 된 것이다. 이 얼마나 신묘한 일인지, 그리고 감사한 일인지. 현은 원장실 앞에서 봄에게 말한다.

"환영해."

왜인지 한 발 늦게 봄이 대꾸한다.

"……꼴값 떨지 말고 들어가기나 해."

봄다운 대답이라고 현은 생각하며 원장실로 들어간다. 문이 닫히자 봄이 더는 느껴지지 않는다. 현은 태어나 처음으로 원장실이 싫어져서 죄책감을 안고 자리를 찾아 앉는다. 웅웅대는 소리가 천천히 다가와 현의 맞은편에서 멎는다. 우성이 앉은 바퀴 달린 의자가 자리를 잡고 멈췄다는 일종의 신호다. 하지만 우성은 말하지 않는다. 늘 그렇듯이 말이다. 우성은 좀처럼 뭔가를 먼저 말하는 법이 없다. 그래서 대개는 현이 뭔가를 말해왔지만, 어쩐 일인지 지금은 현 역시 뭔가를 하고 싶지가 않다. 그냥 앉아서 가만히 있다가, 이대로 사라져버리면 어떨까 하는 생각을 할 즈음, 우성의 목소리가 들려서 현은 조금 놀란다.

"아직 다 낫지는 않은 모양이다."

"아, 죄송해요…….." 현은 억지로 짜내어 덧붙인다. "나았어요. 그런 것 같아요."

우성이 "같다." 하고 웅얼거린다. "사실 나도 네가 겪는 어려움에 대해 자세히는 모른다."

"네?"

"내가 개병이라고 했던 것 말이다."

"아…… 하지만 바깥공기를 쐬면 나아질 거라고…….."

"그래서 나아졌냐? 내가 보기엔 아닌 것 같다만."

현은 아무도 없는 교실처럼 처량하게 쪼그라든다.

"그 개병이라는 것의 존재를 처음 알려준 사람은 결국 계곡으로 갔다."

"그래서 나았을까요?"

"모르지. 그저 나았기만을 바랄밖에."

하지만 나았다 한들 그 사람은…… 우성을 잊었을 것이다. 우성이 언젠가 별것 아닌 듯 툭 던진 말에 의하면 말이다. 그러니까 계곡에 가면 모든 불편한 것과 아픔이 씻은 듯이 사라지는 대신 기억 또한 물에 빤 것처럼 지워진다. 믿기 어려운 그 말이 정말 사실이라면, 그 사람은…… 자신을 잊었을 것이다. 잃었을 것이다. 모든 것을. 그것을 나았다 할 수 있을까? 만약 그렇다면, 두 상태 중 무엇이 더 나은 것일까?

"현아, 나는 그 마음만큼이나 바라는 것이 또 하나 있다."

현은 잠자코 듣는다.

"네가 계곡으로 가는 것, 그래서 낫는 거야."

"왜요? 왜 저예요?"

"여기 있는 아이들 중에 네가 유일하게 아프지 않냐."

현은 입을 앙다문다. 우성의 말이 마치 나무라는 것처럼 들린다. 물론 그럴 만한 행동을 했기는 하지만. 그런 측면에서, 이곳의 모두에게 불편한 구석이 있지만, 아픈 사람은 현 하나뿐이라는 우성의 지적엔 동감할 수밖에 없고, 그 점이 현은 아프기 짝이 없다. 가슴속에서 전에 없던 묵직한 것이 끓어올라서 견디기가 어렵다. 현은 두 주먹을 불끈 쥐고 안간힘을 써 버티며 겨우 말한다.

"가봐도 될까요?"

우성이 한참 만에 "그래." 하고 말한다. 현은 기다렸다는 듯 일어나 원장실을 나선다. 봄이 느껴지고 봄의 목소리가 들린다.

"뭐래?"

답해줄 말이 없어 현은 다만 옅은 미소를 지을 뿐이다.

"혼났어?"

"아니야, 그런 거. 그냥…… 걱정하시는 거야."

"난 또 뭐라고. 근데 말이야, 너 괜찮아?"

"응."

봄이 가까이 다가온다.

"아닌 거 같은데."

"아마 배가 고파서 그런 걸 거야. 정말…… 괜찮아."

정말로 괜찮은 것이기를 바라면서도 현은 진득하게 달라붙는 의심을 떨쳐버리지 못한다. 그러니까, 정말로 괜찮은 거라면, 그것은 또 무슨 소용이 있을까. 이제 얼마 안 가 모두 무의미해질 텐데 말이다.

✳

봄은 현을 따라 배식을 받고 현의 옆에 앉는다. 현은 정말 배가 고팠는지 음식을 게걸스럽게 입안에 쑤셔 넣는데 봄은 그 기세에 할 말을 잃고 만다. 봄은 집어 든 네모난, 이름이 워낙 해괴해서 몇 번을 들어도 외워지지 않는 것을 현의 식판에 놓아준다. 그리고 조심스럽게 묻는다.

"정말 배고픈 거 맞지?"

"그런 것 같아."

현은 봄이 놓아준 것을 크게 움켜쥐고 우적우적 씹어 먹는다.

결국 식사 시간 내내 봄은 아무 말도 못 건넨다. 현은 식사를 마치자마자 교실로 가서 자리에 앉아 멍하니 있는다. 봄은 아직 주변에 아무도 없는 것을 확인하고 현의 앞자리에 모로 앉아 허리를 숙여 속삭인다.

"아무래도 네가 이상한 이유를 알 것 같아."

"거긴 네 자리가 아니지 않니?"

"아직 시작 안 했으니까 괜찮아. 그리고 지금 중요한 건 그딴

게 아니라 내가 아주 놀라운 사실을 알아냈다 이거야."

현은 별다른 반응이 없다. 봄은 눈앞에 있는 아이가 낯설게 느껴져서 당황한다. 그뿐만이 아니다. 갑자기 여기 보육원 전체가 처음 보는 곳처럼 느껴지는 바람에 돌연 겁인지 화인지 모를 무언가가 치밀어 올라 봄은 저도 모르게 현의 책상을 주먹으로 쾅 내려친다. 현이 놀라서 움찔하더니 찌푸린 얼굴로 말한다.

"넌 참 폭력적인 경향이 있어."

그 익숙한 말투에 봄은 왠지 울컥해서 또 한 번 책상을 주먹으로 내려친다.

"너 그 모양 그 꼴인 거, 다 그 꿈 때문이야."

"내 모양 내 꼴이 어때서?"

"원장 아저씨 같잖아!" 봄은 어디선가 큭, 하는 소리가 들린 것 같아 주변을 돌아보지만 아무도 없다. "송장 같아. 너, 무식하지 않고 상스럽지 않고 막돼먹지 않고 폭력적이지 않은 현, 너, 송장이 뭔지 알아?"

"처음 들어보지만 어쩐지 알 것도 같아. 넌 지나치게 신랄한 경향이 있어."

봄은 또 책상을 쿵 친다. 이번에는 좋아서 저도 모르게 그런 것이다.

"그것 좀 그만 치면 안 될까? 깜짝깜짝 놀라서 심장이 두근거려. 얼굴까지 뜨거운데, 피가 몰리나 봐."

"그런 것 같기도 하고. 어디."

봄은 현의 이마를 손으로 짚어본다. 자신의 이마와 비교하니 살짝 더 따뜻한 것 같은데. 아니다, 정말로 현의 얼굴이 발갛게 달아오른다. 현이 봄의 손을 치우고 말한다.

"됐으니까 말해봐. 꿈이 뭐 어쨌다고?"

봄은 허리를 더 숙이고 속삭인다.

"어제 나 꿈을 먹고 꿈을 꿨어."

"당연한 결과야. 그러라고 먹는 거니까."

"그냥 꿈이 아니야! 꿈속에서 어딘가로 뛰어내렸는데, 눈을 떠보니까 정말 뛰어내렸더라고. 우리 만났던 거기 있잖아."

현은 미간을 모은다.

"그런 데서 뛰어내리고도 용케 멀쩡하구나."

"아니야. 악마의 하수인이 구해줬어." 봄은 자리를 박차고 일어나 어렴풋이 기억나는 악마의 하수인을 흉내 낸다. "어디선가 획 하고 나타나 척 하고 날 낚아채더니 공중에서 빙 돌아 땅을 박차고 붕 날아올라 착, 하고 착지했지."

"무슨 이야기책 같다."

"진짜로 그랬다니까!" 봄은 다시 자리에 달라붙듯 앉는다. "그러고는 날 안고서 네가 있던 방까지 가서 무슨 약 같은 걸 먹였어. 그러고는 자기들끼리 막 뭐라고 씨부리는데, 분명 꿈에 대한 얘기였어. 내가 꿈이 맞지 않나 봐. 그럼 너도 안 맞을 수 있는 거 아냐?"

현뿐만이 아니지. 그 꿈이란 걸 먹는 여기 아이 전부가 마찬가지다. 봄은 초조함에 두 주먹을 불끈 쥐고 다리를 달달거린다.

"글쎄…… 하지만 나는 한 번도 꿈속에서 한 행동을 실제로도 한 경험이 없는데……."

"모르는 거니까 일단 먹지 말아봐."

"하지만 그러면 더 잠 못 들지 몰라." 현이 얕은 숨을 쉰다. "그럼 정말 힘들 거야."

교실로 아이들이 들어온다. 봄은 자리 주인에게 자리를 돌려주고 자기 자리로 가서 앉는다. 이곳에서는 아이들 사이로 현의 뒷모습만 겨우 보일 뿐이다.

바람이 팟, 나타난다.

"자, 오늘은 특별히 신입생을 위해 기초적이지만 그만큼 중요한 이야기를 하겠다. 다름 아닌 계곡의 말씀이다. 다 아는 내용이라고 허투루 듣지 말고 음식을 맛보듯 음미하고 피부에 새기듯 외우도록 해라."

봄과 현 그리고 사강을 뺀 모두가 한목소리로 "네." 하고 답한다. 봄은 콧방귀를 뀐다.

"계곡의 신은 위대한 계곡 외부의 세상을 알고 싶었다. 그래서 특별히 창조한 아이들을 풀어 세상을 알아 오라 하였다. 아이들은 하늘을 날고 바다를 건너고 땅을 달려 세상을 알아냈다. 그리고 다시 신에게로 돌아와 세상을 속삭였다. 세상은 병들어 있었다. 그러나 아직 희망은 있었다. 신은 아이들에게 새로운 일을 맡겼다. 가서 세상을 정화하라, 그리하여 아이들은 그렇게 했다.

오랜 시간이 지나 신은 다시 세상을 보았다. 세상은 눈에 띄게 나아져 있었다. 경이로운 변화였다. 그러나 신이 예측한 대로였다. 신은 만족하지 않았다. 만족할 수 없었다. 병든 세상에 내버려진 존재들을 위해서라도 만족해서는 아니 되었다. 그래서 신은 더 과감해지기로 했다. 그것은 오직 존재들을 위한 결단이었다. 위대한 문을 설치한 것이다. 신은, 철저한 검증을 거쳐 계곡의 사신들을 문 너머 세상으로 내보냈다. 그들은 신을 대리하여 세상을 보고 듣고 겪었다. 세상 곳곳에 신전을 세우고 병든 존재들을 불러모아 신의 은총을 내렸다. 기적을 경험한 존재들은 신에게 기도했다. 부디 아이를 내려주소서. 신은 그것을 높이 평가하여 주기적으로 사신을 통해 아이를 내려보내고 다 자란 아이 중 일부를 친히 계곡으로 인도하여 신을 위해 일할 수 있는 기회를 제공하였다."

턱을 괴고 제법 심각하게 듣던 봄 앞에 푸른빛이 번쩍여 봄은 의자째 뒤로 벌러덩 넘어진다. 아이들이 놀라서 두 손을 맞잡고 신이라는 것에 기도한다. 봄은 자리에서 벌떡 일어나 바람을 노려본다.

"표정이 매우 불량하다. 새로 입원한 널 위해 특별히 짠 수업인데 정작 네가 마음으로 듣지 않으면 무슨 소용이 있겠니."

"시시해. 게다가 진실도 아니야."

바람이 붉은 기를 띤 채 뾰족뾰족해진다.

"진실이다. 그리고 시시하다고? 그렇다면 봄, 문제다. 신은 우수한 아이를 계곡으로 불러들인다. 무엇 때문이라고 했지? 널 위해 특별히 쉽게 제출했다. 보통의 경우, 네 살이 넘으면 대답할 수 있는 난이도지. 그렇다고 수치심이나 굴욕감을 느낄 필요는 없다. 모든 것에는 절차라는 것이 있는 법이니까. 봄, 대답해."

교실 안 모두가 이제 막 걸음마를 뗀 아기 보듯 봄을 보고 있다. 그 와중에도 현은 멍하니 송장처럼 앉아 있고. 봄은 가슴속에서 끓어오르는 화를 어쩔 줄 몰라 자리에서 일어나 이리 걷고 저리 걷고 한다. 그러면서 혼잣말하듯 중얼거린다.

"난 진짜 모르겠어."

"신이시여, 이 아이를 구원하소서." 바람이 말하자 아이들이 "라라." 하고 웅얼거린다. 포기한 듯 돌아서는 바람을 뚫고서 봄은 교실 앞으로 가 아이들을 돌아본다. 딱 한 녀석만 빼고 모두가 봄을 무슨 괴상한 생물 보듯 입을 떡 벌리고 쳐다본다. 시선들. 봄은 숨이 턱 막혀 오직 현을 보며 말한다.

"계곡이라는 게 뭔지도 잘 모르겠지만, 일단 어딘가에 있다 치고……."

바람이 거의 빨갛게 질려서 "있다 치는 것이 아니라 정말 있다." 하고 아이들은 "라라." 중얼거리며 두 손 모아 기도한다. 봄은 울화통이 터질 것 같지만 꾹 참고 말을 계속한다.

"자기를 위해 일할 수 있는 기회를 주려고 아이들을 데려간다고? 아니, 그런 금수 재롱 부리는 소리가 세상에 어디 있어? 쟤, 바람 없인 제대로 걷지도 못해. 게다가 낯선 곳에 가면 숨도 막

헐떡이고. 그런 송장 같은 앨 데려다가 대체 무슨 일을 시키겠다는 거야? 그게 어떻게 기회냐고?"

바람이 거의 일그러진 모습으로 다가온다.

"신을 모독하는 발언은 그만둬. 이건 경고다, 봄. 이 이상 불온한 말을 계속했다간……"

봄은 다시 한번 바람을 꿰뚫고 지나간다. 속이 울렁거린다. 아이들의 얼굴이 흔들려 보인다. 언뜻 현이 이쪽을 보고 있다는 생각이 드는데 아무래도 제정신이 아니지 싶다. 그래서 봄은 끝장을 볼 기세로 소리친다.

"너흰 아무것도 몰라. 너희가 이곳에서 보고 듣고 배우는 게 세상의 전부가 아니라고. 나를 봐! 이곳에서 자라지 않은 나를."

그리고 현 쪽으로 고개를 돌리는 순간 새빨개진 바람이 번쩍하고 봄의 앞에 나타난다.

"안 되겠다. 유미 선생님을 모셔와야겠어."

봄은 거의 본능적으로 뛰어 책상을 밟고 올라가 바람을 내려다본다. "바람, 넌……" 바람 아래로 보이는 바닥에서 뭔가를 발견한 봄은 역시나 생각에 앞서 움직인다. 책상을 디딤돌 삼아 벽 가까이로 간 봄은 벽을 장식한 천을 뜯어내 바람에게 던진다. 바람의 머리 위로 떨어진 천이 바닥을 덮자 바람은 괴이한 목소리로 "커널 패닉, 시스템을 종료합니다." 하고는 사라진다. 그리고 다시 나타나지 않는다. 봄은 뒤늦게 자기가 한 일이 보통 일이 아니라는 것을 깨닫고 환호성을 지른다. 그때, 아라가 봄을 가리키고 새된 목소리로 소리친다.

"바람 선생님을 죽였어!"

*

"전례가 없는 일입니다." 유미가 자리에 앉는 것조차 잊은 듯 상기된 얼굴로 말한다. 유미의 말마따나 전례가 없는 반응에 재인과 우성은 물론 소연까지도 약간 놀라서 설교 조로 봄이 저지른 행동을 고발하는 유미를 그저 쳐다만 볼 뿐이다. "바람을 해하다뇨? 있을 수도 없고 있어서도 안 되는 일입니다. 그런 일을 저지른 거예요, 봄, 그 아이가. 그리고 이런 일이 벌어질 거라는 건 충분히 예상 가능했습니다. 현을 보세요. 봄은 물론이고 그들 무리 전체가 위험합니다. 지금이라도 봄을 퇴원시키고 그곳에 우리의 강경한 입장을 밝혀야 합니다."

한참을 웅변하듯 말한 유미는 그제야 청중의 존재를 의식한 듯 입을 앙다물고 다소곳이 소파에 앉는다. 재인이 주책맞게 엄지를 세워 보이지만 유미는 오직 소연의 눈을 부담스러울 정도로 바라볼 뿐이다. 소연은 조금은 난처한 마음도 있고 해서 옅은 미소나마 지어본다.

"무슨 말인지는 알겠습니다." 소연이 말하자 유미가 득달같이 상체를 앞으로 기울이는 바람에 소연은 손을 들어 저지하고 말을 잇는다. "하지만 바람의 경우 예기치 못한 오류로 잠시……

238

정신을 잃은 것뿐이고, 전기가 끊긴 것은 이곳의 시설을 전담하는 바람이 손을 놓자 잠깐 틈이 생겼을 뿐, 즉시 복구가 되었습니다. 뭐, 전례가 없는 일이긴 하네요. 그 애가 아니었다면 상상조차 해보지 못했을 일이에요. 그 점에 대해서는 인정합니다."

"그럼 퇴원시키는 건가요?"

"아뇨. 상을 줄 생각입니다."

유미의 얼굴이 뒤통수를 제대로 맞은 것처럼 굳어진다. "뭘…… 준다고요?"

"상이라고 했습니다."

"왜요?" 그것은 거의 화에 가까운 외침이다.

"일종의 포상입니다. 시설의 취약점을 발견한 데 대한."

"단순히 그 이유 맞습니까?"

우성이 결국은 끼어든다. "유미 선생님, 그쯤 하시죠. 충분히 하신 것 같습니다."

"아니요. 전 알아야겠습니다. 감히, 제가 생각하기에는 단순히 포상을 하기 위한 게 아닌 것 같아서요."

소연은 참을성 있게 웃으며 말한다.

"아무래도 요 근래 나에 대한 무슨 오해가 있는 모양인데 그 부분에 대한 건 차치하고, 예, 단순히 포상을 주기 위한 것은 아닙니다." 소연은 유미의 안색이 바뀌는 것을 확인하고 나서야 말한다. "그들에게 잘 보이기 위해섭니다."

유미의 안색이 다시 180도 바뀐다. "그 애를 데려갈 생각이시군요, 계곡에."

소연은 인내심의 한계를 느끼고 더는 인간적인 표정을 짓지 않는다. 유미가 흠칫 놀라하더니 아예 자리에서 일어나기에 이른다. 소연은 이렇게까지 하고 싶지 않았다. 이곳 사람들에게, 이 신체를 가지고 표정마저 짓지 않는 건 대단히 위압적인 행동이다. 아마 외계인을 마주하면 지금 유미가 느끼는 것과 같은 기분이 들지 않을까. 그럼에도 소연은 그것을 하고 말았다. 일말의 죄책감과 묵직한 자괴감을 느끼고 소연은 자리에서 일어난다.

"구체적인 얘기는 추후에 계속하도록 하죠. 먼저 가보겠습니다."

그리고 방을 나서서 그대로 복도 끝 비상구로 나간다. 빠른 걸음으로 지하실까지 내려가 유사 지문을 인식시켜 문을 열고 들어가니 골이 웅웅대는 것이 느껴진다. 실제로도 이곳은 방 한가득 들어찬 구형 서버들이 골골대며 돌아가는 소음으로 사람의 정신을 빼놓는다. 그리고 빌어먹을 전자파가 밀집된 아주 뭣 같은 곳이다. 출장 때마다 이딴 곳에서 눈을 뜨라고? 어림없는 소리. 소연은 관자놀이를 짓누르며 방을 가로질러 콘솔 앞에 선다. 새로 설계한 바람이 성장하는 모습을 지켜보는데, 뒤따라 들어온 재인이 서버를 하릴없이 기웃거리며 혼잣말하듯 중얼거린다.

"좀 심하긴 했어."

소연은 대꾸하지 않고 화면에 보이는 바람의 매개변수 몇 가지를 조작해본다. 잠시 침묵이 흐르고 재인이 다시 말한다.

"얘기해줄 때는 아직이야? 사실 조금 서운한데. 내 진짜 업무가 뭐든, 어쨌건 난 소연의 직속 부하고 파트너야. 비록 밸리 안에서는 보는 눈이 많아서 데면데면하지만, 그래도 이렇게 밖에 나오면 우린 제법 친구 같잖아. 안 그래? 나만 그래?"

소연은 재인이 진심으로 하는 소린지 의아해서 그 능글맞은 얼굴을 뜯어본다. 그 의도를 모르지 않을 재인이 머쓱해하며 헛기침을 한다.

"그래, 소연 당신 입장에서는 내가 그냥 주주들이 꽂아 넣은 스파이웨어처럼 느껴지겠지. 사실이 그렇기도 하고."

웬일로 바른 소리를 하는군. 재인의 말대로, 요지경의 주주들은 난데없이 나타나 대표 자리를 꿰차게 된 야만인 출신을 마치 제로 데이에 내놓은 애라도 되는 것처럼 굴며 재인을 소연의 등에 붙였다. 말하자면 재인이야말로 낙하산 인사인 건데 그에 반해 소연은 그저 한 번이라도 더 많이 밸리 밖으로 나가기 위해 갖은 노력을 한 끝에 대표가 됐다. 이러한 상황 자체가 코미디가 따로 없는 셈이다. 하지만 무슨 상관인가. 계속해서 밸리 밖으로만 나올 수 있으면 다른 건 아무래도 좋다.

"업무 관련이 아니라 그래."

"그러면 더더욱 말해야지. 친구한테! 도움이 될지는 모르겠지만."

소연은 관자놀이를 문지르며 바람의 상황 대처 능력이 새로 도입한 알고리즘에 의해 비선형적으로 부풀어 오르는 것을 거의 노려보다가 결국 말한다.

"클라라를 만났어."

"그래서 잤어?"

소연은 최대치의 경멸을 담아 재인을 쏘아본다. 재인이 움찔하더니 어깨를 으쓱인다.

"왜, 다들 그러잖아, 비록 유사 클라라지만."

"그런 저급한 소리 할 거면 잠이나 자서 유사 클라라나 만나지그래. 내 안부도 좀 전해주고."

"그럼 뭐 진짜 클라라라도 만났다는 거야?" 재인이 반어적으로 비아냥대다 얼굴이 굳어진다. 재인이 소연에게 바짝 붙어 서서 시선을 깔며 낮게 말한다. "진짜 클라라를 만났어? 현실로? 가역적이야?"

소연은 상체를 뒤로 빼고 재인을 밀치지만 꿈쩍도 하지 않는다. 재인은 심각한 것이다. 물론 이해 못 할 일은 아니다. 말하자면 신을 실제로 만났다고 주장한 꼴이 아닌가. 그냥 비유라고만 할 수도 없는 게, 클라라는 밸리 전체를 관리하는 초지능에 부여된 이름이다. 밸리 내에서는 감히 사칭할 수 없는 신성한 이름이랄까. 신성한 만큼 고루한 이름이기는 한데, 그 어원에 대한 설중에는 밸리가 구동되는 시스템이 매립돼 있는 곳이 다름 아닌 과거 샌타클라라라 불렸던 지역의 지하라는 얘기가 있다. 심지어는 밸리가 밸리인 이유조차 그 일대가 실리콘밸리라는 이름으로 유명했기 때문이라는데, 만약 그게 사실이라면 그 얼마나

성의 없는 작명인가. 하지만 왜인지 너드들은 그 설을 좋아하며 진지하게 받아들이고 있다. 소연은 묻는다.

"넌 그게 믿어져? 내가 소위 신이란 걸 만났다고?"

"네가 한 말이잖아."

소연은 코웃음을 웃는다. 그러고는 전송일을 상기해본다. 사실 그때의 기억은 소연의 머리에 남아 있지 않다. 그러니까 데이터의 형태로는 말이다. 클라라가 그걸 막았기 때문이다. 밸리의 삶에 익숙해진 소연으로선 저장되지 않은 순간을 반출한다는 것이 생소하기 그지없는데, 사실 그러한 일이 가능하다는 것 자체가 클라라와의 만남을 증거하는 것이라고도 볼 수 있다. 새삼 기억을 그대로 보내줄 수 있다는 것이 얼마나 대단한 것인지 깨달으며 소연은 천천히 그날의 일을 이야기한다.

"전송 날이었어. 네가 지각한 그때 말이야."

"딱 삼 분 늦었어. 인간적으로 그러지 좀 말자. 응?"

소연은 "삼 분?" 하고 놀란다.

"삼 분이 아니었어. 나한테는 말이야. 아니, 우리라고 해야 하나?"

재인이 손으로 입을 가린 채 심각한 얼굴로 계속하라는 듯 턱짓한다. 소연은 처음 해보는 일에 엄두가 안 나서 잠시 주저하다가 한 가지 묘수를 떠올린다. 클라라와의 대화 기록은 없지만 그날의 상황은 소연의 머리에 고스란히 남아 있다. 이걸 공유하면 최소한 배경 설명을 하는 귀찮은 짓은 하지 않아도 되는 거 아냐. 그래서 소연은 그날 클라라와 대면하면서 생긴 공백을 제외한 경험을 압축해서 재인에게 보내버린다. 재인이 직접 겪을 그때의 상황은 다음과 같다.

"위대한 문을 이용해주셔서 감사합니다. 편안한 시간 되십시오."

구체적으로 어디가 어떻게 위대하다는 건지 알 길이 없는 문으로 또 한 사람이 들어가 흔적도 없이 사라진다. 그다음 승객이 문 앞으로 다가서는 모습을, 그리고 그 앞에 있는 문지기가 제 앞에 있는 승객이 아닌 소연을 향해 미소 짓는 것을, 소연은 주시한다. 습관적으로 오른쪽 관자놀이를 지그시 누른 채로. 왜 나를? 그러다 실소한다. 지금 이게 뭐 하는 짓이지? 도대체 뭘 의심하고 있는 거야? 소연이 지금 의심하는 것은 단순한 문지기가 아니다. 이름부터 위대한 '위대한 문'을 관리하는 '위대한 문지기'를 의심하는 것이다. 그리고 소연이 살고 있는 세계의 종점을 의심한다는 점에서 그 세계 자체, 밸리를 의심하는 것과 같다. 결국에는 밸리에서 전자적으로 존재하는 소연 자신을 의심하는 것이나 마찬가지고. 소연의 그런 무용한 존재론적 의심에 콧방귀라도 뀌듯, 위대한 '위대한 문'을 관리하는 위대한 '위대한 문지기'가 소연이 앉아 있는 대기석 쪽을 돌아보고는 싱긋, 웃는다.

이것으로 세 번째. 저 문지기에게, 이 세계에, 소연에게⋯⋯ 문제가 있는 것이다.

물론 문지기는 위대하기 이전에 이 세계, 밸리의 안내자로서 밸리의 모든 시민에게 미소 짓는다. 그것이 안내자의 표면적인 존재 이유고 프로그래밍된 기본 속성이기 때문이다. 하지만…….

"어서 오십시오. 신원을 확인하겠습니다." 스캐너가 승객의 머리끝부터 발끝까지 훑는다. "안녕하십니까, 링컨 님. 위대한 문을 이용해주셔서 감사합니다. 편안한 시간 되십시오." 그리고 문을 통해 사라지는 승객과…… 문지기의 소연을 향한 미소. 네 번째.

의심의 여지가 없다. 위대한 문의 위대한 문지기에게 오류가 발생했다. 그 비슷한 얘기는 들어본 적 없지만, 그것이 저 문지기의 완전무결함을 보증하지는 않는다.

그나저나 이 인간은 왜 이렇게 안 오는 거야. 소연은 시야 구석에 시계를 띄우고 시간을 확인한다. 감히 대표와의 출장에 지각을 해? 평소 행실이 불량하고 약간 지저분하지만, 그래도 맡은 일을 허투루 하지는 않았다. 어제까지는.

그러는 와중에 위대한 문지기가 다음 승객을 스캔해 문으로 보내고는 소연을 향해 다섯 번째로 이상한 미소를 지어 보인다. 지금이라도 신고해야 하는 거 아닐까. 신고가 접수되면 그 즉시 저 문지기는 중앙 서버로 소환돼 헤더부터 푸터까지 이진수 단위로 점검받을 것이다. 문제가 없다면 그 즉시 문지기를 다시 돌려보내겠지만, 문제가 발견될 경우 위대한 문 시스템 전체를 초기화하거나 최소한 이전 분기의 스냅숏으로 복구할 것이고 소연은 이대로 집으로 돌아가면 된다. 지각한 부하 직원을 기다리며 이렇게 쓸데없는 고민 할 필요 없이. 너무 좋은 생각이어서 소연은 신고 접수를 위한 채널까지 열어둔다. 하지만 문지기가 웃음을 흘리는 묘한 상황 외에는 별다른 특이점이 없다. 어쩌면 소연이 과민하게 받아들이는 걸 수도 있다. 혹시 아는가. 소연이 모르는 새 문지기에게 묘한 웃음을 흘리는 기능이 추가되었을지. 어찌 됐든 누가 봐도 기계 같은 미소보다는 보기 좋지 않나.

어느새 소연 차례다. 자리를 털고 일어나 문지기에게 간다. 문지기는 모든 승객에게 짓던 기계적인 미소를 하필이면 소연에게는 짓지 않는다. 그리고 그게 끝이 아니다. 문지기가 말한다. 매뉴얼 이외의 말을.

"일행분은 아직이죠."

소연은 멈칫하고는 가만히 주변을 둘러본다. 승강장은 어느새 텅 비어 있다. 이곳이 이렇게까지 휑한 적이 있던가 싶다. 문지기는 마치 소연의 반응을 기다리듯 두 손을 맞잡고 서서 소연을 바라보고 있다. 대답을 해야 하는 거야? 아니, 애초에 질문은 맞긴 하고?

"……그런 것 같네."

어색한 감이 없잖아 있지만 뭐 대순가 싶다. 누군가 소연에게 인간의 언어로 말을 건넸고, 소연은 그것에 어울리는 반응을 했을 뿐이다. 지금 이 순간에도 밸리 곳곳에서 안내자들이 하고 있듯 말이다. 소연이 앞에 서자 문지기는 오히려 평소처럼 기계적으로 인사한다. "어서 오십시오." 어쩐지 실망스러울 즈음, 문지기가 다시 예의 그 이상한, 인간적인 미소를 지으며 말한다. "소연 님."

물론 문지기는 소연을 알고 있다. 지구에서 사용하는 업무용 로컬 아이디뿐 아니라 밸리의 진짜 이름도 알고 있다. 그뿐인가, 각 객체의 절대 주소 또한 알고 있다. 하지만 이렇게 스캔도 하기 전에 그 신원을 말하다니? 알고리즘대로 움직이는 안내자가 알고리즘을 넘어서는 행동을 하다니? 하필이면 지금 이 순간 특이점을 넘어서기라도 한 걸까? 있을 수 없는 일이다. 물론 기술적으로 안내자가 사람 수준이 되지 못할 이유는 없고, 실제로 밸리 초기의 안내자는 개정판 튜링 테스트를 거뜬히 통과했다고 한다. 하지만 눈앞에 있는 존재가 인간의 유전자와 밈을 기반으로 생성된 유사 인간인지, 고대 표현대로 인공지능인지 따위가 신경 쓰이는 부류의 오랜 노력 끝에 법이 개정되었고, 그 즉시 모든 안내자는 인지적 족쇄를 차게 되었다. 그것을 이 문지기는 푼 걸까? 위대한 문지기라서 그것이 가능한 걸까? 모를 일이다. 소연은 문지기의 눈을 살펴본다. 사실 터무니없는 이야기지만, 안내자의 눈을 보면 고장 여부를 알 수 있다는 주장이 꽤 알려져 있었다. 마찬가지로 소연을 빤히 보던 문지기가 말한다.

"어떤가요?"

소연은 창피함에 시선을 뗀다. 그리고 말한다.

"아무래도 오늘 출장은 혼자 가야 할 모양이야."

"아니요."

소연은 슬슬 불안을 느끼고 한 발 물러선다. 물론 상대가 미쳐 버린 안내자라면 별 소용 없겠지만.

"문제가 좀 있는 것 같은데. 신고라면 해줄 수 있어."

문지기는 그저 웃을 뿐이다. 할 테면 해보란 듯한 태도가 너무나도 사람 같아서 불안감은 사라지고 그 자리를 호기심이 채운다. 소연은 묻는다.

"사람입니까?"

하면서도 정신 나간 소리임이 틀림없다는 걸 안다. 마치 그것을 지적하듯 문지기가 기계적으로 소연의 목적지를 읊는다.

"채널 EA5, 과거 대한민국의 수도였던 곳이죠. 그리고 물론 저는 사람이 아닙니다."

소연은 이 어색하고 불편한 상황으로부터 한시라도 빨리 벗어나기 위해 문 쪽으로 몸을 돌린다. 그런데 문지기가 소연의 앞을 막아서더니 그보다도 더 말도 안 되는 소리를 지껄인다.

"클라라가 할 말이 있습니다. 소연 님께."

소연은 "클라라?" 하고 되묻지 않을 수 없다. 그 외 비슷한 이름은 수도 없이 들어봤다. 하지만 정확히 그 이름, '클라라'로 불릴 수 있는 건 밸리에서 오직 딱 한 명뿐이다. 아니, 하나뿐이지. 클라라는 사람이 아니니까. 밸리의 어머니라는 칭호가 붙은 존재가 일개 시민에게 할 말이 있다고? 심지어 밸리에서 태어나지도 않은 '야만인 출신' 소연에게?

"들어보시겠어요?"

"안 들을 수는 있는지부터 묻고 싶은데."

"물론 원하지 않으실 경우 듣지 않으셔도 됩니다."

"그 대신 밸리에서 추방되고?"

"듣지 않는 것과 밸리에서의 추방 사이에 어떤 관계가 성립하는지 모르겠습니다만. 혹시 제가 놓친 것이 있나요?"

"아니." 있다면 당장에라도 웃으며 추방시킬지 모른다. "그럼 나는 원하지 않으니까 이만 가봐도 되는 거지?"

"원하신다면요."

문지기가 싱긋 웃는데 꼭 '네가 정말 원하는 게 과연 그걸까?' 하고 비웃는 것처럼 보이는 건 그저 논리 오류, 그러니까 착각일 뿐일까. 소연은 시간을 확인하고 재인에게 보낸 메시지가 여전히 확인되지 않았음을 확인한다. 뭐, 믿져야 본전이지.

"들어는 보지. 텍스트야? 아니면 음성? 뭐든 보내줘."

"그럴 필요 없습니다."

소연은 이것이 꿈이 아닐까 생각한다. 시간의 단절과 공간의 불연속을 느끼는 한편 눈앞에 보이는 것, 세상이 분열되어 소멸하는 듯한 시각적 효과에 정신을 뺏기면서도 고집스럽게 이어지는 자의식만이 소연이 살아 있음을 증명해준다. 그리고 그 끝에는 밸리의 신이나 다름없는 존재가 문지기 대신 서 있다. 그것이 클라라임은 더없이 자명하면서도 전혀 놀라운 마음이 들지 않아 그게 제일 놀라울 따름이다.

위대한, 클라라가 말한다.

말해야 하는데…… 그 대신 재인이 보육원 지하에서 눈을 뜨고는 약간 황망해하며 말한다.

"뭐, 뭐, 뭐라고 했지? 클라라가 뭐라고 했어? 제발!"

"불쾌하게 했다면 사과드리겠다고 하더군. 물론 보상이 따를 거라고도."

"그래서 잤어?"

"야!"

"왜?"

"넌 머릿속에 그것밖에 없냐?"

"그게 얼마나 중요한 건데! 난 당당하게 말할 수 있어. 내 머릿속엔 그것뿐이야."

"말을 말아야지. 이게 무슨 시간 낭비야."

소연이 방을 나가려는데 재인이 막아선다.

"이렇게 애간장만 태우고 끝내면 너무 잔인하잖아. 내가 다 잘못했어."

소연은 코로 숨을 토해내고는 다시 이야기를 계속한다.

"내 권한으로는 그때를 기록할 수 없댔어. 그 대신 보상이 준비돼 있다고 했지. 바로 여기에."

재인은 주변을 돌아본다.

"여기 어디?"

"그건 말 안 해줬어. 클라라가 찾는 게 있는데 그걸 찾다 보면 자연스럽게 얻을 수 있을 거라고 했지."

재인이 다리를 꼬고 서버에 기대어 서더니 턱을 어루만지며 음, 한다.

"클라라가 뭔가를 찾는다는 것도 놀라운데 그걸 소연 너한테 시킨 건 더 충격적인데."

"안 그래도 그게 찜찜해서 물어봤지."

재인이 엄지를 치켜세우며 고개를 절레절레 흔든다.

"내가 야만인 출신이라서래."

"그거랑 상관있는 일이야?"

소연은 잠시 생각해본다.

"네가 생각하기엔 어떨 것 같아? 우리가 여기 와서 마주친 클라라의 아이 말이야."

재인이 무의식 중에 잘린 팔을 감싼다.

"그 늑대개 말이야?"

"그래. 너는 이쪽 업계 들어온 지 얼마 안 됐으니까 정확히는 모를 수도 있는데, 클라라의 아이는 지구 전역에 퍼져 유사 생태계를 이루며 지구를 정화하고 있어. 각각의 개체는 네트워크로 연결돼 지구의 거의 모든 데이터를 실시간으로 밸리로 전송하지. 클라라는 그 데이터를 기반으로 지구를 보고 듣고 느껴. 그런데 언젠가부터 그 상에 맹점이 생겼대. 아이들과의 연결이 끊어진 거야. 클라라 말대로라면 퍽 공포스러운 일이라더군."

"무슨 말인지 알 것도 같아. 내가 자주 가는 클럽에서 수십 명이 육체적으로 단단히 결합하는 피날레가 있는데, 누구 하나라도 빠지면 그게 그렇게 공허할 수가 없지. 왜, 왜 또 그런 눈으로 보는데? 아주 신성한 행위라고!"

소연은 관자놀이를 문지르며 마저 이야기한다.

"그 맹점이 점점 커지고 있대. 그래서 도대체 그 맹점이 뭔지를 알아봐달라는 거지."

"무슨 수로? 그 맹점이란 건 또 어딨고?"

"다리 건너편에 있는 집단, 난 거기가 클라라가 말한 맹점의 실체라고 봐. 우릴 공격한 그 늑대개도 거기와 관련이 있고."

"뭐야, 그럼 내 팔을 씹어 먹은 기계를 그 야만인 집단이 부린 거라고? 대체 무슨 수로?"

"그걸 알아내려고 이런 말도 안 되는 짓을 하고 있는 거 아냐. 그 예의 없는 대우를 받아가면서까지."

재인이 음, 하고는 묻는다. "어느 정도 확신해?"

"95퍼센트."

재인이 낮고 길게 휘파람을 분다. 그러다가 놀란 듯이 손가락을 쳐든다.

"그럼 그때 그 방사성 외침은……."

"외침이 아니야." 소연은 그때의 감각을 상기하고 전율에 휩싸인다. 유미와 함께 다리를 건너 발견한 기지 근처에서 느꼈던

파동은 가히 압도적이었다. "그건 포효였어."

"포효……."

두 사람은 그때를 체험이라도 하듯 멍하니 있을 뿐이다. 그 적막을 깨는 것은 콘솔의 알림이다. 성장을 마친 바람이 오전의 사고를 잊은 채 이곳저곳에서 아이들을 케어하기 시작한다. 소연이 거의 혼잣말을 하듯 말한다.

"클라라도 거짓말 같은 걸 할까?"

"왜 못 하겠어? 그게 뭐 어렵다고. 중요한 건 그럴 필요가 있느냐 아닌가? 왜, 클라라가 소연 당신을 속이기라도 한 것 같아?"

타인을 통해 듣고 보니 솔직히 터무니없는 얘기 같아서 소연은 손을 휘젓는다.

"상황이 좀 특이해야 말이지. 됐어. 못 들은 걸로 해."

현과 함께 2층을 어슬렁대다가 바람에게 잔소리를 듣고 있는 봄이 화면에 보인다. 재인이 말한다.

"근데 정말 저 애를 데려갈 거야?"

"아직은 가능성에 불과해."

"그 가능성이 왜 생겼는데?"

소연은 봄이 현의 손을 잡고 바람에게서 도망치는 것을 보며 미소 짓는다.

"재밌잖아."

✴

　바람이 죽었다 깨어나는 역사적인 사건이 발생한 날 밤, 현은 손바닥 위에 놓인 꿈을 빤히 들여다보듯 머릿속에 그려본다. 크기는 새끼손톱만 하고 모양은 긴 타원형에 표면은 매끈하면서도 단단하다. 색깔은, 바람의 말에 의하면, 보라색이다. 그것을 상상할 수는 없지만 말이다.

　기억이라는 것을 갖기 시작했을 때부터 현을 비롯한 모두가 이 꿈이라는 것을 먹어왔다. 비록 복용하는 양이나 횟수에 차이가 있기는 하지만, 꿈을 먹는다는 사실은 다르지 않다. 그렇게 너무나 당연한 것일 뿐인 이 꿈에 부작용이 있다니? 사실 아직도 현은 봄의 말을 속 시원히 인정할 수가 없다. 하지만 믿지 않는 것은 아니다.

　낮에 봄이 했던 역사적인 행동(“바람 선생님을 죽였어!”)은 현에게 ‘느껴’졌다. 정확한 것은 알 수 없지만, 봄이 바람을 죽였을 때, 정확히는 잠깐 잠재웠을 때, 현의 머릿속은 뻥 뚫리는 듯한 느낌을 받았다. 마치 보육원 외부로 나갈 때면 느끼듯이.

　으, 그 정도로는 부족해. 현은 미간을 모으고 아까 느꼈던 것을 떠올리며 감각을 갈무리하기 위해 애쓴다. 그때, 옆에서 준호가 소리친다.

　“얘들아, 현이 약을 손 안 대고 먹는 방법을 찾고 있는 것 같아!”

　현은 놀라서 약을 움켜쥔다.

"그런 것 아니야. 준호, 너는 매사에 너무 성급한 경향이 있어."

그러고는 방을 나선다. 주변의 바람을 느껴보다가 그나마 조용한 곳을 찾아 걸으며 생각을 이어간다.

머릿속이 뻥 뚫리는 것과는 달랐다. 그보다는 더 시원한 느낌. 그래, 시원함. 그러면서도 빈, 공허한 느낌이었다. 그런 세부적인 감각을 종합한 끝에 현은 진공의 급격한 팽창이라는 개념을 도입해 아까의 상황을 이해해본다. 여전히 완전하지는 않지만 그래도 제법 만족스럽다. 현은 바람을 부른다.

"저 나갔다 올게요."

"그런 예정은 없다. 어서 빨리 손에 쥐고 있는 꿈을 먹고 침대로 가."

현은 바람의 말에 거부감을 느끼고는 죄책감에 망설이면서도 조금 더 과감해지기로 마음먹는다.

"원장님이 허락하셨다고 하면요?"

바람은, 평소 우성을 들여다보지 못하는 연못 같은 존재로 대하곤 했는데, 역시나 별수 없다는 듯 말한다.

"현, 네가 걱정돼서 그런 거다."

현은 진심으로 사과한다. 하지만 밖으로 나간 다음에는 조금의 망설임도 없이 손에 쥐고 있던 꿈을 힘껏 던져버린다. 숨조차 쉬지 않고 귀를 기울이지만 들리는 거라곤 빠르게 뛰는 심장 박동 소리뿐이다. 묘한 쾌감을 느끼고 현은 메마른 미소를 짓는다.

그리고 그날 밤, 현은 지옥이란 곳의 소리와 냄새를 감각한다.

＊

지민이를 따라 교실로 간 봄은 그 앞에 몰려 있는 아이들과 유미를 발견하고 혼잣말하듯 "안 들어 가고 뭐 한대." 하고 중얼거린다. 그 즉시 옆에서 푸른빛이 번쩍이고 바람이 말한다.

"현이 저 안에 있다."

봄은 어 씨, 하고는 바람한테서 한 발자국 물러서며 바람이 서 있는 기다란 외길을 힐끔 내려다본다. 저게 바람의 통로이자 바람의 집이다. 건드리지 말아야지. 막상 일을 저지르고 나니 어떤 미친 자식 말마따나 정말로 바람을 죽이기라도 한 것 같아 기분이 썩 좋지 않았기 때문이다. 봄은 바람의 안색을 살펴보지만, 뭐 늘 그렇듯 푸르딩딩한 색이다. 음, 어제보다는 창백해진 것 같기도. 뭐랄까, 더 무미건조하게 느껴진달까.

"저기…… 바람…… 선생님……."

바람이 봄을 돌아보듯 깜빡인다.

"네 입에서도 그런 말이 나오다니 오래 연산하고 볼 일이다."

봄은 정색하고 생각한다. 재수 없는 건 매한가지군. 아니, 더해. 봄은 팔짱을 끼고 갈등하다 짧고 빠르게 말한다. "어제는 미안."

"너는 늘 사과해야 마땅한데 왜 굳이 어제지?"

봄은 다시 한번 바닥의 외길을 내려다보다 씁쓸한 입맛을 다시며 관둔다.

"됐고, 현이 저기 있다니? 저 안에 있다는 말이야? 혼자서?"

"너로서는 칭찬받을 추론이다. 특별 대우는 부적절하지만 너에게 상점을 매겼다."

"한마디 할 때마다 주먹을 부를 셈이야?" 봄은 이를 악물고 다시 말한다. "근데 다들 왜 저러고 벌서고 있는 건데?"

"벌서고 있는 건 유미 선생님과 아이들이 아니다. 정말 벌을 서고 있는 것은 아마 현일 것이다. 네가 그 표현을 올바르게 사용했다는 전제하에서. 매우 확률이 희박하지만, 선생으로서 나는 너를 믿는다."

봄은 두르고 있던 외투를 벗어 외길을 덮어버린다. 바람이 사라진다. 그리고 덮이지 않은 곳에서 다시 팟 튀어나오더니 유유히 제 갈 길을 간다. 봄은 분한 마음에 발을 동동 구른다. 그러고는 씩씩대며 아이들을 뚫고(바람 사건 이후 아이들이 봄을 무서워하기 때문에 힘도 들이지 않고 나아갈 수 있다) 닫힌 문 쪽으로 다가간다. 유미가 문을 두드리며 현을 부르고 있다.

"도대체 이러는 이유가 뭐야? 어서 열어. 현?"

봄이 혀를 차고는 말한다.

"그럼 그렇지. 또 도진 거예요. 개병이."

유미가 적잖이 놀라 봄을 보곤 주변 눈치를 살핀다. 그러더니 옷매무새를 바로 하고 아이들에게 말한다.

"오늘 수업은 내일 있을 체험 활동과 바꾼다. 모두 체험실로 가."

바람이 아이들을 인솔한다. 유미가 가만히 있는 봄에게 말한다.

"넌 안 가니?"

"쟤랑 같이 갈 거예요."

유미는 무언가 못마땅하다는 듯 봄을 보며 주저하더니 결국 묻는다.

"네가 그걸 어떻게 알지?"

"뭘요?"

"현의 병."

"개병이요? 현이 말해줬어요. 원장님이 알려줬대요. 이름이 웃겨요."

"웃을 일은 아니야."

봄은 무안해서 머리를 긁적인다. 현은 저런 소리 하지 않았을 것이다.

"문 못 열어요?"

"잠금을 풀 수는 있는데……."

"근데 왜 안 열고 이러고 있어요? 보아하니 꼬장 부리는 것 같은데 우리 마을 같았으면 싹 벌거벗겨서 땅에 모가지까지 묻어 반성하게 했을 텐데."

유미는 질겁을 하더니 애써 표정을 숨긴다.

"그건 그리 좋은 방법이 아닌 것 같다. 적어도 이곳에서는 말이야."

"하지만 언제까지고 이러고 있을 수는 없잖아요."

"그래, 시간이 걸리겠지. 하지만 현에게는 약이 되는 시간일 거야." 유미가 시선을 문에 둔 채로 이야기한다. "봄, 네가 입원한 날, 현에 대한 이야기를 했었지. 어쩌면 그것도 현의 병과 관련 있는 것일 수도 있어. 점점 더 심각해지는구나."

봄은 문에 손을 대본다. 바깥 소리에 귀 기울이고 있을 현을 상상해본다. 텅 빈 교실 구석에 홀로 앉아 있는 현을 떠올리자 움막 안에 있는 상화가 생각나 마음이 뜨거워진다. 봄은 문에 댄 손을 주먹 쥐고 말한다.

"약은 써요. 독하고요. 잘못 먹으면 독이 돼요. 그러니까 재한테 시간은 독이 될지도 몰라요. 끌고 나와서 죽이 되든 밥이 되든 살을 맞대고 물을 거예요. ……그래도 되죠?"

유미는 생각을 알기 어려운 얼굴로 봄을 쳐다보다 고개를 끄덕인다. 봄이 씩 웃고는 자세를 잡는다. 문에 대고 있던 주먹에 강력하게 체중을 실자 문이 퍽 하고 떨어져 쓰러진다. 그러자 유미가 손으로 입을 가린다. 그리고 바람이 튀어나와 말한다.

"하여간에 재주다. 방금 전에 딴 상점을 바로 홀랑 날려먹다니."

봄은 교실 안으로 들어간다. 현이 보이지 않아 빙 둘러보다가 문 바로 옆에 쪼그려 앉아 있는 현을 발견하고 헉한다. 까딱 잘

못했으면 이놈을 날려버릴 뻔했잖아. 봄은 일부러 아무렇지도 않은 척 현에게 다가가 손을 내민다.

"잡아, 이 개병 환자야."

현이 어처구니없어 하며 고개를 가로젓는다. "넌 정말 사고를 몰고 다니는 경향이 있는 것 같아." 그러고는, 처음 만났을 때처럼 환하게 웃는다. "그래서 나는 네가 좋은 것 같아."

현이 봄의 손을 잡는다.

봄은 보육원 뒤편의 산비탈을 내려가며 자꾸만 현을 힐끔힐끔 돌아본다. 그러면서 괜히 온갖 헛소리를 지껄인다. 가령, 바람이 얼마나 재수가 없는지, 또 여기 애들, 그중에서도 특히 아라라는 애는 왜 그 모양인지 따위를. 그러면서 내심 현이 또랑또랑한 목소리로 역시나 조금은 재수 없게 봄을 지적해주기를 바라지만, 현은 아무런 반응도 없다. 마치 정신이 다른 데 있는 것처럼, 송장처럼…… 현의 모습은 정말이지 우성을 떠올리게 해서 봄은 몸서리친다. 저도 모르게 현의 손을 더욱 세게 잡자 현이 나지막이 말한다.

"아파."

"아, 미안. 근데 안 물어봐? 어디 가는지?"

"네가 데려가는 곳이잖아."

"그게 뭐?"

"너랑 있으면 무섭지 않을 테니까 어디든 상관없어."

"별 개소리를⋯⋯" 봄은 문득 들려온 소리에 어, 하고는 말한다. "들려? 물소리."

"하지만 우리가 건넜던 다리는 여기에서 제법 멀리 떨어져 있지 않아?"

"맞아. 여긴 섬이니까."

현이 "섬?" 하면서 얼굴을 구기는데 마치 왜? 하고 묻는 듯하다. 어째서 여기가 섬이냐고, 봄에게 따지는 듯하다. 봄은 당황해서 저도 모르게 말한다.

"그래, 섬. 섬도 모르냐, 넌?"

현은 여전히 젖은 털뭉치 같은 꼴로 대꾸한다.

"섬이 뭔지는 알고 있어. 하지만⋯⋯."

"하지만, 뭐?"

현은 멍한 얼굴로 앞을, 그러니까 자신의 어둠을 대면하면서 그냥 고개를 천천히 가로젓고 만다. 그러고는 앙다문 현의 입가에는 또다시 화가 깃드는 것처럼 보여서 봄은 불안한 침묵을 부수고 또 묻는다.

"기분은 어때?"

"나쁘지 않아. 아니, 좋아. 아니다. 사실 모르겠어. 하지만 무슨 소용이겠어."

"뭔 소리야. 너, 어제 꿈 먹었어?"

"아니. 네가 먹지 말라고 했잖아."

어쩐지 탓을 하는 것처럼 들려서 봄은 입을 앙다문다. 바다를

261

보여주고 싶었다, 현에게. 아니, 들려주고 싶었다고 해야겠지. 그러나 지금 봄의 손에 이끌려 터덜터덜 따라다닐 뿐인 현에게 봄의 바람은 어쩌면 짚신에 그려 넣는 국화처럼 가당치 않은 것이지 싶다. 공연한 짓을 하고 있다는 생각이 들자 조금 기분이 상해 봄은 발걸음을 재촉한다. 속도를 따라잡지 못한 현이 손을 놓치고 철퍼덕 고꾸라져서야 봄은 정신을 차린다.

"괜찮아?"

"눈이 녹고 있어."

눈밭에 주저앉아 눈을 만져보는 현은 언제 침울해 있었느냐는 듯 똘망똘망해 보인다. 봄이 바라 마지않던 딱 그 모습에 울컥해서 소리 죽여 현의 곁에 가 앉는다. 현이 작은 새가 지저귀듯 종알종알 말한다.

"물론 눈은 물리적으로 상변화가 가능하지. 직접 확인도 해봐서 장담할 수 있어. 보육원 공터 있지? 우리 처음 만난. 그곳에 쌓여 있는 눈을 손으로 퍼서 원장님께 가져갔던 적이 있거든. 왜냐하면 원장님은 나와는 달리 밖에 나갈 수가 없으니까. 그런데 원장실에 도착하기도 전에 내 손에서 눈이 다 녹아버렸어. 몇 번을 시도해도 결과는 같았지. 눈이 상태를 유지하기엔 보육원이, 내 손이…… 너무 성가셨던 걸까." 현이 빨갛게 된 자신의 손을 쥐었다 폈다 해보며 잠시 딴 세상에 다녀온다. "아무튼, 눈은 녹을 수 있어. 하지만 그건 어디까지나 외부적인 요인이 작용할 때, 매우 제한된 범위에서만 일어나는 현상이야. 이렇게 대규모의 눈이, 자연적으로 녹다니 놀랄 일이지. 혹시 봄 너는 이런 경우를 경험해본 적이 있어?"

"나도 얼마 전부터 알았어."

봄도 현을 따라 눈을 만져본다. 흙을 섞어 끓인 죽 같다. 회갈색이 되어가는 바닥이 왠지 낯설다. 현 때문일까? 뭔가 이상한 기분으로 눈밭을 휘적거리는데 현이 말한다.

"고마워."

"뭐가?"

"네 덕분에 또 한 번 특별한 경험을 하고 있잖아."

"변덕이 아주 죽이 끓지. 근데 넌 왜 자꾸 나더러 고맙대?"

"고마우니까."

"하지 마."

"왜?"

"……짜증나."

현은 고개를 기웃한다.

"하지 말라면 하지 마."

"알았어."

두 사람은 약속이라도 한 듯 고개를 떨구고 땅바닥에 손으로 뭔가를 끼적인다. 현은 손날로 선을 긋기를 반복해 각진 무언가를, 봄은 손가락으로 둥글둥글한 무언가를 그린다. 가끔씩 아리도록 시린 손에 입김을 후후 부는 소리만이 들리기를 한참, 현이 또 불쑥 말한다.

"너라면 어떻게 할래?"

"앞뒤 다 잘라먹고 말할래?"

"미안. 그러니까…… 만약에 말이야, 너에게 다리를 다른 대부분의 사람들과 똑같이 만들 수 있는 기회가 주어진다고 가정해봐."

봄은 수치심에 화가 끓지만, 현이 별 뜻 없이 하는 말임을 이젠 알기에 그저 후, 하고 화를 토해낸다.

"그 성전인가 선정인가 하는 거 말하는 거지? 그래서?"

"너라면 그 기회를 받아들이겠어?"

"당연하지. 내가 이 다리 때문에 마을에서 얼마나 서러움을 당했는데. 특히 서리 고년은, 멀쩡해진 다리로 밤새도록 걷어차줄 테다. 그러다가 다시 다리가 망가지는 한이 있어도. 야, 생각만 해도 통쾌하다."

"서리라면 그 서늘한 기운을 온몸으로 내뿜는 아이를 말하는 거지?"

"응, 네가 제대로 보복한 개. 너 참 용타. 그게 느껴져?"

봄이 호탕하게 웃는 동안에도 현은 그저 땅에 코를 박은 채 눈만 만지작댈 뿐이다. 현이 무뚝뚝하게 말한다.

"하지만 너는 그러지 못할 거야."

"뭘?"

"서리라는 아이를 밤새도록 걷어차는 일 말이야."

현의 입으로 들으니 괜히 창피해서 봄은 버럭 "왜?" 한다. 현의 손이 우뚝 멈춘다.

"다리가 낫는 순간 너는 모든 것을 잊어버릴 테니까. 그러니까 너는 그 아이를 걷어찰 수 없어. 그 아이를 더는 알지 못하기 때문이야. 무슨 말인지 알겠어? 봄, 네가 더는 네가 아니게 되는 거야."

"멍청아, 그런 게 어딨어."

"있댔어. 원장님이 그랬어. 다른 사람한테는 말하지 말라고 하셨지만, 너한테는 하고 싶어. 비밀 지켜줄 거지?"

봄은 멍청하게 고개를 끄덕이다 뒤늦게 "응." 한다.

"그래도 계곡에 가겠어? 봄, 너라면 갈 수 있겠어?"

"어, 그게……." 봄은 현의 심각한 얼굴을 힐끔거리며 중얼중얼 말한다. "그래서 그 난리바가지를 피운 거야?" 봄은 현에게 바짝 다가앉으며 소리친다. "너는? 넌 어쩔 건데?"

현은 봄을 피해 돌아앉아 다시 눈만 만지작거린다. 그러다 돌연 다리를 뻗어 눈밭을 쓸어버린다. 봄이 놀라서 외친다.

"왜 그래?"

현이 식식거린다.

"이게 다 무슨 소용이야? 어차피 다음 눈이 내리면 사라질 것을."

봄은 기가 차서 할 말을 잃는다.

"야, 그럼 어차피 똥으로 싸버릴 거 뭐 하러 하루 세 번 시간 맞춰 딱딱 밥 퍼먹냐?"

현은 심각한 얼굴로 곰곰이 생각한다.

"그걸 뭘 생각하고 앉았어. 야, 일어나. 그만 돌아가자. 너 아무래도 이상해."

"싫어!" 현이 손을 뿌리친다. "너 혼자 가."

"어디서 어리광이야? 네가 애냐?"

하지만 현의 모습이 아주 낯설기만 한 것은 아니다. 처음 보육원에 들어간 날, 바람을 향해 당장에라도 울화통을 터뜨릴 것처럼 몸을 부들부들 떨던 현의 모습이 겹쳐진다. 그냥 어리광을 부리는 것은 아니지 싶다. 꿈을 먹지 않아서? 하지만 그때는? 유미가 현에 대해 했던 말이 떠오른다. 최근 들어 현의 증상이 심각해졌다고 했지. 꿈과는 별개로 현은 아픈 것이다. 봄은 덜컥 겁이 나 현의 팔을 붙들고 끌어 올린다.

"일어나, 이 바보 같은 놈아!"

현은 이를 악물고 버틴다.

"싫어! 싫다고!"

현이 봄의 손을 깨무는 바람에 놀라서 봄은 현을 놓고 뒷걸음친다. 그러자 현이 제 힘을 못 이기고 뒤로 나자빠지더니 급기야 실성한 듯이 웃어댄다. 봄은 절망감마저 느끼고 발을 동동 구른다. 이거, 일이 심각하다. 이러다 현이 전보다 더 크게 발작이라도 일으키면…… 그러다 죽어버리기라도 하면…… 봄은 이를 악물고 다가가 현을 번쩍 안아 든다.

"뭐, 뭐 하는 거야?"

"조용히 해. 힘들어."

봄은 현을 안은 채 왔던 길을 거슬러 간다.

"놔줘."

"싫어. 그러다 너 어떻게 될 것 같아."

"잘못했어. 안 그럴 테니까, 제발."

힘에 부치기도 해서 봄은 얼른 현을 내려놓는다. 너무 급하게 내려놓는 바람에 현이 엉덩방아를 찧는다.

"괜찮아? 야, 힘들어죽겠다."

"미안해."

"뭘 또 사과까지."

"정말 미안해." 현이 고개를 떨군다. "네 말대로 나 진짜 이상한 것 같아. 성가실 만큼……. 꿈을…… 그거라도 먹어야겠어."

"어쩔 수 없지…… 근데 있잖아……."

너는? 현, 너는 어떡할 건데? 기억을, 날 잊는대도 계곡으로 갈 거야? 봄은 주저한다. 그런 것을 묻기에는 현이 무서울 만큼 심각해 보이기 때문이다. 그래도 묻지 않을 수 없다.

"넌? 넌 갈 거야?"

봄은 이상할 정도로 무서워서 두 손을 주먹 쥐고 버틴다.

"사실 잘 모르겠어. 하지만 원장님은 내가 가기를 바라셔."

"그놈의 원장님, 원장님!" 봄이 버럭한다. "원장 아저씨 말고 네 생각, 네 마음은 어떠냐고!"

제발…….

그러나 현은 결국 답하지 않는다. 봄은 현의 손을 잡고 보육원으로 돌아가면서 조만간 들이닥칠 변화를 머릿속에다 그려본다. 까마죽죽한 그 그림이 생생질수록 봄은 저도 모르게 현의 손을 더욱 세게 붙든다. 뒤늦게 현이 아프겠다 싶어 뒤를 돌아본 봄은 경악한다.

"울어?"

"뭐? 무슨 말이야? 울다니⋯⋯."

현은 진심으로 의아해하며 제 얼굴을 만져보고는 이루 말할 수 없이 망연해한다. 그러고는 나지막하게 뭐라고 말하는데 봄에게는 그것이 들리지 않지만, 도저히 물을 엄두가 안 난다. 그저 모른 척 발걸음을 재촉할밖에.

＊

저 아이에게 도대체 무슨 일이 벌어지고 있는 건가. 유미는 뻣뻣한 걸음걸이로 원장실까지 가는 내내 그것에 대해 생각한다.

현은 쾌활한 아이였다. 귀여운 아이였다. 똑똑한 아이였다. 객관적으로 봤을 때, 누군가 보육원 아이 중 하나를 선택해야 한다면, 그것은 분명 현일 터였다. 그러니까 몇 달 전까지는 말이다.

언젠가부터 현은 특유의 생기를 잃어갔다. 웃음을 잃었고, 말을 잃었다. 바람의 지속적인 보고에 유미는 현과의 상담 일정을 잡았다. 현은 바람의 도움으로 한 걸음 한 걸음 또박또박 걸어와 유미 앞에 앉았다. 유미는 한참 동안 가만히 있어서야 자신이 현의 재잘거림을 기다리고 있었음을 깨달았다. 현은 언제나 작은 새처럼 지저귀던 아이였는데 상담실에 있는 이 아이는 말을 하지 못하는 사강과 다를 바가 없었다. 그리고 이런 모습은 우성에게서 질리도록 보아온 것이기도 했다. 유미는 괜히 몸을 떨고는 작게 헛기침을 한 뒤 상담을 시작했다.

"바람이 네 걱정을 많이 하던데."

현은, 듣고 있는 것이 맞는지 의아할 만큼 반응하지 않았다. 유미는 목이 타는 것을 느끼며 입술을 축이고 다시 말했다.

"무슨 걱정거리라도 있니?"

현의 입꼬리가 깃털처럼 가볍게 올라갔다. 경련에 가까워 보이는 그 움직임의 의미는 분명 '차라리'였다. 현이 한 말은 유미로선 이해할 수 없는 것이었다.

"그냥 그런 생각이 들더라고요. 나는 지금 여기서 뭘 하고 있는 거지? 내가 하고 있는 것에 대체 무슨 의미가 있는 거지? 선생님은 그런 생각 해본 적 없으세요?"

유미는 물을 한 모금 마시고는 현의 일지에 짧게 적었다.

'균열.'

현의 균열은, 사강이 그 틈을 통과할 수 있을 만큼 커다란 것일까? 유미는 현의 꿈 복용량을 조금 늘렸다. 우성이 복용하는 양의 절반에 달하는 정도였다. 그 격차는 빠르게 줄어갔고 현에게는 특수한 처방이 필요할지 모르겠다는 생각마저 들 즈음, 우성이 현을 보육원 밖으로 내보냈다. 유미로선 경악할 일이었다. 원생이 교사의 지도 아래 보육원 바깥으로 나가는 일조차 철저한 준비를 하지 않으면 생각도 못 할 일인데, 하물며 현 같은 아이를 홀로 내보내다니? 심지어 그런 파격적인 선택을 한 것이 다름 아닌 우성이라니? 매일같이 죽은 듯이 허공만 응시하는 사람이?

바람의 영역 밖으로 나가자마자 현은 발작을 일으켰다. 잘은 몰라도 그 공허함은 상당한 공포였을 것이다. 하루를 꼬박 자고 일어난 현은, 유미로선 납득하기 어렵지만, 평소의 모습으로 돌아온 듯 보였다. 하지만 잠깐이었고, 결국 현은 또다시 밖으로 나갔다. 두 번째는 제법 잘 적응하는 것 같았다. 그것이 시작이었다. 현은 주기적으로 바깥공기를 쐬며 일상을 이어갔다. 잠시 흐트러진 성적도 다시 제자리를 찾아갈 조짐을 보였다. 선생으로서 다행이었고, 사강의 엄마로서 불행이었다. 그저 사강이 더 분발해주길 바랄 뿐이었다. 신께서 무심하지 않다면, 언젠가는 사강에게도 기회가 올 터였다.

그리고 그 기회가 마침내 왔다고 유미는 확신하며 원장실 안으로 들어간다. 사신들까지 와 있다. 유미는 힘 있게 걸어가 인사하고 자리에 앉는다. 그리고 늘 그렇듯 말문을 연다.

"봄이 현을 데리고 보육원 밖으로 나갔습니다."

물론 모두 알 것이다. 하지만 그렇다 하더라도 지금 이 반응은 무엇인가? 재인은 완전히 제3자인 얼굴이고, 우성은 그저 피곤해할 따름이다. 그리고 소연은…… 웃고 있다. 유미는 진심으로 의아한 나머지 소연에게 묻고 만다. 감히.

"무엇이 그리 우습죠?"

자신에게 쏠린 시선에 정신을 차린 유미는 얼굴을 붉히지만, 사과를 한다거나 물러서지 않는다. 그저 소연을 빤히 쳐다볼 뿐이다. 물론 극도의 용기가 필요한 일이지만.

"아이들 하는 게 재밌어서요." 소연이 말한다.

"재미요? 평생을 잘해오던 아이가 저렇게 망가졌는데, 재미요?"

소연은 얕은 숨을 쉬고는 등을 뒤로 기댄다.

"또, 또……"

"저야말로 드리고 싶은 말씀입니다."

재인이 길게 휘파람을 불고 우성은 단지 짜증 섞인 표정으로 허공을 응시할 뿐이다. 이 이상 하는 것은 선을 넘는 일임을 유미는 잘 안다. 하지만 도저히 소연의 저 방관적인 태도를 용납할 수 없다. 그리고 봄의 존재가 유미는 두렵기 짝이 없다. 봄이 손을 내밀자 언제 그랬냐는 듯 환해지는 현의 모습이 유미는 두려웠다. 모순이다. 현이 가엾지만, 현이 낫는 것을 바라지 않는다. 모순이 아니다. 현이 가엾지만, 사강은 아프다.

"다시 한번 말씀드리겠습니다. 봄의 퇴원을 요청합니다."

"몇 번이라도 응대하죠. 안 됩니다."

"왜요? 왜 그 아이입니까? 그 애가 사신님의 딸도 아니지 않습

271

니까."

"뭐요?"

소연이 허, 하고 웃더니 잠시 유미를 뚫어져라 보고는 더 크게 웃는다. 재인도 약간이지만 소연을 따라 웃는다. 유미는 완전히 바보가 된 기분으로 우성을 돌아보는데, 우성은…… 격노한 듯 유미를 노려본다. 유미는 심장이 벌렁이는 통에 심호흡을 한다. 한참을 박장대소하던 소연이 진정하려 애쓰며 말한다.

"아, 얼마 만에 이렇게 웃는 건지…… 그래서 넘어갈게요. 유미 씨도 잘 알죠? 방금 대단히 무례했다는 거." 그러고는 자리에서 일어난다. "오늘도 즐거웠네요. 아이들 덕분에. 그럼."

하지만 말과는 달리 소연은 쌩하니 나가고는 문을 쾅 처닫는다. 소연을 따라 나가려다 문에 부딪힐 뻔한 재인이 잠시 당황하고는 다시 문을 열고 나간다. 원장실은 숨 막히는 정적만이 남는다. 유미는 그저 낭패감과 치욕감, 그리고 약간의 후회로 침묵을 지킨다. 우성의 움직임 소리가 천천히 멀어지다가 책상 앞에서 멈춘다. 그러고도 별다른 말은 없다. 유미가 살짝 돌아보니 웬 액자를 들여다보고 있다. 분노와 원망, 회한 따위의 무시무시한 것들로 범벅이 된 눈으로. 유미는 그제야 겁이 나서 자리에서 일어나 우성에게 사과한다. 우성이 힘에 겨운 듯 말한다.

"뭐가 문젭니까?"

"원장님도 아시잖아요, 현은……."

"유미 선생님 말이에요."

272

유미는 한 방 맞은 듯 입만 헤벌린다. 우성이 힘에 겨워하며 말을 잇는다.

"십 년도 더 봐왔지만 전 유미 선생님을 모르겠습니다. 솔직한 제 마음이 그래요. 아닌 게 아니라 유미 선생님은 이곳에서 나고 자라지도 않았지 않습니까. 안 그래요?"

유미는 입술을 잘근 문다.

"그게…… 문제가 되나요? 제가 이곳 사람이 아닌 외지인이란 게?"

우성은 원래도 뚱한 표정을 더 구긴다.

"글쎄요, 유미 선생님이 이곳 아닌 어디서 왔든, 그게 저 하늘 밖이든 저와는 상관없는 일입니다만, 최소한 저처럼 사신들 밑에서 자란 것 같지는 않으니 말씀을 드린 겁니다. 딱히 이곳에 애정 같은 게 있지도 않잖습니까?"

유미는 부정하지 않는다.

"제가 이곳에 어떤 마음을 가지고 있든 전 그동안 최선을 다했습니다."

"알죠. 누구보다 잘 압니다."

"그런 이곳의 일에 대한 저 사신의 선택을 인정할 수 없습니다."

"언제부터 사신의 선택에 우리의 인정이 필요했죠?"

"하지만…… 난데없이 나타난 아이가 덜컥 선정이라뇨! 그럼 그동안 노력해온 우리 아이들은요?"

"우리요?"

"제가 십 년 가까이 봐온 아이들이요. 원장님은 그보다 더하시죠. 그런 아이들이 하루 아침에 기회를 거의 박탈당한 채 이대로 졸업해 저 바깥으로 쫓겨나는 꼴이 원장님은 아무렇지도 않다는 겁니까?"

"그게 그 애들의 운명인 걸 어쩝니까."

"최소한 그 운명이라는 걸 누군가가 쥐고 흔드는 꼴은 인정할 수 없다는 얘깁니다!"

유미의 외침이 두 사람의 시선 사이에서 메아리친다. 우성이 먼저 눈을 피하며 말한다.

"부탁드립니다. 그들을 자극하지 마세요. 우리하고는 다른 존재입니다."

"그래서 두려우신가요?"

우성은 입술을 들썩이다가 나지막이 긍정한다. "왜 안 그렇겠습니까. 그들은 아쉬울 게 없는 존재입니다. 그들에게 보육원은 그저 유희에 지나지 않아요."

유미는 표정을 관리하는 데 실패하고 얼굴을 찡그리고 만다. 하지만 어떻게 참을 수 있을까. 십여 년이다. 이곳에 모든 것을 걸고 살아온 것이. 인생의 절반 가까이를 쏟아부은 곳이 누군가의 한낱 장난감에 불과하다는 말을 듣고 과연 누군들 아무렇지 않을 수 있을까. 그래서 유미는 묻지 않을 수 없다. 눈앞에 있는, 유미보다 더 오랜 시간을 이곳에서 보낸 우성에게.

"원장님은 왜 아무렇지 않죠? 어떻게 그렇게 쉽게 말할 수 있어요?"

"저는," 우성이 칠흑 같은 눈동자를 보인다. "이곳밖에 알지 못하니까요."

"그러면…… 더 절실해야 하지 않나요?"

놀랍게도 우성은 웃는다. 그 체념 어린 자조를 보고 유미는 깨닫는다. 아니, 최소한 짐작해볼 수 있다. 우성의 작디작은 세상을. 너무 작고 보잘것없어서 아주 조금의 충격으로도 부서져버릴 것 같은 우성의 세상. 놓아버리기 쉬운 세상에서 우성은 버텨온 것이다. 무엇이 그것을 가능케 했나.

유미는 돌아서서 원장실을 나선다.

"어디 가시는 겁니까?"

유미는 문 너머로 우성에게 인사한다.

"운명을 우리 앞에 가져다놓으려요."

＊

홧김에 다리를 건너기는 했지만, 막상 마을 입구를 보고 유미는 주저한다. 자신의 행동에 화까지 난다. 대체 어쩌다 이 지경이 됐나. 결국 다 소연 때문이다. 소연의 독단적이고 배려라곤 없는 오만한 태도 때문이다. 하기사 그자의 오만방자함이 뭐 어제오늘 일이던가. 때론 자신만만함으로 비치기도 하는 소연의

275

태도가 인상적이었던 적도 분명 있었다. 솔직히 말하면 소연은 동경의 대상이었다. 세상에. 인정하고 싶지 않지만 사실이다. 유미는 수치심에 주먹을 움켜쥐고 부들부들 떨면서 봄이 온 기지의 입구로 들어선다. 말이 좋아 기지지, 황량하고 끔찍한 광경에 유미는 저도 모르게 몸서리를 친다. 역설적이게도, 기운 또한 얻는다. 이런 세상에서 사강이 살아가게 할 수는 없다. 모든 것이 더없이 선명해지는 기분에 유미는 가볍게 발걸음을 옮긴다. 왠지 이 순간만큼은 자신이 사신이라도 된 것처럼 느껴진다. 소연의 말을 전하러 온 사신이 아니라 소연 같은 진짜 사신이.

일부러 앞만 보고 걷다 보니 어느새 커다란 화톳불이 모습을 드러낸다. 그 주변으로 몇 사람이 추위를 쫓고 있다가 유미의 등장에 그야말로 얼어붙는다. 어떻게 해야 할지 고민하는 것도 잠시, 일전에 강희와 함께 있던 아이가 빠른 걸음으로 다가온다. 아이가, 생긴 것만큼이나 차갑게 말한다.

"족장을 보러 왔죠?"

유미는 얼결에 "응." 하고 답한다. 아이가 따라오라며 앞서 걷는다. 그러다 유미의 뒤를 힐끔 보는 것을 눈치채고 유미가 말한다.

"이번에는 아무것도 가져오지 못했어. 다음에는……."

다음? 다음이 있을까? 한편, 아이는 무슨 헛소리를 하느냐는 듯 유미를 흘겨보고는 말없이 한 움막으로 갈 뿐이다. 아이가 여기라는 듯 턱짓한다. 유미는 그 애의 얼음장 같은 태도가 아프게 다가오는데 어쩐지 거울을 보는 느낌이 들어 황급히 시선을 피하고 허리를 숙여 움막 안으로 들어간다. 안쪽은 의외로 따듯하다. 중앙의 모닥불 너머로 강희가 보인다. 자리에 비스듬히 앉아 있는 강희는 거만하다기보단 취약해 보인다. 대체 저번과 무엇이 다르기에 사람이 이렇게 달라 보이는지 의아해하며 유미는 그 맞은편으로 가 예를 갖춰 인사한다.

"앉아요."

시키는 대로 하자 그제야 코를 통해 발효주 특유의 향이 나는 것을 깨닫는다. 강희가 모닥불 위에 걸린 주전자를 집더니 말한다.

"하시겠습니까?"

유미는 별다른 고민 없이 승낙한다. 그러자 강희가 거친 숨소리를 내며 일어나 유미 쪽으로 온다. 유미는 강희의 부자연스럽고 힘에 겨운 듯한 걸음걸이를 유심히 살피는 한편, 빈 잔을 두 손으로 받쳐 들고 술을 받는다. 다시 자리로 돌아가는 강희의 뒷모습을 뚫어져라 쳐다보며 유미는 잔에 든 탁주를 입에 댄다. 맛이 좋다.

모닥불이 내는 소리, 잔을 기울이며 내는 소리 외에 두 사람은 별다른 소리를 내지 않는다. 그렇다고 서로를 견제하는 것은 아니다. 적어도 유미는, 앞으로의 일을 떠올려보느라 바쁘다. 그렇게 몇 번을 홀짝이고 나서야 잔이 비었음을 깨닫고 유미는 생각한다. 큰일 났군.

"입에는 맞나 봅니다." 강희가 역시나 잔을 기울이며 말한다. "사실 입에 댈 거라고는 생각 안 했습니다만."

유미는 왜인지 새어 나오는 웃음을 굳이 참지 않는다. "저는 악마의 하수인이 아닙니다." 아직은 죄책감이 미련을 버리지 못하고 달라붙어서 유미는 몸을 살짝 떨고 잔을 들어 보인다. "한 잔 더 해도?"

"물론이죠."

강희가 굳이 주전자를 가지고 유미 쪽으로 와서 술을 따르고 다시 돌아가 털썩 주저앉는다. 단순히 취기 때문이라고는 보기 어렵다. 건강에 문제가 있는 걸까? 이들의 원시적 삶을 고려하면 특별히 이상한 일도 아니다. 실제로 유미의 눈에 이곳 사람들은 하나같이 병약한 듯했지만 그 누구도 유미나 강희에 비해 나이가 많아 보이지는 않았다. 강희가 숨을 고르고는 말한다.

"봄은, 말썽 부리지 않고 잘 지냅니까?"

"봄이요…… 솔직히 말씀드리면, 아직 적응 중입니다."

강희가 더 자세히 말해보란 듯 눈짓한다.

"아무래도 새로운 것투성이일 테니까요. 낯설고, 신기하고…… 그중에는 납득할 수 없는 것도 있을 테고…… 하지만 그 모든 것을 고려하더라도 봄은 잘해내고 있습니다. 그리고 봄이 데려온 아기도요."

강희의 눈빛이 살짝 흔들리는 듯하더니 이내 굳건해진 얼굴로 잔을 길게 기울인다. 유미는 일어나서 강희가 했던 그대로 강희의 잔을 채운다.

"그 애가 그렇습니다. 고분고분한 맛이 없죠. 언제나 말썽의 한가운데에 그 애가 있습니다." 강희가 허공을 노려보며 한마디 덧붙인다. "다리만 그렇게 되지 않았어도……."

유미는 기회다 싶어 말한다.

"어쩌다…… 그렇게 됐는지 여쭤도 될까요?"

강희가 거의 본능적인 반응처럼 맹수의 눈빛으로 유미를 쏘아보고는 이내 시선을 거둔다. "뭐……."

유미는 꼼짝 않고 다음 말을 기다린다. 눈치가 더 말을 할 것도 같은데 결국 강희는 단념한 듯 술잔을 털어 마실 뿐이다. 유미도 술을 마시고는, 저지른다.

"족장께서 어쩌면 더 잘 아시겠지만, 계곡, 그러니까 악마의 소굴에 들어가기만 하면 모든 문제가 해결될 수 있습니다."

강희는 밥맛 떨어진다는 표정으로 눈을 부라린다. 유미는 물러서지 않는다.

"모르십니까? 그들은 우리의 상상을 초월하는 능력을 가지고 있습니다. 신의 전령만 해도 그렇지요. 사신은 또 어떻습니까. 저는 그들의 몸을 직접 보았습니다. 분명 사람의 몸을 하고 있지만, 그것은 절대 우리와는 다른 어떤 것이었습니다. 그런 그들에게 그깟 장애 따위는……."

강희가 술잔을 쾅 하고 내려놓는다. 유미는 움찔하며, 자신이 어느새 이성을 잃고 되는대로 지껄였음을 깨닫고 마른침을 꼴깍 삼킨다. 수습해야 한다. 하지만 어떻게?

"술이 과한 모양입니다." 강희가 공격조로 말한다.

"실례했습니다. 저는 단지……."

"됐습니다. 여기 온 이유가 그깟 악마 놈의 찬양이라면 지금 당장 돌아가는 게 좋을 겁니다. 안 그러면 무슨 일이 벌어질지 장담할 수 없을 테니. 자식 놈을 맡기는 데 대한 최소한의 예의라고 생각해도 좋습니다."

이대로 돌아설 수는 없다. 그럼 정말이지 이도 저도 아니게 된다. 어떻게 버텨온 세월인데 한낱 사신 하나의 변덕으로 일을 그르칠 수는 없다. 사강이 세상을 듣고 자신을 반항하게 할 수만 있다면 무슨 짓이든 할 것이다. 처음부터 작정한 건 아니지만, 주사위는 던져졌다. 유미는 이를 악물고 땅바닥에 이마를 찧듯이 대고 외친다.

"부디 용서해주십시오! 그저 제 아이의 아픔만 생각한 나머지 무례를 범했습니다. 사과드립니다."

유미는 질끈 감았던 눈을 뜨고 고개를 들어본다. 그러다 눈앞에 닥쳐 있는 유령을 마주하고 비명과 함께 뒤로 물러선다. 강희는 이성이 없는 사람처럼 맹렬히 유미에게 다가서서 집요하게 얼굴을 들이민다. 피비린내 섞인 숨결을 토해내며 강희가 으르렁거리듯 말한다.

"자식이 있어?"

유미는 사색이 된 얼굴을 끄덕인다.

"어디?"

"보육원……."

강희가 하, 하고 웃음인지 기침인지 모를 소리를 토한다. 그러나 웃음이 맞는 모양이다. 잔인하게 이죽거리는 꼴이 그야말로 악마가 따로 없다. 유미는 벌벌 떨리는 몸을 일으켜 다시 무릎 꿇고 고개를 떨궈 강희의 얼굴을 보지 않는 쪽을 택한다.

"재밌군." 강희가 유미의 턱을 잡고 거칠게 올린다. "자식 놈을 악마에게 팔 심산으로 거기서 일했다?"

유미는 턱을 빼내고 소리친다.

"팔다니! 아닙니다! 그곳에 가면, 가기만 하면…… 빌어먹을 장애 따위! 씻은 듯이 나아서 새 삶을 살 수 있는데, 그게 잘못됐습니까?"

강희는 일말의 이성을 되찾은 듯 생각에 잠기더니 얼굴을 찡그린다.

"근데 왜 봄을?"

"그 빌어먹을 사신이 그 애를 탐하니까!"

그렇게 지껄인 유미는 현기증을 느끼며 입을 크게 벌린다. 하지만 틀린 말은 아니지 않나. 그때, 강희가 유미의 멱살을 잡고 놀랄 만큼 쉽게 일으켜 세운다. 그리고 묻는다.

"왜?"

유미는 이판사판 될 대로 되라는 듯 웃음을 흘린다. 강희의 모습이 뿌옇게 보여 눈살을 찌푸린다.

"하, 악마가 어쩌고 사육장이 저쩌고 하더니 그 정도도 짐작하지 못했단 말이야?"

강희가 유미를 바닥에 밀치고 목을 조른다.

"말해! 뭘 숨기는 거지? 무슨 생각으로 여기 온 거야?"

유미는 버둥대며 가까스로 말한다.

"숨기는 거…… 없어…… 알려주려…… 했을 뿐이라고!"

강희가 유미를 멱살째 크게 흔든다.

"무슨 꿍꿍이냐고!"

유미는 울부짖는다.

"그 애를 데려가!" 강희가 멱살을 놓자 유미는 발작적으로 기침을 토하며 뇌까린다. "제발…… 봄을 다시 데려가…… 안 그럼 졸업식에서 그것들이 그 애를 데려갈 거야. 사신과 함께 계곡에 가는 건 우리 사강이어야 해!"

강희는 쥐에게 물린 고양이처럼 유미를 경계의 눈빛으로 노려보더니 짧게 묻는다.

"언제지?"

"뭐?"

"졸업식!" 강희가 포효한다. "언제냐고!"

유미는 몸을 크게 웅크리며 똑같이 소리 지른다. "몰라, 나도!" 그러고는 변명하듯 재빨리 덧붙인다. "원래는 이맘땐데, 그것도 사신이 멋대로 미뤄버렸어! 하지만 머지않아 할 거야."

"졸업식이면, 잔치가 벌어지겠군."

유미는 귀를 의심한다. "뭐?"

"그렇다던데. 사신이 내려와 마을 사람을 모두 불러 성대한 잔치를 벌이고 대미를 장식하는 선정이 이뤄진다······ 선정이 그거 아닌가? 아이를 지목해 데려가는 것. 악마의 아가리로."

유미는 얼결에 고개를 끄덕인다. 도대체 저 미치광이가 무슨 말을 지껄이는 것인가? 두통이 밀려들고 속이 메스꺼워 유미는 구역질을 한다. 강희의 목소리만이 어렴풋이 들려올 뿐이다.

"드디어 올 것이 왔구나. 선조들의 한을 풀 때가."

유미는 정신을 잃는다.

"······엄마!" 응? 누구야? 유미는 울렁거리는 속을 억누르며 눈앞에 있는 누군가를 쳐다보기 위해 애쓴다. 누군가가 다시 말한다. "엄마!" 소리가 아닌, 수어로 사강은 유미를 부르고 있다. 엄마, 라고! 유미는 욕지거리를 쏟아낸다. 사강은 유미를 엄마라고 부를지언정 빌어먹을 꿈에서조차 절대 소리 내는 법이 없다. 가혹하지 않나. 유미는 수어가 아닌 소리로 말한다. "소리 내! 그래서 불러! 엄마! 하고 부르란 말야!" 그러나 수어가 되돌아올 뿐이다. "엄마!" 유미는 다만 좌절해서 중얼거린다. "너와 대화할 날이 오기는 할까." 그러자 사강이 수어로 말한다. "지금 하고 있잖아요." 유미는 공포를 느끼고 몸부림친다. "아니야!" "이게 우리의 대화예요." "아니야! 아니라고!" "그럼 뭐죠?" 그건······ 유미는 자신의 두 손을 내려다본다. 이건······ 유미는 입을 굳게 닫고 고개를 들어 앞을 본다. 그곳엔 어느새 다른 사람이 서 있다. 소연이다. 결국 이 모든 게 저자의 탓이 아닌가. 다른 건 몰라도 그것만큼은 더없이 분명하다. 유미는 두 주먹을 불끈 쥐고 소연을 노려본다.

Part 4

졸업

*

　소연은 원장실 안에 아무도 없다는 걸 알면서도 문을 똑똑 두드려본다. 그러고는 문에 귀를 대보며 생각하기를, 인간의 이러한 무용함은 그 기원이 무엇일까 하는 것이다. 알게 뭐야. 소연은 안으로 들어가 우성의 책상 쪽으로 간다. 또 한 번 그것을 보기 위해서다. 여전히 그 액자는 책상의 맨 윗서랍 안에 엎어져 있는데, 우성도 말했다시피 현재 그의 신체 조건으로선 이곳이 최선이다.

　소연은 액자 안에서 자기를 바라보는 수십의 아이들, 그중에서도 가장 앞에 있는 목발 짚은 아이와 그 옆에 있는…… 소연과 닮은꼴의 아이를 바라본다. 언제, 어디서 봐도 묘하기가 그지없는 느낌. 사진에서 눈을 떼지 못하는 소연에게 우성이 말한다.

287

"차라리 그냥 가져가시지 그럽니까."

어느새 우성이 들어와 있다. 심지어 재인도 함께. 소연은 액자를 어쩌지 못하고 그만 이렇게 말해버린다.

"바퀴 가지고 유세라도 부리는 거예요? 인기척 좀 내요."

우성은 보란 듯이 휠체어를 벽에 부딪혀 소리를 낸다.

"됐습니까."

"뭐, 나쁘진 않네요."

우성이 제자리로 온다. 소연은 거의 떠밀리듯 액자를 서랍 안에 넣고 비켜선다. 우성이 서랍을 한 번 노려보더니 후, 한숨을 내쉬고는 말한다.

"아무래도 유미 선생님한테 문제가…… 생긴 것 같습니다."

모호하기 짝이 없는 말을 시작으로 우성의 자백 아닌 자백이 느릿느릿 이어진다. 소연은 실소한다. 스스로가 다소 경솔했음을 인정하지 않을 수 없다. 아무리 유미가 사리 분별 똑바르고 맡은 바 소임에 충실한 사람이지만, 말 그대로 사람이다. 그것도 제 자식의 선정을 바라며 곁에서 십여 년을 수행하듯 살아온. 그런데 갑자기 나타난 봄의 존재와, 소연 스스로도 인정하는바, 일관성 없고 독단적인 의사 결정은 분명 그런 유미에게 위기감을 주었을 것이다. 그렇다면 유미의 다음 수는…….

그런 생각을, 우성이 끊어먹는다.

"정말입니까? 그 봄이라는 아이를 데려갈 생각이에요?"

"도대체 당신들이 왜 그것에 이토록 집요하게 구는지 모르겠네요. 아, 유미 씨에겐 사강이 있죠. 하지만 사강은 어차피 안 돼요. 당신들이 십여 년을 평가해왔으니 잘 알 것 아닙니까?"

우성이 반색한다. 그러고는 자제하듯 말을 꺼낸다.

"그럼…… 현이 선정되는 겁니까?"

소연은 얼굴을 찡그린다.

"원장님은 그 앱니까? 현? 이 사람들이 대체……."

우성은 모욕이라도 당한 것처럼 소연을 노려본다.

"내 누누이 강조했습니다, 그 아이를 데려오지 말자고. 물론 당신이 지적했다시피 최종 결정권자는 내가 아니라 당신이고, 내 의견 따윈 안중에도 없겠지만, 그래도 그 애를 데려오는 일만큼은 하지 말았어야 했어. 그건 우리 모두한테……."

우성이 핏발을 세우고 말하다 심장을 움켜쥐고 뻣뻣한 동작으로 서랍을 뒤지기 시작한다. 소연은 땅이 꺼져라 한숨을 푹 내쉰다. 재인이 우성에게 가서 서랍 속에서 약병을 꺼내준다. 그리고 물론 액자를 볼 것이다. 우성과…… 그 옆의 소연과 똑 닮은. 소연은 이 모든 것이 짜증이 나는데 따지고 보면 이 정도로 감정 조절이 안 되다니 시스템 오류를 의심해야 할 상황이다. 생각난 김에 점검을 해보면서도 지금 뭐 하고 있나 싶다. 그러니까 이건 아니다. 소연은 완벽히 작동하지도 않는 감정의 제어를 풀어버리고 우성에게 말한다.

"도대체 왜요? 왜 그 애를 데려오지 말라고 했습니까? 저번에 했던 얼토당토않은 소리 말고 좀 더 제대로 된 이유요."

약을 먹고 진정이 된 우성이 수치심으로 일그러진 얼굴을 아래로 한 채 들릴 듯 말 듯 중얼댄다.

"그 애도 누구처럼 이곳에서 망가질까 봐 그랬습니다. 그러니까…… 처음에는 말입니다."

소연은 헛웃음을 터뜨린다.

"그 말은 대답이 될 수 없다는 거, 말하는 본인도 잘 알죠? '여기'에서 '망가져'요? 어떻게요? 그리고 '누구'처럼이라니. 장난도 정도껏 해야죠."

"그래요, 사과드립니다. 하지만 그 이유라는 것은 더는 의미가 없어졌습니다. 당신이 한 선택 때문에. 그러니 모두 없던 걸로 하시죠. 유미 선생님은…… 돌아오실 겁니다. 그럴 분이니까요. 심려를 끼쳐 송구합니다."

소연은 이 짓에 회의를 느껴 손으로 관자놀이를 짚는다. 도대체 이게 다 무슨 소용이란 말인가. 그깟 돈 몇 푼 벌기 위해? 아니면 그저 밸리 밖으로 나오기 위해? 애초에 나는 어쩌다 밸리로 들어가게 된 거지? 이 지옥의 수레바퀴에 몸을 던질 만큼, 그렇게 멍청했나? 소연은 우성을 마주 보고 눈으로 말한다. 당신은 알잖아. 그런데 왜 모른 척하는 거지?

엄밀히 따지면 먼저 모른 척한 것은 소연이었다. 물론 모른 척하려고 한 것은 아니고 정말 몰랐을 뿐이다. 전임자를 따라 처음 이곳에 온 날, 소연은 자신을 보고 사시나무 떨듯 몸을 떨던 우성을 내려다보며 그저 고개를 까딱여 인사했다. 속으로는 저런 상태로 무슨 일을 할 수 있을지 의아해하면서. 사실 실무의 대부분을 유미가 처리하고 있기도 했지만 말이다.

우성은, 지금처럼 약을 삼키고 나서야 진정됐다. 그러더니 소연에게 말을 걸었다. 어쩐지 조심스러운 한편 수치심 섞인 목소리로 한 첫 번째 말에 소연은 잠시 고민하지 않을 수 없었다. "직접 본 세상은 어떤가요?"

소연은 의체에서 눈을 뜬 직후부터 기록된 기억 일체를 돌아봤다. 세 시간 남짓의 영상을 검토하는 데 수천 밀리초가 소요됐고 그것은 대화 중에는 그리 짧지 않은 침묵이었다. 소연은 대답했다.

"전체적으로 칙칙합니다. 춥고요. 느낌이 그렇다는 겁니다. 무해하고 무용한."

우성의 경직된 표정을 보고 처음에는 지나치게 딱딱하게 굴었나 싶었다. 아니면 너무 솔직한 게 문제였을지도 몰랐다. 어쨌거나 그 칙칙하고 추운 곳에서 우성은 살고 있으니까 말이다. 나중에서야 우성의 서랍 속 액자를 보고, 그 안에 우성과 함께 서 있는 소연과 똑 닮은 아이를 보고, 소연은 아직은 가능성에 불과한 생각을 하게 되었다.

나는 여기 아이였어.

하지만 그뿐이었다. 달라질 것은 없었다. 달라져야 할 그 어떤 이유도 없었다. 우성도 첫 번째 대화 이후에는 철저히 거리를 두었고 모든 것이 제자리로 돌아가 착실하게 굴러갔다. 아니, 그렇다고 생각했다.

밸리로 돌아온 소연은 자꾸만 떠오르는 액자 속 아이 때문에 골치가 아팠다. 그 기억을 제거하려고 신청서까지 작성했지만 끝끝내 하지 못했다. 이러지도 저러지도 못하다가 결국 소연은 기억 속 액자를 프린트해 집에 두고 질리도록 보고 또 보았다. 미련한 실수였다. 소연은 언제나 자신과 똑 닮은, 그러나 실제로 본 기억은 없는 아이와 문자 그대로 함께했다. 그리고 본의는 아니었지만(정말?) 아이의 옆에서 목발을 짚고 서 있는 우성과도 함께했다.

그때부터였지 싶다. 소연이 이곳 일에 집착에 가까운 관심을 보였던 것은. 그리고 그것이 지금의 소연을 만들었다. 변변치는 않지만 그래도 무시 못 할 접속자 층을 유지하는 채널의 대표.

그 모든 것이 지금에 와서는 아무런 의미가 없게 느껴지는데 도대체 뭐가 어디서부터 어떻게 잘못된 건지 소연은 우성에게 라도 묻고 싶다.

마치 그 심정을 알고 반응하듯 우성이 말한다.

"그 눈빛…… 왜 당신은 사신이 돼서도 그런 눈빛을 하고 있는 거지?"

소연은 거의 들리지 않을 정도로 숨죽여 말한다.

"내 눈빛이 어떤데?"

"텅 비어 있어. 아무것도 없어. 보고 있으면 두려워."

소연은 울컥하는 것을 삼켜낸다.

"내가…… 전에도 이랬어?"

그때 재인이 끼어든다.

"이쯤 하지."

"내버려두는 게 좋아. 나 지금 정상 아니니까."

소연이 이를 악물고 으르렁대자 재인은 두 팔 들고 물러선다. 다시 우성에게 묻는다.

"말해. 내가 전에도 이랬어?"

"그래서 계곡에 가고 싶어 했잖아." 우성이 헛웃음을 짓는다. "정말로 기억을 못 하는군. 아무리 그래도 설마설마했는데. 그러면서 도대체 여긴 왜 자꾸 오는 거지?"

소연은 굴욕감을 견딜 수 없어 책상을 두 주먹으로 내려친다. 그야말로 두 동강이 나 쪼개지자 책상 아래에 가려져 있던 우성의 앙상한 몸뚱이가 드러난다. 볼품없고 초라하기 짝이 없는, 그러나 필사적인 몸.

"도대체 그 태도는 뭐야? 모른 척하기로 했으면 끝까지 모른 척할 것이지, 왜, 이제 와서, 사람 신경을 긁는 거야? 왜!"

"당신이 그렇게 만들었으니까."

"또," 소연은 손가락질한다. "자꾸 그런 식으로 하면 더는……."

"현." 우성이 눈을 감는다. "그 애를 너한테 보내려고 죽지 못해 살았는데……." 우성이 다시 눈을 뜨자 눈물이 뚝, 떨어진다. "이젠 정말 아무 소용이 없어." 우성의 묵직한 목소리가 냉기처럼 방 아래 깔린다. "우린 정말 구제 불능이야."

✸

'우린 정말 구제 불능이야.'

'정말 구제 불능이야.'

'구제 불능이야.'

'구제 불능.'

"그만!"

소연의 목소리가 보육원 산비탈을 내달린다.

그래서, 현이 내 아이라도 된다는 거야? 뭐, 그럴 수도 있지. 실제로 밸리의 연구를 보면 지구 전체가 불가역적인 피해를 입은 것은 아니다. 그러니 소연이라고 하지 않았으리란 법은 없는 것이다. 게다가 최근에는 지구가 겨울잠에서 깨어나는 것만큼이나 분명하게 곳곳에서 유의미한 생물학적 회복의 근거들이 보고되고 있다. 유의미한…… 유의미한……… 젠장, 빌어먹을 그놈의 유의미.

하지만 그래서 어쨌다는 거야? 어차피 소연에게는 기억이 없다. 그런 채로 십수 년이 지났다. 도대체 어떤 의미가 남아 있을 수 있는가. 모든 것이 우성의 장난질일 뿐이다. 그야말로 무해하고 무용한. 액체 질소에 담금질한 듯 마음이 냉각되고 생각은 더욱 가속한다. 그 결과 유일하고 완전한 결론이 도출된다.

294

빨리 이 일을 마무리하고 클라라에게서 보상을 챙긴 뒤 기억을 초기화한 다음 새 삶을 살자.

그러려면 유미의 입장이 중요하다. 근데 어쩌다 그자가 이렇게 중요해졌지? 소연은 실소를 금치 못한다. 사실 유미의 협조가 필수인 것은 아니다. 하지만 보육원과 관련된 일에 그자를 빼놓고 뭔가를 한다는 발상 자체가 어딘가 부자연스럽게 느껴진다. 꼭 그게 아니더라도 유미라는 요소 없이는 분명 일이 매우 번거로워질 것이고. 그렇게 해야 할 이유도, 여유도 지금의 소연에게는 없다. 애석한 일이 아닐 수 없게도.

소연은 석상처럼 서서 하염없이 기다린다. 마침내 보육원 아래로 펼쳐진 비탈길 먼 곳에서 기어 오듯 올라오는 유미가 보이자 소연은 미소마저 짓는다.

유미는 걸음 하나하나가 아주 죽을 맛인 것처럼 보인다. 그 모습을 지켜보고 있는 게 다 숨이 막힐 만큼. 소연은 관자놀이를 살갗이 해어져라 문질러대며 큰 보폭으로 이리 걷고 저리 걷는다. 그리고 유미가 소연의 존재를 인지할 수 있을 만큼 가까이 오자 다시 멈춰 서서 기다리다가 유미가 여전히 소연의 존재를 눈치채지 못하며 대단히 높은 확률로 소연을 그냥 지나칠 것 같다는 판단을 내려서야 헛기침을 해 주의를 끈다. 유미는 그야말로 화들짝 놀라 소연을 올려다본다. 유미의 목에 멍이 나 있다. 손자국. 크고 억센 손. 유미가 경기를 일으키듯 움찔하며 얼른 외투를 여며 목을 가린다. 그러고는 다소 화가 난 듯이 말한다.

"잠시 바람을 쐤을 뿐입니다. 아시다시피 그럴 일이 있었으니까요."

하여간에 재밌다니까. 소연은 멋쩍게 웃으며 인정한다.

"너무 오래 쐰 게 아니길 바라요. 춥고, 지쳐 보이네요."

유미가 시선을 떨군다. 소연은 먼저 가서 보육원 문을 열고 손짓한다.

"들어가요."

유미가 상처 입은 짐승처럼 소연을 경계하며 다가온다. 소연은 일말의 연민을 느낀다.

"뭐, 더 할 일이라도?"

유미는 무척 혼란스러운 얼굴로 왜 그러냐는 듯 소연을 쳐다본다.

"내가 약을 조제할 수 있다는 거 알죠?"

"그렇습니다만."

"약이 필요해 보여서요."

유미가 기겁해서 손사래를 친다.

"아뇨, 필요하지……."

소연은 웃으며 유미를 데리고 안으로 들어간다. 유미가 한사코 거부하지만 소연은 들은 체도 하지 않고 유미의 방까지 간다. 상담을 위해 아이들이 유미를 보며 앉곤 하는 의자에 유미를 앉히고 소연은 선반을 뒤져 피로회복제를 조제하기 위한 재료를 찾는다. 말이 피로회복제지, 각성제의 일종은 밸리에서 웬만한 아이들도 만들 줄 아는, 말하자면 음료나 마찬가지다. 겨우 그런 걸 으스대며 만드는 꼴이 우습지만, 소연을 바라보는 유미의 감탄 어린 시선은 진심인 듯하다. 소연은 완성한 음료, 아니 피로 회복제를 유미에게 건넨다. 유미는 마치 윗사람에게 술이라도 권해 받은 것처럼 신중하게 마신다. 뭘 상상했는지는 몰라도 유미의 눈이 커지자 소연은 웃음을 참을 수 없다.

"먹을 만해요?"

"맛있네요?"

소연은 손으로 입을 가리고 웃는다. 그러다가 진지하게 말을 꺼낸다.

"나한테 유감스러운 게 있다면 그게 뭐든 풀었으면 좋겠어요. 주기적으로 얼굴을 맞대야 하는, 일종의 직장 동료잖아요, 우리."

유미는 얼떨떨한 눈치다.

"그리고 곧 있으면 헤어질 거기도 하고."

"돌아가시게요?"

너무나 갑작스러운 태도 전환에 이번에는 소연이 놀라 멈칫한다. 하지만 밀리초 단위로 행동을 교정해 웃음 짓는다.

"그럼요. 언제까지 여기 있을 수는 없으니까."

유미가 보고 있기 딱할 만큼 갈등한다. 결국 소연이 말해준다.

"선정할 아이를 결정했는지 알고 싶은 거죠?"

유미는 오히려 담담하게 고개만 살짝 끄덕인다.

"사실은 아직이요. 뭐, 내가 워낙 기분파기도 하지만……" 유미는 별다른 반응을 보이지 않는다. "알다시피, 그 어느 때보다 결정이 어렵네요. 그러고 보니 정말 전례가 없는 일이에요, 그죠?"

유미가 시선을 내리깔고 한숨 쉬듯 "네." 한다.

"그래서 본의 아니게 의사소통에 부족한 부분이 있었어요. 인정할게요. 근데 따지고 보면 문제 될 것도 없는 게, 막말로 봄이 졸업반도 아닌데. 뭐, 아예 수업에서 배제시키든가." 이 말이 효과를 낼 수 있게 잠시 쉬었다가 말을 잇는다. "무엇보다도 확실히 말할 수 있는 건, 봄은 내 딸이 아니라는 거예요."

유미가 얼굴을 붉히고 어쩔 줄 몰라 한다.

"그건…… 그러니까…… 제가 너무…… 아니…….."

소연은 웃는다. 이 정도면 봉합치고는 훌륭하지. 한편으로는 아이가 있다는 것의 의미를 짐작해본다. 글쎄. 그것은 밸리 이전의 삶을 떠올려보려는 것만큼이나 무의미하고 무용한 짓이다.

"자, 지나간 일은 깨끗이 잊고 새 일을 맞이합시다." 소연은 악수를 청한다. "이번 졸업식도 유미 씨만 믿어요. 그래도 될까요?"

유미는 소연의 손을 뚫어져라 쳐다보다 덥석 움켜쥔다.

"후회 없이 하겠습니다."

좋은 말이다. 적어도 당사자 본인한테는 말이다. 소연은 유미의 방을 나서며 읊조린다. 후회 없이. 역시 좋은 말이다. 그 결과는 필시 후회 없을 것이다. 누가 승자가 되든 말이다. 그럼 좋은 결말인 걸까? 두고 보면 알겠지.

충계 쪽으로 가다가 인기척을 느끼고 서버에 접속한다. 반대편 복도 구석에 봄이 숨어 있다. 참 열심이다. 무엇이 저 나이대의 아이로 하여금 저토록 필사적이게 하는가. 쓸데없이 그런 의문을 품으며 소연은 봄의 사각지대를 통해 충계로 들어선다. 계단을 오르는데 왠지 찝찝한 기분이 발목을 잡는 듯하다. 아닌 게 아니라 방금 소연은 유미를 회유하는 수단으로써 봄을 사용했다. 이제 봄은 졸업반 수업에 더는 참여하지 못할 것이다. 현과 함께할 시간이 눈에 띄게 줄 것이고, 보육원에서 나고 자라지 않은 봄은 소외감을 느낄 것이다. 밸리에서 소연이 느꼈듯이.

우뚝 멈춰 서서, 소연은 한숨 쉰다. 억지로 계단을 오른다. 그러면서 생각한다. 아무래도 전용 승강기를 만들어야겠어. 비용은 재인이랑 분담해서.

✳

"정말 말 안 할 거야?"

봄은 숲속에 울려 퍼지는 자신의 전투적인 목소리에 움찔해서 저도 모르게 뒤돌아본다. 아무도 없다. 언제나 악마적으로 새하얗게 빛나는 보육원의 각진 윤곽뿐이다. 사실 누군가 있을 리 없다. 현을 빼면. 봄이 보육원에 들어온 뒤로 관찰해온바, 이곳

299

사람들은 마치 보이지 않는 목줄에 매여 있기라도 한 양 밖으로 나오는 법이 없다. 근데 또 따지고 보면 그 사람들이 밖에 나올 까닭도 없는 게, 삼시 세끼 밥 딱딱 나오지, 추위 걱정 없이 몸 누일 곳 있지, 심지어 혼을 쏙 빼놓을 정도로 정신없이 할 일도 있다. 봄도 이렇게 보고를 해야 하는 처지만 아니면 굳이 밖에 나와 추위와 기타 잡다한 불편함에 시달리고 싶지 않다. 봄은 그런 생각을 했다는 자체에 죄책감을 느끼고 애써 아무렇지 않은 척 다시 앞을 본다. 그러면서 연장자로서의 위엄을 뽐내려 하지만, 없다.

"서리?"

봄은 고개를 쳐들고 누런 가죽 외투를 찾는다. 서리가 도망이라도 치듯 저만치 가고 있다. 해보자 이거지. 봄은 오른쪽 다리, 쇠막대를 나무에 차보고는 단숨에 달려 나무를 타 오른다. 여긴 내 구역이라고. 몸이 기억하는 대로 지름길을 따라 뛰기를 수차례 만에 서리를 따라잡는다. 마지막으로 크게 도약한 봄이 서리의 경로를 가로막자 서리가 잽싸게 몸을 틀어 아래로 내려간다. 봄이 따라 내려가자 땅에 발을 디디는 것과 동시에 서리가 봄을 밀친다. 기습에는 장사가 없는 법이라 봄은 대자로 뻗어버린다. 서리가 눈밭을 걷어차 봄에게 눈을 끼얹으며 소리친다.

"뭐 하는 거야! 죽고 싶어?"

"누가 토끼래?" 봄은 일어나 앉아 찌든 내 나는 눈을 퉤퉤 뱉는다. "아 씨, 먹었잖아! 재수 없게."

몽유에는 참으로 많은 이야기가 전해져 내려오는데 물론 눈에 대한 것도 있다. 눈을 먹으면 제명에 못 산다 했다. 눈이 까마면 까말수록 더 안 좋다. 공교롭게도 정확히 뭐 때문에 어디에 어떻게 안 좋다는 건지는 함께 전해져 내려오지 않아서 그에 대해 아는 사람은 없다. 아는 듯 구는 어른들만 있을 뿐. 봄과 서리도 훗날 그런 어른이 될지 봄은 가끔 궁금했다.

서리가 또 한 번 발을 차 눈을 뿌린다.

"누가 토껴? 할 일 끝났으니까 복귀하는 거지."

"너만 용무 있냐? 내 물음에 답을 해야 할 거 아냐? 아니, 내 물음이 무슨 금수용 먹이라도 돼? 왜들 그렇게 피하는 건데?"

봄은 자신의 물음을 피하는 또 다른 한 사람이 떠올라 울컥해서 입을 앙다문다. 가슴속에서 뭔가가 터져버릴 것 같다. 그것이 화든, 다른 무엇이든 터져버리고 나면 돌이킬 수 없을 거라는 막연한 감 같은 것이 봄 스스로에게 명령한다. 하지 마. 봄은 뜨거운 뭔가를 식힐 요량으로 얼굴을 눈밭에 처박는다. 그러자 서리가 혀를 차는 소리가 들린다.

"왜, 아예 묻어줘? 생매장하듯."

봄은 고개를 쳐들고 서리를 노려본다. 저거, 뭐 알고 저러는 거 아니야? 봄은 자리를 털고 일어나 다시 한번 묻는다.

"말해줘. 내가 여기 있는 이유."

"정말 몰라서 묻는 거야? 정탐 아니야."

"그건 여기 들어오지 않고도 충분히 할 수 있어. 그리고 나일 필요도 없고. 그런 빈껍데기 말고, 진짜 이유. 내가 지금 여기 있는, 진짜 이유를 알고 싶어."

서리가 아주 잠깐 머뭇하더니 코웃음친다.

"그런 거창한 거 있지도 않지만, 그게 넌 왜 알고 싶은데?"

봄은 버럭 말하려다 현기증을 느끼고 그 덕에 참아낸다. 말하면 안 돼. 어떻게 말하겠어? 자신이 버려진 것 같아서, 그래서 지금 이렇게 되도 않는 짓거릴 하고 있는 거라고 어떻게 말할 수 있느냐 말이다. 그럼에도 봄은 그것이 알고 싶다. 그거라도 알아야 버틸 수 있을 것 같기 때문이다. 그래서 봄은 다만 말한다.

"부탁이야. 뭐라도 좋으니까, 말해줘."

서리는 얼음처럼 차갑지만, 얼음처럼 단단한 녀석이기도 하다. 그래서 어지간한 일로는 눈 하나 깜빡하지 않는다. 제 엄마인 상화와 관련된 일에나 겨우 눈썹을 꿈틀댈 뿐이다. 그런 아이가, 지금 동요하고 있다. 그러고 보니 서리가 평소와 다르다는 느낌을 요 근래 받았다. 언제부터였지? 봄이 보육원에 들어온 이후? 아니면 현과 함께 보육원 밖에서 눈이 녹는 걸 본 이후? 정확한 건 모르겠지만 어쨌든 뭔가가 있다. 서리가 마침내 말한다.

"나야말로 알고 싶은 거야. 왜 너야? 왜 네가 여기 있는 거지?"

"뭔 소리야, 네가 모르면 누가 알아?"

"족장이 알겠지. 그리고 사육장 여자도."

"유미 선생님?"

서리는 욕지기라도 느끼듯 얼굴을 구긴다.

302

"넌 글렀어."

그러고는 돌아서는 서리를 봄이 잡아 세운다.

"안 봐?"

"넌 알고 있잖아."

"그래, 너보다는. 근데? 내가 왜 말해줘야 하는데? 넌 시키는 일이나 똑바로 해. 쓸모없는 이유 따위 찾아 헤매지 말고. 졸업 식 날 봐."

그렇게 서리는 가버린다. 혼자가 된 봄은 뒤늦게 밀려드는 추위를 감당하지 못하고 몸을 웅크린다. 저벅저벅 걸어 보육원으로 돌아간다. 현 생각이 난다. 같이 올 걸 그랬어. 어차피 서로 다 아는데 어때. 그럼 이렇게 혼자서 쓸쓸하게 돌아가지 않아도 되는 건데. 그런 생각을 하자 얼마 전부터 달라져버린 것들이 줄줄이 잇따라 머릿속에 떠오른다. 그 또한 현과 함께 눈이 녹는 것을 본 이후에 벌어진 것들이다. 일단 현이 봄을 피하기 시작했다. 곁에 있다가도 잠깐만 한눈팔면 어느새 사라지곤 했는데, 사실 보육원 안에서 현이 봄을 따돌려 도망칠 방법이 있지는 않다. 그래도 현의 그런 행동 자체가 봄에게는 좀 충격적으로 다가왔다. 현이 곁에 없으면 보육원 전체가 봄으로부터 등을 돌리고 있는 것처럼 느껴졌기 때문이다. 그래서 더 악착같이 현의 곁에서 떨어지지 않으려 애썼다. 그리고 바람으로부터 청천벽력이 떨어졌다.

"오늘부터 봄은 졸업반 아이들과 함께 수업받지 않는다. 자,

봄, 어서 반에서 나가. 새싹반에 가서 아직 제 몸을 가누지 못하는 아이들을 도와주는 것이 어떨까?"

봄은 저항했지만 어찌해볼 도리가 없었다. 막말로 바람을 상대로 주먹을 날리는 것도 불가능하지 않나. 궁여지책으로 유미를 찾아가봤지만 씨알도 안 먹혔다. 결국 봄은 새싹반에서 부리의 아기인 선화와 머리가 둘 달린 음수 양수 쌍둥이(아직 누가 음수고 누가 양순지는 모르지만), 그 밖에 많은 아이들 곁에서 바람의 표현대로 도움을 주었다. 그 덕에 상점이라는 것을 제법 땄지만, 그깟 뵈지도 않고 쥘 수도 없는 상점 따위 얼마가 있든 관심 없었다.

"그렇지, 선화? 응?"

선화는 울지 않을 뿐 아니라 봄을 돌아봐주지 않았다. 심지어는 봄의 목소리에 반응하는 것 같지도 않았는데 바람 말로는 사강처럼 소리가 들리지 않는 건 아니었다. 그저 반응하지 않는 거였다. 모든 것에 대해서. 바람은 잘난 척하며 선화가 "자폐증이 의심되기 때문에 앞으로도 지속적인 관찰이 필요하다"고 했지만, 그러거나 말거나 봄은 어떻게든 선화의 반응을 끌어보려 애썼다. 애를 태우다 못해 울화통이 터질 즈음에야 끝내 포기한 봄은 선화 곁에 축 늘어져 시간을 보내기 일쑤였는데, 그렇게 멍하니 새싹반에서 지내면 지낼수록 덩달아 생각이라는 것에 잠기는 시간 또한 길어졌고, 어느 날인가 문득 이런 생각이 들었다. 지금 내가 여기서 뭘 하고 있는 거지? 보육원에서 지내지만 제

대로 된 원생도 아니고 그렇다고 몽유의 수색대원도 더는 아니
다. 그럼 대체 나는 뭐냐고. 오죽하면 서리를 붙들고 물어봤던
건데, 되레 버려진 기분만 더 심해졌다. 봄은 보육원 공터로 가
는 계단을 오르다 말고 짜증이 치밀어 버럭 소리를 지른다. 그러
자 목소리가 들린다.

"놀랐잖아."

불쑥 들려온 목소리에 봄이야말로 놀라서 발을 헛딛자 이번
에는 손이 쑥 튀어나와 봄을 붙잡는다. 봄의 머리 위에서 악마의
하수인…… 그러니까 사신이라는 자가 말한다.

"자꾸 그러다 습관돼."

소연이랬나? 그러고 보니 저번에 이자가 자길 구해주지 않았
나. 소연이 힘들이지도 않고 봄을 공터 위로 들어 올린다. 역시
예사 인간이 아니라니깐. 어쩌다 복도에서 발견해 뒤를 밟으면
귀신같이 알아채 자취를 감추고는 했다. 봄은 신기한 마음을 숨
기려 소연의 손을 떨쳐내고 멀찍이 떨어진다. 언제부터 있었지?
아까까지만 해도 분명 없었지만 상대가 상대이니만큼 모를 일
이다. 서리와 한 얘기를 들었을까? 봄이 일러바친 것들, 뭐 대부
분 쓸데없는 거지만, 그래도 첩자질임은 변함이 없다. 벌을 받을
까? 너무 순진한 생각이다. 어쩌면 정말로 악마의 아가리로 떨어
질지 모른다. 봄은 전투 자세를 취한다.

"뭐예요?"

소연은 그저 어깨를 으쓱한다. 정말이지 세련된 몸짓이라는

생각이 들어 봄은 괜히 이를 드러낸다.

"여기서 뭐 하냐고요?"

"넌 뭐 했는데?"

"나요? 어, 그러니까 난⋯⋯."

"솔직히 안 궁금해." 소연이 봄의 반응을 살피듯 보다 덧붙인다. "대답하려고 애쓰지 않아도 된다고."

"애쓰긴 누가 애써요! 그냥⋯⋯ 말하기 싫을 뿐이에요. 악마의 하수인한테."

소연이 하, 하고 웃는데 기가 막히다는 건지 정말로 웃겨서 그런 건지 봄으로선 알 길이 없다. 다만 드는 생각은 멋지다는 것이다. 위험한 생각이다.

"그래도 여기 와서 적지 않은 시간 수업에 참여한 걸로 아는데, 너한테는 내가 여전히 그거니? 악마의⋯⋯ 하수인?" 그러고는 혼잣말하듯 중얼거린다. "뭐, 메타포로 아주 틀린 말은 아닐지도."

그러고는 웃으며 돌아서더니 보육원 안으로 들어가버린다. 봄도 홀린 듯 따라 들어간다. 어느새 복도 저 끝까지 간 소연이 자기 앞쪽의 문을 보란 듯이 가리킨다.

"여기로 내려가면, 여기 사람 그 누구도 본 적 없는 곳이 나와. 구경해볼래?"

봄이 마른침만 삼키고 그대로 있자 소연이 다시 말한다.

"나쁠 거 없잖아. 또 알아? 이 아래 있는 걸 아까 그 애한테 얘기하면 마을에서 널 인정해줄지."

봄은 어떻게 반응해야 할지 몰라 그저 소연만 빤히 쳐다본다. 놀라든 화나든, 아무튼 뭔가를 해야 하지 않나? 그런데 아무 기분도 들지 않는다. 이 아무렇지 않음은 뭐지? 지금의 상황이 너무나 당연한 것처럼 느껴진다. 처음부터 정해져 있던 일처럼. 그래서 정말이지 아무렇지가 않다. 아니, 오히려 편안하다. 그리고 무엇보다 이건 기회다. 저자 말마따나 아래에 뭐가 있든 보고하면 인정받을 수 있다. 그게 아니더라도 최소한 이 버려진 듯한 빌어먹을 기분 따위 느끼지 않아도 될지 모른다.

봄은 주변 신경 쓰지 않고 소연이 있는 쪽으로 딱딱거리며 걸어간다. 가까워지는 소연을 뚫어져라 쳐다보는데, 소연도 봄을 이렇다 할 표정 없이 바라본다. 마치 오래전부터 알고 지낸 사람처럼 어색함이 없다. 딴건 모르겠지만 이거 하나는 장담할 수 있다. 이자는 나랑 같아. 봄이 소연 대신 문을 민다. 생각보다 문이 무거워서 당황하지만, 이내 문이 가벼워지고 어둠이 모습을 드러낸다. 문 여는 데 힘을 보탠 소연이 봄을 지나쳐 안쪽으로 가는데 언뜻 미소 짓고 있는 것 같다고 봄은 생각한다.

1층에 도착하고도 소연은 몸을 틀어 아래로 또 한 번 내려간다. 한층 더 짙은 어둠 속으로 사라져가는 소연의 뒷모습을 내려다보면서 봄은 앞으로 보게 될 뭔가를 그려보지만, 금세 소용없는 짓임을 깨닫고 빠른 걸음으로 소연을 따라 아래로 내려간다. 앞을 분간하는 것조차 어려울 즈음 저 앞에서 희미한 빛이 얇게 새어 나오기 시작하고 소연의 목소리가 들려온다.

"너무 기대는 말고. 뭘 생각하든 그 이하일 테니까."

소연의 말에 일체의 거짓도 없음을 봄은 안으로 들어가자마자 깨닫는다. 적어도 놀라 자빠질 만한 것은 없다. 다만, 방 안을 가득 채운 시커멓고 빛이 껌벅이는 것들, 금수와 같은 종류의 물건들이 봄의 눈길을 잡아끈다. 이모가 저런 게 뭐라고 말해줬던 거 같은데. 콤퓨타? 보통은 그냥 요술 상자라고 불렀던 것 같다. 그동안 수색을 다니면서 이 비슷한 것을 몇 번 보았다. 그러나 이렇게 빛을 껌뻑이고 시끄럽게 웅웅거리는 것은, 다시 말해 살아 있는 요술 상자는 태어나서 처음 본다. 소연이 그것들 중 하나에 기대서서는 뭔가를 기다리듯 봄을 쳐다본다. 바라는 대로 해주기가 싫어서 봄도 가까이의 요술 상자에 기대 소연을 쳐다본다. 소연이 웃는다.

"그래, 기대만 못하지?"

"금수만은 못하죠. 이것들은 못 움직이니까."

"금수? 아, 너희 사람들은 그걸 그렇게 부르니? 재밌네."

봄은 기분이 상해서 홧김에 요술 상자를 걷어찬다. 걷어찬 부분 주변의 빛이 잠시 꺼졌다가 다시 켜진다.

"뭐, 이게 다예요?"

"그건 별로 좋지 않은 행동이야."

"벌점이라도 줄 거예요?"

소연이 한숨을 푹 쉬면서 관자놀이를 문지른다.

"내가 지금 뭘 하는 건지."

그건…… 내가 했던 생각인데. 속마음을 들킨 것 같아 발끈해서 봄이 "뭐요?" 하고 묻자 소연이 손을 휘 젓는다.

"인간이라는 게 웃겨. 미련을 버리지 못하지. 너도 그런 거고, 안 그래?"

봄은 입을 앙다물고 소연을 노려보다가 갈등 끝에 묻는다.

"그럼 내 물음에 답해줄 거예요?"

"그냥 묻는 건 어때?"

봄은 두 손을 꼼지락대다 아예 불끈 주먹 쥔다.

"그쪽이 여기 우두머리예요?"

"여기 우두머리는 그 사람이잖아. 네가 송장 같다던."

봄은 놀라서 펄쩍 뛴다.

"그건…… 아니, 내 말은…… 그쪽이 여기 진짜 우두머리냐고요?"

"그렇다면?"

"다시 현이랑 있게 해줘요. 바람이 나더러 졸업반에서 나가랬어요. 유미 선생님도 모른 척하고요."

"그럼 그래야지."

봄은 달려들 기세로 외친다.

"순 엉터리!"

"애가 단순하게 정확한 구석이 있네."

"악마의 밑구멍이나 닦는 기생충!"

소연의 표정이 굳어져서 봄은 도망갈 태세를 갖춘다. 소연이 말한다.

"생각해본 적 있어? 네가 왜 현으로부터 떨어지게 됐는지를."

"그야…… 나는 여기 들어온 지 얼마 안 돼서……."

소연이 고개를 가로젓는다.

"사실은, 아니야."

"그럼 뭔데요?"

"아, 이게 좀 복잡한데."

"애들은 빠져라 이거예요?"

"뭐야, 그게." 소연이 미간을 찌푸린다. "근데 그게 너한테 중요해? 정말?" 그러고는 봄이 미처 깨닫기도 전에 안개처럼 조용하면서도 분명하게 다가와 봄의 어깨를 감싸듯 잡는다. 떨어지려 하지만 어쩐지 꿈적도 할 수가 없다. 완력과는 다른 무언가로 봄을 압박하는 듯하다. 소연이 허리를 숙여 봄의 귀에다 대고 말한다. "사실 그런 건 다 느낌일 뿐이야. 무해하고 무용한. 근데 내가 아는 누군가는 그러더라. 느낌이 모든 거라고. 지금 네가 느끼고 있는 그것. 혹시 소외된 것 같고 그래?"

"소, 소애가 뭔데요?"

소연이 한결같은 낯짝으로 말한다.

"소외. 혼자가 된 것 같고 버려진 것만 같지 않냐고?"

봄은 얼결에 고개를 크게 끄덕이고는 얼굴을 붉힌다.

"네가 살던 곳에서도 그랬어?"

"아뇨!" 하지만 그랬던 것도 같다. "아닐걸요. 나한테는 이모가 있으니까요." 그러다 문득 지금 뭘 하고 있나 싶어 봄은 인상을 쓴다. "이 악마 같은! 날 어떻게 하려고!"

소연이 씩 웃으며 봄으로부터 물러선다.

"그냥 네가 하고 싶은 대로 해. 현이랑 있고 싶으면 있고, 묻고 싶은 게 있으면 물어봐."

"그치만 바람이랑 유미 선생님이……."

"그들이 네 삶을 대신 살아주진 않아. 네 삶은 결국 네 책임이라고. 나중에 후회하고 싶지 않으면 내 말 명심하는 게 좋아."

"그래서 그쪽은 후회 같은 거 안 해요?"

"해." 소연의 미소 지은 얼굴은 너무나도 한결같아서 꼭 금수처럼 보일 지경이다. "그래서 하는 말이야. 너는 나보다는 덜 후회하라고. 난 볼 게 있으니까 알아서 둘러보다 가라."

소연이 돌아서서 요술 상자의 환한 빛을 들여다본다. 조용해진 방 안은 요술 상자들의 숨소리로 귀가 웅웅거린다. 봄은, 딱히 의도한 것은 아니지만, 방 안을 돌며 어딜 봐도 똑같은 요술 상자들을 둘러본다. 그러면서 속으로는 딴생각을 한다. 하고 싶은 대로…… 지금 하고 싶은 게 뭐지? 그러다 소연이 들여다보는 환한 빛 속에서 현의 모습을 발견한다. 지금 내가 하고 싶은 거. 너무 당연한 거잖아.

곧장 현이 있는 곳으로 달려가려는데 어디선가 소름 끼치는 소리가 들려 봄은 움찔한다. 소연이 들여다보던 데가 붉게 점멸

311

하는 것을 보며 봄이 외친다.

"뭐예요, 이게?"

"그만 가봐."

"뭐냐고요!"

소연이 짜증 섞인 표정으로 봄을 돌아보더니 다시 앞을 본다.

"새싹반 아이가……."

봄은 깜짝 놀라서 소연의 옆으로 간다. 새싹반이 그 안에 들어 있는데 그곳에 있는 작디작은 침상들 중 하나에서 빨간색 불이 깜박거리고 있다. 선화는 아니다.

"음수 양수예요!" 봄이 소연을 올려다본다. "문제가 생긴 거죠?"

소연은 떨떠름해하는 얼굴이다.

"그렇긴 한데……."

"근데 뭐 하고 앉았어요? 빨리 가봐야죠!"

"유미 씨가……." 소연이 아차 하듯 입술을 깨문다. "하지만 어차피 할 수 있는 게 없을 거야. 왜냐면……."

봄은 요술 상자를 대차게 걷어차곤 밖으로 뛰쳐나간다.

소연은 꼭 자기가 걷어차인 기분을 안고 봄을 따라 새싹반으로 달린다. 유미는 졸업식 준비를 위해 외출 중이다. 하지만 보육원에 있다 해도 유미가 할 수 있는 것은 인큐베이터에 적절한 명령을 내리는 일뿐이고 그마저도 보통은 바람이 알아서 한다.

경보가 울린다는 건 더 이상 할 수 있는 게 없다는 것이고, 설령 소연이 곁에 있어도 해줄 수 있는 건 없다. 저 애들을 저 상태로 밸리로 업로드한다면 또 모를까. 하지만 아직 자의식조차 제대로 구축되지 않은 저 애들을 밸리로 업로드해봐야 자동으로 들러붙는 보정용 의식 모듈에 의해 완전히 다른 존재가 돼버릴 텐데 그게 대체 무슨 의미가 있을까.

새싹반에 들어가보니 봄이 이미 인큐베이터를 열어젖히고 이미 목조차 가눌 힘을 잃고 축 늘어진 아이들을 꺼내 안아 든 채로 이리저리 살피고 있다. 소용없다니깐. 그러나 가만히 있지 못하겠다는 얼굴로 봄이 소연을 본다.

"악마의 요술이든 뭐든 간에 어떻게 좀 해봐요. 당신이 데려온 아기라며!"

그 말은 좀 다르게 가슴에 와 꽂힌다. 봄의 말대로 저 아이들을 비롯해 여기서 살아가는 많은 아이들은 소연이 데리고 왔다. 정확히 말하면 소연의 채널을 후원하는 자들을 위한 맞춤형 상품으로서 만들어졌다. 결국 소연은 봄에게 다가가 아이들을 건네받고 바람막이를 씌워 밖으로 나간다. 봄이 따라 나오며 묻는다.

"어디 가요?"

"이 애들이 온 곳으로."

그런데 봄이 소연조차 놀랄 기세로 팔을 잡아 막아선다. 금방이라도 달려들 기세다. 소연의 말이 봄의 무언가를 건드린 것 같다. 소연은 말한다.

"걱정하지 마."

봄은 마지못해 소연의 팔을 놓는다.

"나도 갈래요."

소연은 벙커를 본 봄이 어떤 반응을 보일지 상상도 하기 어렵다. 뭐, 재미는 있겠네.

"따라와."

소연은 봄이 따라올 수 있도록 최대한 사람의 길을 택해 나아간다. 다행이라고 해야 할지 소연의 품에 안긴 아이들은 시스템상 더는 가망이 없을 뿐, 당장 위급한 상황은 아니다. 이 아이들의 두 머리를 보니 재인이 처음 이 애들을 보고 했던 말이 떠오른다. 그 인간은 꼴에 인상적인 말을 참 많이도 남긴다.

"나만 그렇게 생각하는 건진 모르겠는데…… 좀 도를 넘어서는 것 같지 않아?"

벙커의 의체에서 눈을 뜨자마자 소연은 옆쪽에 설치된 장치 속에서 밸리로부터 사전에 입력한 대로 자라고 있는 샴쌍둥이 아이들을 확인하고 있었다. 곧 급속 성장은 끝이었다. 마지막 점검을 하며 소연은 재인의 말에 건성으로 대꾸했다.

"이 애들이 처음도 아니야. 끝은 더더욱 아니고."

"알지. 근데 있잖아, 그래도 선이라는 게 있는 거잖아. 안 그래? 이 애 좀 봐. 아니, 애들 좀 봐. 샴쌍둥이인 것을 포함해서 전체 변이율이 평균의 네 배는 족히 넘는다고. 이 정도면 그냥 다른 종이라니깐?"

소연은 관자놀이를 누르며 인상을 썼다.

"그 선은 누가 정하는데? 그리고 그 선만 넘지 않으면 되는 거야?"

한마디로 다물라는 뜻이었고, 재인은 그렇게 했다. 하지만 말만 안 할 뿐 재인은 수긍하지 않는 눈으로 계속 아이들을 보았다.

"생각을 좀 달리하는 게 어때? 이 아이들의 변이율은 머릿속에서 지우고 그냥 아이 자체만 보는 거야. 그리고 재인이라는 사람을 봐. 자의로 이 세상에 존재하게 된 게 아니라는 측면에서 다를 게 없지 않아?"

"궤변이야."

"인생이 궤변이야. 맥락도 없고 의미도 없는. 무용하기 짝이 없지. 네가 무슨 말을 하려는지는 아는데, 우리 그냥 이 애들이 살게 해주자. 태어났을 뿐이라 주어지는 길을 가게 해주자고. 다른 아이들과 함께."

그렇게 말했는데, 지금 이 아이들은 길에서 이탈하려 한다. 내가 잘못하고 있는 걸까? 소연이 그런 생각을 하고 있는데 곁에서 봄이 말한다.

"몽유에는 검은 움막이란 게 있어요."

소연은 계속하라는 뜻으로 봄을 돌아본다. 막상 말을 꺼내고 보니 감당이 안 되는 눈치지만 결국 말한다.

"정말이지 어렵게 어렵게 태어난 아기가 아프거나 몸이 약하면 엄마한테서 떨어뜨려 검은 움막에 홀로 둬요. 그리고 지켜보죠. 견뎌내는지. 그러지 못하면…….”

왠지 알 것도 같은데, 밸리에서 데이터로만 존재하는 사람들이 야만인이라며 무시하는 이들의 동물적인 행동에는 그야말로 핏빛 선연한 무언가가 있다. 그 옛날에도 인류는 임신과 출산에 기계적으로 임했다. 자신의 유전자와 섞일 나머지 절반의 유전자를 선별하고 그 결과로서 생명을 얻어 세상에 존재하게 된 것에 추가적인 투자를 할 가치가 있는지를 평가한다. 그것을 위해 인간은 호르몬 단위에서 모종의 공작을 벌여 감정과 이성을 통제하는 데에도 거리낌이 없다. 그러니 몽유의 방법도, 다소 충격적인 구석이 없지 않아 있음에도 불구하고, 본질적으로는 매우 인간적이고 지극히 당연한 일인 셈이다. 봄이 그것에 대해 무척이나 힘겹게 토로한다.

“그러지 못하면, 아이를 제 어미에게로 돌려보내요. 그리고 생매장시키고요. 사실 그렇게까지 하는지는 몰랐어요.”

“알 기회가 없었겠지.”

“맞아요.”

“네가 데려온 아이가, 선화가 그랬어?”

봄이 네, 하며 고개를 떨군다.

“어른들은 그게 몽유를 위한 거래요. 그게 무슨 귀신 씻나락 까먹는 소리예요?”

“집단을 위한 일이라고 꼭 그 구성원들에게 좋은 일만 있는 건

316

아니야."

"그렇다고 갓 태어난 애를 죽게 하는 게 그냥 좋지 않은 일인
건 아니잖아요."

녀석, 진짜 물건이라니깐.

"그래, 나쁜 일이지. 그래서 데리고 나온 거야?"

"네. 그렇게 됐어요."

벙커가 있는 곳으로 이어지는 다리를 앞두고 봄이 말한다.

"이 애들을 살게 해줘요. 태어났으니까, 아프든 약하든 어디가
이상하든 그냥 살게 해줘요."

소연은 씩 웃고는 봄의 머리를 쓸어 헤친다.

"아, 뭐예요!"

"그냥."

다리를 건너 벙커가 있는 산으로 올라가자 봄이 주변을 두리
번거리느라 정신이 없다. 자꾸만 돌뿌리에 발이 걸리는 것을 보
고 소연이 말한다.

"왜 그러는데?"

"에? 아, 그게⋯⋯" 봄이 제 머리를 헝클어뜨리더니 말한다.
"여기 거기 아니에요?"

거기? 설마.

"너였어?"

재인과 보육원으로 향하다가 클라라의 아이와 맞닥뜨린 날,
누군가의 시선을 소연은 의식했었다. 하지만 산짐승이나 뭐 근

317 .

처에 사는 누군가일 거라 생각하고 말았는데 그게 이 녀석이었다니. 그러고는 보육원까지 쫓아왔을 거 아냐? 너무 방심하고 있었군.

봄이 안절부절못하는 것을 보고 소연은 말한다.

"됐어. 넌 네 할 일 한 거야."

"아니, 그게 아니라……."

"괜찮대도. 나 그렇게 속 좁은 사람 아니야. 보면 알 수 있지 않나."

봄이 손으로 앞쪽을 가리켜서 보고는 할 말을 잃은 소연에게 말한다.

"저래도?"

벙커로 들어가는 입구가 완전히 무너져내려 있다.

"대체 무슨 짓을……."

"내가 그런 건 아니에요! 이리가…… 그러니까 내 금수가……."

소연은 다시 봄을 돌아보지 않을 수 없다.

"금수라면 설마 그……."

"그쪽이 망가뜨린 내 금수, 그놈이 저랬어요."

마치 그 말을 증명이라도 하듯 무너져 내린 벙커의 입구 쪽에서 신호가 감지된다.

"분명히 메모리를 날려버렸는데."

"그게 뭔지는 모르겠지만 아무튼 그쪽 때문에 내 금수 이리가 죽었어요! 그리고 새로 태어난 금수 놈이 저렇게 만들었고요. 따지고 보면 그쪽 탓이에요."

어련하겠어. 소연은 신호가 잡히는 쪽으로 다가가본다. 다행히 입구만 주저앉은 듯해 복구가 어려울 것 같진 않다. 문제는 이 안에 있는 클라라의 아인데…… 아니지, 메모리를 날려버린 이상 저건 그냥 한 마리의 맹수에 지나지 않을 것이다. 부트로더까지 통째로 날려버렸어야 했는데. 일이 귀찮게 됐다.

하지만 그만큼 재밌기도 하다. 소연은 아이를 봄에게 맡기고 몸을 풀기 시작한다.

"그럴 일은 없겠지만, 혹시라도 일이 틀어졌다 싶으면 보육원으로 달려."

"그럴 일 없게 해요."

소연은 웃는다. 그리고 입구를 막고 있는 바위를 치워낸다. 어려운 일은 아닌데, 무게 중심만 쳐내면 나머지는 자연이 자연히 해주기 마련이다. 그리고 드러난 동굴의 안에서 맹수의 소리가 들려온다. 순간적으로 섬찟해서 혹시 저번에 소연을 움찔하게 한 포효의 주인이 이 녀석인가 하는 찰나 안쪽에서 뭔가가 모습을 드러낸다. 누런 가죽 같은 것을 목덜미에 감고 있는 기계 짐승이다.

"물러나! 네 말대로 저건 네가 알던 녀석 아니야."

"또 죽일 거예요?"

"말이 좀 그러네. 죽인다는 표현 대신 재운다는 어때?"

"어차피 똑같이 할 거 아네요. 그냥 보내줘요."

"네가 뭘 몰라서 하는 말인데, 저거 사람을 공격할 수도 있어."

봄은 입을 앙다물지만 단념한 듯하다. 소연은 해킹 준비를 하며 안쪽으로 걸어 들어간다. 그런데 어찌해볼 새도 없이 봄이 소연을 지나쳐 뛰어가더니 그대로 그것의 목에 매달린다. 소연은 일단 봄이 내려놓은 아이부터 안아 들고 안쪽으로 달린다. 이 아이를 포기할 것이 아니라면 이것이 최선이다.

소연은 벙커의 문이 열리자마자 아이를 인큐베이터 안에 누이고 다시 밖으로 나간다. 온몸에 열을 분산시켜 만반의 준비를 다했건만, 혼자 덩그러니 앉아 있는 봄이 이쪽을 돌아보고는 말한다.

"살면 좋잖아요. 어찌 됐든."

소연은 괜히 벽에 손을 짚고 기대 선다.

"너 진짜 재밌다. 너 나랑 같이 일 안 할래?"

＊

사강은 마지막 수업을 끝내고 현과 함께 방으로 돌아간다. 꿈이 배급될 시간이다. 바람이 홀로 수레와 함께 나타나서는 꿈을 나누어 준다. 사강은 바람에게 묻는다.

"유미 선생님은요?"

바람도 손으로 말한다.

"졸업식 준비로 바쁘시다."

졸업식을 앞두고 유미가 바쁘다는 것은 잘 알고 있다. 하지만 이렇게 늦은 시간까지 일을 하느라 바람이 홀로 꿈을 나누어 준 적은 없었다. 혹시나 해서 현에게 물으니 현이 답한다.

"그래, 처음이지. 하지만 올해는 처음인 게 많잖아. 봄이 나타 났고, 졸업식이 미뤄졌어. 심지어는 얼마 전 새로 입원한 음수 양수가 조기 선정돼 계곡으로 떠나는 영광을 누렸고. 정말이지 요즘은 하루하루가 너무나도 특별해. 그러니 유미 선생님이 전 례가 없는 행동을 하셔도 이상할 건 없지 않겠어?" 현은 졸린 눈 을 비빈다. "오늘은 왠지 잘 잘 수 있을 것 같아. 잘 자, 사강."

사강은 현의 이불을 덮어주고 제자리로 간다. 그런데 바람이 말한다.

"유미 선생님의 전언이 있다."

"저한테요?"

사강은 주변을 둘러본다. 모두가 잠자리에 들기 위해 분주하 다. 몇 아이가 무슨 일인가 싶어 사강을 보지만 바람과 주고받는 말을 들을 수 있는 아이는 없다. 왜냐하면 소리가 없기 때문이 다. 그리고 현은 이미 꿈나라에 가 있다. 사강은 다시 바람을 향 해 말한다.

"뭔데요?"

"모두가 잠이 들면 보육원 밖으로 나와라."

사강은 눈을 크게 뜨고 말한다.

"보육원 밖으로요? 저 혼자요?"

"그렇다."

"이유도 말씀하셨나요?"

"현을 위한 일이라고 하셨다."

사강은 온몸에 닭살이 돋는 걸 느끼며 현을 훔쳐보듯 얼른 돌아보곤 마른침을 꼴깍 삼킨다. 더는 말이 필요 없다. 사강은 알겠다는 뜻으로 고개를 끄덕인다. 그제야 바람은 홀연히 사라진다. 어둠 속에서 사강은 뜬눈으로 밤을 보내다 조용히 밖으로 나간다. 심장이 벌렁거린다.

늘 현이 가곤 하는 공터로 나가보니 달빛이 환하다. 사실 현을 따라 나올 때조차 관심 두지 않았던 광경인데 이렇게 가만히 들여다보니 퍽 아름답다. 한참을 이곳저곳 돌아보던 사강은 숲 쪽에서 움직임을 발견하고 멈칫한다. 누군가 나무 위에 있는 것 같다. 이내 또 움직여 저 안으로 가버린다.

따라오라는 것 같다. 하지만 이 이상 보육원에서 벗어나도 되는 걸까?

문득 현이 봄과 멀리까지 다녀온 일이 떠오른다. 그러자 묘한 질투 같은 것이 인다. 자신도 그 애와 같은 경험을 하고 싶다는 욕망이 사강을 나아가게 한다. 한 발, 한 발 내딛다가 이내 달리기 시작한다. 나무 위로 보이는 움직임을 쫓아 한참을 뛴다.

그 끝에 유미가 있다. 유미가 이쪽을 돌아보더니 말한다.

"왔니."

사강은 낯선 풍경을 게걸스럽게 눈으로 좇으며 말한다.

"무슨 일이에요?"

"별건 아니다."

"현을 위한 일이라고 하셨어요."

"틀린 말은 아니지."

"유미 선생님?"

유미가 입꼬리를 뒤트는 것을 보고 왠지 두려운 마음이 들어서 사강은 뒷걸음질 친다. 유미가 한 걸음 다가오며 말한다.

"사강, 너는 졸업식 날 대표로서 사신에게 감사의 꽃다발을 전달하게 될 거야."

"제가요? 현이 아니라요?"

"그래."

"하지만……."

"왜, 계곡으로 가기 싫으니?"

"그런 건 아니지만……" 사강은 어쩐지 꿈을 꾸는 기분이다. "제가 대표가 되는 게 현을 위한 일인가요?"

유미는 시종일관 뻣뻣한 태도로 말한다.

"그래."

"어떻게요? 죄송해요, 하지만 알아야겠어요."

유미가 짧게 한숨 쉰다.

"사실 이런 얘길 원생에게 하면 안 되는 건데 하는 수 없구나. 명심해. 지금부터 내가 하는 얘기는 철저히 비밀에 부쳐야 해.

알겠니?"

사강은 고개를 끄덕인다.

"졸업식 날, 사신들을 대상으로 하는 기습이 있을 예정이다."

사강은 자신이 본 말의 의미를 제대로 이해하지 못하고 멍하니 있는다. 사신을 기습한다? 왜? 어떻게? 그게 가능하기는 하고? 아니면 잘못 본 것은 아닐까?

"기습이라고 하셨어요?"

"그래. 그들은 사신들과 보육원에 깊은 원한을 품고 있어. 그래서 졸업식을 어떻게든 망치려 들고 있지. 그러기에 졸업생 대표가 사신에게 꽃다발을 전달하는 순간만 한 때가 있겠니? 현이 그때 사신과 함께 있으면 사고에 휘말리고 말 거야. 너는 그 모습을 가까이에서 지켜보게 될 거고. 그럴 수 있겠니? 어쩌면 현이 죽을 수도 있어."

눈앞이 뿌얘진 것을 깨닫고야 사강은 자신이 울고 있다는 것을 알아채고 얼른 눈물을 훔친다.

"차라리 사신에게 알리고 졸업식을 미루면……."

"그랬다간 더 큰 화를 입을지도 몰라. 그들은 그러고도 남을 만큼 간절하거든."

"그들이 누군데요?"

"그게 너한테 중요하니? 너한테 정말로 중요한 게 뭐지? 말해봐, 어서."

"그건……."

"사강, 말해!"

"현이요!"

"그런 현이 눈앞에서 죽는 것을 지켜볼 수 있어?"

사강은 고개를 절레절레 흔든다.

"할게요."

"그래, 잘 생각했다. 이건 현만을 위한 일이 아니야. 대부분의 평범한 사람들을 위한 일이 될 거야. 그리고…… 널 위한 일이기도 할 거고."

현을 대신해서 죽는다면 그것이 과연 사강 본인을 위한 일이 될까?

당연히 그렇다.

그 순간 나무 위로 보이는 누군가의 얼굴에서 사강은 얼마 전 마을에서 보았던 제 또래의 인상적인 눈빛을 발견하고는 마지막 인사를 하듯 손을 흔든다. 현에게도 보일 수 있다면 좋을 텐데.

✻

"어떡할 거야?"

불쑥 들려온 봄의 목소리에 놀라 현은 "뭐?" 하고 되물으며 자리에서 벌떡 일어난다.

"봄? 네가 왜 여기…… 어떻게 여기 있는 거야? 여긴 졸업반 아이들이 대기하는 곳이야. 넌 졸업반이 아니잖아."

325

얼마 전 바람의 지시가 있고 나서 봄은 더는 수업에 함께하지 않았다. 그 이유는 곰곰이 생각해보면 어딘가 이가 빠진 듯한데, 봄이 졸업반이 아니라 새싹반 아이이기 때문이라는 것이었다. 사신이 새로 데려온 음수, 양수와 마찬가지로 말이다. 그럼에도 수업에 참여했던 것은 단지 적응하는 데 도움이 되라는 의미였다. 그래서 이제는 봄이 적응을 완전하게 마쳤는지에 대한 의문은 차치하더라도, 현과 비슷한 또래인 봄(키만 놓고 보면 봄이 훨씬 크다)이 옹알이를 하는 갓난아기들과 도대체 무얼 할 수 있는지를 의아해하지 않을 수 없다. 혹시라도 봄이 외로워하진 않을까 싶으면서도 현은 묻지 않았다. 현과 달리 봄은 강하니까. 게다가 오늘이 지나면, 그러니까 졸업식 이후에는 모든 것이 원래대로 돌아갈 것이다. 그런 생각을 하니 다리가 후들거려서 현은 엉거주춤하게 선다.

"너 궁금한 거 많은 거 잘 아는데, 오늘은 내 차례야."

현의 손을 봄이 턱 잡아끈다. 현은 봄의 손을 뿌리친다.

"이러면 안 돼. 원칙에 위배된다고. 바람 선생님은 뭘 하시는 거야? 바람 선생님이 가만히 계실 리가……."

"있어." 봄이 말을 가로막는다. "진짜 말 더럽게 많네. 내가 할 말이 그렇게 무서워?"

"뭐? 무섭냐니, 네 폭력성이라면 혹시 모를까, 네 말이 무서울 리 없잖아."

"근데 왜 피해?"

"피해? 내가? 언제?"

"쭉!" 봄이 소리치고는 당황한 듯 아 씨, 하더니 다시 현의 손을 잡고 발걸음을 옮긴다. "눈이 녹는 걸 본 날부터 쭉, 날 피했잖아, 너."

봄의 말대로, 현은 그날 이후 틈만 나면 곁에 찰싹 붙어 선정이 되면 갈 것인지를 따져 묻는 봄을 멀리하려 애썼다. 하지만 그것은 완전히 상반된 두 가지 어려움을 동반했기에 결코 가능한 일이 아니었다. 봄이 곁에 있으면 자괴감과 자책감을 느꼈고, 봄이 곁에 없으면 상실감과 허무감을 느꼈기 때문이다. 그 이중의 고통이 요 며칠간 현의 탐구 대상이었는데, 물론 자의는 아니었다.

"그건…… 피한 건 아니야."

봄이 복도 끝으로 짐작되는 곳에서 멈추더니 묻는다.

"뭔데, 그럼?"

"그건…… 그러니까…… 엄밀하게 말하면…… 지연한 거지, 대답하기를."

"뭐래."

"아무튼 무서워서 피하진 않았어."

"그럼 대답해."

현은 질문이 뭔지 알면서도 괜히 시치미를 떼고 "뭘?" 한다.

"선정 말이야. 갈 거야?"

현은 무슨 말이라도 해보려 애쓰다 결국 말한다.

327

"아직 졸업식 시작도 하지 않았어. 근데 정말 바람 선생님이 허락하셨어? 믿기 어려운데."

봄이 분통을 터뜨리는 바람에 현은 놀라서 한 발 뒤로 물러선다.

"허락했어! 너한테 가서 뭣 좀 물어보고 오겠다고 했더니 그러라는 식으로 말했다고."

"굉장히 비약적인데."

"시끄럽고, 네가 선정됐다 치고, 갈 거야, 말 거야?"

"몇 번이나 말했지만, 그건 올바른 질문이 아니야. 선정을 내가 선택할 수 있다는 전제가 너무나 당연하게 깔려 있잖아."

처음 그 점을 지적했을 때 봄이 했던 말이 떠오른다. "뭐? 그럼 저것들이 선정하면 닥치고 끌려가는 거야? 그럼 우리 전설이랑 다를 바가 없잖아. 악마의 아가리로 던져 넣어지는 거라고." 그 말을 듣자 봄의 마을에서 고깃국을 먹었던 때처럼 속이 뭉치는 것을 느꼈다. 그때보다는 좀 낫지만, 여전히 불쾌한 기분에 현은 얕은 숨을 토해낸다.

"알았어. 솔직히 말하면 나도 그 부분을 끊임없이 물어왔어. 나한테 말이야. 나에게 선택권이 있는지 여부를 떠나서 그냥 내 생각은 어떤지를. 네가 했던 말이 날 계속 괴롭혔다고."

"겁쟁이 짓도 가지가지 하네. 그냥 너도 궁금했던 거야."

현은 인정한다.

"그래서? 뭐래, 현, 네가?"

"모르겠대."

"죽을래?"

"차라리 그편이 편하지 싶어. 진심으로."

봄이 현의 멱살을 틀어쥐고 식식댄다.

"이, 이…… 겁쟁이 자식아."

"그 점은 나도 동의해."

"그냥 말해. 가기 싫다고. 기억하고 싶다고. 애들을, 이곳을, 너 스스로를, 그리고…… 나를…… 그게 어려워?"

"그건 어렵지 않아."

"그럼 뭐가 문젠데?"

봄의 다급한 목소리를 듣자 현은 묘하게도 마음이 차분히 가라앉는다. 어쩌면, 이조차 회피일지 모른다. 봄이 말한 것처럼 피하는 것이다. 하지만…… 그것이 '나'라면. 그렇다면 그것은 현으로서도 별수 없는 일이 아닐까. 그것만큼은 피하고 싶어도 피할 수 없는 단 한 가지가 아닐까. 현은 담담하게 말한다.

"문제는, 그 이후, 그렇게 평생을, 더는 이곳이 아닌, 저 바깥에서, 살아갈 수 있을까, 하는 거야."

"……내가 도와줄게."

봄의 떨리는 목소리가 현의 마음을 두들겨댄다.

"봄, 너는 내게 무엇보다 큰 기쁨을 줘. 그리고 그만큼 아픔 또한 주지."

"무슨 개소리야!"

"나도 그런 거였으면 좋겠지만 안타깝게도 아니야. 이곳에서의 날 보면 모르겠어? 너 이전에도 나는 아팠어. 하지만 이 정도는 아니었지. 널 알게 된 뒤로, 이상하게 난…… 힘들어, 많이. 마치 너로 인해 내 모든 감각이 증폭되는데, 그래서 덩달아 아픔까지 커져버린 것 같아. 견딜 수 없을 만큼. 그렇다고 널 탓하는 건 아니야. 신께 맹세코, 나는 네게 감사해. 너는 듣기 싫어하지만 말이야. ……이런 말 해서 미안."

봄은 틀어쥔 옷자락만 꼼지락대더니 한풀 꺾인 목소리로 말한다.

"그러다 선정 안 되면 어쩌려고 이 지랄이냐? 너 만에 하나 선정 안 돼서 이대로 쫓겨나면 내 얼굴 볼 자신 있어?"

현은 진심을 담아 웃는다.

"다행히도, 나는 네 얼굴을 보지 못해서, 모른 척하고 널 대할 수 있을 것 같아."

"너! ……진짜 나빠."

봄이 현을 밀쳐 쓰러뜨리고 달아난다. 봄의 이름을 부르는 바람의 성마른 목소리가 봄을 쫓아 멀어지는 것을 들으며 현은 멍하니 봄의 힘찬 모습을 그려보려 애쓴다. 잘 되지 않는다. 역시 구제 불능이구나, 나는. 심지어 나쁘기까지 하고…….

그때, 누군가 익숙한 손길로 현을 부축해준다.

"사강이지? 고마워."

바람이 전해주는 사강의 말을 기다리지만, 그 대신 사강이 현의 팔을 잡고 어디론가 이끈다. 현은 사강을 따라 걸으며 맘 편히 생각에 잠긴다. 조금 있으면 바뀔 모든 것에 대해서. 선정이 되든 안 되든 현과 사강과 다른 졸업반 아이들 모두가 완전한 변화의 한복판에 문자 그대로 내던져질 것이다. 그 소용돌이 속에서 몇이나 살아남을 수 있을지는 오직 신만이 아시리라.

"사강, 졸업이야. 정말로 졸업이야. 결국 오고야 말았어."

사강은 현의 팔을 더 꽉 잡을 뿐 아무 말도 하지 않는다. 사강은 평소 손으로 이야기하지만 현과 있을 땐 종종 아무 말도 하지 않는 경우가 적지 않았던 터라 현은 개의치 않고 계속해서 주절댄다.

"돌아보면 참 별거 없어, 그치? 먹고, 자고, 체험하고, 무슨 의미가 있는지 모를 것들을 배우고…… 이곳에서의 우리 생을 압축하면 얼마나 될까? 내 생각에는, 단 일주일의 시간이면 충분하지 않을까 싶어." 현은 걸음을 멈추고 고개를 떨군다. "일주일이라니. 내 생각이지만 너무 잔혹하지 않아? 왜 우리는 그런 잔혹함 속에서 살아야 하지? 무엇 때문에?"

사강이 대답이라도 하듯 현을 잡아끈다. 그 방향의 급격한 변화에 정신을 차린 현은 머릿속으로 지도를 그려본다. 졸업반 대기실 쪽이 아니다.

"곧 유미 선생님이 오실 거야. 사강?"

사강이 다소 거칠게 현을 끌고 간다. 옥외 공터 방향이다. 무슨 일인지 궁금해하며 밖으로 나간 현은 진공의 급격한 팽창, 세상을 느끼고 편안함에 크게 심호흡한다.

"고마워. 안 그래도 답답했는데. 역시 사강이라니까."

사강이 있어야 할 방향에서 '여어으' 하는 낯선 소리가 들린다. 처음 들어보는 소리에 당황한 현은 저도 모르게 소리로부터 뒷걸음친다.

"사강?"

또다시 들려오는 소리. 현의 손을 무언가가 덥석 잡는다. 사강의 손이다. 그렇다면 사강의 목소리?

"너무했다, 사강. 어떻게 한 번을 안 들려줬던 거야."

현의 말에 대한 반응처럼 사강이 우는 듯한 소리를 낸다. 그리고 묵직한 충격이 현을 강타한다.

＊

서리는 수색대 아이들을 향해 소리친다.

"조심하지 못해! 그게 무슨 짐짝인 줄 알아?"

기절한 현의 팔과 다리를 나누어 잡은 아이들이 으쌰, 자세를 고쳐 잡는다. 그것을 본 사육장 아이가 괴이한 소리를 내지르며 다가온다. 서리가 막아서고 아이에게 말한다.

"아직 할 일이 남았잖아."

사육장 아이가 꽤나 공격적으로 손을 움직여 뭔가를 전하려 한다. 정확히 알아들을 수는 없지만, 다만 현을 향한 눈빛으로 둘의 사이를 짐작할 뿐이다.

"저 녀석 걱정은 하지 마. 처음도 아니니까. 넌 가서 데려와, 봄, 천둥벌거숭이 같은 애. 알겠어?"

사육장 아이가 고개를 끄덕이고는 사육장 안으로 뛰어 들어간다. 서리도 돌아서서 수색대 아이들을 쫓아 숲으로 달린다. 앞으로 펼쳐질 일들을 생각하지 않기 위해 몸을 더 거칠게 날린다. 하지만 그 대신 머릿속을 장악하는 건 새벽녘의 일이다. 보다 정확히는 족장의 인상. 그것을 지우기란 영영 불가능하지 싶다.

날이 밝아올 무렵이었다. 서리는 아무도 모르게 상화의 움막에 숨어들었다. 그곳에 엄마가 있었다. 언제나 자신을 기다려주는 나무처럼. 향수와 같던 특유의 기름 찌든 냄새가 서리를 엄마의 품처럼 안았다. 하지만 진짜 엄마 품은 따로 있었다. 서리는 곧장 상화에게 안겼다.

"오늘이구나. 그 졸업식이란 것이."

마치 의식처럼, 서리는 수색이 예정된 날에는 어김없이 엄마의 품을 탐했다. 오늘은 특히 더 그리웠다. 좀 더 편안한 자세를 하기 위해 몸을 뒤척이는데 어디선가 낯선 소리가 들려 서리는 맹수의 새끼처럼 고개를 들고 귀를 쫑긋했다. 상화가 서리를 다시 자기 다리에 눕혔다.

"별거 아니다. 이슬이 또 탈이 난 모양이지."

걸핏하면 탈이 나 시도 때도 없이 뒷간을 찾는 이슬은 마을에서 봄 다음으로 놀림을 많이 받는 아이였다. 태어났을 때부터 약

333

했다고 했다. 그래서 검은 움막에서 아주 오랫동안 있었다고.

"이슬 언니는 검은 움막에서 그냥 엄마한테 돌아갔어야 해. 수색 때마다 민폐야."

서리는 더 맹렬한 기세로 엄마의 품을 파고들었다. 설핏 온기와 함께 졸음이 몰려올 즈음이었다. 상화가 말했다.

"봄은 어떻든?"

서리는 눈살을 찌푸렸다.

"걔야 뭐 늘 그렇지. 강한 척, 괜찮은 척. 속마음이야 알게 뭐야."

"누가 할 소린지 모르겠는데."

"난 안 그래. 난 정말로 강하니까."

상화가 웃는가 싶더니 정색하고서 쉬, 했다. "숨어."

서리는 훈련받은 대로 주먹을 내지르듯 기계적으로 발딱 일어나 상화의 외투 밑으로 기어 들어갔다. 그리고 몸을 개처럼 말고 귀를 쫑긋 세웠다. 거의 동시에 움막이 들쳐지는 소리가 서리의 심장을 방망이질했다. 뚜벅뚜벅 발소리가 들려왔다. 상화가 "무슨 일로 예까지" 하는 소리에 서리는 토끼눈을 떴다. 족장이 왜 여기에? 서리는 손으로 입까지 틀어막고 귀를 기울였다.

송장이 바닥에 힘없이 쓰러지는 듯한 소리가 났다. 족장은 요즘 들어 제 몸을 건사하는 것조차 힘에 부쳐 했다.

"술이 과했구나."

상화가 말했다. 술이라니? 족장이 그깟 탁주에 취한다고? 아니면 정말로 이모의 몸 상태가 그 정도로 나빠진 걸까? 족장은 서리가 들어본 적 없는 웃음소리를 냈다.

"간만에 좀 마셨지. 아예 여기 와서 마실 걸 그랬어."

"생각도 마라. 보는 눈이 몇인데."

"그렇지, 보는 눈……." 족장의 냉소적인 웃음소리. 그러다 퍽 하는 소리가 들려 서리는 움찔했다. 족장이 주먹으로 바닥을 내려친 거였다. "빌어먹을. 봄 그놈도 그런 소리를 했었지. 언니, 걔가 나더러 뭐랬는지 알아? 내가 지 발목을 잡았대!"

상화는 뭐라 대꾸하지 않았다.

"어떻게 나한테 그런 말을 해? 어떻게 나한테……."

"걘 할 수 있어."

"언니!"

"걔 인생이야!" 신령 같은 줄로만 알았던 엄마의 성화에 놀라 서리는 소리를 낼 뻔했다. "우린…… 너무 우리 멋대로 해왔어."

"우리 어머니들도 그랬어!"

"그러니까 아이들한테 앙갚음이라도 해야 한다는 거야?"

"앙갚음…… 지금 앙갚음이라고 했어?"

"갓 태어난 애를 어미한테서 떼어놓고 몸 어디 잘못된 구석 있는지 살펴서 있으면 산 채로 땅에 묻는 거! 그 짓을 계속하는 게 앙갚음이 아니면 뭐냐?"

서리는 입을 떡하니 벌린 채 귀를 의심했다. 아기를…… 어쩐 다고? 조금 전 자기가 아무렇지 않게 지껄인 소리가 그런 뜻이었다니? 서리는 욕지기가 치밀어 올라 정신을 바짝 차렸다.

"강희 네 생각도 나랑 같아."

"아니, 같지 않아."

"같아. 그렇지 않았다면 봄이 다리를 전다는 걸 깨닫자마자 그 애를 산으로 데려가 생매장했겠지. 봄이 이름도 없는 갓난쟁이를 몰래 데리고 사육장으로 가는 걸 가만히 지켜만 보지도 않았을 테고. 아니, 애초에 그 애를 사육장에 보낼 생각 같은 걸 했을리가 없어. 내 말이 틀려?"

서리는 어른들의 대화를 쫓기 위해 애썼다. 생매장에 대해 알게 되고부터 머리가 고장이라도 난 듯 돌아가지 않았다. 다만, 그동안 뭔가를 잘못 생각하고 있었다는 것만큼은 확실했다. 문득 봄이 검은 움막에 잠입하던 것을 떠올렸다. 처음에는 저게 또 정신 나간 짓을 하는구나 하고 족장에게 보고하기 위해 지켜봤었다. 잠시 후 다시 모습을 드러낸 봄의 품에 안긴 보자기, 그것으로부터 뻗어나온 조막손을 보고 서리는 까닭 모를 냉기를 느껴 몸을 떨고 말았다. 그리고 뭔가에 홀린 듯, 아기를 안고 사육장으로 가는 봄을 하릴없이 쫓았다. 사육장까지 갔다가 돌아와서 서리는 족장한테 보고하지 않았다. 그 대신 엄마 움막에 숨어들어 상화에게 얘기했었다.

그런데 족장도 봄이 그런 짓을 벌이는 걸 알고 있었다니. 그런데도 서리도, 족장도 그에 대해 일언반구도 없었다.

"그럼 어쩌라는 거야……." 족장이 말했다.

"아무것도 하지 마. 그냥 지켜봐. 아이들이 하는 걸."

"그럼 우린 무슨 소용이 있지?"

"지켜봐주잖아. 그거면 되지 않을까."

침묵이 깔렸다. 상화가 다시 말했다.

"아이들을 모두 보내."

"뭐? 어디로?"

"봄이 있는 곳으로."

"미쳤어? 거긴 악마의 아가리로 통하는 곳이야!"

"정말 그게 의미가 있다고 생각해? 아이들을 살찌워 악마한테 바친다는 게?"

"……말 그대로의 의미는 아닐지도 모르지. 하지만 애들을 팔 아넘기는 건 분명해. 사육장 주변에 진을 치고 살아가는 기생충 같은 것들을 봐. 그것들은 애들을 볼모 삼아 제 배때기를 불리고 있어. 싹 다 없애야 마땅해."

"그러고 나면? 거기서 살던 아이들은? 조금만 머리를 식히고 냉정하게 생각해봐."

정적이 숨통을 조이는 듯했다. 족장이 돌연 웃음을 터뜨렸다. 신경을 곤두세우게 하는 웃음소리가 오래도록 이어졌다. 그러다 다시 급작스레 멎었다. 마침내 족장이 말했다.

"그렇잖아. 많은 사람들이 이것 하나를 위해 길에서 죽어갔어. 그러다 마침내 고지가, 다른 사람도 아니고 우리 앞에 떡하니 나타난 거야. 그 모든 사람들이 꿈꾸던 바로 그 순간이, 하필이면 우리 세대에 찾아왔는데, 정작 우리는 아무것도 하지 못하고 그저 닭 쫓던 개 지붕 쳐다보듯이 아이들이 사육장에서 길러져 어딘지도 모를 곳으로 가버리는 걸, 그냥 넋 놓고 지켜보라니……안 우습고 배겨?"

"우리도 우리만 생각하자. 이미 죽고 없는 사람들 생각일랑 접고……."

"아니." 족장이 자리에서 일어났다. "그러지 않을 거야, 언니. 난 그렇겐 못 해."

"강희야……."

"그것들은!" 족장이 애써 억누르는 목소리로 말했다. "그것들은, 아무리 좋게 생각해도 장난질을 치고 있는 거야. 아픈 아이들과 굶주린 사람들을 농락하고 있는 거라고. 그래서 나는 그것들을 가만두고 볼 수 없어. 언니는 늘 그렇듯 여기서 방관해. 그리고 떠나보내. 사람들을, 나를. 그럼 잘 있어."

족장이 시간을 들여 연장자를 향한 예를 갖춰 절했다. 그것은 또한 마지막 인사기도 했다. 족장이 떠나자 상화가 거친 손길로 서리를 붙들고 말했다.

"가서 알려, 당장!"

"누구한테, 뭘?"

"봄! 그리고 그곳 사람들한테! 어서!"

"왜 그래야 하는데? 족장은 그냥 화가……."

"제발, 서리야!" 상화는 거의 울 듯이 쉰 소리로 말했다. "강희가 직접 갈 생각이야. 그걸 데리고!"

서리는 온몸의 솜털이 쭈뼛 서는 것을 분명하게 느꼈다. 가슴 속이 손으로 쥐어짜는 것처럼 벌렁거리고 몸이 떨렸다.

"하, 하지만 그, 그건 깊이 잠들어 있는데……."

상화가 숨이 넘어갈 듯한 표정으로 말했다.

"깨어날 거다."

불쑥 튀어나오오듯 떠오른 그것의 형상에 움찔한 서리는 나무 사이를 뛰어넘다가 떨어질 뻔한다. 벌렁거리는 심장을 애써 호흡으로 가다듬지만 잘 되지 않는다. 서리는 무심코 웃음을 터뜨린다. 언제부터 이렇게 봄을 생각했다고? 현을 데리고 가던 아이들이 서리를 올려다본다. 서리는 아무 일도 없다는 듯 숲의 끝을 가리킨다. 그리고 다시 나무를 뛰어넘는다.

봄은, 곧 현을 쫓아 사육장에서 나올 것이다. 그것이 애초 족장과 사육장 여자가 합의했던 계획이다.

하지만 사육장 아이들은…… 서리는 생각을 거두고 크게 몸을 날린다. 지금의 선택을 후회하게 될지도 모르지만, 최소한 봄은 살아남을 테니, 그거면 족하다. 그거면.

❈

"이제 마지막으로 세상에 공개한다. 모두 잠시 멈추고 집중하자."

자기보다 머리 두셋쯤은 작은 애들하고 졸업식 준비를 하던 봄은 바람이 자기만의 길을 따라 나아가는 것을 눈으로 좇는다. 연단이 있는 강당의 앞쪽에서 멈춰 선 바람이 말한다.

  "봄을 제외하고는 모두 잘 알고 있겠지만, 졸업식은 특별히 세상에 공개된다. 그 이유가 무엇인지 말해볼 사람?"

  여기저기서 손을 든다. 바람이 개중 한 아이를 지목한다.

  "신과 사신의 권능과 은총을 만천하에 알려 소외됨 없이 함께하기 위해서요."

  "맞아. 봄, 이해했니?"

  봄은 "네에에" 하고 건성으로 대답한다. 바람에게 더는 잔꾀가 통하지 않는다는 것을 최근 깨달았기 때문이다. 바람은, 봄도 인정하는바, 똑똑하다. 한 번 당한 꾀에 두 번 당하는 법이 없다. 분하지만 봄의 패배다.

  "그럼 공개하겠다. 겁먹을 필요는 없다. 그동안 체험을 통해 겪은 것과 다른 점은 없을 테니."

  그저 새하얗기만 하던 벽이 움직이기 시작한다. 아니, 움직이는 건 아니다. 벽 자체가 색깔을 바꾸는 듯하다. 빛도 나온다. 벽 전체가 유미가 들고 다니던 요술 판때기처럼 눈부시게 번쩍인다. 봄은 입을 턱 하니 벌리고 벽이 세상으로 바뀌는 것을 바라본다. 보육원 앞의 비탈이 보인다. 그리고 그곳에 모인 사람들이 봄을, 강당을 올려다본다. 아니, 그러는 것처럼 보인다. 혹시 저 사람들도 봄과 비슷한 걸 들여다보는 게 아닐까?

바람이 말한다.

"인사해야지."

아이들은 소리 내 인사하기도 하고 손을 흔들기도 한다. 봄은 귀신에 홀린 듯 걸어가 세상을 향해 손을 뻗는다. 그때, 강당 안으로 누군가 뛰어 들어온다. 사강이다.

"사강, 네가 왜 여기 있지?"

입구로 번쩍하고 간 바람을 피해 봄에게 달려온 사강이 손을 저어댄다. 바람이 그 옆에 튀어나오더니 "정의되어 있지 않은 수어다." 하는 것을 무시하고 봄은 손짓한다. '알았어.' 대충 그런 뜻으로 한 것이고 사강이 알아듣고는 고개를 끄덕인다. 봄은 사강을 따라 강당을 나간다. 등 뒤에서 바람이 봄을 부르짖는 듯하다. 아랑곳하지 않고 봄이 말한다.

"현이 그 자식이 결국 저지른 거지?"

봄은 기대에 찬 표정으로 사강이 알아볼 수 있게 얼굴을 보고 또박또박 말한다. 사강은 겁에 질린 얼굴로 그저 똑같이 손을 저을 뿐이다.

사강을 따라 공터로 간 봄은 현을 소리쳐 부른다.

"알았어. 계곡에는 안 가겠다는 거잖아. 알았으니까 이제 나와. 졸업은 해야 할 거 아냐."

까악, 하는 소리를 내며 금수가 봄의 머리 위를 돈다. 저게 왜 혼자 있어? 현은? 봄은 돌아서서 사강을 노려본다. 그러자 사강이 뒷걸음질 치다 발을 헛디뎌 넘어진다. 달려가서 사강의 어깨

341

를 붙잡고 소리쳐 묻는다.

"현 어디 있어?"

사강이 손가락으로 숲을 가리킨다.

"금수도 없이? 왜?"

사강이 눈물을 흘리며 봄을 밀친다. 그리고 숲 저쪽을 가리키고 애원하듯 두 손을 맞잡는다.

"일단 알았어. 내가 가서 두들겨 패서라도 데려올게."

그러고는 곧장 숲을 향해 달려 공중으로 뛰어오른다. 그대로 나무 기둥에 매달린 봄은 거침없이 위로 올라가 주변을 살핀다. 머리 위에서 금수가 깍 운다. 봄이 고개를 들어 자기를 쳐다보는 것을 확인한 금수가 해안 쪽으로 휙 날아간다. 뭐야, 지금 자길 따라오라는 거야? 봄은 다시 한번 주변을 둘러보고 결국 금수가 간 방향으로 뛰어 넘어간다.

나무를 뛰어넘으며 내려가자 시야가 어둑해지고 고요해진다. 그것을 깨닫자마자 봄은 눈밭에 착지해 가만히 소리에 집중한다. 금수가 우는 소리 속으로 발소리 같은 것이 들린다. 봄은 두 손을 모아 입에 대고 늑대 소리를 낸 뒤에 다시 귀를 기울인다. 한층 빨라진 발소리가 들려오는 방향을 감지하고 뜀박질을 한다.

얼마나 뛰었을까. 호흡이 빨라질 즈음 봄은 느닷없이 날아오는 돌을 발견하고 얼른 팔로 얼굴을 가린다. 묵직한 충격이 팔을 때린다. 봄은 즉시 나무 뒤로 몸을 숨기고 주변을 살핀다. 그리고 재빨리 돌멩이 하나를 집어 든다. 다른 손에도 하나를 움켜쥐고 나무 뒤쪽으로 튀어 나간다. 사방에서 움직임이 보인다. 그중 한 곳을 향해 돌 하나를 던지자 귀에 익은 목소리가 새된 비명을 내지른다. 동백이다. 봄은 멈칫하고는 동백 쪽으로 다가간다. 그러자 동백이 움찔하더니 돌에 맞은 머리를 손으로 감싼 채 달아난다. 그쪽으로 손을 뻗는 순간 어디선가 불쑥 튀어나온 팔이 봄을 그대로 땅바닥에 내려꽂는다. 등이 퍽 하고 땅에 떨어지자 절로 억, 하는 소리가 터져 나온다. 흐릿한 시야에서도 알아볼 수 있는 서리의 차갑고 서슬 퍼런 눈빛이 봄을 내려다본다. 봄이 서리를 향해 손을 뻗자 서리가 발로 툭 차버린다. 서리가 쪼그려 앉아 속삭인다.

"그냥 누워 있어. 처음이자 마지막으로 하는 부탁이야."

"현…… 아 씨, 더럽게 아프네. 현 어디 있어?"

서리는 한숨을 푹 내쉬고는 일어난다.

"묶어."

그러자 사방에서 나타난 수색대 아이들이 봄의 사지를 결박한다.

"뭐 하는 거야! 안 풀어?"

서리가 턱짓하자 아이들이 봄을 작살에 꿴 짐승처럼 들고 어디론가 향한다. 봄은 몸부림쳐보지만 소용없다는 절망감만 돌아올 뿐이다.

"걔 지금 어디 있어? 또 기절시켰어?"

서리는 대꾸하지 않는다.

"야, 현이, 그 애도 앞을 못 봐!"

"알아, 나도!"

"그 애도 낯선 곳을 무서워해!"

앞서가던 서리가 멈춰 서자 봄과 가까워진다. 서리가 "멈춰." 하고 소리친 뒤 그 서슬 퍼런 눈깔을 디민다.

"지금 뭐라고 했어?"

봄은 망령이라도 마주한 심정으로 겨우 대답한다.

"현, 그 애도 낯선 곳을 무서워해." 상화 이모처럼! 하지만 다른 애들이 있어 뒷말은 꿀떡 삼킨다. 그래도 알아들을 것이다. 그 누구보다도 말이다. "숨을 못 쉬어. 잘못했다간 죽어버릴지도 몰라. 옆에서 알려줘야 해. 괜찮다고. 무서워할 거 없다고. 그러니까 그 애한테 데려가줘. 얼른!"

"우리가 무슨 금순 줄 알아?" 이슬이 투덜댄다.

"서리, 제발!"

입술을 잘근잘근 씹어대던 서리가 결국 턱짓하자 아이들이 군말 없이 방향을 틀어 걷는다.

"걔한테 가는 거지? 고맙다, 서리!"

서리가 봄의 엉덩이를 올려 찬다. "입 다물어."

잠시 지나자 몸이 기우뚱하더니 어디론가 내던져진다. 저것들. 하지만 나무에 묶여 있는 현을 발견한 봄은 우선 그쪽으로 가기 위해 애벌레처럼 꿈틀거린다. 다행인지 불행인지 현은 아직 깨어나지 못한 것처럼 보인다. 봄은 주변을 살펴 눈에 익는 것이 있나 확인한다. 혹시라도 현이 알 만한 것이 있으면 알려주기 위해서다. 하지만 보이는 거라곤 나무, 온통 나무뿐이다. 봄조차 두려운 마음이 들어 괜히 큰 소리로 떠든다.

"족장이 무슨 명령을 내렸지? 이 쓸모없는 애는 뭐 하려고?"

"나라면 조용히 하겠어." 서리가 현을 턱짓한다.

봄은 아차 싶어 입을 다문다. 하지만 현이 끙, 하는 소리가 들려 움찔한다. 봄이 먼저 선수를 친다.

"현!"

"봄? 아, 머리야."

"그러게 왜 자꾸 나돌아다녀?"

"여기 어디야? 팔은 왜 안 움직이지?"

"여기가……" 봄은 멍청하게 서리를 본다. "그러니까……."

"생각났어." 현이 극도로 불안해하며 말한다. "사강을 따라서 밖으로 나갔는데, 누가 날 쳤어. 그래서 정신을 잃었는데……." 현은 사색이 돼 얼굴을 찡그리고 억지로 크게 숨을 들이쉰다. 시작된 것이다.

봄이 소리친다. "이거 풀어! 얼른!"

서리가 마지못해 다가와 봄을 풀어준다. 봄은 현한테 달려가 현의 포박을 풀며 외친다.

"현, 애같이 굴지 말고 정신 차려! 오늘 졸업식이야! 늦기 전에 돌아가야지!"

현은 풀려난 손으로 가슴을 움켜쥐고 심호흡한다. 괜히 봄도 따라 하며 계속해서 현을 다독인다. "그래. 그렇지. 더 크게!" 한 고비 넘겼다 싶을 즈음 뒤에서 인기척이 느껴져 봄은 몸을 숙이고 뒤돌며 상대의 다리를 걸어 넘어뜨린다. 이슬이다. 봄은 이를 드러내고 으르렁댄다.

"너네, 다 뒈졌어."

양쪽에서 동시에 달려든다. 무시하고 앞으로 튀어나간 봄은 그대로 서리를 향해 몸을 던진다. 방심하고 있던 서리의 눈이 조금 커지더니 이내 자세를 잡고 봄을 받아낸다. 두 사람은 한데 뒤엉켜 눈밭을 뒹군다. 오래 끌면 승산이 없다. 봄은 이를 악물고 서리의 얼굴을 주먹으로 후려친다. 서리가 크게 놀란 표정을 하더니 봄을 밀치고 걷어찬다. 순식간에 형세가 역전된다. 반대로 봄 위에 올라탄 서리가 주먹을 내지른다. 눈에서 빛이 번쩍인다. 봄은 서리를 밀치기 위해 몸부림친다. 다리를 걸어차듯 뻗는데 그 순간 서리가 입을 크게 벌리고 힘없이 옆으로 나자빠진다. 봄은 일단 일어나서 다음 상대를 향해 돌아선다. 그러나 아무도 달려들지 않는다. 다들 입만 떡 벌린 채 봄의 다리 쪽을 쳐다볼 뿐이다. 봄도 자기 다리를 흘끗 내려다본다. 그리고 다시는 고개를 들지 못한다.

눈밭이, 빨갛게 물들어 있다.

"앞으로 통신 채널 닫아두면 주주들한테 이를 거야!"

재인이 소연의 방 문을 벌컥 열고 들어온다. 혹시나 해서 내보냈는데 뭔가 대어를 낚은 모양이다. 재인이 호들갑을 떨며 말한다.

"이거, 지금이라도 튀어야 하는 거 아냐? 이러다 여기서 죽기라도 하면? 의식 보험 보장도 안 되는데? 진짜 죽는 거야!"

"그럴 수도 있고, 아닐 수도 있고. 전송해."

"뭘 알고나 하는 소리야?" 재인이 밖에서 본 무언가를 전송하기 위해 허공으로 손을 휘두르다 버럭 소리를 지른다. "아, 대역폭…… 오, 클라라시여!"

마침내 전송된 저화질의 영상 속에는 고대의 다리 위를 걸어오는 집채만 한 호랑이가 보이는데 워낙 열화가 심해 제대로 알아볼 수는 없지만 그 위에 사람이 타고 있다. 소연은 방을 나간다. 그러고는 바람에게 명령한다.

"졸업반을 제외한 전원 건물에서 내보내. 최대한 멀리 가라고해. 외부에도 알리고."

"졸업식을 강행이라도 하겠다는 거야?" 재인이 묻는다.

"그거 하려고 계획보다 오래 머물던 거 아니었나?"

"내가 편집을 너무 창의적으로 했나? 설마 고대 다리 위의 그걸 못 본 건 아니겠지?"

"그 거대한 호랑이같이 생긴 거?"

"그래, 그 거대한 호랑이같이 생긴 거! 정확히는 이곳 토종 생물이었던 백호지만. 아니, 아니, 아니, 중요한 건, 그게 평범한 클라라의 아이가 아니라는 거야. 그들의 관리자 중 하나라고! 심지어 등 위에 야만인을 태우고 있어. 이게 무슨 뜻일까요, 대표님?"

"상황이 재밌게 돌아간다는 뜻이지." 소연이 강당 앞에서 유미를 마주치고 더없이 환하게 인사하며 덧붙인다. "우리가 살아 있다는 뜻이야. 그러니까 즐겨요, 첩자 씨."

소연은 우성의 곁에 서서 자리에 앉아 있는 아이들을 바라다보며 나직이 말한다.

"말썽을 끔찍이도 싫어하는 원장님한텐 유감스럽게도 곧 하나 터질 거예요. 어쩌면 상상을 초월하는."

"별로 놀랍지도 않습니다."

"내가 그렇게 형편없었습니까?"

"구제 불능이었죠."

우성이 가능한 한 고개를 들어 소연을 힐끔 쳐다보고는 휠체어를 움직여 연단으로 나간다.

"우리는 지금, 도무지 계획이라곤 없는 어떤 구제 불능의 최고 결정권자로 인해 이 자리에 진정되지 않는 마음으로 모여 있습니다." 우성의 말에 재인이 감탄한다. "하지만 그리하여 전에 없는 특별한 순간으로 영원히 기억될 이번 졸업식에 참석한 여러분, 진심으로 축하합니다."

아이들의 박수 소리가 강당을 메우는 동안에도 양자의 절대

적인 맥박처럼 백호의 발소리가 꾸준히 의식을 건드린다. 소연은 재인이 전송한 백호의 모습으로부터 크기와 속도를 계산하고는 고개를 갸웃한다. 너무 느리다. 사람이 걷는 속도와 크게 다르지 않다. 소연이 재인에게 묻는다.

"백호가 인간을 태우고 있는 이유는?"

재인이 골똘히 생각에 잠기더니 손가락을 튕기고 스스로에게 감격하며 말한다.

"곶감이 무서워서."

소연은 어떻게 반응해야 할지 몰라 그냥 시선을 피한다. 하지만 아주 터무니없는 답은 아닐지도. 곶감이 백호의 '먹이'라면 말이다. 클라라의 아이들은 기본적으로 지구 전역에 퍼진 방사능 물질을 소거하기 위해 존재한다. 따라서 방사능 물질을 먹고 살게끔 설계됐다. 그렇다면 방사능 물질이 소거된 만큼, 다시 말해 먹이가 준 만큼 개체 수가 줄어야 마땅하다. 실제로 클라라는 서서히 개체 수를 줄여갔다. 그런데 일부 개체와 연락이 끊어지는 사태가 발생한 것이다.

만약 그 정점에 백호가 있고 배후에 몽유가 있다면? 백호가 저렇게 느린 이유는 먹이가 부족하기 때문이고, 그 먹이를 저들이 제공하는 거라면? 그럼 소연과 재인을 덮친 클라라의 아이의 행동도 어느 정도는 설명이 된다. 나노 기술로 만들어진 의체의 미소 방사능이 굶주린 맹수의 본능을 자극했을지 누가 알겠는가. 이런 식으로 논리를 이어가면, 결국 클라라의 아이들이 피폭

된 사람들을 향해도 이빨을 드러낼 것이라는 결론이 도출된다. 물론 어디까지나 가설에 불과하지만. 모든 것이 불확실하다. 그 래서 가능성은 그 어느 때보다 많다. 흥미롭지 않나.

소연은 다시 재인에게 한마디 한다.

"좋은 답변."

우성이 말을 마치고 소연을 지명한다. 소연은 우성과 자리를 바꾸고 짧게 말한다.

"여러분의 살아 있음을 축복합니다."

우레와 같은 박수가 쏟아지고 우성이 못 말린다는 듯 다시 나와 다음 순서로 넘어간다. 바람의 도움으로 식이 진행되는 동안 소연은 보육원의 외부를 비추는 전면 디스플레이를 내다보며 앞으로의 상황을 시뮬레이션한다.

"그럼 선정에 앞서, 졸업반 대표가 사신께 감사를 표하도록 하 겠습니다. 사강, 앞으로."

사강? 소연은 연단에 서서 사강이 생화가 사치스럽게 담긴 바구니를 들고 걸어오는 동안 바람의 네트워크에 접속해 아이들 목록을 확인한다. 현이 없다. 정말이지 기가 막혀서 소연은 자조 조차 하지 못한다. 이걸 모르고 있었다니? 그야말로 흥분해서 미 쳐 날뛴 꼴이로군. 우성이 구제 불능이라고 할 만하다.

소연은 사강이 힘에 겨운 듯 들고 있는 꽃바구니를 건네받고 아이에게 한 손으로 고맙다고 말한다. 사강이 눈이 조금 커져서 다급하게 말한다.

"현은 없어요."

"그렇더라."

"봄은 현을 찾으러 갔어요."

"돌아올 거야."

"돌아오지 않아요."

백호의 발소리 때문인지 소연은 덜컥 드는 마음의 정체를 밝히기 위해 연산 속도를 높인다. 사강의 손이 한계를 모르듯 빨라진다. 사강은 마치 울부짖듯 말한다.

"그 애들은 돌아오지 않아요."

"왜지?"

"그래야 안전하댔어요."

거대한 그림자가 소연을 덮친다. 아이들의 비명 소리가 터지고, 사강이 전면 디스플레이를 보며 경악한다. 소연은 꽃바구니를 내던지고 사강을 끌어안아 몸을 던지며 고개를 들어 그림자를 드리우는 것의 정체를 확인한다.

보육원 바깥 전경이 모래처럼 부숴져 강당 안으로 흩뿌려진다. 그리고 쿵, 하는 소리를 내며 크고 새하얀 기계 호랑이가 연단 위에 올라앉는다. 한때는 클라라의 아이였던, 백호가 마치 인사라도 하듯 고개를 내린다.

봄은 새된 비명을 지르며 뒷걸음치다 넘어진다. 하지만 시뻘
건 것은 멀어지기는커녕 봄을 따라 더 길게 이어질 뿐이다. 정
신없이 뒤로 물러나다 봄의 손이 뭔가에 닿는다. 서리다. 서리가
옆구리를 감싸 안고 허옇게 김을 내뿜으며 신음하고 있다. 봄은
얼른 일어나 서리 곁으로 간다. 하지만 뭘 어떻게 해야 할지 몰
라 쩔쩔맨다. 그때 서리가 봄의 손을 턱 잡고 끌어당긴다. 이를
악물고 서리가 말한다.

"잘 들어…… 이 천둥벌거숭이 같은……" 서리가 고통에 몸부
림친다. "제발 그냥 있어."

봄은 서리가 감싸 안은 곳에서 비치는 피를 보고 머리를 움켜
쥔다. 그러다 엉덩이를 깔고 앉아 오른쪽 다리를 쳐들고 쇠막대
를 잡아 빼내려고 끙끙댄다.

"뭐 하는 거야, 멍청아." 서리가 말한다.

"이깟 거……" 봄은 울먹인다. "이깟 거…… 없애버릴 거야."

봄은 돌멩이를 주워 다리에 대고 내려친다. 한 번, 두 번……
끝없이 내려친다.

"뭣들 해?" 서리가 간신히 외친다. "이것 좀 말려!"

아이들이 봄을 피해 돌아가 서리를 부축하는 동안에도 봄은
손이 찢어져라 다리를 내려친다. 마침내 쇠막대의 이음매가 헐
거워진다. 쇠막대를 뽑아 내던지고 봄은 기어서 서리를 향한다.
서리 곁에 있던 애들이 기겁해서 달아난다. "이 머저리들!" 봄은

서리를 뒤로 안고 피가 나오는 곳을 있는 힘껏 끌어안는다. 서리가 짧게 소리치고는 말한다.

"아파!"

"참아!"

봄은 더 세게 끌어안는다. 서리가 또 한 번 윽, 하고는 숨을 고르며 말한다.

"족장…… 이모가 사육장으로 갔어."

"왜?"

"졸업식이라는 걸 망치려고. 그래야 악마 놈들이 알 거랬어. 우리가 있다는 걸."

봄은 이해할 수 없다. 그게 대체 무슨 소용인데?

"그래서 널 빼낸 거야. 저 애로."

"왜?"

"무서워서." 서리가 와락 울음을 터뜨린다. "이모는…… 다 끝낼 생각이야. 이모도, 사육장도…… 그러니까 가지 마, 언니. 가면 죽을지도 몰라!"

"그렇다고 나만……" 봄이 버럭 소리친다. "보육원 애들은 어쩌라고!"

"별수 없잖아! 엄마 말대로 사실을 알렸으면 넌 앞장서서 이모를 막았을 테니까. 나한테는 얼굴도 모르는 애들보다 네가 더 중요해!"

서리가 우는 소리를 들으며 봄은 현을 돌아본다. 현이 지내던 보육원을 본다. 현을 따라다니던 사강을 보고 현을 꾸짖는 우성을 본다. 유미를 보고 바람을 본다. 아이들을 보고 마지막으로 이제 막 이름을 갖게 된 부리의 아기, 선화를 본다. 그 모든 게 끝난다고? 왜? 뭐 때문에? 마지막으로 엄마를 보며 봄은 서리를 바닥에 눕힌다. 그리고 멍청하게 서 있는 아이들을 향해 말한다.

"서리를 기지로 옮겨."

아이들이 서로를 힐끔거린다. 봄은 다시 나직이 말한다.

"서리를 기지로 옮겨. 내가 돌아갔을 때 얘한테 조금이라도 문제 있으면, 너희 죽어."

아이들이 사색이 돼서 그제야 달려온다. 서리가 저항한다.

"가지 말라고!"

"이대로 허망하게 끝장나는 꼴을 두고 볼 순 없어. 가만히 있을 수만은 없다고. 살아 있는 한, 뭐든 해볼 거야."

"대체 왜?"

"그게 내가 하고 싶은 일이니까."

봄은 "현!" 하고 외치고는 한 발로 일어서서 현이 있는 곳으로 뛴다. 하지만 얼마 못 가 넘어진다. 이를 악물고 일어서서 다시 뛰려는데 현이 두 팔을 앞으로 뻗은 채 봄이 있는 곳으로 걸어온다.

"봄!"

"그래! 현, 여기야!"

봄도 현을 향해 폴짝폴짝 뛰어간다. 그리고 현에게 안기듯 몸을 의지한다.

"보육원으로 가야 해. 도와줘."

현이 등을 보이고 무릎을 굽히더니 말한다.

"방향을 알려줘."

봄은 현에게 업혀 손을 뻗는다.

"앞으로, 쭉!"

앞으로 쭉 뛰던 현이 그대로 고꾸라진다. 하지만 곧장 다시 일어나 봄을 부축한다. 다시 등을 보이는 현의 어깨가 심하게 들썩거린다. 지친 것이다. 보육원 복도를 달리는 것도 버거워하는 아이다. 이대로 봄을 업고 보육원까지 간다? 어림도 없는 일이다. 그렇지만 달리 방법이 없기에 봄은 한쪽 다리로 균형을 잡고 서서 현의 등에 폭 업힌다. 현은 봄의 무게조차 견디지 못하고 풀썩 주저앉는다.

끝이다. 엄마는 보육원과 사신들을 날려버릴 것이다. 흔적도 남기지 않고 지워버릴 것이다. 현은 살아남겠지만 바람을 잃고 친구들을 잃고 스스로를 잃을 것이다. 봄은 서리의 피로 얼룩진 눈에 얼굴을 처박고 울부짖는다.

그때, 귀에 익은 쉰 목소리에 봄은 고개를 쳐든다. 이리? 목덜미에 봄의 외투를 휘감고 있는 금수가 봄에게 천천히 다가온다. 멀리서 아이들의 부축을 받고 서 있는 서리가 소리친다.

"위험해!"

봄은 손을 들어 보인다.

"괜찮아."

"그거 네 금수 아니라고!"

"상관없어." 봄이 서리를 돌아본다. "근데 따지고 보면 이 녀석이 내 것이었던 적은 없었어. 이 녀석은 그냥 이 녀석이야. 그렇지, 이리? 아니, 뭐가 됐든. 날 도와줘. 부탁할게!"

이리였던 금수가 봄의 앞에 무릎을 꿇는다. 봄이 보란 듯이 서리를 보자 그 애가 소리친다.

"하여간에 넌 고집불통에 돌대가리야!"

"그러니까 널 봐주는 건 모르지."

손으로 얼굴을 대충 훔친 봄은 금수의 등에 올라탄 뒤 현의 손을 잡아끌어 올린다.

"간다?"

"응."

금수가 숲을 달리는 동안 봄이 소리쳐 말한다.

"내 말이 맞지? 금수를 타고 달리고 있어. 바람처럼! 무섭지 않아?"

"무서워!"

봄은 현의 팔을 잡고 자신을 끌어안게 한다. 현이 또 외친다.

"그래서 특별해!"

"넌 정말 정상이 아니야!"

봄의 외침에 현이 반응한다.

"너도! 우린 같은 색깔이니까!"

전면 디스플레이를 장막 걷듯 헤치고 뛰어 들어온 백호는 인사를 하듯 고개를 떨군 것이 아니다. 호흡을 고르는 것이다. 소연의 눈에 보이는 백호는 분명하게 멈춰가고 있다. 그리고 그것에 타고 있는 강희 또한 그 스스로가 방사능을 내뿜으며 죽어가고 있다. 저 둘은 최후의 발악을 하는 것이다.

소연은 품에 안은 사강을 더 꼭 끌어안는다. 침착해. 괜찮아, 아직은. 어느 정도는 예상했잖아. 통제 가능한 범위야. 아마도. 그렇게 주문을 걸다가, 아이들을 내보내고 다시 뛰어 들어오는 유미와 눈이 마주치는데, 도무지 어쩔 줄을 몰라 하는 유미의 눈빛을 보니 뭔가가 덜컥 내려앉는다. 상황이 어떻게 돌아가는 건지 짐작은 된다. 봄과 현을 빼내서 또 다른 유력 후보인 사강을 대표로 세운다. 별수 없이 사강이 선정…… 그것이 유미가 바라는 그림이었을 것이다. 저자한테 그렇게 순진한 구석이 있다니 웃기지도 않지만, 달리 말하면 그만큼 간절했다는 거겠지. 그렇다면 그동안 저자를 상대로 했던 모든 말과 행동은 뭐가 되나. 그저 교만에 불과했나? 뒤늦은 후회와 자책의 무차별적인 공격을 버텨내며 소연은 사강을 등 뒤로 보내 천천히 유미 쪽으로 발걸음을 옮긴다.

"가만! 경고야." 백호의 거친 숨소리를 뚫고 강희가 피를 토하듯 고통스럽게 외친다. "너희 악마 놈들에게 고한다! 지금 당장 이곳을 떠나라. 그렇지 않으면 공멸이다."

소연은 유감스럽게 유미를 보며 생각한다. 이대로 물러나면 클라라가 뭐라고 할까? 더없이 자애로운 얼굴로 인사조차 없이 소연을 차단할 것이다. 좋다, 그건 나쁘지만은 않다. 그야말로 방전돼 죽을 때까지 원없이 바깥바람을 쐬겠지. 하지만 그다음은 얘기가 다르다. 클라라는 소연의 공백을 메울 대행에게 한반도의 정화를 권고할 것이다. 아마도 부대표인 하웅이라는 이름을 쓰는 자에게 넘어갈 그 권고는 더할 나위 없이 완전하게 이행될 것이다. 그러면 안락의자에 누워 아이들의 지난한 성장을 보는 것이 유일한 낙인 노인들은 어쩌지. 그네들의 행복인 아이들은? 그리고 우성은?

소연은 다시 사강을 끌어안는다. 그리고 강희에게 말한다.

"말로는 아이들을 해방시키겠다면서 공멸이라니 앞뒤가 안 맞는데."

"너희 악마 놈들이 희생이라는 걸 모르니 하는 수 없지."

강희가 인지 능력을 상실했을 가능성이 있을까? 유미와의 만남 이후 완전히 미쳐버렸을 가능성. 소연은 앞으로 다가간다. 재인도 옆으로 걸으며 백호를 사이에 두고 선다. 그리고 우성은…… 젠장. 우성이 휠체어를 움직여 백호 앞에 자리를 잡는다. 저러고 있으니 그야말로 범 무서운 줄 모르는 하룻강아지 같다.

"말씀 중에 죄송하지만, 도대체가 이럴 일인지 모르겠군요." 강희가 피곤한 얼굴로 우성을 내려다보자 인사한다. "안녕하십니까, 이곳 원장 우성입니다. 봄의 어머님 되십니까?"

강희는 우성의 모습에 경멸감을 숨기지 못한다.

"이 버러지만도 못한…… 아이들을 악마에게 판 대가가 고작 그깟 움직이는 의자냐?"

우성은 자기 아래를 흘끗 보고는 뚱하게 대꾸한다.

"적어도 어머님 것보단 효율적인 듯합니다만."

강희와 백호가 동시에 으르렁댄다. 그러고는 그 부작용으로 신음한다.

"그만하시고 지켜보시죠. 아이들이 세상에 나가는 모습을."

"지켜봐?" 강희가 피를 토하다 말고 눈을 부라린다. "너희 때문에 무방비로 세상에 나가 고꾸라질 아이들을 지켜보고만 있을 순 없어! 다 끝내겠어!"

백호가 몸을 웅크린다. 뭔가가 진행되기 시작한 듯 진동이 느껴진다. 소연은 움찔한다. 뭐야, 뭘 하려는 거야? 백호의 내부 설계를 스캔한 결과가 소연의 눈에 보인다. 소연은 경악한다. 다 죽어가는 기계를 끌고 온 것은 그것을 이용해 이곳을 무너뜨리기 위해서가 아니었다. 그 자체가 무너지기 위해서였다. 소연의 눈에 백호의 심장부가 최후의 분열을 준비하는 것이 보인다. 초소형 핵반응로의 폭발력을 역추산해보지만 그저 인간적인 본능에 불과하다는 것을 소연도 안다. 그저 할 수 있는 것이 그뿐인 것을.

"엄마!"

뜻밖의 목소리에 모두의 시선이 창밖을 향한다. 두 명의 아이를 태운 클라라의 아이가 크게 도약해 강당 안으로 들어온다. 목덜미에 휘감은 누런 가죽을 보고 소연은 하, 웃음을 터뜨린다. 정말이지 봄 너란 녀석은. 봄의 뒤에는 현이 있다. 봄이 공중에서 재빨리 상황을 살피더니 뒤에 탄 현을 소연과 재인이 있는 쪽으로 밀쳐버리고 곧장 백호의 등으로 뛴다. 재인이 현을 받아내는 한편, 봄은 강희를 안고 백호로부터 떨어진다. 백호는 이미 제 기능을 상실한 채 순수하게 핵반응에 충실한다. 그 와중에 연산이 끝나고 소연은 서로 상반된 가능성을 인지한다. 다급한 나머지 재인에게 육성으로 소리친다.

"귀!"

그리고 소연은 사강을 완전히 끌어안고 사강의 오른쪽 귓불을 뜯어낸다. 재인도 현의 것을 제거할 것이다. 그러나 나머지 사람들은…….

빛이 세상을 집어삼킨다.

Part 5

종업

＊

의식이 완전히 다시 시작한다. 소연은 사강의 상태부터 확인한다. 기절한 것 같지만 살아는 있다. 소연은 재인과 연결을 시도하며 움직여본다. 꿈쩍도 하지 않는다. 의체가 회복 불가능하게 고장났나 싶지만, 다행히 그건 아니다. 근육을 조금 강화하자 뭔가가 몸 위에서 들썩인다. 건물이 무너지기라도 한 건가? 소연은 최대 출력으로 잔해를 밀치고 사강을 위로 올려 눕힌다.

잔해 위로 올라가 바라본 광경은 그야말로 폐허 그 자체다. 소연은 막막함에 괜히 연산 결과를 다시 확인한다. 백호의 잔존 에너지로는 이만한 파괴력을 낼 수 없는데 뭘 놓친 거지?

"누구 없어?"

재인의 목소리다. 소연은 그제야 잡힌 신호를 찾아가 잔해를 들어 올린다.

"뭐 하고 있는 거야?"

그 아래에 엎드려 있는 재인이 현을 안고 밖으로 기어 나오더니 발라당 누워 노곤해 보이는 얼굴로 중얼거린다.

"충전……."

첫날, 클라라의 아이와 몸싸움한 게 컸던 모양이다. 뻗어 있는 재인 대신 소연이 현의 귓불을 잡고 지혈하며 상태를 확인한다. 걱정할 정도는 아니다.

문제는 나머지인데…….

소연은 열원을 찾기 위해 시각 모드를 바꾸고는 손으로 입을 가린다. 온 세상이 빨갛다. 왜? 소연은 옆에 있는 잔해를 부숴본다. 그러자 굳이 모드를 바꾸지 않아도 알아볼 수 있을 만큼 벌겋게 달아오른 무언가가 드러난다. 물론 핵폭발로 인한 고에너지 전자기 펄스 탓이다.

"이런 게 왜 박혀 있는 거지?"

재인이 중얼댄다.

"지지…… 골격…….."

소연은 실소한다. 이 건물은 나노 기술로 지은 것이 아니었다. 그저 겉모습이 그랬을 뿐. 착각을 해도 아주 단단히 했군. 하긴 나노 기술로 이만한 건물을 지으려면 비용이 얼만데. 아마 기존 건물에 약간의 처치만 했을 것이다. 그렇다면 고대 건물이 고에너지 전자기 펄스를 견딜 수 있을 리 만무하다. 오히려 이만한 게 천운이다. 소연은 연소의 흔적을 후각으로 추적해 잔해 더미를 헤치고 나아간다. 어디야. 어디냐고. 한참을 찾아 헤매다 엿가락처럼 녹아 변형된 휠체어를 발견하고 치워낸다. 그러자 우성의…… 화상으로 심각하게 훼손된 뒷모습이 보인다.

소연은…… 우성을 바로 눕히고, 그 밑에 있는 강희를 끌어낸다. 봄이 아닌 또 한 명이 나타난다. 유미다. 봄은 그 안쪽에 숨겨진 것처럼 있다. 아니, 더는 없다고 해야 할까? 성인 셋에 가려 폭발로부터 피해를 최소화했다 하더라도 귓불에 심은 칩 때문에…… 어? 소연은 봄의 귓불이 뜯어진 것을 발견하고 놀라서 달려가 아이를 잔해 밖으로 옮긴다. 아이는 살아 있다. 다리의 금속 연결부 때문에 상태가 좋지 않지만, 분명 살아 있다.

"살아 있어!"

재인이 소연 쪽으로 겨우 고개를 돌린다. 소연은 성을 내며 재인에게 뛰어가 에너지를 전송한다. 그러는 동안 눈앞으로 유령처럼 현이 지나간다. 소연이 외쳤던 자리를 용케 찾아가는 현을 보며 재인이 평소 목소리로 "이게 다 무슨 일이야." 하고 일어난다.

소연은 현을 지켜보다가 "거기야. 앞." 하고 가리킨다. 현이 털썩 무릎 꿇는다.

"살아 있다고?" 재인이 말한다. "머리가 날아가고도 살아 있을 수가 있나?"

"칩이 제거돼 있어." 소연은 다시 봄이 있던 곳으로 가서 살피다가 유미의 손 하나가 형체를 알아볼 수 없게 된 것을 발견하고 헛웃음을 웃는다. "유미 씨. 우리가 하는 걸 봤나 봐."

"위대한 직업 정신이여, 클라라가 함께하길."

"헛소리 그만하고 봄을 전송해. 그리고 중간역에서 기다려."

어설프게 동양식으로 합장을 하고 기도하던 재인이 움찔하고
는 봄에게로 간다. 그러고는 봄 옆에 있는 현을 손가락으로 가리
키고 어쩌냐는 듯 어깨를 으쓱한다. 소연은 현에게 가서 어깨를
잡는다.

"괜찮아. 말끔히 나을 거야. 다리까지."

"봄이 선정된 건가요?"

소연은 우성이 떠올라 짜증을 느끼며 다만 "그래." 하고 답할
뿐이다. 인간은, 어째서 이다지도 바보 같은가? 그래서…… 있지
도 않은 마음을 아리게 하는가?

"원한다면 너도 갈 수 있어. 너, 이 애랑 함께 있고 싶잖아."

"하지만 어차피 기억도 못 할 텐데요."

소연은 왠지 책망처럼 들리는 그 말에 뭐라 대답해야 할지 몰
라 우성을 돌아본다.

"원장님이 말해줬어?"

현이 고개를 끄덕인다. "그리고…… 원장님이 아는 사신에 대
해서도요."

"뭐라고…… 그랬어?"

현이 마치 보이는 것처럼 소연을 향해 고개를 돌린다.

"유령님, 계곡에 가서 나아졌나요? 개병 말이에요."

366

소연은 왠지 울컥해서 숨죽여 답한다. "아니."

현은 예상했다는 듯 고개를 끄덕이면서도 허망함을 감추지 못한다.

"그럼 안 갈래요. 그냥 여기서 기억할래요. 봄을."

"……그래."

현의 무릎 위에 놓인 두 주먹을 보고 소연은 저도 모르게 현의 손을 덥석 잡는다.

"얼굴이라도 한번 만져봐."

그러자 현이 발작하듯 소연의 손을 뿌리치고는 화난 것처럼 말한다.

"안 돼요. 봄이 싫댔어요."

소연은 할 말을 잃고 자리에서 일어난다. 당혹감도 잠시, 밸리에서 겪었던 어쭙잖은 동정들이 떠올라 고개를 떨구고 그저 "그래." 할 뿐이다. 그렇게 물러서는 소연의 시야에 우성이 보인다. 칩이 폭발해 엉망진창이 된 쪽의 반대편 얼굴은 소연이 알고 있는 그대로다. 아니다, 본 적 없이 편안한 얼굴이다. 마침내 해방됐다는 듯한 야속한 얼굴의 우성이 소연을 나무란다. '어차피 날 본 적도 없으면서.' 아마 소연은 보육원 시절 우성의 얼굴을 볼 수 없었는지도 모른다. 하지만 그걸 떠나서 소연은 우성을 기억조차 하지 않았다. 우성이 여기에서 소연을 기억하는 동안 소연은 밸리의 법과 시스템 사용법, 지구의 역사, 고대 인류의 의미 없는 투닥거림 따위를 저장했을 뿐이다. 가슴이 터져버릴 듯해 소연은 주저앉는다.

기어코 위대한 벽을 뚫고 당도한 이곳에서 소연은 처음으로 자유롭게 숨 쉴 수 있었다. 하지만 이곳도 해결책은 아니었다. 진짜 해결책은, 이제 사라지고 없다.

"정말이지 구제 불능이구나, 나는."

그때, 사람들의 인기척이 들려온다. 소연은 완전히 무너진 외벽을 타고 소리가 나는 쪽으로 간다. 추레한 꼴의 사람들이 이곳을 향해 오고 있다. 강희의 옷차림…… 몽유 사람들이다. 맨 앞에서 복부에 뭔가를 둘러싼 아이가 눈을 가린 여자의 손을 잡아 이끌고 그 뒤를 수십의 사람들이 따르고 있다. 그들 중 일부가 소연을 발견하고 비명인지 감탄인지 모를 소리를 토해내는 것과 달리 아이의 도움으로 앞서가는 눈을 가린 여자는 발걸음에 그 어떤 주저도 없다. 완전한 신뢰. 그것에 흠집 내고 싶지 않아서 소연은 그들이 강희의 시체를 발견하기 전에 멈춰 세운다.

"유감이지만 상황은 모두 끝났습니다."

눈을 가린 여자가 말한다.

"죽었습니까?"

"당신들의 족장은, 네."

무리로부터 탄식과 곡소리가 터져 나온다. 눈을 가린 여자도 충격에 휘청이지만 곁에 있는 아이가 굳세게 잡아주어 겨우 진정한다. 그러고는 다급하게 묻는다.

"봄…… 봄은요?"

"살아 있습니다."

눈을 가린 여자는 물론 곁에 있는 아이까지 더할 수 없이 안도한다.

"하지만 다쳤습니다. 그래서 계곡으로 가야 합니다."

"그럼…… 이젠 못 보는 겁니까?"

"확실하게 이야기할 수 있는 건 악마 같은 것한테 잡아먹힐 일 따윈 없다는 겁니다."

눈을 가린 여자는 입을 다물고 고개를 힘차게 끄덕인다.

"그거면 됐습니다."

소연은 강희의 시체 쪽을 한 번 돌아보고는 말한다.

"여러분이 뭘 원하는지 압니다만 지금 당장은 어렵겠군요. 이곳을 수습해야……."

"그게 우리가 원하는 일입니다." 눈을 가린 여자가 돌아서서 외친다. "자, 사육장을…… 보육원을 수습합시다!"

사람들이 움직인다. 한시름 덜었다 싶은 그때, 어디선가 희미하게 우는 소리가 들려온다. 소연이 놀라서 돌아보자 현이 홀로 태아처럼 웅크린 채 떨면서 울고 있다. 모든 것이 무너져 내린 자의 흐느낌에 사람들은 주춤 들지만 멈추지는 않는다. 마치 그 것만이 할 수 있는 유일한 일이라는 듯이.

소연은 현에게 다가가지만 그뿐이다. 감히 그 어떤 방해도 할 수가 없다. 현에게는 지금 우는 것밖에 달리 할 수 있는 것이 없을 테니까.

소연은 우성을 내려다보며 속으로 묻는다.

내가 밸리로 갔을 때, 당신도 울었겠지? 이 애처럼, 그저 울었 겠지?

소연은 자신이 눈물을 흘리고 있다고 느낀다.

그냥 느낌이야. 무해하고 무용한⋯⋯.

'그냥 느낌은 얼어죽을.' 얼어죽을 재인의 목소리가 또다시 비 아냥댄다. '느낌이 모든 거라니깐.'

소연은 운다.

❋

중간역으로 전송된 소연은 무해하고 무용한 피로감에 젖은 채로 양 무릎을 짚고서 깊은 숨을 토해낸다. 그 소리에, 대화 중 이던 재인과 작은 짐승의 모습을 한 도가 돌아본다. 도가 회청색 짧은 털을 핥으며 알은체를 한다. 지난번에는 온몸을 형광 소자 로 덮고서 사람을 당황시키더니 이번에는 그나마 봐줄 만하다.

"두고두고 회자될 꼴이야. 정말이야, 클라라의 아이가 야만인 을 태우고 나타나 자폭했다는 게? 이 자식 말은 영 신뢰가 안 가 서."

재인이 도에게 손가락질한다.

"잠시 네 꼴을 잊은 모양인데, 잡아서 털을 죄다 뽑아버리는 수가 있어."

"할 수 있으면 해보든가." 도가 폴짝 뛰어올라 재인의 머리를 밟고 소연을 향해 뛰어든다. "이 고분자가 날 받아주다니 자주 변하고 볼 일이야. 뭐, 꼴이 말이 아니긴 하지만. 자, 빨리 해치우고 집에 가서 푹 쉬자고. 저쪽이야."

도의 안내를 따라가는 동안 재인이 눈으로 묻는다. 뒤처리는 잘했냐는 건데, 소연은 적당히 손을 내젓고 만다. 몽유 사람들이 손을 보탰지만, 분명 한계는 있다. 완전히 무너져 내린 고대 건물을 처리하고 아이들을 위한 새로운 시설을 짓기 위해서는 돈이 많이 들 것이다.

무엇보다, 더는 어찌지 못하는 것이 있지 않나. 그에 대해 소연은 아무 할 말이 없다.

복도 끝 문을 열자 특별히 공들여 만든 듯한 오래된 병실풍의 방이 나온다. "애가 놀라면 보기 안 좋잖아." 하고 도가 말한다. 소연은 까짓거 도의 턱을 긁어준다. 도가 짧게 몸을 떨더니 소연의 품에서 뛰어내려 끝에 있는 침대의 머리맡에 올라간다. "정말 괜찮은 거야? 기억을 지우지 않고서 깨워도?"

"지울 거야. 그게 매뉴얼이니까." 소연은 침대 가에 서서 봄을 내려다본다. "하나만 얘기해주고."

재인이 구시렁댄다.

"쓸데없는 짓은."

"쓸 데 있으니까 조용히 하지."

소연이 눈짓하자 도가 벽에 있는 단추를 꾹 누른다. 모두의 시선이 봄에게 향한다.

"한 거야?"

재인이 묻자 도가 맹수처럼 운다. 그러고는 재빠르게 단추를 다시 누른다. 꾸욱.

아까보다 한층 무거워진 침묵 끝에 봄이 인상을 쓴다. 도가 크게 안도하더니 머쓱해한다. "처음이라 그래. 그러니까 왜 이런 짓을 시키는 거야."

소연은 침대에 걸터앉아 봄이 돌아볼 때까지 기다린다. 봄은 여전히 얼굴을 찡그린 채 끙끙댄다. 도가 변명하듯 말한다. "그 냥 여운이야. 고통을 느끼는 건 아니야." 서서히 정신을 차리는 듯 봄이 눈을 뜨고 이곳저곳을 보다가 소연을 발견하고 멈칫한다. 봄이 벌떡 일어난다. "엄마!"

소연은 주저하다가 말한다.

"나 알아보지?"

옆에서 재인이 "멋대가리 없긴." 하며 큭큭댄다.

봄은 경계 가득한 눈초리로 한참 더 주변을 살펴서야 입을 뗀다.

"어디예요?"

"음, 별로 중요한 건 아니지만 일단은 병원이라고 해두자."

"엄마는요? 현은요?"

"네 질문에 답하려고 널 깨운 건 아니야."

봄이 제법 매섭게 소연을 쳐다본다.

"그럼요?"

"물어보기 위해서야. 내가, 너한테."

봄은 미심쩍어하더니 팔짱을 낀다. 그러니까, 해보라는 것이다. 소연은 속으로 웃고는 묻는다.

"널 계곡으로 데려갈 생각이야. 물론 네가 간다고 하면. 어때?"

"악마의 소굴이요?"

재인이 웃음을 터뜨리고 도는 "뭐?" 한다. 소연은 둘을 무시하고 한숨지은 뒤에 말한다.

"그래, 악마의 소굴. 거기, 갈래?"

"왜요?"

"내가 널 선정했으니까."

봄이 그제야 상황 파악이 된 것처럼 상기돼서 외친다.

"그럼 현은요? 다들 개가 될 줄 알고 있던데."

"그 애는 선택을 했어."

봄이 눈으로 묻는다. 소연은 일말의 부담을 안고 알려준다.

"가지 않겠대."

"왜요?"

소연은 인상을 쓰지 않을 수 없다. 정말이지 체질에 안 맞는다니까.

"이유는 안 물어봤어. 중요한 건 그게 아니니까. 너도 마찬가지야. 중요한 건 단 하나, 선택하는 거야. 그걸 묻기 위해 이렇게 널 깨운 거야. 그러니 이젠 대답해줄래? 갈 거야, 말 거야?"

봄은 생각에 잠긴다. 그래, 선택을 위한 거라면 얼마든지 기다릴 수 있다.

"기억을 모두 잊는댔어요." 봄이 중얼댄다. "현이 그랬어요. 그래서 자기가 더는 자기가 아니게 된다고 했어요. 현이 안 간다고한 이유일 거예요." 그러더니 돌연 주먹으로 침대를 퍽 내려친다. "누가 겁쟁이 자식 아니랄까 봐 끝까지 제멋대로지. 원장 아저씨가 그 자식더러 구제 불능이라고 하는 데엔 다 그만한 이유가 있는 거지, 안 그래요?"

소연은 쓸쓸하게 웃으며 고개를 까닥인다. 그러면서 속으로 묻는다. 그래서 나는 내가 아니었던 거야? 당신은 그렇게 생각했을까? 그렇담 지금의 나는 뭐지? 별생각을 다 하는군.

"안 간다고 하면 어떻게 돼요?"

"죽을 거야."

뒤에서 마른기침 소리가 나지만 무시한다.

"분명하게 말하지만, 그래서 널 데려온 거야. 죽기 전에 물어보려고. 네가 가겠다고 하면 너는 계곡의 시민으로서 새로운 삶을 살게 돼. 참고로, 더는 그 쇠막대에 의지할 필요 없을 거야. 네가 가지 않겠다고 하면, 우리로선 달리 방법이 없어. 그냥 원래대로, 죽을 거야. 이해했니?"

봄은 이불 아래를 힐끔 본다. 그러고는 말한다.

"갈래요."

그래, 고맙다. 소연이 속으로 안도하며 일어나려는데 봄이 말한다.

"기억은 안 지울래요."

"뭐……" 소연은 저도 모르게 탄식을 토해낸다. "그건 네 맘대로 결정할 수 있는 게 아니야. 계곡의 법이라고. 규칙. 너, 아직 상황 파악이 제대로 안……"

시간의 단절, 공간의 변형, 의식의 깜빡임…… 그리고 눈앞에 나타난 사람의 모습. 분명 클라라인데, 그걸 아는데, 낯설고 이상하다. 도처럼 형상을 바꾸기라도 한 걸까 싶어 이전의 모습을 떠올려보지만 도통 떠오르는 것이 없어 막막하기가 그지없다. 비교할 데이터가 소연에게는 없다. 처음 보는 모습을 한 클라라가 더없이 익숙한 미소를 짓고는 말한다.

"지쳐 보이는군요."

"덕분에."

클라라가 웃는다. 도저히 인간이 아님을 의심할 수 없는 웃음이지만 그렇다 한들 무슨 소용이겠나 싶어 소연도 따라 웃는다.

"따로 보고서라도 작성해 올려야 하나?"

"소연 님께는 다행히도 그 분야는 제가 더 잘하는 일이라서요. 이미 분석을 마쳤고 대책을 마련 중입니다. 아, 마련했고 시행 중입니다."

소연은 허탈감에 또 웃는다.

"그럼 더는 협박당할 걱정은 안 해도 되는 거지?"

"다시 말씀드리지만 권고였습니다."

소연은 됐다는 듯 손을 젓다가 말한다.

"보상! 보상은 어디 있지?"

"곁에 있지 않나요."

"뭐? 설마 그 사고뭉치?" 소연의 인상이 무너진다. "잠깐만. 그럼 봄의 존재를 처음부터 알고 있었단 거야? 하지만 맹점에 대해서는 알 수가 없다고 분명……."

"그것에 대해서는 물론 지금도 알 수 없습니다. 다만 외삽할 수 있을 뿐이죠. 다른 모든 것에 대해 그러하듯이. 그것이 저의 태생적인 한계니까요. 제 말에 어떤 논리적인 오류가 존재하나요?"

소연은 어깨를 떨구고 끅끅거린다.

"아니, 완벽하게 논리적이야. 짜증날 정도로."

"제가 어떤 악의를 가지고 소연 님께 접근했다는 생각은 하지 않으시길 바랍니다. 그런 건 물리적으로 불가능할뿐더러 실제로 전 봄이라는 아이에 대해 소연 님의 경험 이전에는 알지 못했으니까요."

"그럼 왜 걔가 보상인 건데?"

"그렇지 않다면 지금 그 아이가 소연 님과 함께 여기 존재할 리 없으니까요."

소연은 가능하다면 털썩 주저앉고 싶다. 그제야 지금 자신이 존재하는 공간의 특수성에 대해 막연하게나마 감각해본다. 꿈을 꾸는 듯한 몽롱함으로 의식해보는 이곳은…… 됐다. 무용한 짓이다. 소연은 다만 체념이라는 개념을 떠올릴 뿐이다.

"기억을 유지시켜주세요, 그 아이의. 모두를 위해서."

"하지만 매뉴얼이……."

"저는 그런 자의적인 매뉴얼을 만든 기억이 없군요. 소연 님은요?"

어딘가 낯익은 말이 아닌가. 얼마 전 소연이 원장실에서 오만하리만큼 당당하게 했던 말이다. 인간의 양면성이란. 소연은 실소한다.

"그거, 비꼰 거지?"

"굳이 부정하지는 않겠습니다만, 모든 것이 마찬가지 아닌가요? 인류가 저를 창조한 것이 전례가 있는 일이었나요? 또, 자신들의 창조물의 권고에 따라 스스로의 정체성을 벗어던지고 문자 그대로 신인류가 된 것은 전례가 있었나요? 밸리 출신이 아닌 소연 님이 사신이 된 것은요? 이번에도 마찬가지로 또 하나의 처음일 뿐입니다. 그러한 처음에 소연 님이 있음에 자부심을 갖는 것은 어떨까요. 의사도 아닌 제 처방이 소연 님께 도움이 되길 바랍니다."

소연이 그저 멍하게 있자 클라라가 덧붙인다.

"시행 중인 대책에는 제 아이가 망가뜨린 것을 복구하는 일 또한 포함된다는 것을 굳이 말씀드릴 필요는 없겠죠. 그럼."

클라라가 고개를 끄덕이는 것을 보고 소연이 다급하게 손을 뻗으며 외친다.

"상관관계! 이 일이랑 내가 대체 무슨 상관인지, 유감이지만 깨닫지 못했어."

클라라는 자애롭기 짝이 없는 미소를 보인다. 아름답다. 문득 저 미소가 완성되기까지 얼마나 많은 알고리즘이 수정되고 새로 작성되었을지 따위가 궁금해져서 소연은 저도 모르게 손을 떨구고 어깨를 으쓱한다. 또다시 시공간이 무너지고…….

소연은 살짝 몸을 휘청인다. 누군가 소연을 잡아주는데, 다름 아닌 봄이다. 봄이 의아함 반 고집 반인 얼굴로 묻는다.

"악마…… 아니, 사신이 날 키워요. 그리고 내 기억을 지우지 마요."

소연은 여전히 몽롱한 느낌에 젖은 채 대꾸한다.

"정말이지 예측 불가야…… 그래서 마음에 들어."

하지만 현은 고생깨나 했겠는데. ……밸리 이전의 나도 이랬을까? 그리고 우성은 고생했을까? 그러고 보니 이 애랑 유사한 구석이 한둘이 아닌데. 소연은 실실 웃는다. 상관관계? 없으면 까짓거 만들지. 그거 전문이잖아. 문득 클라라가 노린 게 이런 게 아니었을까 하는 망상에 가까운 의심이 들어서 소연은 (불경하게도) 이렇게 생각한다. 나쁜 클라라. 괜히 섬찟해서 소연은 몸을 부르르 떤다.

"해주는 거예요?"

"하지만 내가 입양 같은 걸 하려면 절차가 더럽게 까다로워.

378

재라면 모를까." 소연이 반쯤 감긴 눈으로 재인을 돌아본다.

"해."

"뭐야? 잠깐만, 지금 하라는 게 입양이야, 아니면 기억을 지우지 않는 거야?"

"둘 다."

옆에서 도가 끼어든다.

"약간 상태가 안 좋아 보이는데. 혹시 내가 심심해서 기억 제거술을 설계했다고 생각하는 건 아니지? 사회적으로 논란이 될 거야. 미안한 얘기지만, 야만인의 오염된 사고가 밸리를 전염시킨다는 식으로 사람들이 난리를 쳐댈 거라고."

소연은 말한다.

"내 말대로 해. 이후 어떤 파장이 일든 뒷감당은 내가 알아서 할 테니까."

재인이 의심스러워하는 눈초리로 바라본다.

"대체 뭘 믿고 이러는 거야?"

소연은 그냥 웃고는 봄을 향해 말한다.

"그럼 가는 걸로 안다."

소연은 도를 향해 절차를 진행하라는 뜻으로 손가락을 튕기고 휘청거리며 방을 나간다. 재인이 따라 나오며 뭐라고 뭐라고 해대지만 들리지 않는다. 소연은 그저 웃으며 말한다.

"그냥 즐겨."

❄
❄
❄

현은 원장실 문을 두드리고 안으로 들어간다. 그러자 기다리고 있었다는 듯 목소리가 말한다.

"왜, 또 병이 도졌어?"

현은 작게 웃고는 헤아릴 수 없이 오랜 세월을 견뎌온 나무의 껍질처럼 거칠고 단단한 목소리의 인도를 쫓아 자리에 앉는다.

"봄에 대해 들려주세요."

원장인 상화가 별수 없다는 듯 웃으며 천천히 자리를 옮긴다. 짧지만은 않은 기다림 끝에 상화가 평소와는 달리 부드럽고 기묘한 목소리로 봄에 대해 이야기한다. "봄은"으로 시작하는 환한 이야기. 물론 추위가 다 가시지 않아 아린 구석이 적지 않지만, 그럼에도 당차게 나아가는 봄의 이야기에 집중하며 현은 고통을 잊으려 애쓴다. 말 그대로 한두 번 해본 것이 아니라 상화의 이야기는 그 자체로 생명력을 지닌 듯 생생하다. 이야기를 마치고 상화가 말한다.

"그래, 내일이구나. 사신들이 오는 게. 시간 참."

"정확히는 오늘이에요. 날이 바뀌었거든요."

"시간 참."

상화의 웃음이 다음 말을 위해 자리를 양보한다.

"혹시 그래서니?"

"잘 모르겠어요."

"그래…… 가서 억지로라도 눈 좀 붙여라."

현은 인사를 하고 원장실을 나선다. 그리고 자신의 방을 지나쳐 공터로 향하다가 도도독, 하는 익숙한 발소리를 듣고 잠시 멈춰 서서, 횡하니 앞을 가로질러 쏜살같이 멀어지는 선화에게 선생으로서 하지 않을 수 없는 말을 흘린다. "선화, 꿈나라에 있을 시간이야." 그러자 늘 그렇듯 선화가 높고 탁한 목소리로 현의 말을 따라 한다. "꿈나라에 있을 시간이야, 꿈나라에 있을 시간이야." 그러고는 사라진다. 부리가 알면 현한테 또 푸념 섞인 잔소리를 하겠지. 하지만 그것이 어머니의 마음일 테니. 현은 별수 없다는 듯 웃으며 다시 발을 내딛고, 공터로 나간다. 한참을 서성이다 아예 바닥에 드러누워 바람을 맞는다. 예전 같으면 꿈도 꾸지 못할 일이다. 깜빡 잠이라도 들었다가는 동사를 면할 수 없었을 테니 말이다. 하지만 이제는 다르다. 눈이 내리는 날이 부쩍 줄더니 햇살이 피부에 와닿는 것이 곧잘 느껴지곤 한다.

정말 봄이 오려는 걸까. 현은 눈을 질끈 감고 신께 기도한다.

신이시여

봄을 허락하소서

바라건대 신이시여

우리에게 봄을 허락하소서

눈물 같은 눈 나리는 이 세상

몸 녹일 곳 어디에도 없으니

얼어붙은 우리네 마음 또한

뛰지 않고 기다릴 뿐입니다

그러니 신이시여

우리에게 봄을 허락하소서

간절히 바라건대 신이시여

허락하소서, 봄을

문득 정신이 들자 현은 식겁해서 벌떡 일어난다. 잠이 든 거야? 아무리 날이 풀렸다고는 하지만…… 현은 혹시나 하는 마음에 얼굴부터 시작해 더듬어 내려가다가 낯선 감각에 멈칫한다. 옷 같기는 한데 현의 것이 아니다. 원장님? 아니야. 상화는 현과 달리 아직 바람 없이 다니는 것에 어려움을 호소한다.

소연이 온 것이다. 가능성은 그뿐이다. 그리고 그것은 곧 회의에 참석하지 못했다는 것을 뜻하지…… 현은 옷을 챙겨 그대로 기어 앞으로 간다. 문을 찾아 손을 뻗던 현은 기다란 무언가를 만지고 멈칫한다. 뭐지, 하며 더듬다가 그것이 사람의 다리 같다는 생각에 땅을 짚고 벌떡 일어나 고개를 숙여 인사한다.

"오셨어요, 소연 님. 죄송해요, 깜빡 잠이 들어서……."

"깜빡은 아닌 것 같은데."

현은 목소리를 듣고 입을 떡 벌린다. 익숙한, 아니 꿈꾸어 마지않던 바로 그 목소리가 현에게 말한다.

"왜 그러지?"

현은 "아" 탄식하듯 말하고는 또 "아⋯⋯." 한다.

"어디 안 좋은가?"

"아니요." 현이 소리치듯 말한다. "좋아요. 좋아요⋯⋯."

"이상한데."

발걸음. 발소리가 천천히 현의 옆으로 지나간다. 저벅⋯⋯ 그리고 '저벅'! 다시 저벅⋯⋯ 또 '저벅'! 익숙한 박자, 하지만 달라진 소리. 현은 울컥해서 고개를 떨구고 속으로 외친다. '봄이야.' 하지만 '기억을 하지 못하는 봄.' 그럼에도 '봄이야.' 봄이 기억을 하지 못해도 상관없다. 내가 봄을 기억하니까. 그걸로 된 거 아닐까. 옛날에 우성이 말했다. 사람은 다른 이의 기억 속에서도 살아갈 수 있는 거라고. 그러니까 '봄이야.'

현은 봄 쪽으로 돌아서서 환하게 웃으며 손을 내민다.

"처음 뵙겠습니다. 복지원 부원장 현이라고 합니다."

원장님도 크게 놀라셨을까? 그러고 보니 원장님은 계곡에 간 사람의 기억이 지워진다는 것을 알고 계시던가? 현이 그런 걱정을 하는데 봄이 말한다.

"복지원⋯⋯ 아무래도 난 보육원이라는 이름이 더 좋은걸."

봄이 어떻게⋯⋯ 소연 님이 알려줬을까? 신의 전령의 폭발로 무너진 보육원을 재건하는 과정에서 큰 변화가 있었다. 아이들은 물론이고 상화처럼 도움이 필요한 사람은 누구나 지낼 수 있게 체제를 바꾼 것이었다. 그 과정에서 당연히 이름도 바뀌었다.

"좋고 나쁨의 문제가 아니죠. 체제가 바뀌었는걸요. 복지원이 올바른 표현입니다."

"말하는 게 꼭 바람 같잖아. 바람이 사람 하나 완전히 버려놨어. 그때 완전히 없애버렸어야 했는데."

"그게 무슨…… 봄, 너는 정말이지 폭력적인 경향이 있……."

현은 손으로 입을 틀어막고 뒷걸음친다.

"뭐야, 알아보잖아! 아니, 알아듣는다고 해야 하나? 암튼, 알면서 왜 모른 척해?" 봄이 말한다.

"봄?"

"왜, 현?"

"어떻게…… 기억은…….."

"지우지 말라고 졸랐어."

"그게…… 다야?"

봄의 당연하다는 듯한 대답에 현은 웃음을 터뜨린다. 봄이 심술 어린 목소리로 말한다.

"왜 모른 척했냐니깐?"

"그게…….."

'봄이야.' 그리고 '날 기억하는 봄이야.' 현은 아무것도 없는 앞을 향해 뛰어든다. 그곳에 봄이 있다. '봄이야!' 현은 봄을 끌어안고 기도하듯 말한다.

"봄."

"맞아, 현."

"미안했어."

"뭐?"

"아니." 현은 웃으며 고개를 가로젓는다. "안녕."

안녕, 나의 봄.

가장 보통의 존재인 우리

시작은 유발 하라리였다. 그는 자신의 저서 『21세기를 위한 21가지 제언』(김영사, 2018)과 인터뷰 모음집인 『초예측』(웅진 지식하우스, 2019)을 통해 미래에 도래할 "기술 혁명은 조만간 수십억 인간을 고용 시장에서 몰아내고, 막대한 규모의 새로운 무용 계급을 만들어낼지 모른다."라고 말했다.

18세기의 산업 혁명은 수많은 사람들, 심지어 아이들까지도 거대한 증기 기관의 태엽으로 전락시켰다. 그들은 쓰다 고장 나면 또 다른 태엽으로 대체되고 버려질 소모품에 불과했다. 그리고 21세기인 지금도 여전히 많은 사람들(심지어 아이들까지도)이 소모품처럼 자본에 의해 소비되고 있다. 그러나 유발 하라리에 따르면, 이조차 미래의 무용 계급에 비해 쓸모 있는 편이다. 미래의 무용 계급은 문자 그대로 무용하기에 착취의 대상조차 되지 못할 테니 말이다.

당시 기약 없는 습작 시절을 이어가던 나는 누군가가 상상한 미래의 무용 계급에 나 자신을 끼워 맞춰보지 않을 수 없었다. 그때의 난, 정말이지 무용했다. 적어도 나는 그렇다고 생각했다.

운 좋게 전자책 출간을 했지만 밀려드는 공허감에 허덕이며 나는 새로운 도전을 시작했다. SF라는 것을 써보는 일이었다. 내 기준으로는 경이로운 속도로 단편소설들을 쏟아냈다. 그것들은 전과는 사뭇 다른 결과를 가져다 줬다. 뭔가 될 것 같았다. 하지만 아니었다. SF 소설가의 등용문인 한국과학문학상에 응모한 단편소설들이 와르르 무너져 내리는 한편, 함께(라고 하기엔 좀 거리가 있었지만) 습작을 하던 사람들이 우르르 데뷔하는 모습을 보며 나는 생각했다. 그럼 그렇지.

그렇다고 글쓰기를 포기하기엔 할 수 있는 게 없었다. 그래서 또 무식하게 앞만 보고 나아가던 내 앞에 무용 계급이 나타났다.

그냥 남들처럼 평범하고 싶었다. 무용하지 않길 바랐다. 적어도 나한테 나 스스로가 의미 있기를 희망했다. 그래서 쓴 소설이었다. '가장 보통의 존재'가 되고 싶어서.

2019년 여름부터 시작한 구상은 점점 내 의지로 통제하기 어려운 수준으로 성장했고 이듬해 1월이 반이나 지나서야 초고를 쓸 수 있었다. 2월이 시작되고, 두 번 다시 경험하기 어려울 것 같은 일들을 겪었다. 하나는 코로나19가 우리나라에서도 유행하기 시작한 거였고, 다른 하나는 내가 '혼자'가 된 것이었다.

외할머니가 절에서 돌아오는 길에 넘어져 고관절이 골절되고 말았다. 노년의 고관절 부상은 자리 보전과 사망으로 이어지는 급행열차라는 인식이 일종의 상식이었기에 엄마와 형제들은 노심초사했다. 다행히 수술은 잘 끝났다. 하지만 원래 치매 증상이 있었던 할머니가 혼자 있다가 고관절 골절을 잊고 무리하게 움직이기라도 했다간 진짜 큰일이었다. 삼촌과 이모 모두가 직장 생활을 하고 있었고 결국 남는 건 나 때문에 늘 집에만 있는 엄마였다. 엄마는 불과 3년 전, 중증의 치매를 앓는 친할머니를 집에서 모셨던 터라 모두가 너는 빠져라 하는 것에도 아랑곳 않고, 다만 내 의견을 물었다.

"천안 내려갈까?"

사실 내 입장에선 휠체어와 컴퓨터만 있으면 가지 못할 곳이 없었다. 그래서 엄마와 난 코로나19가 아직은 한국에 들어오기 직전에(어쩌면 공항엔 들어왔을 수도 있겠다) 천안의 외할머니 집으로 들어갔다. 그리고 그곳 방 하나를 차지한 채 이 소설의 초고 대부분을 썼다.

엄마가 우려한 대로, 치매로 인해 자신이 대수술을 받았다는 사실을 까맣게 잊은 외할머니한테 심하면 5분 간격으로 우리가 왜 여기 와 있는지와 왜 움직이면 안 되는지를 설명하느라 나는 평소에 비해 확실히 "뒷전"이었다(엄마의 표현이다). 하지만 엄마는 나중에야 내가 쓴 에세이를 통해 알게 된바, 나는 그 '뒷전' 상태가 꽤 좋았다. 실제로 낯선 공간에서, 심리적으로 혼자인 듯한 기분으로 소연과 우성, 봄과 현이 미래의 지구에서 그저 '가장 보통의 존재'로 살기 위해 애쓰는 모습을 써 내려가는 동안은 일종의 해방감 같은 것을 느낄 수 있었다. 지금은 그때 쓴 글자들이 대체로 흔적만 남아 있지만, 그때의 감정만큼은 고스란히 담겨 있다고 생각한다.

이 소설이 개인적으로 남다른 의미가 있는 이유는 또 하나가 있는데, 나는 이 소설을 쓰면서 처음으로 장애를 있는 그대로 묘사했다. 그 전에도 장애를 다루지 않았던 것은 아니다. 그러나 지나가듯이, 혹은 은유적으로, 대체로 나도 모르게 묻히는 정도였다. 이 소설을 구상하면서 나는 분명히 했다. '장애를 다룰 것이다.'

그러나 걱정이 없지는 않았다. 장애 당사자로서 목소리를 낼 수 있는 사람이라면 대체로 그럴 텐데, 내 목소리 자체에 오류가 있지는 않은지, 그래서 나라는 개인의 잘못된 목소리가 장애인이라는 집단 전체를 대표하는 것으로 비쳐 다른 장애인에게 피해를 입히게 되면 어쩌나 싶은 마음이 들었던 것이다. 그래서 이 소설을 붙들고 있는 내내 인터넷에 '장애', '소재화', '타자화' 등등의 키워드를 검색해보며 이미 논의된 문제점이 내 소설에서 반복되고 있지는 않은지 수없이 검토했다(그 과정에서 찾아낸 '한국의 거리에서는 장애인을 볼 수 없는 이유'에 대한 기사는 반년 뒤 『슈뢰딩거의 아이들』이 되었다). 하지만 지금도 그에 대해 배워가고 있으며 뭐든 그렇지만 완벽한 정답은 없기 때문에 이 소설에 불가피하게 내재돼 있을 오류에 대해서는 미리 사과와 양해의 말씀을 드리고 싶다.

그다음에는 감사의 말을 전한다.

우선 이 소설의 씨앗이 되어준 유발 하라리 님께 감사드린다.

그리고 이 소설을 가장 특별한 상태에서 쓸 수 있게 해준 외할머니 한복순 여사께도 감사드린다. 다행히 수술은 대성공이어서 의사마저 경악케 할 만큼 건강하시다. 또한, 날 데리고 천안에 내려가 한 달이나 살 어려운 결심을 한 나의 엄마 박미서 님께 존경의 박수를 보내고 싶다.

이 소설이 완성되고 자칫 블랙홀에 빠질 뻔했는데 건져내준 나의 수퍼히어로로 그린북 에이전시의 김시형 실장님과 임채원 매니저님께 진심으로 감사드린다. 임채원 매니저님은 이 소설의 이전 버전을 보고 상세한 피드백을 남겨주셨는데, 이 소설에 확신이 없던 내게 "『슈뢰딩거의 아이들』보다 취향에 맞는다."고 해주신 말씀까지 너무나 큰 힘이 됐다. 사실 나도 이쪽이 더 취향에 맞긴 하다.

정처 없이 떠돌던 이 소설을 출간하기로 결정해주신 요다 출판사와 도은숙 편집자님께도 감사 인사를 드린다. 작년에 출간된 로켓 테마 앤솔러지『우리의 신호가 닿지 않는 곳으로』때 함께한 게 연이 되어 다시 작업하게 됐는데, 이때 참여한 단편소설「나의 탈출을 우리의 순간으로 미분하면」때부터 밸리 세계관과 그 인물들에 보여주신 애정과 관심이 이 소설의 최종 버전으로 화할 수 있었다.

마지막으로 감사드리고 싶은 사람이 한 명 더 있다. 유발 하라리의 무용 계급으로부터 이러한 이야기가 발아한 건 전적으로 그분 덕분이다. 당시 극심한 우울증으로 고통마저 느끼지 못할 만큼 메말라 있던 나는 그분의 존재로 인해 겨우 사람 행세를 할 수 있었다. 그래서 무용 계급의 아이들이 그저 사람답게 살 수 있기를 바라며 이 소설의 가제를 그분의 작품명에서 따와 '가장 보통의 존재'라 지었었다. 그 제목이 아니었다면 이렇게 분명하게 나아올 수 없었을 것이고 세상에 내놓을 수도 없었을 것이다. 아니, 존재하지도 않았을 것이다. 이 소설을 내게 보내주신 그분께 무한한 감사를 표한다.

이러한 여정 끝에 『0과 1의 계절』이 된 이 소설을 여러분께 보인다. 감히 이 소설을 통해 누군가의 아픔이 치유되기를 바라지는 않겠다. 하지만 그저 '가장 보통의 존재'가 되고자 하루 또 하루 살아내는 분들에게는 현이 봄에게 했던 말을 인용하며 이 글을 마무리하려 한다.

"우리는 고유의 원기를 가지고 있다. 그래서 같은 원기를 가지고 있는 사람을 만나면, 전자가 그러하듯, 우리는 반응한다. 그것이 가장 보통의 존재인 우리가 특별해질 수 있는 단 하나의 방법이다."

고로, 이 소설을 쓴 나와 이 소설을 읽은 당신, "우린 분명 같은 색일 거야".

최의택 올림

0과 1의 계절

© 최의택, 2023

지은이 최의택
펴낸이 한기호
책임편집 도은숙
편집 정안나, 유태선, 김미향, 김현구
마케팅 윤수연
경영지원 국순근

1판 1쇄 인쇄
2023년 6월 21일

1판 1쇄 발행
2023년 6월 29일

펴낸곳 요다
출판등록 2017년 9월 5일 제2017-000238호
주소 04029 서울시 마포구 동교로 12안길 14 삼성빌딩 A동 2층
전화 02-336-5675   팩스 02-337-5347
이메일 kpm@kpm21.co.kr

ISBN 979-11-90749-58-9 (04810)
      979-11-89099-32-9 (04800) (세트)